学科研究与语文教学丛书
朱迪光　总主编

中国古代小说研究拾遗

朱迪光　著

南开大学出版社
天　津

图书在版编目(CIP)数据

中国古代小说研究拾遗 / 朱迪光著. —天津：南开大学出版社，2022.1
（学科研究与语文教学丛书 / 朱迪光总主编）
ISBN 978-7-310-06158-7

Ⅰ.①中… Ⅱ.①朱… Ⅲ.①古典小说－小说研究－中国 Ⅳ.①I207.41

中国版本图书馆 CIP 数据核字(2021)第 214183 号

版权所有　侵权必究

中国古代小说研究拾遗
ZHONGGUO GUDAI XIAOSHUO YANJIU SHIYI

南开大学出版社出版发行
出版人：陈　敬
地址：天津市南开区卫津路 94 号　邮政编码：300071
营销部电话：(022)23508339　营销部传真：(022)23508542
https://nkup.nankai.edu.cn

天津泰宇印务有限公司印刷　全国各地新华书店经销
2022 年 1 月第 1 版　2022 年 1 月第 1 次印刷
230×155 毫米　16 开本　22 印张　2 插页　273 千字
定价：98.00 元

如遇图书印装质量问题，请与本社营销部联系调换，电话：(022)23508339

衡阳师范学院科研专项"中国古代小说研究"(KYZX21017)结题成果

目 录

第一章 "小说"概念及中国古代小说演变研究 / 1
  一、古小说以及"小说"概念 / 1
  二、中国神话的历史化及其对中国叙事文学的影响 / 7
  三、史家的"实录"与小说叙事 / 18
  四、中国古典小说中的意境创造 / 29

第二章 民间信仰与古代小说研究 / 46
  一、中国古代民间信仰与叙事文学创作 / 46
  二、中国古代精怪故事中的精怪人化 / 101
  三、中国古代人类与精怪的性爱纠葛 / 111
  四、狐精故事的演变与佛教文化的影响 / 122
  五、从《夷坚志》看宋代的民间信仰 / 135
  六、古代中国人的梦想与抗争——论古代文学中的再生与还魂 / 155

第三章 唐传奇、宋元话本研究 / 167
  一、"赋"的含义及其对传奇、话本的影响 / 167
  二、唐代小说研究发覆 / 181
  三、唐传奇中情爱婚姻作品的结构因素及其组合模式 / 195
  四、柳宗元与唐传奇 / 205
  五、艺人说话与宋元话本韵散兼用的叙述特点 / 213

第四章 中国古代小说名著研究 / 228
  一、神石原型与中国古代三大名著 / 228
  二、中国古典作品中的"天书" / 237

三、《水浒传》环形结构初探 / 250

四、《水浒传》中的女性形象与明清小说家的评点 / 264

五、今本《西游记》的"密谛":佛耶道耶儒耶 / 280

六、司法描写与《西游记》的风格及其写定者 / 292

七、民间信仰的影响与《西游记》故事的定型 / 302

八、贾宝玉的女性化心理及其性格 / 312

第五章 比较研究 / 322

一、《封神演义》与《伊利亚特》/ 322

二、20世纪中国古代文学研究中"母题"概念的引进与应用 / 335

后 记 / 345

第一章 "小说"概念及中国古代小说演变研究

一、古小说以及"小说"概念

中国小说的发展经历了一个漫长的过程,许多方面与欧洲小说的发展不尽相同。"小说"这个概念在古代中国很早就出现了。《庄子·外物》中就有"小说"这个语词了,但是指琐屑之言,非道术所在,而不是指一种文体。汉代有所谓九流十家的说法,小说家就属于其中的一家。桓谭说:"若其小说家合丛残小语,近取譬论,以作短书,治身理家,有可观之辞。"① 班固依刘歆《七略》正式将小说家列入诸子十家(儒、墨、道、法、名、农、杂、纵横、阴阳、小说),并阐述其特征、功能道:"小说家者流,盖出于稗官。街谈巷语、道听途说者之所造也。孔子曰:'虽小道,必有可观者焉,致远恐泥。是以君子弗为也。'然亦弗灭也。闾里小知者之所及,亦使缀而不忘。如或一言可采,此

---

① 〔梁〕萧统:《文选》中,北京:中华书局1977年版,第444页。

亦圀荛狂夫之议也。"①根据桓、班所论,参以后代对《汉志》著录的考证研究,可以推知当时"小说"文体的基本特征:丛残小语集合而成的短书,是其形式特征;记述"街谈巷语,道听途说",是其内容特征;具有某种认知教化的社会功能,但仍属于"小道",是其价值特征。可见,这种"小说"文体,乃是依然以先秦"小说"的言语价值内涵作为基础的文章著述类别。其体制混杂,并非单一叙事。街谈巷语的传说纪闻,使它可能具有叙事成分;丛残小语的随意缀合,又限制了它的文学自觉。《太平广记》将《李娃传》等唐传奇列为"杂传记";《新唐书·艺文志》"小说家"类仅收唐单篇传奇文三篇。至北宋赵令畤、南宋初洪迈始称唐传奇为"小说"。明胡应麟分"小说"为六类:志怪、传奇、杂录、丛谈、辨订、箴规。②将真正具有文学性质的"传奇"列入小说,表现出卓越的见识,但另一方面,他又严重混淆了叙与议的界限。清代《四库全书总目》将小说划为三类:其一叙述杂事,其二记录异闻,其三缀辑琐语。③ 石昌渝先生说:"自明代小说崛起与诗文抗衡以来,对于'小说'就有双重的定义——传统目录学的定义和小说家的定义。"他还指出:④"传统目录学的'小说'概念,以《四库全书总目》的观念为准,其内涵是叙事散文,文言,篇幅短小,据见闻实录;其外延包括唐前的古小说,唐以后的笔记小说。按这个标准,背离实录原则的传奇小说基本上不叫'小说',白话的话本小说和长篇章回小说更不叫'小说'了。"⑤而认为"至迟在清初,小说家和通俗文学评论家的小说概念已经确定并被广泛运用",其主要内容是在以往传奇和民间"说话"的基础上发展而成的叙事性的散文文体,不论文言还是

---

① 〔汉〕班固:《汉书》,《二十四史》第二册,北京:中华书局1997年版,第1745页。
② 〔明〕胡应麟:《少室山房笔丛》,上海:上海书店2001年版,第282页。
③ 《四库全书总目》下册,北京:中华书局1965年版,第1182页。
④ 石昌渝:《"小说"界说》,《'93中国古代小说国际研讨会论文集》,北京:开明出版社1996年版,第4页。
⑤ 石昌渝:《"小说"界说》,《'93中国古代小说国际研讨会论文集》,北京:开明出版社1996年版,第9页。

白话,凡不是实录而是想象虚构并重视感性表现者,都是小说。① 日本学者大冢秀高在研究中国小说生成史时也给小说下了个定义。他说:"我所谓'小说'的定义是简单的:一、用口头语言来写的。二、从头到尾是一个个人的创作,且由作者自己执笔的。三、还没受其他人的严重修改。"②

根据中国小说的发展实际情况并结合欧洲小说的研究方法,我认为中国小说史中的"小说"概念应该如此表述:个人自觉地创作的、有一定长度的、给他人阅读的虚构性的叙事散文作品。其要素如下:一是个人自觉地创作,二是有一定长度的故事,三是供人阅读,四是虚构性的散文作品。这四个要素缺一不可。我们先看第一点,这一点就是鲁迅先生所说的"有意为小说"③,强调作家创作小说的自觉意识,个人意识。如果其作品不是个人创作的而是来自集体的传承,那它就很难说是小说史研究的小说。第二点容易理解就无须多作解释。第四点强调其虚构性,使之与纪实类散文作品区别开来。第三点强调写作的目的,是给人读的。这一点不同于欧洲现代小说兴起时一定有一个能够支持小说发展的读者群。有人强调要印刷出来的小说才能算作小说。这一点,我认为不符合中国古代的实际,雕版印刷虽然出现在唐代,但真正大量印刷小说是到了明代嘉靖以后,这以前,写本也可以被许多人阅读,为了给人看而创作出来的虚构作品应该属于小说这个范畴。下面我们就根据这个定义研究中国古代小说。

自鲁迅先生的《中国小说史略》问世以来,研究中国小说史的学

---

① 石昌渝:《"小说"界说》,《'93 中国古代小说国际研讨会论文集》,北京:开明出版社 1996 年版,第 10—14 页。
② [日]大冢秀高:《从物语到小说——中国小说生成史序说》,《'93 中国古代小说国际研讨会论文集》,北京:开明出版社 1996 年版,第 33 页。
③ 鲁迅:《中国小说史略》,《鲁迅全集》第九卷,北京:人民文学出版社 1973 年版,第 211 页。

者,大多以神话为开端,次及志怪、志人和传奇小说,而继之以白话小说。日本学者大冢秀高认为中国小说分为"物语""原小说""小说"这样几个阶段。"志怪是文言的'物语',传奇是文言的'原小说',而《娇红记》《剪灯新话》一类之长篇传奇是文言的小说。""'物语'最初是用文言写,之后用白话写。""'原小说'的典型的作品,就是《三国志通俗演义》(嘉靖本)、容与堂本《水浒传》、世德堂本《西游记》等。"①我认为中国古代小说可以分为史前阶段、萌芽阶段、创始阶段、定型阶段、繁荣阶段五个阶段。史前阶段,是指汉以前,目录学上的"小说"一词都还未出现的时期。萌芽阶段是指"小说"这一概念出现后,各种杂史、杂记作品大量问世,而以志怪创作繁荣为其标志。志怪,一方面是生活中发生过的怪异现象被当作事实而加以记录、传播,另一方面这些怪异的故事毕竟是在人们的正常生活域之外,人们有意无意地进行了虚构,故又有了虚构性。正因为这个特点,后人将其称为"志怪小说"。因为它毕竟还不是现代意义的小说,所以继续称之为"志怪"更为妥当一些。中国古代小说观念的变化或称之为飞跃是在唐代,鲁迅称之为"有意为小说"。这就是中国古代小说的创始阶段。唐人将小说当成一种文体,自觉地进行创造,去热情追求一种艺术之美,即唐人自己所说的"著文章之美,传要妙之情"②。在文人书面小说发展的同时,民间的口头的故事说唱也在演变、发展。唐代城市已有了市人说话,至宋代说话已成为城市生活中的一种重要娱乐项目,出现了更加细致的分工。元代说话仍在发展,长篇讲史更加发达。中国古代小说的定型阶段,是以元末出现的在民间说话基础上由文人加工创作的我国最早的长篇章回小说《三国演义》《水浒传》为标志。有相当一部分人认为,《三国演义》《水浒传》不是作家个人创作,

---

① [日]大冢秀高《从物语到小说——中国小说生成史序说》,《'93 中国古代小说国际研讨会论文集》,北京:开明出版社 1996 年版,第 38—39 页。

② 〔宋〕李昉等:《太平广记》第十册,北京:中华书局 1961 年版,第 3697 页。

是世代累积的,不能算是现代意义的小说。我认为《三国演义》虽然有着世代累积的情况,但其中文人个人意识比较强烈,还是要算作家的创作。繁荣阶段指的就是《三国演义》《水浒传》出现以后的明、清两代的小说创作,这一阶段名家辈出、名作涌现。《红楼梦》的出现,标志我国古典小说创作达到了最高峰。

在中国古代小说的萌芽阶段,虽然现代意义上的小说还没有出现,但当时创作的作品不少。有一些当时被称作小说,如《汉书·艺文志·诸子略》所录的作品,原文如下:

《伊尹说》二十七篇。(其语浅薄,似依托也。)

《鬻子说》十九篇。(后世所加。)

《周考》七十六篇。(考周事也。)

《青史子》五十七篇。(古史官记事也。)

《师旷》六篇。(见《春秋》,其言浅薄,本与此同。似因托之。)

《务成子》十一篇。(称尧问,非古语。)

《宋子》十八篇。(孙卿道宋子,其言黄老意。)

《天乙》三篇。(天乙谓汤,其言非殷时,皆依托也。)

《黄帝说》四十篇。(迂诞依托。)

《封禅方说》十八篇。(武帝时。)

《待诏臣饶心术》二十五篇。(武帝时。)

《待诏臣安成未央术》一篇。

《臣寿周纪》七篇。(项国圉人,宣帝时。)

《虞初周说》九百四十三篇。(河南人,武帝时以方士侍郎,号黄车使者。)

《百家》百三十九卷。①

从班固自己的注来说，或是"武帝时"或是"宣帝时"，这些作品大部分是汉人作的。其书至南朝梁时，《青史子》一卷还被保存外，其余都不存了，而《青史子》至隋亦亡。鲁迅先生说："惟据班固注，则诸书大抵或托古人，或记古事，托人者似子而浅薄，记事者近史而悠缪也。"②

唐朝贞观年间，长孙无忌等修《隋书》，其《经籍志》是魏征撰写的，分为经史子集四部，小说隶于子部。著录的书，晋以前只有《燕丹子》，另外增加一些记谈笑应对，叙艺术器物游乐的书。五代时石晋修《唐书》，其《经籍志》所收录小说与《隋书·经籍志》没有多大区别，只是将已亡佚之书删掉，增张华《博物志》十卷。此书原在《隋书·经籍志》入杂家。

北宋初年删定旧史作《新唐书》，其《艺文志》小说类中，增加了大量的晋至隋时著作。张华《列异传》、戴祚《甄异传》、吴筠《续齐谐记》等记神怪的十五家一百一十五卷，王延秀《感应传》、侯君素《旌异记》等明因果的九家七十卷。这些书以前的志书都录有，入史部杂传类，与耆旧高隐孝子列女等并列，在此入到小说，史部也就没有了鬼神传。

明代胡应麟《少室山房笔丛》卷二十八将小说分为六类，将《搜神记》《述异记》入到志怪类，将《世说》《语林》《琐言》入到杂录类。而清代《四库全书总目》将小说分为三类，将《西京杂记》《世说新语》等列入叙述杂事类，将《山海经》《搜神记》《续齐谐记》等列入记录异闻类，将《博物志》《述异记》等列入缀缉琐语类。

---

① 〔汉〕班固：《汉书》，《二十四史》第二册，北京：中华书局1997年版，第1744—1745页。

② 鲁迅：《中国小说史略》，《鲁迅全集》第九卷，北京：人民文学出版社1973年版，第153页。

不管古人是怎样地将小说萌芽时期的这些作品入到哪一类,都不能改变这一事实:此时期还没有现代意义的小说。但是,它们对于后代小说的发展却有重要的贡献。一方面此时期的志怪是唐传奇的直接源头,另一方面此时期的民间传说和创作的渗入又影响着后代说话和说唱文学。

二、中国神话的历史化及其对中国叙事文学的影响

中国许多古籍中都有神话方面的材料,如经部中的《诗》《书》《易》等,史部中的《左传》《国语》等,子部中的《山海经》《庄子》《淮南子》《列子》等,集部中的《楚辞》等,保存较多的是《山海经》《楚辞》《淮南子》,可并没有一部神话专书,因此国内外许多学者都认为中国古代神话是片断神话而非体系神话。马积高说:"从古籍保留的许多神话资料来看,我国古代神话(本章所述,主要指汉民族神话)从内容涉及的广度来说,是丰富多彩的,但大都是比较零散、甚至是片断的记载,没有像古希腊那样发展为一个神的家族和神的系统。"[1]

中国古代神话果真不成系统吗?人们在谈到中国神话材料的零散状况时,一般都会论及中国古代神话的另外一个特点,即神话历史化。什么叫神话历史化呢?有人说:"西方学者通常把对神话的历史化解释叫做'爱凡麦化'(Euhemerize)。这个名词起源于公元前4世纪的古希腊哲学家爱凡麦的一种理论——他认为,神话和宗教的产生,源于太古时代的英雄迫使群众崇拜自己。因此神话中含有史迹,神话中的人物原来都是历史上的帝王或英雄。爱凡麦的理论,早被希罗多德不自觉地运用了。在《历史》中,希罗多德把许多神话当作

---

[1] 马积高、黄钧:《中国古代文学史》上册,长沙:湖南文艺出版社1992年版,第23页。

信史记载下来。"①而中国古代却将神话本身化为历史传说。中国上古神话中发生的这种历史化现象，比希腊神话里的类似现象深刻得多，也广泛得多。在中国古代，神话被当作古史处理掉，神话本身被化为古史传说。

　　这种神话历史化，一般都归之于孔子及儒家。李福清说："中国远古神话最显著的特征之一就是神话人物的历史化，这些神话人物在儒家纯理性主义世界观的影响下，很早就被阐释成上古的历史人物。"②有人认为神话历史化的源头还在儒家产生以前，"对古老动物神话的变相改造——把原先的动物神祇直接化为古史人物（圣君贤相）的运动，萌芽于西周初年，而后不断延伸、发展"③。这种神话历史化本身，人们已进行了许多研究，并不需要更多的讨论。神话的历史化过程中最突出的是神话人物的兽形或奇特形象的人形化。当子贡问孔子道："古者黄帝四面，信乎？"孔子回答说："黄帝取合己者四人，使治四方，不计而耦，不约而成，此之谓四面。"④四个官员管理国之四方，与黄帝有四张脸的区别实在是太大。有四张脸的是神灵，不是人王。黄帝的非人形状况，在古籍中也有记载，如说黄帝出生时"弱而能言，河目龙颜，修髯花瘤"。⑤而伏羲、女娲等神灵的非人形记载就更多了。这样将不是人形的神灵逐渐人形化，这当然是一种重要的变化，但仅仅只有这种变化还不不够的。这些有着人形的神灵还必须做许多人做的事，他们成了各种文化业绩与器物的创造者。伏羲结网；燧人取火；神农做耒耜，始为农耕，首掘水井，确定药草之

---

① 谢选骏：《神话与民族精神》，济南：山东文艺出版社1986年版，第336页。
② ［苏］李福清：《中国神话故事论集》，北京：中国民间艺术出版社1988年版，第84页。
③ 谢选骏：《神话与民族精神》，济南：山东文艺出版社1986年版，第127页。
④ 袁珂、周明：《中国神话资料萃编》，成都：四川省社会科学院出版社1985年版，第65页。
⑤ 袁珂、周明：《中国神话资料萃编》，成都：四川省社会科学院出版社1985年版，第70页。

性能,立日中为市;黄帝造舟车、制衣物,修筑道路。他们是人王,也就有了许多人王的事业和功绩。这在正史本传中有着非常翔实的记载。

问题是这种经过历史化处理的东西,是神话,还是历史?古人肯定把它当作历史。孔子将尧、舜等都当作实有的圣王来敬仰,而司马迁更是将其作为信史来撰《五帝本纪》。现在当然不可能把它当作纯粹的历史了。神的历史变成类似于人的历史,并不是使神完全变成了人,而是变成可能理解可以接受的东西,也就是司马迁所做的使之"雅驯"的工作。

虽然它们被称之为圣王,似乎是人了,实际上它们仍然是不同于人的,他们仍有异相,也有异禀,如舜重瞳,做了一些人所不能做的事业,更何况他们是上天之子,而"帝"的称呼本就是天帝之称。中国神话的历史化也可以说就是神话的体系化。这种系统应该是以"帝系"为准。从黄帝父亲"少典氏"到尧、舜、禹以及夏、商、周的"帝系"。夏的始祖是传说中治水的大禹,《史记·夏本纪》称:"禹者,黄帝之玄孙而帝颛顼之孙也。"[①]商的始祖契,他的母亲简狄是帝喾的次妃,《史记·五帝本纪》称:"而帝喾高辛者,黄帝之曾孙也。"[②]周的始祖后稷的母亲姜嫄,《史记·周本纪》称是"帝喾元妃"。[③]秦统治者祖先女修,《史记·秦本纪》称:"帝颛顼之苗裔孙曰女修。"[④]这种系谱本身并没有故事性,但它是串连故事的线索。通过这条线索将原来互不相属的神话故事串联成一体,成为一个体系。如前所述及的神话中都有许多感生神话。如《史记·秦本纪》载秦统治者祖先:"女修织,玄鸟陨卵,女修吞之,生子大业。"[⑤]又如《诗含神雾》称:"大迹

---

① 〔汉〕司马迁:《史记》,《二十四史》第一册,北京:中华书局1997年版,第49页。
② 〔汉〕司马迁:《史记》,《二十四史》第一册,北京:中华书局1997年版,第13页。
③ 〔汉〕司马迁:《史记》,《二十四史》第一册,北京:中华书局1997年版,第111页。
④ 〔汉〕司马迁:《史记》,《二十四史》第一册,北京:中华书局1997年版,第173页。
⑤ 〔汉〕司马迁:《史记》,《二十四史》第一册,北京:中华书局1997年版,第173页。

出雷泽，华胥履之，生伏牺。"①《史记·补三皇本纪》载："炎帝神农氏，姜姓。母曰女登，有娲氏之女，为少典妃，感神龙而生炎帝，人身牛首。"②《帝王世纪》载："颛顼，黄帝之孙，昌意之子，姬姓也。母曰景仆，蜀山氏女，为昌意正妃，谓之女枢。金天氏之末，瑶光之星，贯月如虹，感女枢幽房之宫，生颛顼于若水，首戴干戈。"③《史记·周本纪》载："周后稷，名弃。其母有邰氏女，曰姜原。姜原为帝喾元妃。姜原出野，见巨人迹，心忻然说，欲践之，践之而身动如孕者。居期而生子，以为不祥，弃之隘巷，马牛过者皆辟而不践，……"④《史记·殷本纪》载："殷契，母曰简狄，有娀氏之女，为帝喾次妃。三人行浴，见玄鸟堕其卵，简狄取吞之，因孕生契。"⑤

中国古代神话历史化对中国古代叙事文的影响是巨大的。中国上古的叙事文的主流是历史叙事文。神话历史化对历史叙事文一个明显的影响是，只有通过这种神话历史化的途径才使中国古代历史学家建立了完整的上古史。中国古代比较早的史书，一般都认为是《春秋》。《尚书》虽然有些篇章产生的时代可能要早得多，但它毕竟不是一部完整的史书。《春秋》是一部断代史，始于鲁隐公元年（公元前722年），迄于鲁哀公十四年（公元前481年），共二百四十二年。它作为鲁国史来讲，不是一部完整的史书，隐公以前和哀公以后的历史，都没有记载。我国第一部通史《史记》，产生于西汉初年，是司马迁在其父司马谈草创的基础上完成的。《史记》记载着上自神话传说中的黄帝，下至汉武帝时期，将近三千年的历史事迹，是古代中国第

---

① 袁珂、周明：《中国神话资料萃编》，成都：四川省社会科学院出版社1985年版，第15页。
② 袁珂、周明：《中国神话资料萃编》，成都：四川省社会科学院出版社1985年版，第33—34页。
③ 袁珂、周明：《中国神话资料萃编》，成都：四川省社会科学院出版社1985年版，第125页。
④ 〔汉〕司马迁：《史记》，《二十四史》第一册，北京：中华书局1997年版，第111页。
⑤ 〔汉〕司马迁：《史记》，《二十四史》第一册，北京：中华书局1997年版，第91页。

一部包括着上古的完整史书。其中神话传说中几个帝王合为一篇《五帝本纪》。这就使中国有了一部始于神话传说时代迄于当代的完整的史书。

中国古代神话历史化还直接导致了中国古代神话的"分裂",这主要是由于神话历史化并没有包括全部中国古代神话,因而还有许多的未能被历史化的神话仍在民间流传,得到士人的注意并加以收集和修改后也成为一种新的叙事文而出现在古代,这就是中国古代有关动植物精怪的叙事文。这些精怪故事有一些本身就是古代神话。茅盾先生将中国古代神话划分为天地开辟的神话、日月风雨及其他自然现象的神话、万物来源的神话、记述神或民族英雄的武功的神话、幽冥世界的神话、人物变形的神话六类,并认为"此类独多"的乃是"人物变形"的神话。① 不过,他讲的这种变形神话主要见于《山海经》,其中神的形象多以半人半兽的姿态出现。如雷神为"龙头人身",水神共工"人面、蛇身、朱发",杂取各种动物的部件而组合成一种神的形象,如"龙身人面""人面马身""人面牛身",这是《山海经》中最常见的。其他的古籍也有一些片断记载,如《列子·黄帝》载:"庖牺氏、女娲氏、神农氏、夏后氏,蛇身人面,牛首虎鼻。"②这些都属于一些零散的神话材料,但更多是保留在民间祀神活动中随着社会的发展而演变的精怪故事。在民间祀神活动中,有的保存了直接以动物为祀神的原始面貌。例如有以牛为祀神的。《太平广记》卷二百九十一《李冰》条载李冰为蜀郡守化为牛与江神搏斗,得人的帮助而将江神杀死,故春冬设斗牛之戏。③ 牛为农业生产中重要的工具和人类重要的食物,人对牛肯定是崇拜的,因而发明农业的神农氏为"牛首人身"。有以羊为祀神的,如《太平广记》卷二百九十一《土羊神》

---

① 茅盾:《神话研究》,天津:百花文艺出版社1981年版,第67页。
② 〔晋〕张湛:《列子注》,《诸子集成》第二册,北京:中华书局2006年版,第27页。
③ 〔宋〕李昉等:《太平广记》第十册,北京:中华书局1961年版,第2316页。

条载秦始皇时立庙祀羊。①　还有以蛇为祀神的,如《太平广记》卷二百七十《李诞女》条②和卷二百九十五《安世高》③均有这样的记载。民间祀神活动中的动物神有的是完全的兽形,有的本身是兽形但可化变为人。《太平御览》卷八百八十六引《白泽图》云:"《白泽图》曰:厕之精,名曰依倚,青衣,持白杖。知其名呼之者,除,不知其名则死。"④"又曰故废丘墓之精,名曰元,状如老役夫,衣青衣,而好杵舂,以其名呼之,宜禾谷。"⑤"又曰故井之精,名观,状如美女,好吹箫,以其名呼之,即去。"⑥又葛洪《抱朴子·登涉》云:"山中有大树,有能语者,非树能语也,其精名曰云阳,呼之则吉。……山中夜见胡人者,铜铁之精,见秦者,百岁木之精,勿怪之,并不能为害。"⑦这种万物皆有"精",当然是"万物有灵论"的自然崇拜,原是古代神话的重要内容,经演变而变成一种民间信仰。

　　这些材料似乎不登大雅之堂,是士大夫看不起的怪诞之说,但却在中国古代的叙事文中占有很大的分量。有人说:"研究志怪故事的性质,可以发现大致有三方面:一是在各民族的原始阶段就已产生,后来又不断流传,并不断增加新内容的神话和传说;二是关于鬼神、灾异、卜筮、占梦、阴阳五行的宗教迷信传说;三是荒诞不经的地理博物传说。……因而可以说,神话传说、迷信故事、地理博物传说,乃是志怪小说的三大源头。"⑧

---

①　〔宋〕李昉等:《太平广记》第十册,北京:中华书局1961年版,第2316页。
②　〔宋〕李昉等:《太平广记》第十册,北京:中华书局1961年版,第2122—2123页。
③　〔宋〕李昉等:《太平广记》第十册,北京:中华书局1961年版,第2346—2347页。
④　〔宋〕李昉等:《太平御览》第九册,上海:上海古籍出版社2008年版,第901—11页。
⑤　〔宋〕李昉等:《太平御览》第九册,上海:上海古籍出版社2008年版,第901—12页。
⑥　〔宋〕李昉等:《太平御览》第九册,上海:上海古籍出版社2008年版,第901—12页。
⑦　〔晋〕葛洪:《抱朴子》,《诸子集成》第八册,北京:中华书局2006年版,第79页。
⑧　李剑国:《唐前志怪小说史》,天津:南开大学出版社1984年版,第17页。

我以为志怪叙事文的出现本身就是神话历史化的必然结果。先秦儒家的神话历史化特别是宗教活动政治化,将神秘的东西理性化,强调人们以伦理情感为基础、以伦理关系为核心的礼治仁政。那些没经过改造或不接受改造的宗教信仰和神话传说就成了"怪"。《战国策·赵策二》说"穷乡多异"①,偏僻的地方难于接受中心地区流行思潮的影响,故而保持比较多的原始面貌。先秦时,南方要落后一些,所以茅盾先生认为主要是中国古代的南方民族保留了若干中国神话,他说:

> 只看现存古籍之保留神话材料最多者,几乎全是南方人的作品,便是一个实证。我们现在从《庄子》、《列子》、《淮南子》、《楚辞》、《山海经》、《穆天子传》、《十洲记》、《神异经》乃至《越绝书》、《吴越春秋》、《蜀王本纪》、《华阳国志》、《述异记》等等书内,都可搜得若干神话材料,而这些书的作者,大半是中国南方人。②

这些未被吸纳而游离于历史系统之外的神话材料以及在民间广泛流传的神怪故事导致新的叙事文志怪的产生。

中国神话的历史化对叙事文的影响不仅是在其大的体裁形成方面起了重要作用,而且在方法上还予以重大影响。中国古代神话历史化一般都是指直接将神话改造为历史。其实神话历史化包含着两种表面上看似矛盾的方法:一种方法是将神的变成历史的、现实的方法;另一种方法是神化,即将现实的变成神的或超现实的。这两种方法都对历史叙事文产生影响。一是将神话人物写成历史人物,这在前面已经有了比较多的阐述,如三皇五帝都是这种神话人物被改造成历史人物的。二是历史人物也不可避免地被神化。如《史记·

---

① 何建章:《战国策注释》中册,北京:中华书局1990年版,第679页。
② 茅盾:《神话研究》,天津:百花文艺出版社1981年版,第27页。

高祖本纪》中就有一些神化刘邦的叙事,如:

> 高祖,沛丰邑中阳里人,姓刘氏,字季。父曰太公,母曰刘媪。其先刘媪尝息大泽之陂,梦与神遇。是时雷电晦冥,太公往视,则见蛟龙于其上。已而有身,遂产高祖。①

许多人都将其归于感生神话,实际上就是受神话的影响后的人物神化。其后又有刘邦为赤帝子斩白帝子之说。二十四史中有关帝王将相这样的神化叙事,简直开卷即是。

志怪叙事文也受到神话历史化方法的影响。首先,最大的影响是表现在精怪的人化上。精怪起先出现在世人面前的是"牛首人身"或"人面蛇身"等似人非人的狰狞面目,如先秦的"魖魍"、《山海经》里的神灵等,然后是接近人形状态,如《白泽图》《抱朴子·登涉》里的精物;最后是完全人形,如《玄中记》所云的"美女""丈夫""神巫"与人交接,以及隋唐的笔记和传奇中的大量的成精变人的精怪。这是精怪的外部形态由非人向人的转变过程。其次,变人精怪与人的关系也有了变化。精怪变人的目的,先是给人以极大的祸害,这与原始宗教时期人们的对异己力量的深深恐惧有密切的关系,因此先秦至两汉的精怪故事给人一种浓厚的神秘气氛和恐惧感。这是比较原始和朴野的,保持了古神话原有的面貌。随着神话历史化趋势的加强,精怪变人后与人的关系也有了变化。精怪成精变人后带给人的不是祸害,而是于人有利,如《太平广记》卷四百五十四《姚坤》条中成了天狐的狐精报人大恩,一是救了恩人的性命,二是让狐女化变为少女侍奉恩人,给他以更多的帮助。② 再如《太平广记》卷四百四十七《陈斐》条中的狐精伯裘为报不杀之恩,不但保护恩人陈斐为官平安,而且还

---

① 〔汉〕司马迁:《史记》,《二十四史》第一册,北京:中华书局1997年版,第341页。
② 〔宋〕李昉等:《太平广记》第十册,北京:中华书局1961年版,第3710—3711页。

让他颇有建树。① 随着精怪与人的关系的变化,它们的内心也起了变化,它们不但乐于助人,而且对人充满了深深的爱恋和眷念。如《太平广记》卷四百四十二《郑氏子》条载:"妇人忽谓郑曰:'曩来欲与君毕欢,……今辞君去矣。我只是阁头狸二娘耳。'"②在对人有了爱恋之情的同时,它们也就有了更多的人的思想意识,如对人的不信任、不尊重的愤慨,果敢地离去,在人的面前显出了它们的尊严。如《太平广记》卷四百二十七《天宝选人》条载某选人娶由虎化变的女子为妻,后与之玩笑,"妻怒曰:'某本非人类,偶尔为君所收,有子数人,能不见嫌,敢且同处。今如见耻,岂徒为语耳?还我故衣,从我所适。'"③这样,神话历史化就使精怪由外部形态到内心世界彻头彻尾地人化了。精怪人化后深入到人类社会的各个方面,反映了人的现实生活尤其是人的现实生活中的各种问题,具有很强的现实性。贫穷,甚至难以度日,这可能是下层民众所常常遇到的事情。《太平广记》卷四百四十五《昝规》条载唐长安昝规母亡,又遇火灾,家产被火焚毁,遂贫困委地。儿女六人皆孩幼,规无计抚养。其妻主动提出卖与他人好养活一家,后被卖与一老狐精。④ 还有的士子参加科举考试,希望中第,也常常求助于精怪,如《太平广记》卷四百四十《李昭嘏》条所记。⑤ 甚至还有家事也需要人代劳的,如《太平广记》卷四百四十四《魏元忠》条所载。⑥ 精怪传说中反映民众现实问题最多又突出的是爱情婚姻问题。中国古代男女婚姻要讲门第,要讲父母之命、媒妁之言。下层民众更因为生活困苦,无力谈婚论嫁。婚姻方面的种种障碍,造成了古代社会许多幽妇旷夫的现象出现,甚至制造了

---

① 〔宋〕李昉等:《太平广记》第九册,北京:中华书局1961年版,第3654—3655页。
② 〔宋〕李昉等:《太平广记》第九册,北京:中华书局1961年版,第3616页。
③ 〔宋〕李昉等:《太平广记》第九册,北京:中华书局1961年版,第3479页。
④ 〔宋〕李昉等:《太平广记》第十册,北京:中华书局1961年版,第3717—3718页。
⑤ 〔宋〕李昉等:《太平广记》第九册,北京:中华书局1961年版,第3596页。
⑥ 〔宋〕李昉等:《太平广记》第九册,北京:中华书局1961年版,第3633页。

一些惨剧，使一些人成了痴癫。《太平广记》卷三百六十八《江淮妇人》条载："江淮有妇人，为性多欲，存想不舍，日夜常醉。且起，见屋后二少童，甚鲜洁，如宫小吏者，妇因欲抱持，忽成扫帚。"①这应是社会实录。

志怪叙事文受神话历史化影响的另一个方面就是现实中的人被神化。现实生活中受迫害的妇女被神化。《太平广记》卷二百九十二《丁氏妇》条叙："淮南全椒县，有丁新妇者，本丹阳丁氏女，年十六，适全椒谢家，其姑严酷，使役有程，不如限者，仍便笞捶，不可堪，九月七日自经死。"②《太平广记》卷二百九十二《阿紫》条叙："世有紫姑神，古来相传是人妾，为大妇所嫉，每以秽事相次役。正月十五日，感激而死。"③遭人诬陷致死者被神化。《太平广记》卷一百二十四《陈勋》条叙："建阳县录事陈勋，性刚狷不容物。为县吏十人共诬其罪，竟坐弃市。……勋家在盖竹，乡人恒见之，因为立祠，号为陈府君庙。"④战斗中丧生或突然失踪者被神化。《太平广记》卷一百九十一《朱遵》条云："一日，遵失首，退至此地，绊马讫，以手摸头，始知失首，于是土人感而义之，乃为置祠。"⑤又《太平广记》卷二百九十三《蒋子文》条叙："蒋子文，广陵人也。嗜酒好色，挑挞无度，常自谓青骨，死当为神。汉末，为秣陵尉，逐贼至钟山下，贼击伤额，因解绶缚之，有顷遂死。"⑥被贼人诛杀者被神化。《太平广记》卷二百八十四《徐登》条叙："闽中有徐登者，女子化为丈夫，与东阳赵昞并善方术，……登年长，昞师事之。后登身故，昞东入长安。……长安令恶而杀之，民立祠于永宁，而蚊蚋不能入。"⑦又《太平广记》卷二百九十四《袁双》

---

① 〔宋〕李昉等：《太平广记》第七册，北京：中华书局1961年版，第2927页。
② 〔宋〕李昉等：《太平广记》第六册，北京：中华书局1961年版，第2326页。
③ 〔宋〕李昉等：《太平广记》第六册，北京：中华书局1961年版，第2327页。
④ 〔宋〕李昉等：《太平广记》第三册，北京：中华书局1961年版，第878页。
⑤ 〔宋〕李昉等：《太平广记》第四册，北京：中华书局1961年版，第1428页。
⑥ 〔宋〕李昉等：《太平广记》第六册，北京：中华书局1961年版，第2329页。
⑦ 〔宋〕李昉等：《太平广记》第六册，北京：中华书局1961年版，第2264页。

条叙:"丹阳县有袁双庙,真第四子也。真为恒宣武诛,便失所在。……形见于丹阳,求立庙。"①政治争斗中的失败者被神化。《太平广记》卷二百九十一《伍子胥》条云:"伍子胥累谏吴王,赐属镂剑而死。……自是自海门山,潮头汹高数百尺,越钱塘渔浦,方渐低小,朝暮再来。……时有见子胥乘素车白马在潮头之中,因立庙以祠焉。"②现实人物尤其是下层人物被神化,增加了这类叙事文对现实生活反映的广度和深度,也反映了民众的愿望和理想。

  文学类的叙事文——小说、戏剧等也受到了神话历史化的深刻影响。所有这些都是受到将神话内容予以现实化的神话历史化影响。在古代小说作品中那种超现实的力量主要是以神、仙、鬼怪等面目出现,但随着演变、发展,作品中一些人类主人公也被赋予超现实的力量。其中有些本身就是神话的遗留,如战国时李冰能入江与蛟龙斗的传说,六朝又有周处能入水与蛟龙斗几日几夜的传说,但更多的是神话历史化中将人神化的结果,如唐代狄仁杰就被老百姓立了生祠,常被人祭祀。这样一来,现实中某类人物也被赋予了超现实的力量。在唐代传奇中,尤其是在晚唐的传奇作品中,剑侠豪客,甚至还有昆仑奴,他们都具有人所不能具有的本领,都能做人所不能做的事情,突如其来,倏忽其往,他们的出现总能解决普通人不能解决的问题。如裴铏的《昆仑奴》中崔生爱上一品家里的红绡妓,但一品家守卫森严,难以进入,崔生家昆仑奴却有神奇的本领,能解决崔生面临的问题。他不但能送崔生入一品家与红绡妓幽会,而且能将红绡妓带上飞离一品家。又如袁郊的《红线》、裴铏《聂隐娘》中的侠女,能于空中飞行,剑术通神,其中聂隐娘还能化为蠓入人的身体。这种方法还直接影响了文学作品中清官等正面人物形象的塑造。在古代小说作品中,清官清正廉明、办事干练、卓有成效,甚至还被赋予神

---

① 〔宋〕李昉等:《太平广记》第六册,北京:中华书局1961年版,第2338页。
② 〔宋〕李昉等:《太平广记》第六册,北京:中华书局1961年版,第2315页。

秘超人的本领,如清官典型包公被塑造成"日断阳、夜断阴"式的人物;又如贤相典型诸葛亮能祭来东风、驱魔作战。许多中国古代文学研究者正是从这一方面批评这些形象塑造上的毛病。殊不知,这些清官、贤相等正面人物的塑造正是神话历史化的影响所致,并表明百姓喜爱、敬重他们,是因他们所做的平反冤屈、惩治豪强等事情,符合百姓的愿望。

总而言之,中国古代神话历史化不仅对神话本身造成影响,而且还影响到中国古代叙事文的发展,特别是影响到叙事文学对现实和非现实题材的处理,形成了中国叙事文学特有的方法和艺术风貌。

三、史家的"实录"与小说叙事

中国古代有着最丰富的历史著述,这种历史著述中形成的"实录"理论不仅影响着历史著述本身,而且还影响着叙事文学尤其是古代小说的叙事。

"实录"一语是东汉著名史学家班固提出来的。他所说的"实录"的具体内容是"其文直,其事核,不虚美,不隐恶",[①]一方面是要对所记载的史实进行核实,另一方面是指记载文字直接,不进行没有根据的赞美,不隐瞒恶行。关于"实录",唐代刘知几在其史学著作《史通》中进行了详尽而精到的论述。首先他在《直书》《曲笔》专篇中,总结唐以前史家直书的优良传统,表彰南、董仗气直书,并指出直书与曲笔的对立,认为"直书"是实录的前提,而"曲笔"则会造成实录难求。他强调了作史的目的,他说:"况史传为文,渊浩广博,学者苟不能探

---

① 〔汉〕班固:《汉书》,北京:中华书局1997年版,第2738页。

赜索隐,致远钩深,乌足以辨其利害,明其善恶。"①这里强调的是,实录、直书的目的是为了"上明三王之道,下辨人事之纪,别嫌疑,明是非,定犹豫",②或是"止欲叙国家之兴衰,著生民之休戚,使观者自择其善恶得失,以为劝戒",③表现出史家对于国家的兴衰、社会的治乱、人民的休戚的强烈关注。史家的实录理论的核心可以概括为求真、求实、求是、资治。史家的实录理论并不是一开始就对具有近代意义的"小说"创作产生影响的,而是对史的支流如杂史、杂记、古小说产生影响。《隋志·杂传序》云:"古之史官,必广其所记。……又汉时,阮仓作《列仙图》,刘向典校经籍,始作《列仙》、《列士》、《列女》之传。皆因其志尚,率尔而作,不在正史。……因其事类,相继而作者甚众,名目转广,而又杂以虚诞怪妄之说。"④故尔杂史、杂记以及古小说与史体不无相同之处,而《隋志》亦认为此类杂传,"推其本源,盖亦史官之末事也"。⑤

刘知几对这种杂史、杂记进行了分类,他在《史通·杂述》中说:"爰及近古,斯道渐烦,史氏流别,殊途并骛。权而为论,其流有十焉:一曰偏纪,二曰小录,三曰逸事,四曰琐言,五曰郡书,六曰家史,七曰别传,八曰杂记,九曰地理书,十曰都邑簿。"⑥

我们现在称为志怪小说的作品如《汉武帝内传》《搜神记》《续齐谐记》等,旧皆列入史部杂传、小说类。它们本身作为历史著述必然会受史家实录理论的影响。这些杂记的作者有一些本身就是史学家,如东晋干宝。干宝,东晋元帝时以佐著作郎领修国史,后任太守、散骑侍郎等职,著有《晋纪》,时称良史。他在《搜神记·序》中把自己

---

① 浦起龙:《史通通释》,上海:上海古籍出版社1978年版,第204页。
② 〔汉〕司马迁:《史记》,《二十四史》第一册,北京:中华书局1997年版,第3297页。
③ 〔宋〕司马光:《资治通鉴》第五册,北京:中华书局1956年版,第2187页。
④ 〔唐〕魏徵:《隋书》,《二十四史》第七册,北京:中华书局1997年版,第981-982页。
⑤ 〔唐〕魏徵:《隋书》,《二十四史》第七册,北京:中华书局1997年版,第982页。
⑥ 〔唐〕刘知几:《史通》,南京:凤凰出版社2013年版,第141页。

的著述当作历史方面的东西。他自认为遵守了史家的传统,也就是实录。具体说来所遵守的是:一有古籍文献可据,自己所录有一部分是来自前贤的著述;二是来源于自己采访的近世之事,是自己耳闻目睹的。从现存的能查到的材料来看,《搜神记》原本是分类的,如同《世说新语》是分类编辑的一样。原来曾有《感应篇》《神化篇》《妖怪篇》,每篇的篇首有序论,序论之后才是正文,再由若干篇组成了一部完整的书。正如干宝自己所言的"会同散逸,使同一贯""今粗足以演八略之旨",[①]也就是分类编撰,表达其旨意。其总的愿望是"明神道之不诬",但每篇所论均有所侧重,构成了当时比较严密的体系。由于干宝原书至宋代就散佚了,今本二十卷是后人所辑,完全按照原书的编辑方式进行探讨已不可能。我们可参照内容,根据其记事模式考察它所受实录传统的影响。

《搜神记》用得比较多的叙事模式是仙人、术士的个人传记模式。这种模式基本采用太史公司马迁创立的传记模式,即某某者,某地人也,然后叙其平生之事。这种模式最简省的形式为解释名号式:某某者,某时或某地人,做某事,所心名某。还有一种叙事模式是妖祥卜梦模式。根据记妖或记梦等不同又可细分为几种模式。模式之一为休咎之征的记事模式:某时发生某事,是某种社会动乱预兆。这种模式直接来源于史书,记事极其简朴且程式化。这几种模式的形式是史体而内容多来自民间,记事比较灵活,但也遵守着史家求实的特点,写明了时间、地点,还强调真实性。

今天称之为"传奇"的这一类作品,唐人并无此类称呼。一方面是沿袭志怪进行创作,如《古镜记》《补江总白猿传》等。另一方面有一些重要的单篇传奇如《霍小玉传》《李娃传》《柳毅传》等在《太平广记》中称之为杂传记;从体裁上来看也并没有完全脱离史体,刘知几称之为"史之杂名"。但他们也注意了这种"史之杂名"与"史"还是有

---

① 〔晋〕干宝:《搜神记》序,北京:中华书局1979年版。

所区别。李肇在《唐国史补序》云:"予自开元至长庆撰《国史补》,虑史氏或阙则补之意,续《传记》而有不为。言报应,叙鬼神,征梦卜,近帷箔,悉去之;纪事实,探物理,辨疑惑,示劝戒,采风俗,助谈笑,则书之。"①这是史家的传统观点,坚持实录,不叙鬼神。但他又认为那些虚构的东西也能表现史才,他说:"沈既济撰《枕中记》,庄生寓言之类。韩愈撰《毛颖传》,其文尤高,不下史迁。二篇真良史才也。"②唐代的史学家尊重实录传统,李肇如此,刘知几更是如此。那么,史家的实录观念对唐传奇的创作有没有影响呢?回答当然是肯定的。传奇在形成过程中虽然受到了史传极大的影响,但是表现在具体作品上受史传影响的程度又不完全一致。取名为"记"(包括"志""录"等)的,相对来说比较侧重于故事情节的奇幻怪诞,对人物形象注意较少,较多地保留了志怪小说的形式并大多荟萃成集,其中也受到实录的影响,强调叙事的真实性。如《古镜记》,一方面年月日记载得非常清楚;另一方面对"古镜"的来龙去脉交代得清清楚楚,来自谁手,到了谁的手上,最后又怎样了等,无不强调叙述的真实性。取名为"传"的,则更注意于人物形象的刻画,对主要人物的叙述比较完整,常在故事前后扼要介绍主要人物的出处及归宿,有时在文末还针对主要人物加上论赞式的议论,与"记"相比更明显地沿袭了史传的形式。有的传奇用真人名表明记事。

值得我们注意的是唐人小说或唐人传奇,历来被称为中国小说史的重要的里程碑,是表明中国小说的自觉的标志。所谓"有意为小说"或称之为"作意好奇",也就是说唐人不像魏晋南北朝时候的人,真正相信奇异之事,而是通过叙述这些奇异之事来扬己之才。不过这种"作意好奇"的自觉意识也应该有一个发展过程。首先是继承志怪传统以虚为实,即以为鬼神乃实有,然后附会至真人,如《补江总白

---

① 〔唐〕李肇:《唐国史补 因话录》,上海:上海古籍出版社1979年版,第3页。
② 〔唐〕李肇:《唐国史补 因话录》,上海:上海古籍出版社1979年版,第55页。

猿传》附会到欧阳询身上,最后是真正的虚构。胡应麟在《少室山房笔丛·二酉缀遗》中说:"凡变异之谈,盛于六朝,然多是传录舛讹,未必尽幻设语。至唐人乃作意好奇,假小说以寄笔端。"①前朝实录传统的影响是对其内容,即要求所记之事有根据、是可靠的,到后来实录影响只在其形式上或者是在其艺术效果上起着作用,即所叙述的事看起来像真实的。如李公佐《南柯太守传》叙述了淳于棼在梦中至槐安国的经历后,又叙述他在梦醒后与二客寻槐下穴。幻为幻,实为实,观者不会将其混淆,为了艺术真实又假实以证幻。

宋代的说话是民间的口头表演艺术,与书面著述应该有所不同,因而史家的实录理论未必直接影响它。但从有关记载来看,说话也受到史家的影响。如吴自牧《梦粱录·小说讲经史》:"讲史书者,谓讲说《通鉴》、汉、唐历代书史文传,兴废争战之事。"②这里明确地说小说中讲史的材料来源于史书,如《通鉴》、汉唐历代史书。既然其材料来源于史书,受其实录观点的影响那也是不可避免的。如南宋罗烨在《醉翁谈录·小说引子》中强调说话"以上古隐奥之文章,为今日分明之议论。……皆有所据,不敢谬言"。③ 概括说来,讲史受实录传统影响在如下三个方面。一是有的内容完全取诸史书。如《新编五代史平话》参考了新、旧《五代史》,但主要依靠的是《资治通鉴》,在按年月日叙述史实时,不仅史实与《资治通鉴》相同,句子也有许多相近、相同的。二是大的结构依照史书。讲史一般采用《资治通鉴》编年断代的形式,年代时间清楚;由于叙的是历史,篇幅都比较长,因而不是一天两天能够讲完,所以就要分段立目,是后来章回的直接源头。三是小说语言文白相间,出于史书记载的事件便多文言。

说话中的"小说"类话本,脱离了史书的影响,以当时发生过的或

---

① 〔明〕胡应麟:《少室山房笔丛》,上海:上海书店出版社 2001 年版,第 371 页。
② 〔宋〕吴自牧:《梦粱录》,西安:三秦出版社 2004 年版,第 320 页。
③ 〔宋〕罗烨:《新编醉翁谈录》,《续修四库全书》第 1266 册,上海:上海古籍出版社 2013 年版,第 409 页。

一直在民间流传的事作为材料,这样史家实录理论的影响是少多了。但即使如此,话本也还注意其真实有据,如话本中经常可以见到这样的话,"原系京师老郎传流,至今编入野史"①,除此之外,小说话本更多的是采用真实朝代名、真实的地名,甚至连主人公名字也是真的,这也应该是受史家实录理论的影响。如《西湖三塔记》云:"是时宋孝宗淳熙年间,临安府涌金门有一人,是岳相公麾下统制官,姓奚,人皆呼为奚统制。有一子奚宣赞……"②有的还用历史遗址加以证明真实性。如《西湖三塔记》话本末尾说:"奚真人化缘,造成三个石塔,锁住三怪于湖内。至今古迹遗踪尚在。"③有的引用别的记载加以证明。

　　史家实录理论在明清章回小说创作和批评繁荣的时代发生演变,其结果就是小说叙事写实方法的成熟。在很长的一段时间内史家实录理论还起着一种决定性的影响。陈继儒在《叙列国传》一文中提出:"……《列传》始自周某王之某年,迄某王之某年,事核而详,语俚而显。"④陈继儒将演义小说当作史书看待,要求"事核而详",即小说所述人物事件的翔实正确,始自某年,迄止某年,朝会盟誓之期……一一可查可考,正确无误。而《列国传》的创作仿《左传》体例,据《史记》所载事迹,刻板演绎,实而无味。

　　随着创作实践积累和批评家们的认识的深入,史家的实录理论影响有所变化,不是那种刻板地强调照录史书,允许虚构。"可观道人"在《新列国志·叙》中说他协助冯梦龙尽快完成《新列国志》的改编创作,是冯梦龙的朋友熟人。他说:"墨憨氏重加辑演,为一百八回,始乎东迁,迄于秦帝,东迁者列国所以始,秦帝者列国所以终。本

---

① 〔明〕冯梦龙:《醒世恒言》,北京:中华书局2009年版,第171页。
② 〔明〕洪楩:《清平山堂话本》,南京:江苏古籍出版社1990年版,第28页。
③ 〔明〕洪楩:《清平山堂话本》,南京:江苏古籍出版社1990年版,第36页。
④ 〔明〕陈继儒:《叙列国传》,重校《春秋列国志传》,《古本小说集成》影印明龚绍山刻本,上海:上海古籍出版社1994年版,第6—9页。

诸《左》、《史》,旁及诸书,考核甚详,搜罗极富,虽敷演不无增添,形容不无润色,而大要不敢尽违其实。凡国家之兴衰存亡,行事之是非成毁,人品之好丑贞淫,一一胪列,如指诸掌。"①"可观道人"承认演义小说与史书具有同样的实录内容,并非作家凭空结构,任意杜撰。但是不同于陈继儒的实录观点,"可观道人"认为演义小说"大要不敢尽违其实",而"敷演不无增添"。这是演义与史书的根本区别。另外,史籍记录人事,原始要终,生卒年月,朝代政迹,一一须实录。但演义小说目的不在于提供类似的档案材料,所谓"大要不违其实",除了时间始迄合乎历史,最重要的还是集中展现"国家之兴衰存亡,行事之是非成毁,人品之好丑贞淫"。《三国演义》的创作也应该属于这一类,所谓"七实三虚"。

史家的实录方法转变为小说叙事的写实方法和理论,并不是一蹴而就的。其中既有评点家的功劳,更有小说家的功劳。由前面所论我们已知道,史家的实录强调的是真实地记载历史,善恶必书,不隐恶,不虚美;其核心是真实可靠。如果小说创作和批评不再是死依史书、史事,那么处理创作与现实生活的关系就成了中心问题。正是由于实录理论的长远影响,古代的小说创作者和评论家都认为小说创作是现实生活的反映。如容与堂本《水浒传》卷首"《水浒传》一百回文字优劣"云:"世上先有《水浒传》一部,然后施耐庵、罗贯中借笔墨拈出;若夫姓某名某,不过劈空捏造,以实其事耳。"②先有生活中人物和事情,然后作家才能进行如此的创作,这当然是传统实录理论在小说评点方面的移用,也是对小说创作方法的一种概括。首先,这种写实创作方法要求作家要认真地观察生活,而最好的创作材料来源于自己的真切的生活经历。如《金瓶梅》,在其问世不久,袁中道谈

---

① 〔明〕可观道人:《新列国志叙》,《墨憨斋新列国志》,《古本小说集成》影印明金间叶敬池刻本,上海:上海古籍出版社1992年版,第7—10页。

② 朱一玄、刘毓忱:《水浒传资料汇编》,天津:南开大学出版社2002年版,第186页。

《金瓶梅》来历时说:"旧时京师,有一西门千户,延一绍兴老儒于家。老儒无事,逐日记其家淫荡风月之事,以门庆影其主人,以余影其姬,……"①谢肇淛也说:"《金瓶梅》一书,不著作者名代。相传永陵中有金吾戚里,凭怙奢汰,淫纵无度,而其门客病之,采撮日逐行事,汇以成编,而托之西门庆也。"②逐日记录,从其本来意义上讲是指其采用史家的起居注、实录之类的编撰方法,这里是借用,用来说明《金瓶梅》的作者可能要进行如此的观察和积累才能写得如此真实。对《红楼梦》也有这样的看法。有人认为《红楼梦》是作者自己的经历,是自传。《石头记凡例》中有这样的话:"自云:今风尘碌碌,一事无成,忽念及当日所有之女子,一一细推了去,觉其行止见识皆出于我之上;何堂堂之须眉,诚不若彼一干裙钗?实愧则有余、悔则无益之大无可奈何之日也!当此时,则自欲将已往所赖——上赖天恩,下承祖德,锦衣纨绔之时,饫甘餍美之日,背父母养育之恩,负师兄规训之德,以致今日一事无成,半生潦倒之罪,编述一记,以告普天下人。"③这说明作品中确实有作家自己生活的影子。

其次,这种写实方法还注意将现实生活与艺术创造相区分。如果一味地强调对现实生活的复写,那么又会重蹈死搬实录方法的老路。谢肇淛说:"凡为小说及杂剧戏文,须是虚实相半,方为游戏三昧之笔,亦要情景造极而止,不必问其有无也。"④这里"实"当然指的是"真实",而"虚"呢,应该是指艺术虚构。他在此强调两者并重。有些人可能会说谢肇淛在此将文学创作当作"游戏"的认识是浅薄的。实际上正是这种将文学作品当成"游戏"的观点才表明他对文学作品的

---

① 〔明〕袁中道:《游居柿录》,黄霖:《金瓶梅资料汇编》,中华书局1987年版,第229页。
② 〔明〕谢肇淛:《金瓶梅跋》,黄霖:《金瓶梅资料汇编》,中华书局1987年版,第3页。
③ 《脂砚斋重评石头记甲戌本》,北京:作家出版社2000年版,第76页。
④ 黄霖、韩同文:《中国历代小说论著选》(上),南昌:江西人民出版社2000年版,第167页。

艺术性的认识的深度,也意味着他将小说戏剧等叙事文学作品与非文学性叙事区别开来。《红楼梦》的作者也深知其三昧,他不能让人们把小说当作完全真实的历史事件,他公开地讲他采用"假语村言""真实隐去"的手法,并指出书的主旨是"梦""幻"。这种情况用现代文学理论术语来概括就是所谓"陌生化"。这是古典小说创作方法成熟的重要表现。

最后,古典小说写实方法主要体现为客观叙述的方法。客观叙述是中国史传文的传统笔法。史家记叙历史,以秉笔直书为最高原则,在记叙中不直接表示自己的倾向,让事实自己来说话。但记叙者并非没有自己的立场和观点,实录、直书本身就是一种立场,所谓客观叙述,只不过是把作者的立场观点隐蔽起来罢了。然而作者又不愿把自己的观点隐蔽得读者无从知晓,于是在遣词造句上颇费斟酌,常常在微言中寓藏大义。古典小说的写实方法主要表现为客观叙述,但不能将这种客观叙述与"春秋笔法"等同。晋杜预将"春秋笔法"概括为五种类型,表明它是一种好的方法,但唐代刘知几在《史通》中把《春秋》为尊者讳、为贤者讳等"义例",斥为"爱憎由己""厚诬来世"。这就是说从史书的撰写角度来说,它与直书、实录是相矛盾的东西,而不是实录、直书的方法,因此它对小说写实叙事方法的形成是没有多大帮助的。具体说来客观叙述方法有以下几个要点。一是将故事置于真实朝代的社会当中,写出其必然发展的趋势,也就是说深刻地揭示其发生发展的必然逻辑。如《三国演义》就揭示了中国古代东汉至晋这一期间由合到分又由分到合的历史发展过程。作者的爱憎是分明的:拥刘反曹,但最后成功地统一全国的不是作者所深爱的蜀汉,而是承曹魏的司马氏。《水浒传》所描写的是北宋末年社会,在这个时期里朝廷昏庸不明、民不聊生,老百姓被逼上梁山,因而小说客观地揭示了农民起义的发生、发展以及失败的过程。二是客观的细节描写。如容与堂本《水浒传》中常用的批语"真""画""有光景",袁无涯本《水浒传》常用的批语"像""光景口腔都像""好摹写""声状俱出""传神",指的是细节描写的逼真。容与堂本《水浒传》第一回回末总评说:"《水浒传》事节都是假的,说来却似逼真,所以为妙。"①逼真的细节描写在任何一部成功的古典小说中都存在。实际上这种手法是来源于史家的。钱锺书在《管锥编》中说:"史家追叙真人实事,每须遥体人情,悬想事势,设身局中,潜心腔内,忖之度之,以揣以摩,庶几入情合理。盖与小说、院本之臆造人物、虚构境地,不尽同而可相通;记言特其一端。《韩非子·解老》曰:'人希见生象也,而得死象之骨,案其图以想其生也;故诸人之所以意想者,皆谓之象也。'斯言虽未尽想象之灵奇酣放,然以喻作史者据往迹、按陈编而补阙申隐,如肉死象之白骨,俾首尾完足,则至当不可易矣。"②史家的"补阙申隐"就是补充栩栩如生的细节。三是人物性格的塑造。"性格"一词最早是金圣叹提出来的。他说:"别一部书,看过一遍即休。独有《水浒传》,只是看不厌,无非为他把一百八个人性格,都写出来。"③中国史书最重人物,所谓纪传体中最重要的就是人物传记,而所谓直书、实录其主要也是指如何记录人物的事迹。受史家的影响古典小说中人物的类型化描写是比较成功的,也就是说对于描写一类人物与另一类人物的不同,有很多成功的范例。如《三国演义》所谓"奸绝""义绝""智绝"的曹操、关羽、诸葛亮各个不同,给读者留下深刻印象。而到《水浒传》被写得活的人物更多了。容与堂本《水浒传》第三回总评说:"李和尚曰:'描画鲁智深,千古若活,真是传神写照妙手。且《水浒传》文字,妙绝千古,全在同而不同处有辨。如鲁智深、李逵、武松、阮小七、石秀、呼延灼、刘唐等众人,都是急性的,渠形

---

① 朱一玄、刘毓忱:《水浒传资料汇编》,天津:南开大学出版社2002年版,第172页。
② 钱锺书:《管锥编》第一册,北京:中华书局1986年版,第165—166页。
③ 朱一玄、刘毓忱:《水浒传资料汇编》,天津:南开大学出版社2002年版,第220页。

容刻画来,各有派头,各有光景,各有家数,各有身份,一毫不差,半些不混,读去自有分辨……'"①同一类人中已注意写出他们的不同,这是人物塑造中的一大发展,但离塑造典型还有一段距离。鲁迅在《中国小说的历史的变迁》中说:"至于说到《红楼梦》的价值,可是在中国底小说中实在是不可多得的。其要点在敢于如实描写,并无讳饰,和从前的小说叙好人完全是好,坏人完全是坏的,大不相同,所以其中所叙的人物,都是真的人物。总之自有《红楼梦》出来以后,传统的思想和写法都打破了。"②鲁迅把人物描写的成功看作是《红楼梦》价值的"要点",而认为《红楼梦》人物描写的主要特色,就在如实描写,写好人不是全好,写坏人不是全坏。这正是史家实录方法强调的。刘知几说:"盖明镜之照物也,妍媸必露,不以毛嫱之面或有疵瑕,而寝其鉴也;虚空之传响也,清浊必闻,不以绵驹之歌时有误曲而辍其应也。夫史官执简,宜类于斯,苟爱而知其丑,憎而知其善,善恶必书,斯为实录。"③"爱而知其丑,憎而知其善",正是要将人全面真实地写出来,曹雪芹可能就是从这种实录方法中汲取了宝贵养分而发展出新的人物描写方法。

  总而言之,实录本是一种史家编写史书的方法,但它自然地延伸到中国古代小说的前身杂史杂记类的志怪,文体是史体,目的是实录。它对唐人传奇、宋元说话都有着巨大的影响,其影响主要表现在叙述要有根据,不是在于实录现实生活,而主要表现在如何让其叙述更具真实性这一方面。明清章回小说是我国古代成熟的小说形式,实录理论对于小说叙事的写实方法的形成起着重要的作用,一方面,使小说创作者和批评者既认识到现实是文学艺术之源,又要将两者严格地区分开来,小说不同于现实;另一方面,又使古典小说得以形

---

  ① 朱一玄、刘毓忱:《水浒传资料汇编》,天津:南开大学出版社2002年版,第173页。
  ② 朱一玄:《红楼梦资料汇编》,天津:南开大学出版社2001年版,第903页。
  ③ 〔唐〕刘知几:《史通》,沈阳:辽宁教育出版社1997年版,第114页。

成叙事的写实方法:揭示事件的客观发展规律、对生活细节进行客观描写、善恶兼具的人物塑造。

四、中国古典小说中的意境创造

意境或称境界,是由王国维在《人间词话》中提出来的中国古典美学中的一个重要范畴。意境说是逐步形成的。境界一语原出佛经,后被移用到文学评论当中。唐代王昌龄所著《诗格》中最早用了"意境"一词,并提出了景与意"相兼""相惬"的创作手法,[①]刘禹锡在《董氏武陵集纪》中论述了"境"与"象"的关系,提出了"境生于象外"之说。[②] 明末清初王夫之《姜斋诗话》深入探讨了创作中的情景关系与主客体相互作用,提出了"景生情""情生景""情者景之情""景者情之景"等说法,直接影响王国维的意境说的提出。意境可能有许多不同的表述,但它最重要的是关于抒情艺术形象的创造的理论,强调情与景的高度融合,按理说它与以叙事为主的小说是没有多大关系的。事实上,这种认识是片面的。虽说小说是通过故事情节塑造人物形象,并不是一种主观的抒情,也不追求情景交融的抒情艺术形象的创造,但一方面小说中不乏景物描写和人物的心理描写,也就是说小说中有抒情诗歌中的主要材料;另一方面,小说也不排除在塑造人物形象的同时也能达到一种人物的情感与人物所处的环境包括自然和人文的环境融合为一,形成一种意境。

从中国古典小说的发展来看,由唐传奇到明清章回小说,对意境或者说对情景交融的追求有一个比较曲折复杂的过程,愈到后来愈明显、愈强烈。唐传奇,因为它与发达的唐诗关系密切,所以一般研

[①] 〔唐〕王昌龄:《诗格》,郭绍虞、王文生:《中国历代文论选》第二册,上海:上海古籍出版社 2001 年版,第 88—89 页。

[②] 〔唐〕刘禹锡:《董氏武陵集纪》,郭绍虞、王文生:《中国历代文论选》第二册,上海:上海古籍出版社 2001 年版,第 89—90 页。

究者都认为它是与诗歌结合比较好的一种小说文体。汪辟疆说:"唐代文学,诗歌小说,并推奇作。……于是道箓三清之境,佛氏轮回之思,负才则自放于丽情,摧强则酣讴于侠义。罔不经纬文心,奔赴灵囿,繁文绮合,缛旨星稠;斯亦极稗海之伟观,迈齐梁而轶两京者欤!虽流风所届,藉肆诋諆,而振采联辞,终归明密。宋刘贡父尝言:'小说至唐,鸟花猿子,纷纷荡漾。'洪景卢亦言:'唐人小说,小小情事,凄惋欲绝,洵有神遇而不自知者。'"① 其中有一些作品确实做到了情与景的交融。如《霍小玉传》:

> ……凌晨,请母梳妆。母以其久病,心意惑乱,不甚信之。俛勉之间,强为妆梳。妆梳才毕,而生果至。玉沉绵日久,转侧须人,忽闻生来,欻然自起,更衣而出,恍若有神,遂与生相见,含怒凝视,不复有言。羸质娇姿,如不胜致,时复掩袂,返顾李生。感物伤人,坐皆歔欷。……因遂陈设,相就而坐。玉乃侧身转面,斜视生良久,遂举杯酒,酬地曰:"我为女子,薄命如斯。君是丈夫,负心若此。……"乃引左手握生臂,掷杯于地,长恸号哭数声而绝。母乃举尸,置于生怀,令唤之,遂不复苏矣。②

情深而冷静地等待最后的时刻,从容中透露出更深的失望,愤绝中又表露出无限的留恋,虽无景物的描写,但这一场面却有更多的诗情、诗境,接近于王国维所说的"境非独谓景物也。喜怒哀乐,亦人心中之一境界"。《任氏传》中也有如此的韵味。在叙任氏为犬所毙后云:

> 回睹其马,龁草于路隅,衣服悉委于鞍上,履袜犹悬于

---

① 汪辟疆:《唐人小说·序》,上海:上海古籍出版社1978年版。
② 汪辟疆:《唐人小说》,上海:上海古籍出版社1978年版,第81页。

镫间,若蝉蜕然。唯首饰坠地,余无所见。女奴亦逝矣。①

周绍良先生说:"此段文字颇具张力,白描中含着润泽带着余韵,虽是郑六眼中所见,然淡淡的诗意、沉沉的情愫,透示出作者对美之毁灭的伤悼,一种由香消玉殒而触发的理化的哀痛息息可闻。"②

诚然,唐传奇还是以叙事为主,却在写法上自觉或不自觉地受到诗歌手法的影响,后来发展成所谓"文备众体"的做法,但这并不表明唐人在传奇创作中刻意追求诗的意境,毕竟"史才"与"诗笔"是有所不同的。

宋元话本,是说话艺人用来说话的底本,它强调的是故事的引人入胜,在其讲说的时候,也引用了大量诗词歌赋,但这种诗词或写景,或评论,是说话艺人用来掌握说话的一种工具,而散说又主要是敷演故事,未能也没有去追求一种生动如画的环境与主人公情感相融合的艺术形象的创造。

在中国古代,最早将"意境"与叙事很好结合的是以元杂剧为代表的戏剧文学。王国维在《宋元戏曲考》中说:"然元剧最佳之处不在其思想结构,而在其文章。其文章之妙,亦一言以蔽之,曰:有意境而已矣。何以谓之有意境?曰:写情则沁人心脾,写景则在人耳目,述事则如其口出是也。"③这是说元杂剧中意境的特点是:情深景真,语言如其口出。如马致远的《汉宫秋》写的是汉元帝和宫女王昭君的故事,整个剧本像一首诗,而这首诗真正做到了情深景真,语言如其口出。第三折写灞桥送别。汉元帝唱道:

〔梅花酒〕呀!俺向着这迥野悲凉。草已添黄,兔早迎霜。犬褪得毛苍,人搠起缨枪,马负着行装,车运着粮粮,打

---

① 汪辟疆:《唐人小说》,上海:上海古籍出版社1978年版,第47页。
② 周绍良:《唐传奇笺证》,北京:人民文学出版社2000年版,第20页。
③ 王国维:《宋元戏曲考》,《王国维文学论著三种》,北京:商务印书馆2001年版,第161页。

猎起围场。他他他,伤心辞汉主;我我我,携手上河梁。他部从入穷荒,我銮舆返咸阳。返咸阳,过宫墙;过宫墙,绕回廊;绕回廊,近椒房;近椒房,月昏黄;月昏黄,夜生凉;夜生凉,泣寒螿;泣寒螿,绿纱窗;绿纱窗,不思量!

〔收江南〕呀!不思量,除是铁心肠!铁心肠,也愁泪滴千行。美人图今夜挂昭阳,我那里供养,便是我高烧银烛照红妆。①

这段曲辞,可能原曲调是短促的节拍,而在语言的表达上也有这样的特点,急迫而又回环往复,将眼见的实景与想象中的场景交融在一起,由打猎而叙两人分别,由分别想到回咸阳,进宫墙,绕回廊,近椒房,见月思量,愈转愈深。一切景物无不染上汉元帝的色彩。又如第四折,汉元帝思念昭君成梦,醒后闻长空孤雁悲鸣。其他的元代戏剧文学作品如《西厢记》等,继承了古代诗词融情入景、情景交融的手法,描摹景物,渲染气氛,不仅揭示人物的心理,塑造出人物的性格,而且将人物与其所创造的艺术环境交融在一起,形成一种整体的意境。

为什么元杂剧能创造出诗的意境而前此的传奇和话本却不能呢?这是与诗词在作品中的作用有关的。唐传奇中诗歌多数是用来表现作者的才能,很少是用来表现人物的,与人物的关系不是很密切,何况这种新的叙事文体,唐人要用来表现他们更多方面的才能,如史才、议论、诗笔等。宋元话本,用诗词歌赋等韵语更多的是技艺上的需要,所谓稳定听众,所谓调剂情绪等,与人物甚至与情节的关系都不是很密切,更何况它是让人来听的,而这听的东西转瞬即逝,听众也无法把握,显然费思量、需想象的意境创造是根本不合适的。

---

① 〔元〕马致远:《汉宫秋》,顾肇仓:《元人杂剧选》,北京:人民文学出版社1956年版,第136—137页。

人们肯定会问，元杂剧也要满足广大观众的需要，而这些观众也未必有很高的文化，它为什么会创造出意境呢？中国的戏曲的观众应该是以下里巴人为主，它的前身如参军戏、踏遥娘等未必不是以滑稽逗笑为主，这种东西实际上在元杂剧中还有保留。可元杂剧却又能创造出诗的意境，当然这首先与杂剧的作家队伍有许多文人有关系。这是元代社会不同于其他朝代的地方。在元代，广大文人知识分子，因朝廷不举行科举，上升无门，甚至连生活都没有着落，他们只有下落下层，有一部分就成了书会才人，与倡优为伍。这应该是比宋话本的作者的水平要高明的一个原因。其次是与元杂剧这种体制有关系。角色有唱词，这是与话本区别最大的地方，角色的唱词虽然也有叙事，但以抒发内心为主，好比是话本中的人物的语言，因此这种曲辞与人物的关系就比话本中的诗词与话本的人物关系密切得多。再加上早就有所谓"诗庄词媚"的说法，宋士大夫在诗里是道貌岸然的，但在词中却多情多愁，肺腑洞开，而元曲更是来自民间，直写心扉是其主要功能。有人还会问，这种曲辞不通俗的话，不会引起观众的不满吗？这种情况，一方面是通过曲辞的尽量通俗来解决，这就是在元杂剧界中首先产生影响的是所谓"本色"派的原因。另一方面，中国的戏曲包括元杂剧在内，是唱念做打，还有舞台效果等，这些都应该起着使观众看懂的作用。此外，可能与音乐有关。音乐虽然被称之为最抽象的艺术，但元杂剧的一个重要表现内容就是它的一套套曲调是来自民间，这种熟悉的旋律也是观众能够接受的重要原因。

具体说来，元杂剧的诗歌意境创造还与其表演中是以唱为主有着关联，也就是说元杂剧重要的特点就是在演员唱的过程中展开冲突，而说白和做或其他表演是次要的，这给曲辞的大量运用提供了很好的条件，也给诗歌意境的创造提供了前提条件。但仅注意到这一点还是不够。元杂剧的意境创造，王国维提出了三个方面的特点，一是写情则沁人心脾，二是写景则在人耳目，三是述事则如其口出是也。他并未指出这是指曲辞还是包括整个剧本。我以为还是要从整个剧本来看,不能将曲辞与剧情割裂开来,也就是说要将曲辞与说白两个不同的方面结合起来看杂剧的诗的意境构成。或许可以这样说,诗意浓郁的杂剧,一般观众看得多的还是最基本的剧情表演,但对诗的意境主要是由音乐旋律中展开的曲辞中感受到的。从现存的元杂剧的剧本来看,曲辞是有特殊功用的,它可以抒情、叙事、渲染气氛、串连情节等。它可以说是人物的一种特殊的语言,但又不能单纯地看作是人物对白式的语言,它还有独立的作用,这种作用就是由于人物内心世界的展开,因而又打开了一个内在时空相对自由的世界。这个世界在欧美文学中应该是当代小说重视心理描写后才出现的,它深入到人物的内心深处。另外由人物的动作、语言所构成的一个正在进行着的时空世界,但前一个时空世界是包容在后一个时空世界当中的,且随时有所突破,如追叙了很久以前的事,或发生在另外一个空间的事,人物此时的心理行动发生在前一个时间空间里,但心理的内容却是远远超出这一时间空间的限制。人物曲辞使人物成了第一人称的叙事者和抒情者,展开叙述和抒情,视角也由此而改变,观众不得不由冷静的不偏不倚的旁观者转而随着人物的视角去观看正在发生于外在时空的事件,当然也就有情景交融的意境出现。如白朴《梧桐雨》第四折唐明皇观杨贵妃真容后小睡梦见贵妃,醒后唱:

〔双鸳鸯〕斜軃翠鸾翘,浑一似出浴的旧风标,映着云屏一半儿娇。好梦将成还惊觉,半襟情泪湿鲛绡。

〔蛮姑儿〕懊恼,窨约,惊我来的又不是楼头过雁,砌下寒蛩,檐前玉马,架上金鸡;是兀那窗儿外梧桐上雨潇潇。一声声洒残叶,一点点滴寒梢,会把愁人定虐。

〔滚绣球〕这雨呵,又不是救旱苗,润枯草,洒开花萼;谁望道秋雨如膏,向青翠条,碧玉梢,碎声儿必剥增百十倍歇和芭蕉。子管里珠连玉散飘千颗,平白地瀽瓮番盆下一宵,惹的人心焦。

〔叨叨令〕一会价紧呵,似玉盘中万颗珍珠落;一会价响呵,似玳筵前几簇笙歌闹;一会价清呵,似翠岩头一派寒泉瀑;一会价猛呵,似绣旗下数面征鼙操;兀的不恼杀人也么哥!兀的不恼杀人也么哥!则被他诸般儿雨声相聒噪。

〔倘秀才〕这雨一阵阵打梧桐叶凋,一点点滴人心碎了。枉着金井银床紧围绕,只好把泼枝叶做柴烧,锯倒。①

这几首曲辞,先叙做梦见了贵妃之容,其后梦被雨惊醒,这时间应该是在前,发生在他的脑海里;然后咏雨,一宵的雨,这应该是在眼前,是当前时间;由雨而想到笙歌、战场,最后抒发这雨似乎滴在心上的烦闷恼怒之情。这种第一人称的强烈抒情,不仅仅只有情,其中又有充满了情感的景物:恼人的梧桐雨。观众看也好,读者读也好,肯定会被带到这一情景交融的抒情世界。那么,人物的对白呢?在展示人物的内心世界的一折中,相对曲辞来讲,人物对白就起着叙述更清楚完整和提醒等方面的辅助作用。如这一折,高力士的独白就交代了李、杨之间发生的主要事件以及拿了杨贵妃的真容给唐明皇。又如在前面的几支曲子后,唐明皇独白叙说梧桐树下原是妃子跳舞和两人盟誓的地方,并用一支〔滚绣球〕咏唱跳舞和盟誓;然后高力士云:"主上,这诸样草木,皆有雨声,岂独梧桐?"扮演唐明皇的正末云:"你那里知道,我说与你听者。"唱:

〔三煞〕润蒙蒙杨柳雨,凄凄院宇侵帘幕;细丝丝梅子雨,妆点江干满楼阁;杏花雨红湿阑干,梨花雨玉容寂寞;荷花雨翠盖翩翩,豆花雨绿叶萧条:都不似你惊魂破梦,助恨

---

① 〔元〕白朴:《梧桐雨》,顾肇仓:《元人杂剧选》,北京:人民文学出版社1956年版,第109—110页。

添愁,彻夜连宵。莫不是水仙弄娇,蘸杨柳洒风飘。①

最后还用两支曲子咏梧桐雨,将人物无法排遣的愁恨与连绵不断的梧桐雨紧紧结合在一起,构建一种凄楚迷离的意境。由此我们要明白,意境虽然主要是由人物的曲辞创造的,但它并没有离开情节的发展,而是在情节的发展之内。它有时是人物触景生情的抒发,有时是由别人的话语感发,也对其他的人物产生影响,有时就是对白一般。如《西厢记》第三本第二折:

> 姐姐休闹,比及你对夫人说呵,我将这简帖儿去夫人行出首去来。(旦做揪住科)我逗你耍来。(红云)放手,看打下下截来。(旦云)张生两日如何?(红云)我只不说。(旦云)好姐姐,你说与我听咱!(红唱)
>
> 〔朝天子〕张生近间、面颜,瘦得来实难看。不思量茶饭,怕待动弹;晓夜将佳期盼,废寝忘餐。黄昏清旦,望东墙淹泪眼。
>
> (旦云)请个好太医看他证候咱。(红云)他证候吃药不济。②

还应注意的是,元杂剧唱词中的意境一般来说是单一的,这可能与一人主唱有关系,如《梧桐雨》是正末主唱,所以将正末所饰的唐明皇与梧桐雨紧紧结合在一起形成相对单一的意境,《汉宫秋》也是如此;但是,也有多本组成的如《西厢记》,主唱的每本不同,而情节也更加复杂,显然其剧本的总意境也应该是由多人意境组合而成。

中国古代的章回小说直接由宋元说话演变而来,以重故事、重情节为其主要特征,对艺术意境的创造不是很重视。但中国古代章回

---

① 〔元〕白朴:《梧桐雨》,顾肇仓:《元人杂剧选》,北京:人民文学出版社1956年版,第110页。

② 〔元〕王实甫:《西厢记》,北京:中华书局2015年版,第124—125页。

小说还受到两方面的影响，一方面是文人重诗歌亦重言志抒情的传统的影响，文人成为章回小说的创作队伍的主要成员后，必定会要借小说来浇胸中的块垒；另一方面是戏曲创作的影响，戏曲中能将抒情与叙事很好的结合，创造出艺术意境的现象也会影响章回小说的创作。

《三国志通俗演义》由元代《三国志平话》等讲史话本发展而来。这是学界都承认的事实，但该演义小说的写定者肯定也做了许多的加工甚至是再创造的工作，使其大大超越了讲史话本的水平。当然，《三国志通俗演义》除了已知的作者外，可能还有一些无名作者，所以《三国志通俗演义》不能算是完全的个人创作。即使是这样，我认为《三国志通俗演义》受到文人的诗歌传统和戏曲的影响，也进行过写出有境界、有一定余韵的尝试。这种尝试主要反映在第三十七回《司马徽再荐名士　刘玄德三顾茅庐》中。在这一回中诸葛亮始终没有出场。但他的形象却很突出，除了刘备及其两个兄弟的走访行为有突出作用外，一个重要的原因，是通过旁人或歌或吟诸葛亮的歌、诗，使人有着强烈的印象。小说云：

次日，玄德同关、张并从人等来隆中。遥望山畔数人，荷锄耕于田间，而作歌曰：

苍天如圆盖，陆地似棋局；世人黑白分，往来争荣辱：荣者自安安，辱者定碌碌。南阳有隐居，高眠卧不足！①

这首歌表达了一种看透世上的纷争奔劳、乐于隐居的志趣。刘备听到这首歌以后就打听是谁作的，农夫回答是卧龙先生作的。刘备至茅庐后又见到一少年拥炉抱膝而歌曰：

凤翱翔于千仞兮，非梧不栖；士伏处于一方兮，非主不

---

① 《三国演义会评本》上，北京：北京大学出版社1986年版，第463页。

依。乐躬耕于陇亩兮,吾爱吾庐;聊寄傲于琴书兮,以待天时。①

这首歌表明了诸葛亮待时而动的态度。刘备在欲上马返回时,又见到一老先生,骑着一驴,携着一葫芦酒,踏雪而来,口吟诗道:

一夜北风寒,万里彤云厚;长空雪乱飘,改尽江山旧。仰面观太虚,疑是玉龙斗;纷纷鳞甲飞,顷刻遍宇宙。骑驴过小桥,独叹梅花瘦!②

这首诗很有气魄和胸怀,所以刘备闻歌,说:"此真卧龙矣!"这种手法应该与元杂剧中通过人物的唱词来表现人物有相近之处。再加上对诸葛亮所处之地卧龙冈的景物如"果然山不高而秀雅,水不深而澄清;地不广而平坦,林不大而茂盛;猿鹤相亲,松篁交翠:观之不已……"这与诸葛亮的志趣很融洽,也可以说是情景交融,虽还算不上创造出一种艺术意境,但肯定是有一定余韵的。再如第六十一回《赵云截江夺阿斗 孙权遗书退老瞒》叙道:

程昱出。操伏几而卧,忽闻潮声汹涌,如万马争奔之状。操争视之,见大江中推出一轮红日,光华射目;仰望天上,又有两轮太阳对照。忽见江心那轮红日,直飞起来,坠于寨前山中,其声如雷。猛然惊觉,原来在帐中做了一梦。帐前军报道午时。曹操教备马,引五十余骑,径奔出寨,至梦中所落日山边。正看之间,忽见一簇人马,当先一人,金盔金甲。操视之,乃孙权也。③

红日,本就是天子的象征,也是生命之源,人们崇敬的物件,在此

---

① 《三国演义会评本》上,北京:北京大学出版社1986年版,第468页。
② 《三国演义会评本》上,北京:北京大学出版社1986年版,第469—470页。
③ 《三国演义会评本》上,北京:北京大学出版社1986年版,第760页。

处,梦境与实境,信仰与象征,相融为一体,涂抹出天边的红日与两个盖世英雄铁马相向的场面。这也是小说中难得的画境、诗境。

王国维在《人间词话》中阐述意境时,实际上也并不局限于偏于抒情的诗词,也涉及了叙事小说。王国维说:"客观之诗人,不可不多阅世。阅世愈深,则材料愈丰富、愈变化,《水浒传》《红楼梦》之作者是也。主观之诗人,不必多阅世。阅世愈浅,则性情愈真,李后主是也。"①王国维将《水浒传》和《红楼梦》作者称之为客观之诗人,未明确说客观诗人的作品是否有"境界"。说主观诗人阅世愈浅,则性情愈真,那么,似乎也可以说他的作品就必定有境界呢?王国维可能是这样认为的。王国维又说过:"故能写真景物、真感情者,谓之有境界。否则谓之无境界。"②《红楼梦》是真正的作家个人的创作,其作者与李后主有类似的命运,一家破人亡,一国亡被囚。从《红楼梦》这一小说来看,作者阅世深其性情也愈真,也可以说字字皆血,与王国维所说的"后主之词,真所谓以血书者也"不相同吗?这样的作品能没有"境界"?

在分析元杂剧时,我们就发现元杂剧作品之所以比较多的有意境,是有原因的。这主要是与采用的戏曲角色通过曲辞来抒发他们的内心感情有关,这种曲辞的抒情方式是历来文人在已取得巨大成就的诗词中所习惯采用的,追求一种情景交融的境界。读过《红楼梦》的人都肯定《红楼梦》中的诗词歌赋艺术水平高。这些诗词很少属于传统说话中的"有诗为证",绝大部分都是人物所作的,与情节发展和人物性格的成长紧紧相连。林黛玉在小说中创作了不少的诗词歌赋。如《葬花词》云:

---

① 王国维:《人间词话》,《王国维文学论著三种》,北京:商务印书馆2001年版,第33页。
② 王国维:《人间词话》,《王国维文学论著三种》,北京:商务印书馆2001年版,第31页。

> 花谢花飞花满天,红消香断有谁怜?游丝软系飘春榭,落絮轻沾扑绣帘。闺中女儿惜春暮,愁绪满怀无释处。……侬今葬花人笑痴,他年葬侬知是谁?试看春残花渐落,便是红颜老死时,一朝春尽红颜老,花落人亡两不知。①

这首歌行,明显的有初唐时期的歌行的影子,有的句子还是从刘希夷的原句中化出来的,如"侬今葬花人笑痴,他年葬侬知是谁"。但是这首歌行确表达了林黛玉的内心:一是她前面受了委曲,二是在贾府这个环境中,她时时感到寒意,三是在吟这首诗之前,她正在葬花。这样诗中染上"我"之色彩的景物,而诗外又是与景物相对的多情女郎——女儿如花,花如女儿,怎么不是一种感人至深的意境呢?不仅如此,还有余韵未了,旁听者也被深深感染。《红楼梦》叙云:

> ……不想宝玉在山坡上听见,先不过点头感叹,次后听到"侬今葬花人笑痴,他年葬侬知是谁","一朝春尽红颜老,花落人亡两不知"等句,不觉恸倒山坡上,怀里兜的落花撒了一地。试想林黛玉的花颜月貌,将来亦到无可寻觅之时,宁不心碎肠断!既黛玉终归无可寻觅之时,推之于他人,如宝钗、香菱、袭人等,亦可到无可寻觅之时矣。宝钗等终归无可寻觅之时,则自己又安在哉?且自身尚不知何在何往,则斯处、斯园、斯花、斯柳,又不知当属谁姓矣!②

宝玉挨打后,宝黛两人的情感又更进了一步,宝玉给她两条旧绢子,她在上面也写了三首诗,总的意旨是感念、伤心,当然也表达了一段深情。结诗社,咏海棠、菊花,林黛玉可以说是全书诗词作的最多的人之一。其中一些诗词也表现她的志趣与节操。在第一次诗社活动中,黛玉的《咏白海棠》云:

---

① 〔清〕曹雪芹、高鹗:《红楼梦》一,北京:人民文学出版社 1964 年版,第 324 页。
② 〔清〕曹雪芹、高鹗:《红楼梦》一,北京:人民文学出版社 1964 年版,第 326 页。

第一章 "小说"概念及中国古代小说演变研究

> 半卷湘帘半掩门,碾冰为土玉为盆。偷来梨蕊三分白,借得梅花一缕魂。月窟仙人缝缟袂,秋闺怨女拭泪痕。娇羞默默同谁诉?倦倚西风夜已昏。①

冰为土玉为盆,梨蕊的白,梅花的魂,无不高洁,这正是黛玉的一种追求也与她的性格相映照。黛玉的咏柳絮词也作的很好,是一阕《唐多令》:

> 粉堕百花洲,香残燕子楼。一团团、逐队成球。漂泊亦如人命薄:空缱绻,说风流! 草木也知愁,韶华竟白头。叹今生、谁舍谁收! 嫁与东风春不管:凭尔去,任淹留!②

这是一首典型的咏物词,咏物当中有寄遇,将人的命运暗含在其中,这当然是黛玉将自己的情感和对未来的预感融化在景物中。此处,不足的是未能与情节的发展相联系,也就是这首词主要作用在显其才和表现性格。由上可以看出这些诗词作的都不错,与一般的文字游戏还是有区别的,但将人与诗及景融合得最好的还不是这些诗词。后来,黛玉在灯下看《乐府杂稿》见有"秋闺怨""别离怨"等词,心有所感,遂成《代别离》一首,拟《春江花月夜》之格,名之曰《秋窗风雨夕》,未能脱离悲秋的大的模式。在重建桃花社时,林黛玉还作了一首《桃花行》,诗中未见其所感,只能算是逞才之作。所以她说要大家作桃花诗一百韵,意思是看谁有能耐。在人物、景物、诗境方面融合得比较好的还是中秋月夜黛玉和湘云在凹晶馆赏月联句的比试。小说先对景物进行了描写:

> 二人遂在两个湘妃竹墩上坐下。只见天上一轮皓月,池中一个月影,上下争辉,如置身于晶宫鲛室之内。微风一

---

① 〔清〕曹雪芹、高鹗:《红楼梦》二,北京:人民文学出版社 1964 年版,第 445 页。
② 〔清〕曹雪芹、高鹗:《红楼梦》三,北京:人民文学出版社 1964 年版,第 912—913 页。

过,粼粼然池面皱碧叠纹,真令人神清气爽。①

此时,笛韵悠扬起来,她们两人开始联句比试。黛玉由俗语"三五中秋夕"开始,湘云接以"清游拟上元。撒天箕斗灿",两人你来我往,谁也不相让,联了许多句以后,黛玉又联道"晦朔魄空存。壶漏声将涸",接下去小说又写景:

> 湘云方欲联时,黛玉指池中黑影与湘云看道:"你看那河里,怎么像个人到黑影里去了?敢是个鬼罢?"湘云笑道:"可是又见鬼了!我是不怕鬼的,等我打他一下。"因弯腰拾了一块小石片,向那池中打去。只听打得水响,一个大圆圈将月影激荡,散而复聚者几次。只听那影里"嘎"的一声,却飞起一个白鹤来,直往藕香榭去了。②

正是这个鹤助了湘云又想到佳句,因联道:

> 窗灯焰已昏。寒塘渡鹤影,

林黛玉发出了由衷的赞叹:

> 了不得了,这鹤真是助他的了!这一句更比"秋湍"不同,叫我对什么才好?"影"字只有一个"魂"字可对。况且"寒塘渡鹤",何等自然,何等现成,何等有景,且又新鲜!我竟要搁笔了。③

湘云劝黛玉算了,黛玉还是苦想一会儿,最后对以"冷月葬诗魂"。这一段既写出了两个女子有着不同凡响的文才,同时将她们的形象置放在溶溶的月色下,清亮的池水边,人物、景物以及诗中的境

---

① 〔清〕曹雪芹、高鹗:《红楼梦》三,北京:人民文学出版社1964年版,第993页。
② 〔清〕曹雪芹、高鹗:《红楼梦》三,北京:人民文学出版社1964年版,第996页。
③ 〔清〕曹雪芹、高鹗:《红楼梦》三,北京:人民文学出版社1964年版,第997页。

界融为一体。一般人或许将葬诗魂与黛玉之殒相联系,实际上大观园中的女儿们又何尝不是被葬。

通过人物所作的诗词来抒发人物深处的感情、刻画人物形象,并由此而创造出一种艺术意境,在这一点上来说是对元杂剧优秀传统的继承,这种继承中还有一些创新。元杂剧中曲辞也能像对白一样参与人物对话,这在前面已举了例证。而《红楼梦》中除了以联句为对话外,还通过人物的吟一句再加一句旁人的评论,将诗与人物和情节更好地融合在一起。如第三十七回《秋爽斋偶结海棠社 蘅芜院夜拟菊花题》云:

……黛玉道:"你们都有了?"说着,提笔一挥而就,掷与众人。李纨等看他写的道:

半卷湘帘半掩门,碾冰为土玉为盆。

看了这句,宝玉先喝起彩来,说:"从何处想来!"又看下面道:

偷来梨蕊三分白,借得梅花一缕魂。

众人看了,也都不禁叫好,说:"果然比别人又是一样心肠。"①

这是元杂剧所未能做到,它至少必须唱完一支曲子后才有人物的道白,不可能在一支曲子中间插上道白。

《红楼梦》中的意境创造不仅表现在具体人物所作的诗境与景物及其情节的某个发展相联系上,而且表现在人物的整个境遇与所作的诗词融合在一起构成一种人物的一种境界上。如薛宝钗,人们都注意她那首柳絮词。宝钗的咏柳絮词为一阕《临江仙》:

白玉堂前春解舞,东风卷得均匀。蜂围蝶阵乱纷纷:几

---

① 〔清〕曹雪芹、高鹗:《红楼梦》二,北京:人民文学出版社1964年版,第449页。

曾随逝水？岂必委芳尘？ 万缕千丝终不改,任他随聚随分。韶华休笑本无根：好风凭借力,送我上青云。①

许多人都看到这首词与薛宝钗本人的关系,通常会说是词如其人。平心而论这首词确实很好地表现了宝钗的志向：要有一番作为。这也是一首不错的咏物词,词中处处写柳絮,被风吹得满天飞舞,不落水中、地上,却借助风力要上云天之上。词也处处在写人,人不同凡俗,不随波逐流,一定要冲上人生的顶峰。这首词是有一定的境界的,但以此来看宝钗的整个人生显然又是片面的。第五回中宝玉在太虚幻境取那正册看是,画着两株枯木,木上悬着一围玉带；地下又有一堆雪,雪中一股金簪。也有四句诗道：

可叹停机德,堪怜咏絮才！玉带林中挂,金簪雪里埋。②

从这个具体形象中可看出薛宝钗的境遇未必很好,金簪在雪里不是徒然的又是什么呢？在太虚幻境中宝玉还听了"红楼梦"曲子,其中有一曲名为〔终身误〕：

都道是金玉良缘,俺只念木石前盟。空对着,山中高士晶莹雪,终不忘,世外仙姝寂寞林。叹人间,美中不足今方信。纵然是齐眉举案,到底意难平。③

这形象地揭示了宝、黛以后的命运。曹雪芹原著只有八十回,以后宝、黛的结局如何,是不是高鹗所续写的这个样子,现很难确定,但薛宝钗没有上青云是完全可以肯定的。因此她的整体形象所构成的境界应该是虽有着特殊的才能,但最后也如金簪在雪中一般。

---

① 〔清〕曹雪芹、高鹗：《红楼梦》三,北京：人民文学出版社1964年版,第913页。
② 〔清〕曹雪芹、高鹗：《红楼梦》一,北京：人民文学出版社1964年版,第58页。
③ 〔清〕曹雪芹、高鹗：《红楼梦》一,北京：人民文学出版社1964年版,第61页。

《红楼梦》的意境还不只是人物所作的诗词的意境,也不局限于人物与情节、景物及其所作诗词的融合,还应该指它的整个小说的意境。《红楼梦》在空间层次上有两个不同的境界,一是天上的太虚幻境,一是人间的大观园之境。天上的太虚幻境是在第五回集中描写,那是一个清静的仙境。人间的大观园的描写是在第十七回,那是在大观园建好后贾政带领一班人前去游览,并要宝玉给各处题名。宝玉或题曰"曲径通幽",或题为"沁芳",或题之曰"有凤来仪""稻香村"。然后又游了数处,全是人间胜景。这种环境,在以后的情节发展中还有一些描写,再加上这里面住着的都是既聪明伶俐又纯洁无瑕的许多女孩子,她们吟诗作画,嬉戏于其中,真是人间最美丽、最快乐之境。此境与天上之境又有一种密切的联系。宝玉游完出来,见正面现出一座玉石牌坊,上面龙蟠螭护,玲珑凿就,心中忽有所动,寻思起来,倒像在哪里见过一般。玉石牌坊上原写着"天仙宝境",贾妃换作"省亲别墅",但题诗又称"天上人间诸景备,芳园应锡'大观'名"。① 诸如此类,都透露出大观园之境与太虚幻境的联系。

总之,中国古典小说继承了传统的抒情诗歌创造意境的审美追求,并从诗歌和戏剧文学中吸取了如何创造意境的方法,在注重情节、塑造人物形象的同时,着力将人物的内心世界、情感与其所处的自然环境和人文环境融合,使古典小说除了给我们提供了紧张情节、鲜明的性格外,还使读者深深地体味到情景交融的意境。

---

① 〔清〕曹雪芹、高鹗:《红楼梦》一,北京:人民文学出版社1964年版,第208页。

第二章　民间信仰与古代小说研究

一、中国古代民间信仰与叙事文学创作

(一)原始宗教及夏、商、周三代宗教

史前出现的宗教,是人类社会最初的宗教,称之为原始宗教。原始宗教是人类当时的普遍信仰。当时人们征服自然、认识自然的能力十分低下,他们一方面要依靠有限的经验去适应和利用自然力,以求得生存;另一方面又在强大的自然力面前,显得软弱无力。他们对自然界所发生的许多现象,诸如风雨、雷电、日月、星辰、死亡、生育等自然现象和人类自身的生理现象不可理解,总认为有一种超自然的力量存在着,不可抗拒。一种潜在的恐惧心理,使他们千方百计用种种办法,换取超自然力的同情。这种把自然力视为神灵,并通过一定仪式求得自然力保护的行为,就是原始宗教。原始宗教思想与信仰的基础是"万物有灵"。在原始人看来,世界上的一切事物,无论人、动物、植物、无生物都有灵魂。一个人活着的时候有灵魂,死后他的灵魂依然存在,这简直是坚信不移的观念。恩格斯说:"在远古时代,

人们还完全不知道自己身体的构造,并且受梦中景象的影响,于是就产生了一种观念:他们的思维和感悟不是他们身体的活动,而是一种独特的,富于这个身体之中而在人死亡时就离开身体的灵魂的活动。从这个时候起,人们不得不思考这种灵魂对外部世界的关系。既然灵魂在死的时候离开肉体而继续活着,那么就没有任何理由去设想他本身还会死亡,这样就产生了灵魂不死的观念。"[①]这种观念,是原始人对人的睡眠、疾病、死亡、梦幻等现象不能理解而得出的。之后,他们又以自身的存在为标准去观察自然界,认为自然界的动物、植物及其他事物也都和人一样,除了自身外,还存在着灵魂,甚至认为人与自然界还存在着某种血缘关系,由此产生了许多自然神和祖先神。"万物有灵"观念是原始人的宇宙观。在这种观念支配下,出现的有关神灵的崇拜和仪式,构成了原始宗教的主要内容。

我国的原始宗教情况如何,现在要想完全了解是比较困难的。一方面古文献材料中虽然也保存了一些零星材料,但由于它们成书的年代相当晚,又受到后代的文献整理者的一些有意和无意的改动,所以只凭它们是难了解我国原始信仰的全貌和真相的。另一方面,现代有许多有关史前的考古发现,这对进一步了解原始宗教是有帮助的。从人类体质特别是脑容量的状况来看,旧石器时代还不可能出现比较抽象的宗教观念。目前已知的中国最早的宗教遗迹,是北京山顶洞人的墓葬。山顶洞人处于旧石器时代的晚期,正在从原始人群走向母系社会。他们已经学会人工取火,第一次利用了一种伟大的自然力。他们制造的石器工具比北京猿人精巧,会用骨针缝制兽皮衣服,又能造出五颜六色的石珠、钻孔兽牙和鱼骨等装饰品。山顶洞人开始按一定规矩埋葬死者,死者伴有随葬装饰品,其身体四周撒有赤铁矿粉粒,这表明已产生了对死后世界的想象、人的灵魂及祖

---

① [德]恩格斯:《路德维希·费尔巴哈和德国古典哲学的终结》,《马克思恩格斯选集》第4卷,北京:人民出版社1972年版,第219—220页。

先崇拜等方面的宗教观念。大汶口文化莒县陵阳河出土的陶尊上，刻有一种符号，是日、月、山的形象，山形符号衬托了日月的高悬，可以视为日、月崇拜的痕迹。江苏将军崖岩画，有日、月、星辰图案，有大地草木图案，有星象、人面、兽面复合图案，表示了先民对天体、大地、动植物的崇敬以及人对自然的依赖关系，是一种大自然崇拜。[①]半坡彩陶上的人面鱼纹图表示人与鱼的结合，可能是一种鱼图腾。良渚文化中浙江余姚文山墓地及其他遗址多处发现以"兽面纹"为主题纹饰的玉器，其纹饰实质上是神人和兽面结合的形象，具有图腾性质。《山海经》中众神大多都是人与兽的结合形象，也说明史前存在着图腾崇拜。

　　从一般意义来讲，民间信仰的源头就是史前的原始信仰。纵观后代的民间信仰，其中也确实保留着许多原始信仰的痕迹，如大自然崇拜等。但我们不能说史前出现了民间信仰，或者说原始宗教就是民间信仰。一方面，原始宗教有一个人们常说的特征，就是"全民性"。严格说，这种"全民性"概念是不准确的，因为史前人类的社会组织只有部落，而无国家，也就无所谓"人民""国民"，当然也无所谓"全民性"。史前的宗教信仰是没有地位、阶级区分，全体部落成员共同拥有的宗教信仰，具有全部落性，不存在与上层或国家宗教相对应的民间信仰，或与高级宗教相对应的民俗信仰。另一方面，原始宗教不仅是民间信仰的源头，而且也是高级宗教的源头，如基督教、佛教、道教等无不是从原始宗教发展而来。

　　我国最早的朝代是夏代，大概东亚大陆上的最早国家也于此时建立。原始宗教大概也于此一时期演变为人为宗教。由于材料的缺乏，现在对夏代的许多情况不甚了解，只能略知概况。据文献和考古发现，夏代大约已经开始形成至上神的观念。《墨子·兼爱下》引《尚书》佚文《禹誓》说：

[①] 牟钟鉴：《中国宗教通史》，北京：中国社会科学出版社2007年版，第6页。

第二章　民间信仰与古代小说研究　　**49**

禹曰:"济济有众,咸听朕言,非唯小子,敢行称乱。蠢兹有苗,用天之罚,若予既率尔群对诸群,以征有苗。"①

《禹誓》中提到的"天"是天地万物及人类生活的主宰,是一个至上神。首先,当时夏王朝已经建立了地上统一的王权,在天上再塑造一个至上神保护自己的特殊利益,把自己对周围其他民族的征伐战争称为用天命、行天罚是完全可能的。其次,夏代的宗教从原始宗教中继承了祖先崇拜和鬼魂崇拜的思想。孔子在《论语·泰伯》中说:"禹,吾无间然矣。菲饮食,而致孝乎鬼神;恶衣服,而致美乎黻冕……"②这说明夏代已存在鬼魂崇拜,而且这个鬼魂崇拜就是他们自己的祖灵。最后,夏人在原始鬼魂崇拜的基础上巩固和发展了阴阳世界和灵魂不死观念。从代表夏文化的河南偃师县二里头文化遗址的墓葬中,我们可以看到夏人关于彼岸世界的某些观念。而且,在二里头墓葬遗址中,已明显存在着阶级对立。一类是贵族墓主,仰身直跂,随葬品有鼎、盉、觚、爵等陶器,有的还有玉、贝等饰物。另一类则是乱葬坑,骨架叠压堆积,有的躯体残缺不全,显系被砍杀肢解。有的俯身屈体,可能是被缚手足活埋的,这类死者大多属于殉葬的奴隶和战俘。丧葬形式反映了人们对死后世界的想象,从夏人遗址不同等级的墓穴中,不难看出鬼魂世界的等级性。显然,人们头脑中的彼岸世界不过是现实世界的假想延伸。同时墓主陪葬如此多的生活用品,是由于他们相信人的灵魂是不会死的,他们到了彼岸世界依然要过生前那种生活。

商代宗教因为有近代殷墟出土的甲骨卜辞,所以,相对夏代来说,商代的情况就更便于了解。殷墟出土的卜辞甲骨约有几十万片,都是祭祀问卜的记录。商人问卜的对象分为三大类,即天神、地示、

---

① 〔清〕孙诒让:《墨子间诂》,《诸子集成》第四册,北京:中华书局 2006 年版,第 76 页。

② 〔宋〕朱熹:《四书集注》,西安:三秦出版社 1998 年版,第 161 页。

人鬼。其中威信最高、权力最大的神便是天帝。天帝是宇宙的主宰，管理自然及人间一切事物，商人对他崇拜已极。根据卜辞的内容，上帝的能力可以分成几大类。第一类是支配自然界的能力，上帝能够"令雨""令风"等。商代已进入农业社会，对气象甚为关注。贞问气象的卜辞所占比重最大。第二类是主宰人类祸福，上帝具有"降食""降祸"等能力。第三类是决定战争的胜负，政权的兴替。当时的社会部族繁多，战争频繁。统治者每逢战争便令巫师贞问上帝，看看"帝若"（允许）或者"帝不若"，然后才敢行动。第四类是主管兴建土木、出行、做买卖等日常事务。上帝与人王一样，不但施令于人间，而且他还有朝廷，有使、臣之类供奔走者。而在商人地上神祇的崇拜中，以地神祭祀最为隆重。对于一个农业民族来讲，土地是与气象同等重要的生存条件，因此，大地便成了他们头脑中重要的神灵。古人常说商人重鬼，但商人崇敬的鬼神并非一般的山魂野鬼，而是他们自己的祖先之灵。他们相信凡人是不能与上帝交通的，上帝与人王也没有关系，故卜辞中无明显的祭祀上帝的记录。先公先王可以上宾于天，在帝左右，是联系时王与上帝的唯一渠道，敬祖是取悦上帝的唯一方法，所以商人祭祖虔诚、隆重、频繁。如商代末年，用三种祭法轮祀三遍，共要祭先公先妣168位，一年中商王平均两天就要祭祖一次；物质上浪费也是惊人的，祭物越用越多，计有牛、马、羊、豕、鸡等，种类多达上百；还有杀人祭神、杀人殉葬，更是对社会生产力造成恶劣影响。总之，商人当时已形成以"上帝"为最高神，与宗法血缘制度紧密结合的国家宗法宗教。①

"周因于殷礼"。周虽继承了商代宗法制度和以上帝崇拜、祖先崇拜为核心的宗教信仰以及职业的巫觋队伍，但也做了某些方面的"损益"。首先是占卜方式的改变。商人以骨卜为主，而周人以筮卜为主。灭商以前及以后周人也还有用骨卜的，但周人发明的筮卜随

---

① 陈梦家：《殷墟卜辞综述》，北京：科学出版社1956年版，第561—603页。

着军事胜利从西部走向了全国成了主要的占卜方式。其次是至上神的变化。商人称至上神为上帝。周人出于他们自己的宗教文化传统,也出于使自己与前朝相区别的政策考虑,他们逐渐改变着至上神的名称和神性。在周代青铜铭文中,上帝、皇上帝、皇天上帝、皇天王、天等名称是混用的,以后天的称谓用得越来越多,表明周人把苍天视为至上神、上帝。最后是赋予天神崇拜以更多的祖先崇拜的色彩。周王把至上神"天"作为自己的父母来看待和供奉。周王一开始就自称为"天子",即"上天之子"。这既表明周人取代商人的合理性,又起着巩固西周宗法制度中嫡长子继承制的作用。把天神视为祖神,正是突出了嫡长子的特殊地位,把周的宗子说成是上天之子,正是为兄权披上了一件神圣的外衣,强迫其他诸子臣服。天神与祖神的合一,还表明了对人的重视。在商代,人与神没有血缘关系,人只能通过祖灵向上帝转达自己的请求,而周代天为人之祖先,人可以直接祭天,向天祈祷,抬高了人的地位。周代宗教不仅在观念上增加了新的内容,在仪式上更加系统和规范。这主要表现在祭天、祭祖、祭社的活动上。周代宗教中最隆重的仪式莫过于祭天。根据周王为"上天之子"的思想和"庶子不祭"的宗法原则,祭天是周天子的特权。天子祭天主要有三种形式,一曰明堂报享,二曰郊祭,三曰封禅大典。周代的祭祖活动是与嫡长子继承和五世而斩为基础的宗法制相联系的。《礼记·大传》云:

> 庶子不祭,明其宗也。庶子不得为长子三年,不继祖也。别子为祖,继别为宗,继祢者为小宗。有百世不迁之宗,有五世则迁之宗。①

祭祖活动也有严格的规定。一条是庶子不祭祖。"庶子不祭,明其宗也"。嫡长子世世代代处于主祭地位,以确立他的权威。另一条

---

① 《周礼·仪礼·礼记》,长沙:岳麓书社1989年版,第415页。

是庙制。《礼记·王制》规定:"天子七庙:三昭三穆,与太祖之庙而七。诸侯五庙,二昭二穆,与太祖之庙而五。大夫三庙,一昭一穆,与太祖之庙而三。士一庙。庶人祭于寝。"①社祭,本源于大地崇拜,但许多学者认为与原始的农业崇拜有着更密切的关系。职业农神是土地神和谷神,他们分别代表农业生产资料和产品。周代有以后土为社神的传说,又因大禹平治水土有功,死而为社神,主治山川。周人视社稷为农业神。稷本是古代人民种植的五谷稷、黍、稻、麦、菽之一。《说文》:"稷,斋也,五谷之长。"②可能因其发现最早,在黄河流域种植最广,对人们生活影响最大,故从植物崇拜的对象上升为农神。周人因农业发达而著名,故他们把稷奉为自己的祖先。《史记·周本纪》说周人的祖先原名弃,因善种五谷,受到帝尧奖赏,封为后稷。③ 以后周人又将农神稷与土地之神相结合,社稷并提,形成了社祭。周代的社祭是官民皆可参加的影响最大的宗教活动。

夏、商、周的宗教活动有几个特点值得注意。一是随着夏、商、周三代社会的发展,宗教活动愈来愈系统化、规范化以至形成国家宗法宗教,对上至天子下至庶民的全体国民如何进行宗教活动都进行了明确的规定,下层的自由的宗教活动遭到强烈抑制。二是此时的国家范围尚小,在其势力范围之外宗教活动显然不受其控制,如商时的徐方、鬼方,周时的戎、狄;而在其势力范围以内的被征服的部族不仅保存了一定的封地,而且还保留着自己的一些神话、传说,如殷遗民说他们的祖先来源于"玄鸟";随着国家控制力的削弱,不同于国家宗法宗教要求的下层宗教活动就开始抬头,民间信仰很可能就孕育于此时,只是起初不太为人所注意,故而史籍付之阙如。

---

① 《周礼·仪礼·礼记》,长沙:岳麓书社1989年版,第332页。
② 〔汉〕许慎:《说文解字》,北京:中华书局1963年版,第144页。
③ 〔汉〕班固:《汉书》,《二十四史》第二册,北京:中华书局1997年版,第111—112页。

(二)中国民间信仰的出现

"淫祀"可能是中国古代民间信仰最早名称。淫祀之名最早见于《礼记》和《汉书》。《礼记·曲礼》云:"非其所祭而祭,名曰淫祀。淫祀无福。"①《汉书·郊祀志》云:"各有典礼,而淫祀有禁。"②《汉书》成书于东汉初年,淫祀出现于载籍的最晚年代是可以确定的,但它最早出现于何时,凭其中各篇的时代尚未完全考证清楚的《礼记》是确定不了的。我认为淫祀名称出现的时代是必须联系社会历史的发展状况,尤其是封建国家祀典的形成情况,才能予以大致的推定。

首先,封建国家祀典的出现是与先秦士人关于祀神思想的演进有关。殷商之时,反映在甲骨卜辞里,大小许多事均要听命于神。到周代,特别是春秋时期则发生了很大的变化。虽然人们仍很重视祀神,但已认为致力于民事要比祀神重要,如《左传》桓公六年记季梁所说:"夫民,神之主也。是以圣王先成民而后致力于神。"③人们还认为只听于神而不听于民将导致亡国,如《左传》庄公三十二年记载有神降于莘,虢公使祝应、宗区、史嚚享之,而史嚚竟说:"虢其亡乎!吾闻之,国将兴,听于民;将亡,听于神……"④尤为重要的是这时士人认为在祀神求福的活动中人的思想修养、主观努力——德,要比丰洁的祭品及与神的亲近关系重要,即所谓"鬼神非人实亲,惟德是依"⑤"黍稷非馨,明德惟馨"⑥。这种对祀神活动较符合理性的认识至孔子、墨子,尤其到战国后期的儒家竟发展为使祀神活动更大程度地理性化和政治化。孔子,一方面是"务民之义,敬鬼神而远之"⑦"未能

---

① 《周礼·仪礼·礼记》,长沙:岳麓书社1989年版,第294页。
② 〔汉〕班固:《汉书》,《二十四史》第二册,北京:中华书局1997年版,第1194页。
③ 《左传》,长沙:岳麓书社1988年版,第18页。
④ 《左传》,长沙:岳麓书社1988年版,第44页。
⑤ 《左传》,长沙:岳麓书社1988年版,第54页。
⑥ 《左传》,长沙:岳麓书社1988年版,第55页。
⑦ 《论语·雍也》,〔宋〕朱熹:《四书集注》,西安:三秦出版社1998年版,第132页。

事人,焉能事鬼",①另一方面又认真对待祭祀活动,"祭如在,祭神如神在",并说:"吾不与祭,如不祭。"②既表现了他强调人事比鬼神更重要的较符合理性的认识,又反映了他把敬鬼神当作人伦教化的重要内容的政治化意图。墨子,欲使祀神政治化的意图表现得更明显。《墨子·明鬼下》云:

> ……今执无鬼者曰:鬼神固无有,旦暮以为教诲乎天下,疑天下之众,使天下之众,皆疑惑乎鬼神有无之别,是以天下乱。是故子墨子曰:今天下之王公大人士君子,实将欲兴天下之利,除天下之害,故当鬼神之有与无之别,以为将不可以不明察此者也。③

墨子明鬼神、明天意是为了通过尊鬼神顺天意而达到天下大治这样的政治目的,祀神的政治化意图是最清楚不过的。荀子是战国后期一大儒,其思想可为此时期儒家思想的重要代表。他在《荀子·礼论》中说:

> ……故曰:祭者,志意思慕之情也,忠信爱敬之至矣,礼节文貌之盛矣,苟非圣人,莫之能知也。圣人明知之,士君子安行之,官人以为守,百姓以成俗。其在君子,以为人道也,其在百姓,以为鬼事也。④

这已不是孔子的既"敬鬼神"而又"远之"的模棱两可的态度,而是直接了当地声言祭祀是"人道"而非"鬼事",是真正的理性的认识。与此相同的认识材料,人们还可以从《礼记》里得到。《礼记·礼

---

① 《论语·先进》,〔宋〕朱熹:《四书集注》,西安:三秦出版社1998年版,第189页。
② 《论语·八佾》,〔宋〕朱熹:《四书集注》,西安:三秦出版社1998年版,第91页。
③ 〔清〕孙诒让:《墨子间诂》,《诸子集成》第四册,北京:中华书局2006年版,第139页。
④ 王先谦:《荀子集解》,《诸子集成》第二册,北京:中华书局2006年版,第250页。

运》云：

> ……故国有礼，官有御，事有职，礼有序，故先王患礼之不达于下也。故祭帝于郊，所以定天位也；祀社于国，所以列地利也；祖庙，所以本仁也；山川，所以傧鬼神也；五祀，所以本事也。①

又同书《郊特牲》云：

> 社，所以神地之道也。地载万物，天垂象。取材于地，取法于天，是以尊天而亲地也，故教民善报焉。②

吕思勉先生在《先秦学术概论》里说："礼者，祀神之仪……"③礼，本是与祀神有关的规定，在孔子之前就有伦理化的趋势，到孔子手中便成了一种用于政治目的的伦理规范，但是，其系统和详备却要等到战国，前所引的《荀子·礼论》和《礼记》之《郊特牲》《礼运》篇均属战国时期的东西，都把祀神活动当作教民致治的政治活动。因而，重德教民于国治有利的这一祀神思想是先秦士人特别是其中儒家的祀神思想演变的结果，而这一结果便成了封建国家祀典的核心思想。

其次，当代中国所在的区域在上古是众多民族共居的地区。上古亦然。虽然也曾出现过"天下共主"式的商周天子的统治，形成了以黄河中下游地区为中心的比较优秀的华夏文化，但上古时期还未能形成秦汉封建大帝国那样大的区域和那样大的包容的文化整体。不属于诸夏的戎蛮夷狄固然有其浓厚的民族意识，如周夷王时楚国熊渠就说："我蛮夷也，不与中国之号谥。"④就是同属诸夏的，也未必是结合得很紧的民族整体，顾颉刚先生说：

---

① 《周礼·仪礼·礼记》，长沙：岳麓书社1989年版，第372页。
② 《周礼·仪礼·礼记》，长沙：岳麓书社1989年版，第382页。
③ 吕思勉：《先秦学术概论》，上海：东方出版中心2008年版，第43页。
④ 〔汉〕司马迁：《史记》，《二十四史》第一册，北京：中华书局1997年版，第1692页。

……但我们从古书里看,在周代时,原是各个民族各有其始祖,而与他族不相统属,如《诗经》中记载商人的祖先是"天命玄鸟"降下来的,周人的祖先是姜嫄"履帝武"而得来的,都以为自己的民族出于上帝,这固然不可信,但当时商周两族自己不以为同出一系,则是一个极清楚的事实。①

春秋时期,特别是入战国后,情况则有所不同。各诸侯国之间频繁的战争以及活跃的外交、日趋发达的商业与士人的周游活动,促使各诸侯国间人们的交往、接触日渐增多,不同的风俗、习惯日盛一日的相互渗透、影响以至交融,文化上也就趋于统一。其突出的表现就是当时人们都认为大家同出一源,是炎帝、黄帝的后裔,原来各属一族的神成了可以共祀的神,成了有相承关系的神,如楚人屡称的始祖帝高阳是黄帝之孙,周人之始祖后稷与商人之始祖契是黄帝玄孙帝喾之后。② 这种文化上的融合,可以说是给封建国家祀典的构筑提供了丰富的材料。

与文化融合趋势同时,而且来得更为猛烈并与之相辅相成的是中国的政治统一趋势。西周时期有数十成百个同姓、异姓诸侯国,另外还有许多夷蛮部落,至春秋,许多小国被消灭吞并,剩下了数目不多但地盘很大的诸侯国。入战国,就只余下号称七雄的秦、楚诸国和几个随时都可覆亡的小国;而且,愈向前发展,统一的封建大帝国形成的前景就愈趋明朗。面对这种情况,有的崇尚小国寡民之治,如老子,有的主张全身避世,如庄子,但还有更多的士人,为了促进这种统一,在做思想、理论等方面的准备工作。有人作《禹贡》为统一后的赋税征收做准备。有人作《周官》以备设官建制之用。当然也会有人为规划统一后的祀神活动而做准备。这种准备的结果就是取消各诸侯

---

① 顾颉刚:《顾序》,《古史辨》第四册,上海:上海古籍出版社 1982 年版。
② 据《大戴礼记·帝系》,引自《大戴礼记解诂》,北京:中华书局 1983 年版。

国自行其事的祀神规定，代之以统一的封建国家祀典。因儒家早就打出周公做礼制祀的幌子从事这一方面的工作，所以，可以说是他们顺应着统一的潮流，以儒家重德教民于国有利的祀神思想为核心，以因文化融合而为人们所熟知的各族的祖先神以及各家族的祖先和天、地、山川、星辰等自然之神为祭祀对象，并对不同的社会等级做出祀何与以何祀的规定，制成了一统大帝国的国家祀典。其主要内容见于《礼记》和《汉书·郊祀志》，并为以后历朝所沿用而见于各朝正史的有关志书。

先秦士人表现出的关于祀神思想的演进以及文化的融合、政治统一的趋势，统言之，先秦社会历史的发展，使中国出现了为促进和确立大一统的封建中央集权国家新秩序的国家祀典，而这种统制人们祀神活动的祀典的出现也就意味着对违反祀典规定的祀神行为的指责甚至是禁止的情况的出现。所谓"淫祀"，恰好主要就是指那种违反祀典规定的祀神活动。据此，就可推断战国中后期，"淫祀"的名称才在人们的口头和著述中出现。

"淫祀"之名出现后，封建士大夫是从三个方面来认识淫祀的。首先，他们认为淫祀是一种违反祀典规定的祀神活动。这种违反规定的祀神活动又可分为两种不同情况。一种是越其地位所当祀而祀，即所谓僭祀，如诸侯祭天，如《论语·八佾》中孔子指责季氏不该祀鲁国国君才能祭祀的泰山。① 另一种是指所祀之神为祀典所不载，被称为"淫昏之鬼"，人们不应祭祀它们。《论语·为政》说："子曰：'非其鬼而祭之，谄也。……'"② 其次，还有从祀神思想方面来评价淫祀的。祀典有其起支配作用的核心思想，即强调"德"——人的修养和主观努力，要求所祀之神应是人可效法的楷模，要求人们注重自己的努力，致力于人事，而不是去消极地妄求神的福佑，主张有德

---

① 〔宋〕朱熹：《四书集注》，西安：三秦出版社1998年版，第88页。
② 〔宋〕朱熹：《四书集注》，西安：三秦出版社1998年版，第88页。

者自有福,因此,淫祀又被称为"无福"之祀。最后,古代士大夫在毁"淫祀"的同时又兴办学校,将"淫祀"当成是影响教化的障碍。自然,也还有从淫祀对社会的直接影响来评价它的。他们认为淫祀耗费资财、妨碍农业生产从而引起社会动乱。如东汉应劭《风俗通义·怪神》之《城阳景王祠》条载曹操"于是乃移书曰:到闻此俗,旧多淫祀,糜财妨农,长乱积惑"。① 同书同条又云:"会稽俗多淫祀,好卜筮,民一以牛祭……是以财尽于鬼神,产匮于祭祀。"② 虽然封建士大夫是从三个方面来认识和评价淫祀的,但淫祀主要内容还是指那种违反祀典规定、得不到政府承认和许可的祀神活动。这是因为,一方面,从重德教民的祀神思想和社会后果来看,载于祀典的祀神活动大多也不符合要求,与淫祀没有多大区别;另一方面,事实上被指责为淫祀的原因主要还是就其未被官方认可来说的。

正因为封建士大夫是从封建政治出发来认识淫祀的。无论是认为它违反了确立封建秩序的祀典,还是认为它会引起社会动乱,均可归结为不利于封建统治这一点。所以,自西汉至隋唐五代封建士大夫都主张对淫祀加以禁毁。到了唐代,由于佛、道势力甚大,信徒遍布天下,淫祀非其俦,故而不再成为封建士大夫关注的中心。但在宋以后,由于佛、道二教进一步深入民间,而民间信仰也由此而出现新的变化,将佛、道宗教观念与儒家的某些思想以及传统的信仰熔铸一炉,其影响日大,连帝王都崇祀多神,如宋朝的真宗、徽宗,明朝的太祖等。

正因为古代"淫祀"的含义是违反祀典规定和得不到朝廷认可,才表明它是一种民间信仰。说"淫祀"是一种民间信仰或者说它是我国最早见于文字记载的民间信仰,是从它是否得到政府的许可和提倡来说的,并不是宗教思想与行为上有何本质上的区别,所以与"淫

---

① 〔汉〕应劭:《风俗通义》,北京:中华书局2010年版,第395页。
② 〔汉〕应劭:《风俗通义》,北京:中华书局2010年版,第401页。

祀"相对的官方祀神活动也属同一范畴的东西,事实上官方祀神常常违反祀典的规定妄求多福,正直的儒士大夫,也将这种官方祀神称为淫祀。如杜佑《通典》中的《淫祠兴废》条就将秦至北魏朝廷的违礼的祀神称为淫祀。文云:

> 秦德公立,卜居雍。子孙饮于河,遂都雍。祠自此兴,用三百牢。
>
> ……哀帝即位,寝疾,博征方士,京师诸县皆有侍祠使者,尽复前代诸神祠,凡七百余所,一岁三万七千祠。平帝末年崇淫祀,自天地六宗以下,凡千七百所,用三牲鸟兽三千余种。不能备,乃以鸡当雁鹜,犬当麋鹿。
>
> 魏武王秉汉政,普除淫祀。
>
> ……
>
> 宋武帝永初二年,普禁淫祀。由是蒋子文祠以下,皆绝。孝建初,更修蒋侯祠,所在山川,渐皆循复。……
>
> 后魏初,自天地社稷以下,合千七十五所,岁用牲七万五千五百头。①

这样,民间信仰在一定程度上也要涵盖一部分官方祀神活动。虽然,随着佛教的传入、道教的兴起,这种传统的民间祀神活动曾受到一定的压力,但在经过吸收、融合后反而促使民间信仰本身的丰富,如祀神活动中增加佛、道崇拜对象以及一些宗教观念,从而增强了民间信仰本身的活力。原来信佛、信道之人都可以在民间信仰中得到满足,因而最后形成了融道、佛而又非佛、道,仍留有许多原始的、传统的成分的民间信仰。

(三) 中国古代民间信仰存在、发展之因由及其特征

中国古代民间信仰,由上面的考察可以看到,其源头可以追溯到

---

① 〔唐〕杜佑:《通典》,杭州:浙江古籍出版社1988年版,第319—320页。

原始宗教，但其为人所知并起巨大影响的是春秋战国以后封建中央集权制大帝国形成的秦汉时期，在这以后它没有得到封建政府的提倡和支持，反而常常遭到禁毁，然而它却禁而不绝、毁而不坏，一直十分活跃。这不仅引起我们对维持其活力的社会条件的注意，而且也激发起我们对其特征的极大兴趣。

从事民间信仰活动的人们，绝不是为了信仰而信仰，满足单纯的宗教需要，总是为了明显的或隐晦的目的——想得到某种现实的好处或解决某类难以解决的问题，显示出民间信仰的存在和繁盛背后有其深刻的现实根源。民间信仰活动中这种与现实直接联系的特性，我把它称之为民间信仰的现实性。

我们考察民间信仰的现实性这一特点时，必定会触及民间信仰对现实问题的反映。这种对现实问题的具体的、直接的反映，事实上也就是民间信仰的现实性的主要内容。在《太平广记》记载的民间信仰的祀神所牵涉到的许多社会生活方面的"神通"，实际上就反映了人们许多难以解决的现实问题。具体说来有如下这些情况。

第一，自然灾害。旱灾。卷二百八十三《何婆》条载：

> 唐浮休子张鷟，为德州平昌令。大旱，郡符下令，以师婆师僧祈之……①

又卷二百九十二《李宪》条称：

> 龙舒陵亭，有一大树，高数十丈，黄鸟十数巢其上。时久旱，长老共相谓曰："彼树常有黄气，或有神灵，可以祈雨。"②

洪涝。卷二百九十一《李冰》条云：

---

① 〔宋〕李昉等：《太平广记》第六册，北京：中华书局1961年版，第2256页。
② 〔宋〕李昉等：《太平广记》第六册，北京：中华书局1961年版，第2323页。

第二章 民间信仰与古代小说研究

……至今大浪冲涛,欲及公之祠,皆淼淼而去。……唐大和五年,洪水惊溃……唯西蜀无害。①

蝗灾。卷二百九十二《栾侯》云:

……甘露中,大蝗起,所经处,禾稼辄尽。太守遣使告栾侯,祀以鲊菜。②

雷电为灾。卷三百九十四《陈鸾凤》条云:

唐元和中……海康者,有雷公庙。邑人虔洁祭祀。……邑人每岁闻新雷日,记某甲子,一旬复值斯日,百工不敢动作,犯者不信宿必震死。其应如响。③

火灾。卷二百九十五《吴兴人》条云:

晋隆安中,吴兴有人,年可二十,自号圣公。姓谢,死已百年。忽诣陈氏宅,言是己旧宅,可见还,不尔烧汝。一夕大火,烧尽。因有鸟毛插地,绕宅周匝数重。百姓乃起庙。④

猛虎为患。卷二百九十四《袁双》条云:

……[袁双]形见于丹阳。求立庙,未既就功,大有虎灾。……百姓立祠堂,于是猛暴用息。⑤

蛇蟒为害。卷二百七十《李诞女》条云:

东越闽中有庸岭,高数十里。其下北隰中,有大蛇,长

---

① 〔宋〕李昉等:《太平广记》第六册,北京:中华书局1961年版,第2316页。
② 〔宋〕李昉等:《太平广记》第六册,北京:中华书局1961年版,第2320页。
③ 〔宋〕李昉等:《太平广记》第八册,北京:中华书局1961年版,第3145页。
④ 〔宋〕李昉等:《太平广记》第六册,北京:中华书局1961年版,第2352页。
⑤ 〔宋〕李昉等:《太平广记》第六册,北京:中华书局1961年版,第2338页。

七八丈,围一丈。土俗常惧。东治都尉及属城长吏多有死者。祭以牛羊,故不得福。……欲得啖童女年十二三者。……前后已用九女。①

第二,疾病。卷二百八十八《岭南淫祀》条云:

　　岭南风俗,家有人病,先杀鸡鹅等以祀之。将为修福。若不差,即刺杀猪狗以祈之……②

又卷二百九十四《戴氏女》条云:

　　豫章有戴氏女,久疾不瘥,见一小石,形像偶人。女谓曰:"尔有人形。岂神? 能差我宿疾者。吾将重汝。"③

又卷三百一十四《僧德林》条云:

　　……问之,对云,顷时自舒之桐城。至此暴得痁疾,不能去,因卧草中。及稍醒,已昏矣,四望无人烟,唯虎豹吼叫,自分必死。俄有一人,部从如大将,至此下马,据胡床坐。良久,召二卒曰,善守此人。明日送桐城县下。……及觉,已日出,不复见二卒。即起而行,意甚轻健。若无疾者。至桐城,顷之疾愈,故以所见之处,立祠祀之。④

又卷三百一十八《吴士季》条云:

　　嘉兴令吴士季者,曾患疟。乘船经武昌庙过,遂遣人辞谢,乞断疟鬼焉。既而去庙二十余里,寝际,忽梦塘上有一骑追之,意甚疾速。见士季乃下,与一吏共入船后,缚一小

---

① 〔宋〕李昉等:《太平广记》第六册,北京:中华书局1961年版,第2122页。
② 〔宋〕李昉等:《太平广记》第六册,北京:中华书局1961年版,第2292页。
③ 〔宋〕李昉等:《太平广记》第六册,北京:中华书局1961年版,第2342页。
④ 〔宋〕李昉等:《太平广记》第七册,北京:中华书局1961年版,第2484—2485页。

儿将去。既而疟疾遂愈。①

第三，欲蚕获丰收。卷二百九十三《张诚之》条云：

> 吴县张诚之，夜见一妇人。立于宅东南角，举手招诚，诚就之。妇人曰："此地是君家蚕室，我即是地之神，明年正月半，宜作白粥。泛膏于上，以祭我。当令君蚕桑百倍。"言绝失之。诚如言，为作膏粥，自此年年大得蚕。②

又卷五十九《园客妻》条云：

> 园客妻，神女也。园客者，济阴人也。美姿貌而良，邑人多欲以女妻之。客终不娶，常种五色香草，积数十年，服食其实。忽有五色蛾集香草上，客收而荐之以布，生华蚕焉。……济阴今有华蚕祠焉。③

第四，欲解决婚姻问题。卷二百八十三《杨林》条云：

> 宋世，焦湖庙有一柏枕，或云玉枕，枕有小坼。时单父县杨林为贾客，至庙祈求，庙巫谓曰："君欲好婚否？"林曰："幸甚。"④

又卷八十三《吴堪》条云：

> 常州义兴县，有鳏夫吴堪，少孤无兄弟，为县吏，性恭顺。……女曰："天知君敬护泉源，力勤小职，哀君鳏独，敕余以奉媲，幸君垂悉，无致疑阻。"⑤

---

① 〔宋〕李昉等：《太平广记》第七册，北京：中华书局1961年版，第2519页。
② 〔宋〕李昉等：《太平广记》第六册，北京：中华书局1961年版，第2335页。
③ 〔宋〕李昉等：《太平广记》第二册，北京：中华书局1961年版，第363页。
④ 〔宋〕李昉等：《太平广记》第六册，北京：中华书局1961年版，第2254页。
⑤ 〔宋〕李昉等：《太平广记》第二册，北京：中华书局1961年版，第538—539页。

卷六十二《白水素女》条所载之事与《吴堪》条事大致相同。故事主人公谢端为一农夫,幼丧父母,也曾得一神女——神螺助炊,虽未成夫妻,但实际上也反映了婚姻问题。

第五,商人牟取暴利。卷二百四十三《龙昌裔》条云:

> 戊子岁旱,庐陵人龙昌裔有米数千斛粜。既而米价稍贱,昌裔乃为文。祷神冈庙,祈更一月不雨。……雷雨大至,昌裔震死于亭外。①

第六,交通艰难。卷二百九十三《葛祚》条云:

> ……郡境有大槎横水,能为妖怪,百姓为立庙。行旅祷祀,槎乃沉没,不者槎浮,则船为之破坏。②

又卷三百一十八《赵伯伦》条云:

> 秣陵人赵伯伦,曾往襄阳。船人以猪豕为祷,及祭,但豚肩而已。尔夕,伦等梦见一翁一姥,髽首苍素,皆着布衣,手持桡楫,怒之。明发,辄触沙冲石,皆非人力所禁。更施厚馔,即获流通。③

第七,躲避追捕,逃出牢狱。卷二百九十五《曲阿神》条云:

> 曲阿当大塜下有庙。晋孝武世,有一逸劫,官司十人追之。劫径至庙,跪请求救。许上一猪,因不觉忽在床下。④

又卷四百七十三《庞企》条云:

> 晋庐陵太守庞企,自云,其祖坐系狱,忽见蝼蛄行其左

---

① 〔宋〕李昉等:《太平广记》第五册,北京:中华书局1961年版,第1884页—1885页。
② 〔宋〕李昉等:《太平广记》第六册,北京:中华书局1961年版,第2331页。
③ 〔宋〕李昉等:《太平广记》第七册,北京:中华书局1961年版,第2514页。
④ 〔宋〕李昉等:《太平广记》第六册,北京:中华书局1961年版,第2347页。

右。因谓曰:"尔有神,能活我死否?"因投食与之,蝼蛄食饭尽而去。有顷复来,形体稍大,意异之,复投食与之。数日间,其大如豚。及将刑之夜,蝼蛄夜掘壁为大穴,破械,得从之出亡。①

第八,官职升擢。卷二百八十三《韦觐》条云:

唐太仆卿韦觐欲求夏州节度使,有巫者知其所希,忽诣韦曰:"某善祷祝星辰,凡求官职者,必能应之。"②

又卷二百九十五《王僧虔》条云:

……其夜,僧虔梦见一贵人来通,宾从鲜盛,语僧虔曰:"吾是长沙王吴君,此所居之处,公何意苦我?若为我速料理,当位至三公。"僧虔于是立庙,自后祈祷无不应。③

第九,战争胜败。卷二百九十六《临汝侯猷》条云:

宗室临汝侯猷,为吴兴太守,性倜傥,与楚庙神交,饮至一斛。每酹祀,尽欢极醉,而神影亦有酒容。所祷必应。后为益州刺史。时江陵人齐狗儿反,众十余万。攻州城,猷兵粮已尽,人有二心,乃遥祷请救。是日,……田父问为谁?曰:"吴兴楚王,来救临汝侯。"④

第十,抢夺政权。卷二百九十五《卢循》条云:

义熙四年,卢循在广州,阴规逆谋,潜遣人到南康庙祈请。⑤

---

① 〔宋〕李昉等:《太平广记》第十册,北京:中华书局1961年版,第3898页。
② 〔宋〕李昉等:《太平广记》第六册,北京:中华书局1961年版,第2260页。
③ 〔宋〕李昉等:《太平广记》第六册,北京:中华书局1961年版,第2345页。
④ 〔宋〕李昉等:《太平广记》第六册,北京:中华书局1961年版,第2358页。
⑤ 〔宋〕李昉等:《太平广记》第六册,北京:中华书局1961年版,第2348页。

又卷三百一十二《陷河神》条云:

……尔后姚苌游蜀,至梓潼岭上,憩于路傍,有布衣来,谓苌曰:"君宜早还秦,秦人将无主,其康济者在君乎?"请其氏,曰:"吾张恶子也,他日勿相忘。"苌还后,果称帝于长安,因命使至蜀,求之弗获。遂立庙于所见之处,今张相公庙是也。①

又卷三百一十四《清泰主》条云:

唐清泰主,乃晋高祖之妇兄也。明宗始为太原将帅。二主军职未高,因击鞠,入赵襄子庙,俱见土偶避位而立。甚讶之,潜亦自负。及明宗功高,常危惧,二主曰:"赵襄子终能致福邪。"尔后二主迭享大位。②

上述问题,无论是影响农业生产和人们正常生活的旱灾、水灾、雷电、风灾,威胁个人健康甚至生命的疾病和蛇虫猛兽,还是由于社会各阶级之间或阶级内部诸派力量之间的矛盾而引起的战争的胜败、权力的转移及个人命运的浮沉,无不是封建社会中的人们所面临的待解决的问题;而这些现实问题又是当时的科学水平、物质生产能力和思想认识水平所不能正确解决的,于是,它们的解决就只有采取虚幻的形式,即"神通"的形式。因此,这种问题重重的现实使人们自然而然地产生了对超自然、超现实的力——神力的需要。这就从主要方面解决了民间信仰在封建社会为何禁而不绝、毁而不灭的原因。民间信仰与现实的密切关系不仅是民间信仰的一大特性,而且也是其存在的原因和发展的基础。

也许有人会说并不单单只有民间信仰具有这种现实性,任何其

---

① 〔宋〕李昉等:《太平广记》第七册,北京:中华书局1961年版,第2467页。
② 〔宋〕李昉等:《太平广记》第七册,北京:中华书局1961年版,第2481页。

他的宗教都与现实有着密切的联系,完全可以说它们也有现实性这一特点。是的,任何宗教都离不开现实,都是一定现实的反映。但是,像中国古代民间信仰这样的总是面对现实并解决现实具体问题的现实性却是其他宗教所不具备的特点。

为什么民间信仰能够具有这样的一种直接面对现实、解决具体现实问题的现实性呢?要解决这个问题,就必须先解决谁是民间信仰的中坚信仰力量的问题。从一般意义上来说,民间信仰是全社会的信仰,因为它的信奉者遍及社会各个阶层,它本身也没有阶级或阶层的特点,谁用祭物祀神都可以得到某种好处。但是,从本质上来讲,民间信仰主要是下层群众的信仰,下层群众是民间信仰的中坚信仰力量。我这样的断言,不是仅根据下层群众在人数上占居多数而得出的,而是通过剖析民间信仰中最重要、最活跃的人物祀神得到有力的证据而做出的。

人物祀神由现实生活中如下一些人物组成。

第一,受迫害的妇女。

这些妇女有的是遭婆婆迫害致死的。卷二百九十二《丁氏妇》条云:

> 淮南全椒县,有丁新妇者,本丹阳丁氏女,年十六,适全椒谢家,其姑严酷,使役有程,不如限者,仍便笞捶,不可堪,九月七日自经死。①

有的遭丈夫杀死。卷二百九十三《圣姑》条云:

> 吴兴郡界首,有洞庭山,山中圣姑祠庙在焉。《吴志》曰:"姑姓李氏,有道术,能履水行,其夫怒而杀之。……"②

---

① 〔宋〕李昉等:《太平广记》第六册,北京:中华书局1961年版,第2326页。
② 〔宋〕李昉等:《太平广记》第六册,北京:中华书局1961年版,第2333页。

遭丈夫迫害而死的妇女还见于卷二百九十一《梅姑》条与卷二十《东陵圣母》条。

还有的被大妇迫害死。卷二百九十二《阿紫》条云：

> 世有紫姑神，古来相传是人妾，为大妇所嫉，每以秽事相次役。正月十五日，感激而死。①

还有未婚而孕被逼死的。虽然被蒙上一层圣洁而神秘的色彩，但事实上是妇女为封建贞操观所逼死。卷六十《张玉兰》条云：

> 张玉兰者，天师之孙，灵真之女也。幼而洁素，不茹荤血，年十七，梦赤光自天而下……觉不自安，因遂有孕。母氏责之，终不言所梦。唯侍婢知之。一旦谓侍婢曰："吾不能忍耻而生，死而剖腹，以明我心。"②

又卷六十一《襃女》条云：

> 襃女者，汉中人也。……既笄，浣纱于沔水上，云雨晦冥，若有所感而孕，父母责之，忧患而疾……邑人立祠祭之。③

第二，遭人诬陷而死的。卷一百二十四《陈勋》条云：

> 建阳县录事陈勋，性刚狷不容物，为县吏十人共诬其罪，竟坐弃市。……勋家在盖竹，乡人恒见之，因为立祠，号陈府君庙。至今传其灵。④

第三，战斗中丧生或突然失踪者。卷一百九十一《朱遵》条云：

---

① 〔宋〕李昉等：《太平广记》第六册，北京：中华书局1961年版，第2327页。
② 〔宋〕李昉等：《太平广记》第二册，北京：中华书局1961年版，第375页。
③ 〔宋〕李昉等：《太平广记》第二册，北京：中华书局1961年版，第381页。
④ 〔宋〕李昉等：《太平广记》第三册，北京：中华书局1961年版，第878页。

……一日,遵失首,退至此地,绊马讫,以手摸头,始知失首。于是土人感而义之,乃为置祠,号为健儿庙,后改为勇士祠。①

又卷二百九十三《蒋子文》条云:

蒋子文,广陵人也。嗜酒好色,挑挞无度,常自谓青骨,死当为神。汉末,为秣陵尉,逐贼至钟山下,贼击伤额,因解绶缚之,有顷遂死。②

又如卷三百六《冉遂》条:

冉遂者,齐人也。……谓母曰:"此非神也,是强鬼耳。生为史朝义将,战亡之后无所归,自收战亡兵,引之来此。欲擅立祠宇耳。"③

失踪者如卷二十《谭宜》条云:

谭宜者,陵州民叔皮子也。开元末年生。……二十余岁,忽失所在,远近异之,以为神人也。至是父母思念,乡里追立庙以祀之。④

第四,被官府诛杀者。卷二百八十四《徐登》条云:

闽中有徐登者,女子化为丈夫,与东阳赵昞并善方术……登年长,昞师事之。后登身故,昞东入长安。……长安令恶而杀之,民立祠于永宁,而蚊蚋不能入。⑤

---

① 〔宋〕李昉等:《太平广记》第四册,北京:中华书局1961年版,第1428页。
② 〔宋〕李昉等:《太平广记》第六册,北京:中华书局1961年版,第2329页。
③ 〔宋〕李昉等:《太平广记》第七册,北京:中华书局1961年版,第2423—2424页。
④ 〔宋〕李昉等:《太平广记》第一册,北京:中华书局1961年版,第135—136页。
⑤ 〔宋〕李昉等:《太平广记》第六册,北京:中华书局1961年版,第2264页。

又卷二百九十四《袁双》条云:

> 丹阳县有袁双庙,真弟四子也。真为桓宣武诛,便失所在。……形见于丹阳,求立庙。①

第五,政治争斗中的失败者。卷二百九十一《伍子胥》条云:

> 伍子胥累谏吴王,赐属镂剑而死。……自是自海门山,潮头汹高数百尺,越钱塘渔浦,方渐低小。……时有见子胥乘素车白马在潮头之中,因立庙以祠焉。②

第六,所谓有政声者。卷三百一十三《狄仁杰祠》条云:

> 魏州南郭狄仁杰庙,即生祠堂也。天后朝,仁杰为魏州刺史,有善政,吏民为之立生祠。③

又卷十一《栾巴》条云:

> ……巴曰:"臣乡里以臣能治鬼护病,生为臣立庙。……"④

还有如传说中的圣王虞舜(见卷三百一十《卢嗣宗》条)和夏禹(见卷四百六十七《鲧》条)及治水有功的秦李冰(见卷二百九十一《李冰》)条),都被祀为神。

根据《太平广记》所载的淫祀这一民间信仰的材料,我大致依照成为祀神的人物在世时的处境和遭遇,把人物祀神划分为六类,即上面所说的受迫害的妇女、遭人诬陷致死者、战斗中丧生或突然失踪者、被官府所诛杀者、政治争斗中的失败者和所谓有政声者。也许这

---

① 〔宋〕李昉等:《太平广记》第六册,北京:中华书局1961年版,第2338页。
② 〔宋〕李昉等:《太平广记》第六册,北京:中华书局1961年版,第2315页。
③ 〔宋〕李昉等:《太平广记》第七册,北京:中华书局1961年版,第2478页。
④ 〔宋〕李昉等:《太平广记》第一册,北京:中华书局1961年版,第76页。

种分类不十分准确和完备,但是人们决不会因此而不承认这样的事实——人物祀神中绝大部分在世时是受压迫者和生活中的不幸者。既然如此,那么,至此民间信仰的提倡者和拥护者应该很清楚了。这些人物祀神,决不可能成为权势在手、大富大贵的统治者所首倡和自觉崇拜的对象。其中原是处于社会底层的妇女和市井细民,固然不会为他们所祀,而即使曾是统治阶级中的人物,在政治争斗中失败了,也很难成为他们的祀神。俗语所谓"胜者王侯败者寇"就道出其中的道理。试思夏桀、殷纣身死国失,遭万世唾骂,哪代哪朝的帝王会去祭祀他们呢?实际上,由先秦儒士大夫的祀神思想而形成的封建国家祀典已清楚明白地规定了不同社会地位祀不同的神,即春秋时期子产早就说过的:"夫鬼神之所及,非其族类则绍其同位,是故天子祀上帝,公侯祀百辟,自卿以下不过其族。"[1]这更有力地证明了封建统治阶级不可能是民间信仰的中坚信仰力量。民间信仰的中坚信仰力量只能也必定是下层群众。由于他们处于社会的最底层,除了要经受自然灾害的袭击和生老病死的折磨,还要经受统治阶级的压迫和剥削,这样的境遇,这样的地位,迫使他们比其他阶层的人更向往超人世的力量,强烈地希望着神的降临。当然他们所需要的神就是那种在世时同他们一样受着深重压迫或有着种种不幸的人。所以说,由民间信仰中的人物祀神绝大部分是受压迫者、遭遇不幸者就可推断出被称为淫祀的民间信仰可以是全社会的信仰,但首先是下层的信仰,下层群众是民间信仰的首倡者和拥护者。

正因为下层群众是民间信仰的中坚力量,而下层群众中占绝大多数的又是遍布全国各地的农民群众,所以,民间信仰不可能不反映他们的苦难,而且也不可能不按他们的特点来解决他们的问题。古代的中国农民,生活境遇恶劣,自秦汉以至隋唐曾发动了许多次暴动

---

[1] 《国语》,《影印文渊阁四库全书》第 406 册,台北:台湾商务印书馆 1986 年版,第 135 页。

和起义,但其总的命运和处境并未得到根本的改变。正如斯大林在《悼列宁》中所说的:"千百年来,劳动者数十次数百次地企图推翻压迫者,使自己成为生活的主宰,但他们每一次都遭到失败,受侮辱,不得不退却,不得不把委曲和耻辱、愤怒和绝望埋在心里,仰望茫茫苍天,希望在哪里找到救星。"①作为无法摆脱悲惨命运的中国古代农民群众也和世界古代其他地方的被压迫者一样,有着寻求宗教解脱的强烈欲望,但他们毕竟不同于古罗马时期被称作会说话的牲口的奴隶和被异族奴役的犹太人,甚至也与欧洲中世纪时期和沙俄农奴解放之前的农奴有着很大的不同。他们不但有人身自由,而且还有着一小块自己的土地,在风调雨顺和政局稳定的时期,能过上一种食仅果腹、衣仅御寒的生活,因而中国农民没有也未能像基督教产生时期的古罗马的被奴役的大众一样产生一种对现世的普遍绝望而"就去追求精神上的解放来代替,就去追求思想上的安慰,以摆脱完全的绝望处境"。②古代中国农民不同于古罗马被奴役大众的生活境遇决定着他们不可能产生强烈的对来世和天国的渴盼,但自然灾害的袭击和社会压迫、剥削的存在又迫使他们渴求神的降临。因此,民间信仰,这种主要是农民群众的信仰就形成了既要以超人世的面目即神的面貌出现,又要解决他们生活中完全现实而又具体的种种问题的现实性。

或许有人会感到困惑不解,既然民间信仰主要是农民群众的,为何又能说它是全社会的呢?统治阶级与被统治阶级不是有着不可调和的利害冲突吗?在此,我不想举出如基督教这样的世界性的大宗教早期是下层群众的后来却成为统治阶级的事例来说明民间信仰也可能由农民群众的变成全社会的,只是着重申明一点,说它是农民群

---

① 《斯大林选集》上卷,北京:人民出版社1979年版,第170页。
② [德]恩格斯:《布鲁诺·鲍威尔和早期基督教》,《马克思恩格斯全集》第十九卷,北京:人民出版社1963年版,第334页。

众的,是通过对民间信仰的人物祀神的成分构成和民间信仰最可能得以滋生和发展的社会集团的分析得出来的。而拥护信仰的农民群众对民间信仰从未有过自觉的认识,更没有自觉地加以利用以从事阶级斗争从而使民间信仰带上明显的阶级性。他们从事民间信仰活动除了他们的现实处境使然,还有民俗传统在其中起着很大的作用。由此我们应明了民间信仰之所以是全社会的,是与民间信仰没有明显的阶级性却又与现实紧密相连的特点有关,也与民间信仰的存在的背后有着民俗传统的强劲动力有关。下面就着重谈一谈民间信仰的另一个重要的特点——传承性。

从对民间信仰的源头考察中,我们已得知民间信仰来源于史前社会原始宗教,而由隋唐或由西汉往上推,民间信仰与原始宗教盛行的时期中间相隔着漫长的历史岁月。由此可以推测这样的一种事实:在漫长的历史岁月中,原始宗教通过世代相传以及同代人之间相互影响成为了像根深干粗的千年古树一样强大的难以撼拔的民间信仰。有关民间信仰的传承的材料在《太平广记》里有很多。如卷三百一十《卢嗣宗》条言"蒲津有舜祠"[①]和卷四百六十七《鲧》条称"今会稽人祭禹庙"[②],而舜与禹均是距汉唐十分遥远的历史时期中的传说人物,很可能是史前部落的祖先神,但此时期仍被祭祀崇拜。又卷二百九十四《孙盛》条云:"……古老相传,昔有神槎。皎然白色,祷之灵无不应验。"[③]无论是由传说时代传下来的禹庙和舜祠,还是说不清年代的"古老相传"的崇拜神槎,皆着重于一个"传"字,说明了淫祀是种传承性的民俗信仰。至于时代相隔不远的祀神,人们在叙述的时候仍透出它们是传下来的。如卷三百一十二《徐焕》条称黑水将军祠

---

① 〔宋〕李昉等:《太平广记》第七册,北京:中华书局1961年版,第2456页。
② 〔宋〕李昉等:《太平广记》第十册,北京:中华书局1961年版,第3844页。
③ 〔宋〕李昉等:《太平广记》第六册,北京:中华书局1961年版,第2342页。

"至今时享不废",①卷二百九十二《丁氏妇》条称丁姑神为"今所在祠之"。②又如卷二百七十二《夷光》条称"今吴城蚍门内有折株,尚为祀神女之处"。③卷一百二十四《陈勋》条称陈府君庙"至今传其灵",④等等。这些祠庙的出现总是在很早以前。由上代传下代传到"今"仍在传。民间信仰是不断"传"下来的,有突出的传承性已是确定无疑的了。

说到民间信仰的传承性,人们最容易注意到某一具体祀神的传承,如传说时代的祀禹传到汉唐时期,人们还在祀禹。这种传承固然是民间信仰传承性的一种表现,但不是至关重要的。这是因为作为对某一具体祀神的崇拜只能相对地流传一个时期,即使曾盛极一时但到后来不是消声匿迹了就是影响式微。如东汉末年盛行的城阳王祠,在《太平广记》中就没有关于它的情况的条目,甚至连提也未提过。另外,各朝各代又在不断增添新的祀神,其中尤以人物祀神增长最快、数量最多。显然,这不可能包括在具体祀神的传承之中。那么,这些新增的祀神能否包括在民间信仰的传承性之中?它与民间信仰中至关重要的传承性又有什么关系呢?在回答这个问题之前,我们先看一条材料。《太平广记》卷二百九十二《李宪》条云:

> 龙舒陵亭,有一大树,高数十丈。黄鸟十数巢其上。时久旱,长老共相谓曰:"彼树常有黄气,或有神灵,可以祈雨。"⑤

从这条材料来看,新的祀神的产生需要两个条件:一是现实的需要,当时久旱,要天下雨,人是做不到,只有向神祈求;二是当时关于

---

① 〔宋〕李昉等:《太平广记》第七册,北京:中华书局1961年版,第2472页。
② 〔宋〕李昉等:《太平广记》第六册,北京:中华书局1961年版,第2327页。
③ 〔宋〕李昉等:《太平广记》第六册,北京:中华书局1961年版,第2139页。
④ 〔宋〕李昉等:《太平广记》第三册,北京:中华书局1961年版,第878页。
⑤ 〔宋〕李昉等:《太平广记》第六册,北京:中华书局1961年版,第2323页。

神的看法,这里就表现为因"树常有黄气",它"或有神灵"。前一条因与传承性没有关系,故无须深论。两个条件中后一条却与传承性有着密切的关系,这是因为"树有黄气即有神灵"的观念是长老们道出来的,而长老们的这种观念又只能来自他们的父辈、祖辈。他们的父辈、祖辈还可溯自于他们的父祖辈,所以说,这种新增的祀神仍表现了民间信仰的传承性。只不过不是某一具体祀神的传承而是关于祀神的观念或思想的传承。由于新添的祠庙数量繁多又最活跃,故又说民间信仰中关于祀神思想或观念的传承是最重要的传承。

由于民间信仰中最活跃、与现实联系最紧、对普通民众最有影响力的是其中的以人物为崇拜对象的这一部分的信仰观念,因而考察这一部分的信仰观念的传承,就可以清楚地了解民间信仰传承性的最主要的内容。

人死为鬼、鬼能为祸福这一信仰观念是起源很早的,一直可以溯源到原始社会的鬼魂崇拜和祖先崇拜。祖先崇拜实际上是有所限制的鬼魂崇拜,它崇拜的是祖先的鬼魂。中国远在春秋战国之前就很盛行祖先崇拜。如成书于战国时期的《周礼》把人鬼先王之祭与天神、地祇之祭并立。而近代出土的甲骨卜辞所载与之相类似,陈梦家先生说:

> 卜辞所祀,可分为相应三类:
> 甲,天神,上帝:……
> 乙,地祇,社:……
> 丙,人鬼:先王,先公……①

一方面,由于祖先崇拜的发达,"人死为鬼,鬼能为祸福"这一观念得到强化;另一方面,这一观点的传承从来就未被血缘关系限制住。《墨子·明鬼》叙述了被周宣王杀死的杜伯和被燕简公杀害的庄

---

① 陈梦家:《殷墟卜辞综述》,北京:科学出版社1956年版,第562页。

子叙死后为鬼复仇的事。① 其中杜伯与周宣王、庄子叙与燕简公无血缘关系，说明"人死为鬼，鬼能为祸福"并未受血缘关系限制而只能在家族中流行。这种观念一直被人们承袭下来。虽然中国由春秋战国的动乱一变为前所未有的封建的中央集权的秦汉大帝国，但这一观念的传承并未受影响。东汉的王充是不信神鬼的，他在驳斥神鬼怪诞说法之前，先概括了当时人的这种观念，他在《论衡·论死》中说："世谓死人为鬼，有知能害人。"②自汉至唐，绝大部分人对此观念是信而不疑，偶有疑者，据《太平广记》中的材料来看，反遭孤立甚至下场很惨。如卷三百一十七《宗岱》条载宗岱为青州刺史禁淫祀、著《无鬼论》，二十年后为鬼害死。③ 又如卷三百一十九《阮瞻》条云："阮瞻素秉无鬼论，有一鬼通姓名，作客诣之，寒温，聊谈名理。客甚有才情，末及鬼神事，反复甚苦，客遂屈之，乃作色曰：鬼神古今圣贤所共传，君何独言无？即变为异形，须叟便灭。阮嘿然，意色大恶。年余病死。"④条中所谓"古圣贤所传"，实际上就是指这种观念流传已久，承袭已久。

"人死为鬼，鬼能为祸福"固然是民间信仰中一种重要的传承性的思想，但是，一方面并不是每个人死去都能成为人所共祀的神，如果人人都成神，那么，数千百年，神多得不可胜数，神也不可能神了。而另一方面，把全国各地的民间信仰的祀神的数目收集起来，其数额虽然巨大，可总是远远少于死人的数目，更不用说，各地村落、集镇的庶民百姓就信他们所知道的一个或几个祀神了。如此说来，哪些死鬼可以成神就另有其祀神思想了。

这种决定着哪些死鬼可以成神的祀神思想就是所谓"强死者为

---

① 〔清〕孙诒让：《墨子间诂》，《诸子集成》第四册，北京：中华书局 2006 年版，第 139—140 页。
② 〔汉〕王充：《论衡》，《诸子集成》第七册，北京：中华书局 2006 年版，第 202 页。
③ 〔宋〕李昉等：《太平广记》第七册，北京：中华书局 1961 年版，第 2508 页。
④ 〔宋〕李昉等：《太平广记》第七册，北京：中华书局 1961 年版，第 2526 页。

厉"的说法。这种说法最早见于《左传》,文云:

> 及子产适晋,赵景子问焉,曰:"伯有犹能为鬼乎?"子产曰:"能。人生始化曰魄,既生魄,阳曰魂。用物精多,则魂魄强。是以有精爽,至于神明。匹夫匹妇强死,其魂魄犹能冯依于人,以为淫厉。况良霄,我先君穆公之胄,子良之孙,子耳之子,敝邑之卿,从政三世矣。郑虽无腆,抑谚曰蕞尔国,而三世执其政柄,其用物也弘矣,其取精也多矣。其族又大,所冯厚矣。而强死,能为鬼,不亦宜乎?"①

子产的话,有三层意思:其一,肯定人死为鬼,这可再作春秋时期流行"人死为鬼,鬼能为祸福"之一证;其二,只要是强死,匹夫匹妇也能为淫厉;其三,用物弘、取精多的上层贵族强死必能为厉。子产在春秋诸国执掌政柄者当中是属于不怎么信神怪的,然于"强死者能为厉"却坚执无异辞,可见这种思想在当时是影响很大的流行意识。"强死者为厉"中的所谓"为厉",就是指死鬼的魂魄强,不容易消亡而且还能害人。《淮南子·俶真训》云:"是故伤死者,其鬼娆,时既者,其神漠,是皆不得形神俱没也。"高诱注云:"娆,烦娆,善行病祟人。"②这种思想当然不会到春秋时期才产生,也可推原于原始社会中的宗教信仰。一个正常的终其天年的人,在死去的时候精力衰竭如灯油耗尽的油灯,原始人就认为其魂魄不强,其神力不大,反之,一个身强力壮、生命力旺盛的人被杀死或其他非正常死亡,原始人就对之产生恐惧而加以祭祀崇拜。史前时期材料缺乏,无法准确地推测其情状,但至少"强死者为厉"这一种在春秋时期十分流行的祀神思想在秦汉以后仍十分流行。不过,这种思想在传承中有一点变异。其一,春秋时期"强死者为厉"的思想是着重于防止"强死者"为厉害

---

① 《左传》,长沙:岳麓书社1988年版,第294页。
② 《淮南子》,《诸子集成》第七册,北京:中华书局2006年版,第21页。

人的消极方面,如子产在处理伯有为厉之事时说:"鬼有所归,乃不为厉,吾为之归也。"①并为之立祠,事后伯有之鬼再无言响,这说明春秋时期的这种思想还保留着深厚的恐惧凶鬼报复而祀之的原始鬼魂崇拜的色彩。秦汉以后,人们的那种"强死者为厉"的祀神思想就把死者奉为神。祭祀它不仅是为了不受其害,而且更重要的是为受其福佑,如《太平广记》卷二百九十六《蒋帝神》条载因贼击伤而死的蒋子文成神后帮助祭祀他的梁朝皇帝打败北魏的来犯。② 其二,子产的所谓"强死者为厉"的议论中认为贵族强死为厉的条件更充分些。这与当时还是封建领主制社会,贵族有着无上地位的情况相适应,但汉唐淫祀中人物祀神"匹夫匹妇"强死成神的数量是远远超过取物弘、其精多的上层人物强死者,这又与秦汉以后中国是封建地主制社会,农民有着人身自由的社会状况相适应。不管怎么样,"强死者为厉"这种祀神思想是传承下来的,并且是决定了人物祀神占祀神绝大部分的重要思想,我们已从前面所述得知人物祀神六类里面的五类,如受迫害致死的妇女、遭人陷害而致死者、战乱中丧生者或失踪者、被官府诛杀者和政治争斗中失败而丧生者等,均是不得其死亦即强死被奉为祀神享受祭祀。充分证明"强死者为厉"是淫祀传承性神思想中最重要的内容。

民间信仰的信仰观念的第二个方面的内容为"祭祀有福"。东汉王充在其《论衡·解除》中说:"世信祭祀,谓祭祀必有福。"③这种祭礼有福的思想起源也是很早的。大概在原始社会的初期,原始人在开始宗教活动的时候,就懂得向祖先神或图腾以及别的什么神奉献祭品祈求神福佑了。在我国殷商之时,据近代出土的甲骨卜辞所载来看,用祭物祀神求雨或求别的什么的活动特别多。至于春秋时期,

---

① 《左传》,长沙:岳麓书社1988年版,第294页。
② 〔宋〕李昉等:《太平广记》第六册,北京:中华书局1961年版,第2357—2358页。
③ 〔汉〕王充:《论衡》,《诸子集成》第七册,北京:中华书局2006年版,第245页。

关于人们祀神求福的记载就更多了。如《左传》载虞国的国君于鲁僖公五年时说:"吾享祀丰洁,神必据我"。① 《国语·鲁语》载齐鲁长勺之战前曹刿问鲁庄公何以战时,庄公的回答中就有"不爱牲玉于神"之语;意思当然是指他用牲和玉器祀神,神会保佑他。《国语·齐语》又载管仲治齐国时有编民练军之法,其中就有把伍民编为伍,并称"伍之人祭祀同福"。② 且不管他伍之人是如何地祭祀得福法,这件事至少说明当时人相信祭祀是为了求福。虽然这样的观点当时有识之士是不赞同的,但确实是绝大部分人所共有的观点。秦汉以至隋唐五代,只有东汉王充曾对此种观点加以严厉的批驳,绝大部分人是信而不疑的。《太平广记》记载的祭祀中使用祭物是比较多的。有祭用牛、猪、羊等牲畜的。卷二百八十八《岭南淫祀》条云:

> 岭南风俗,家有人病,先杀鸡鹅等以祀之,将为修福。若不差,即刺杀猪狗以祈之;不差,即次杀太牢以祷之……③

又卷二百九十四《武曾》条云:

> 侯官县常有阁下神。岁终,诸吏杀牛祀之。④

又卷三百一十五《璧山神》条云:

> 合州有璧山神,乡人祭,必以太牢,不尔致祸。⑤

又卷二百八十《刘景复》条云:

> 吴泰伯庙,在东阊门之西。每春秋季,市肆皆率其党,

---

① 《左传》,长沙:岳麓书社 1988 年版,第 54 页。
② 〔清〕董增龄:《国语正义》上册,成都:巴蜀书社 1985 年版,第 571 页。
③ 〔宋〕李昉等:《太平广记》第六册,北京:中华书局 1961 年版,第 2292 页。
④ 〔宋〕李昉等:《太平广记》第六册,北京:中华书局 1961 年版,第 2343 页。
⑤ 〔宋〕李昉等:《太平广记》第七册,北京:中华书局 1961 年版,第 2497 页。

合牢醴,祈福于三让王。①

又卷二百九十三《陈氏女》条云:

……每春辄以苍狗,秋黄犬,设祀树下也。②

有以甘果等为祭物的。卷二百九十一《延娟》条云:

……后十年,人每见二女拥王泛舟,戏于水际,至暮春上巳之日,禊集祠间。或以时鲜甘果,采兰杜包裹之,以沉于水中;或结五色彩以包之,或以金铁系其上。乃蛟龙不侵,故祠所号招祇之祠。③

又卷二百九十二《栾侯》条载有太守用鲊祀神的。有祀以钱、羊骨之类的,卷二百九十一《妒女庙》条云:

并州石艾寿阳二界,有妒女泉,有神庙。泉濩水深沉,洁澈千丈,祭者投钱及羊骨,皎然皆见。④

又卷二百九十四《黄石公》条云:

益州之西,云南之东,有神祠,克山石为室。下有人奉祠之,自称黄公。……清净不烹杀,诸祈祷者,持一百钱,一双笔,一丸墨,石室中前请乞……⑤

有以酒、馔祀神的。卷十一《栾巴》条云:

……巴曰:"臣乡里以臣能治鬼护病,生为臣立庙,今旦

---

① 〔宋〕李昉等:《太平广记》第六册,北京:中华书局1961年版,第2235页。
② 〔宋〕李昉等:《太平广记》第六册,北京:中华书局1961年版,第2332页。
③ 〔宋〕李昉等:《太平广记》第六册,北京:中华书局1961年版,第2313页。
④ 〔宋〕李昉等:《太平广记》第六册,北京:中华书局1961年版,第2314页。
⑤ 〔宋〕李昉等:《太平广记》第六册,北京:中华书局1961年版,第2338页。

有耆老,皆来臣庙中享,臣不能早饮之,是以有酒容。"①

又卷三百一十三《狄仁杰祠》条云:

魏州南郭狄仁杰庙,即生祠堂也。……及入朝,魏之士女,每至月首,皆诣祠奠酹。②

有用人祀神的。卷二百七十《李诞女》条云:

东越闽中有庸岭,高数十里。其下北隰中,有大蛇,长七八丈,围一丈,土俗常惧。东治都尉及属城长吏多有死者,祭以牛羊,故不得福。……欲得啖童女年十二三者,……前后已用九女……③

又卷三百一十二《李仲吕》条云:

姑藏李仲吕,咸通末……自祷于县二十里鲁山尧祠,以所乘乌马及驺人张翰为献……④

又卷三百一十五《豫章树》条云:

唐洪州有豫章树,从秦至今,千年以上,远近崇敬。或索女妇,或索猪羊……⑤

《太平广记》中还有许多录载祀神的条目,只云"至今祠之""享之",而未指明用何物祭祀,但以上所用的祭物亦足以反映民间信仰实际所用的祭物种类了。虽然其中包括了时鲜甘果、鲊菜、羊骨及钱等物,但淫祀这种民间信仰以杀牲祭祀为其重要的特点,故又称"淫

---

① 〔宋〕李昉等:《太平广记》第一册,北京:中华书局1961年版,第76页。
② 〔宋〕李昉等:《太平广记》第七册,北京:中华书局1961年版,第2478页。
③ 〔宋〕李昉等:《太平广记》第六册,北京:中华书局1961年版,第2122页。
④ 〔宋〕李昉等:《太平广记》第七册,北京:中华书局1961年版,第2469页。
⑤ 〔宋〕李昉等:《太平广记》第七册,北京:中华书局1961年版,第2495页。

祀血食"。卷二十九《九天使者》条称"今名山岳渎血食之神"。① 又卷九十一《法度》条说摄山神是"血食世祀",② 又卷二百八十三《师舒礼》条称"为人解除祠祀"的巫师礼为"佞神杀生"。③ 还有卷三百一十七《宗岱》条中被宗岱禁毁的淫祀之神自云"君绝我辈血食二十余年"。④ 这些皆可证明杀牲祭祀亦即所谓血食是民间信仰的一大特点。对杀牲祀神,常人虽视之当然,但也出现了反对之声,如卷三百一十五《壁山神》条中的蜀僧善晓说:"天地郊社,荐享有仪,斯鬼何得僭于天地。牛者稼穑之资,尔淫其祀,无乃过乎!"⑤甚至连民间信仰所祀之神对享祭亦有所节制。卷三百一十四《袁州父老》条载神之言说:"凡人之祀我,皆从我求福。我有力不能致者,或非其人不当受福者,我皆不敢享之。"⑥我们当然不能由此而断定神已有了善于节制的自觉意识,而只能说此反映了人们对用于祀神的祭物要有节制的思想,虽说有一部分人对民间信仰祭物的糜费颇有微词,然而对于普通人来说,祀神一定要有祭物的思想是牢固的,占统治地位的。有时这种思想作怪竟会演出一幕滑稽剧。卷二百九十五《曲阿神》条云:

> 曲阿当大埭下有庙,晋孝武世,有一逸劫,官司十人追之。劫径至庙,跪请求救,许上一猪,因不觉忽在床下。追者至,觅不见。郡吏悉见入门,又无出处。因请曰:"若得劫者,当上大牛。"少时劫形见,吏即缚将去。劫因云:"神灵已见过度,云何有牛猪之异,而乖前福?"言未绝口,觉神像面色有异。既出门,有大虎张口而来,径夺取劫,衔以去。⑦

---

① 〔宋〕李昉等:《太平广记》第一册,北京:中华书局1961年版,第187页。
② 〔宋〕李昉等:《太平广记》第二册,北京:中华书局1961年版,第599页。
③ 〔宋〕李昉等:《太平广记》第六册,北京:中华书局1961年版,第2254页。
④ 〔宋〕李昉等:《太平广记》第七册,北京:中华书局1961年版,第2508页。
⑤ 〔宋〕李昉等:《太平广记》第七册,北京:中华书局1961年版,第2497页。
⑥ 〔宋〕李昉等:《太平广记》第七册,北京:中华书局1961年版,第2483页。
⑦ 〔宋〕李昉等:《太平广记》第六册,北京:中华书局1961年版,第2347页。

第二章　民间信仰与古代小说研究　　**83**

不管是猪,还是牛,必须要有祭物,神才肯帮忙。反之,既许诺以何物祀神而后又未能兑现,神会予以惩罚,如卷二百九十三《陈敏》条云,陈敏为求在任上安稳,许上宫亭庙神银杖一枝,后以竹干外镀以银上之,结果神使所乘之船倾翻。① 这都说明民间信仰之祀神非得有祭物不可。

另外,关于祭祀的好处,在谈民间信仰的现实性时曾列出十个方面的问题。这十个方面的问题的解决当然也就有了十个方面的好处。例如,卷三百一十八《吴士季》条(出《录异传》)载吴士季患疟求神,②从一个方面说,它反映的是人生病无法医治现实问题,从另一个方面来看,神派员捉去疟鬼,士季病好了,这又是祀神的好处。因此,祭祀有福是民间信仰中一种重要的传承的祀神思想。

与"祭祀有福"这一祀神思想有关的,还有一种传承性的思想,即"鬼要饮食"。中国古代的人把鬼想象得与活人差不多,人要活就必须吃饭,即所谓"民以食为天"。既然鬼与活人差不多,那么,它也要饮食。这种思想在春秋时代就有了。《左传》在谈到某人犯罪或其他原因被灭族时,就说其祖宗不能血食了。还有如楚国子文在临死聚其族说:"鬼犹求食,若敖氏之鬼,不其馁而?"③《太平广记》中记载"鬼要饮食"的条目相当多,说明此时期这一思想仍十分流行。卷三百二十一《新鬼》条云:

> 有新死鬼,形疲瘦顿。忽见生时友人,死及二十年,肥健。相问讯曰:"卿那尔?"曰:"吾饥饿,殆不自任。卿知诸方便,故当以法见教。"友鬼云:"此甚易耳。但为人作怪,人必大怖,当与卿食。"④

---

① 〔宋〕李昉等:《太平广记》第六册,北京:中华书局1961年版,第2333—2334页。
② 〔宋〕李昉等:《太平广记》第七册,北京:中华书局1961年版,第2519页。
③ 《左传》,长沙:岳麓书社1988年版,第123页。
④ 〔宋〕李昉等:《太平广记》第七册,北京:中华书局1961年版,第2544页。

又卷三百二十《桓恭》条云：

> 桓恭为桓石民参军。……后眠始觉。见一人在床前云："吾终没以来，七百余年，后绝嗣灭。烝尝莫寄。君恒食见播及，感德无已。……"①

《太平广记》中还有神出来求食的，如卷三百一十四《袁州父老》条云：

> 袁州村中有老父，性谨厚，为乡里所推。家亦甚富。一日有紫衣少年，车仆甚盛，诣其家求食。老父即延入，设食甚至，遍及从者。老父侍食于前，因思长吏朝使行县，当有顿地，此何人哉？意色甚疑。少年觉之。谓曰："君疑我，我不能复为君隐，仰山神也。"②

正因为人们认为鬼、神均要饮食，所以就决定了民间信仰要采取用牲、酒馔等食品祀神的方法。对于人来说，没有食物吃就意味着死亡，那么，对于鬼神来说，没有祭祀也是性命交关的。因而，谁祭祀了神就意味着供养了神，当然他要得到神的福佑了。这就使我们能清楚地理解人们为何认为祭祀有福了。

民间信仰的发展兴盛的第三个重要的原因是因为它具有很强的吸纳同化功能。海纳百川，于是为大；民间信仰广纳多教，愈来愈大。民间信仰吸纳了佛教、道教甚至还有儒家的许多成分，因此才能长盛不衰。

众所周知，相对于佛教来讲，民间信仰是自发的、朴素的、无理论体系、无严密的组织机构却又被许多人信奉的信仰。佛教传入的初期是借助于民间信仰的。佛教之初来东土，与信奉黄老相杂。吕思

---

① 〔宋〕李昉等：《太平广记》第七册，北京：中华书局1961年版，第2539页。
② 〔宋〕李昉等：《太平广记》第七册，北京：中华书局1961年版，第2483页。

勉在《秦汉史》中引用《后汉书》光武十三王传称：楚王英，少时好游侠，交通宾客，晚节更信黄、老，学为浮屠斋戒祭祀。又引同书《襄楷传》称楷上书曰："又闻宫中立黄、老、浮屠之祠。此道清虚，贵尚无为，好生恶杀，省欲去奢。"①吕思勉归纳说："汉世所谓黄、老者。黄指黄帝，老指老子，事本明白无疑。乃《后汉书·陈愍王宠传》言宠与国相魏愔共祭黄老君求长生福，则所谓黄老者，非复学术之名，而为淫祀之一矣。"②由此看来，佛教之初来，人们实把它看成普通淫祀，只是后来发展迅速，一跃而成为第一大教，似乎无须再借诸如黄老君之类的淫祀之光了。但是，淫祀是土生土长的民间信仰，其根牢牢扎在千千万万普通中国人心中，佛教的发展与民间信仰发生冲突是不可避免的。《太平广记》卷二百八十三《师舒礼》条云：

> 巴丘县有巫师舒礼，晋永昌元年病死，土地神将送诣太山。俗常谓巫师为道人。……太山府君问礼："卿在世间何所为？"礼曰："事三万六千神，为人解除祠祀。"府君曰："汝佞神杀生，其罪应重。"付吏牵去。礼见一物，牛头人身，持铁叉……府君问主者，知礼寿未尽，命放归。仍诫曰："勿复杀生淫祀。"礼既活，不复作巫师。③

从表面上看，这是一般的士大夫反淫祀之谈。里面的泰山府君为中国汉代以来管鬼魂的神君，是属传统的信仰系统。但是我可以肯定地说它反映的是淫祀这种民间信仰与佛教的冲突。这是有根据的。其一，它指责巫师舒礼"佞神杀生"。传统的儒士大夫指责其佞神则有，指责其"杀生"则无。勿杀生乃为佛门一大戒，况且泰山府君为一神而责人"佞神"也丧失了传统祀神的立场。显然，这是佛教

---

① 吕思勉：《秦汉史》（下），长春：吉林人民出版社2012年版，第791—792页。
② 吕思勉：《秦汉史》（下），长春：吉林人民出版社2012年版，第785—786页。
③ 〔宋〕李昉等：《太平广记》第六册，北京：中华书局1961年版，第2253—2254页。

徒或深受佛教影响的人在反淫祀。其二,《幽明记》的作者为刘宋刘义庆,他奉佛,他从佛教的立场收集编写反淫祀的故事是合理合情的。其三,文中还提到"冥司"和"牛头人身,持铁叉"者,均为传统祀神中所未有,明显来自佛教。这些证据足以说明这则故事反映了民间信仰与佛教的冲突。如果说上一则故事仅仅是以佛教压淫祀这一方面来反映佛教与民间信仰的冲突。那么,下一则故事反映的就是它们之间真正的冲突。卷一百一十三《陈安居》条云:

> 宋陈安居,襄阳县人也。伯父少事巫俗,鼓舞祭祀,神像盈宅。父独敬信释法,恒自斋戒。世父无子,以安居绍焉。安居虽即伯舍,而理行精至,废绝淫祀。忽得病发狂。则为歌神之曲,迷罔邪僻,如此弥岁。而执心愈固。常誓曰:"若我所执之志,偶当亏夺者,必先自脔截四体,乃就其事。"……经三年,病发死。……府君曰:"此人事佛,大德人也。其伯杀害无辜,营诳百姓,罪宜穷治。以其有小福,故未加之罪耳。今复谤诉无辜,敕催录取来。"①

这里明言淫祀与佛教的冲突。其冲突之无情,乃是叔侄关系亦难幸免。其冲突之酷烈,乃非致对方于死地而不罢休。上述两则故事,一是刘宋时人所讲的东晋时事,一是唐人所讲的刘宋时事,时代均比较早。隋唐以后这种民间信仰与佛教的剧烈冲突比较罕见了。佛教于此时期跃居为天下第一大教后对民间信仰是不屑一顾的了,似乎只有民间信仰攀拉佛教的份了。当然民间信仰受到佛教的影响也是事实。《太平广记》卷九十一《法度》条云:

> 释法度,黄龙人也。南齐初,游于金陵。……经岁余,忽闻人马鼓角之声。俄见一人投刺于度曰:"靳尚。"度命前

---

① 〔宋〕李昉等:《太平广记》第三册,北京:中华书局1961年版,第785—786页。

之。尚形甚闲雅,羽卫亦众。致敬毕,乃言弟子主有此山,七百余年矣。……法师道德所归,谨舍以奉给,并愿受五戒,永结来缘。度曰:"人神道殊,无容相屈,且檀越血食世祀,此最五戒所禁。"尚曰:"若备门庭,辄先去杀。"于是辞去。明旦,一人送钱一万,并香烛等,疏云:"弟子靳尚奉供。"至其月十五日,度为设会。尚又来,同众礼拜行道,受戒而去。既而摄山庙巫梦神告曰:"吾已受戒于度法师矣,今后祠祭者勿得杀戮。"由是庙中荐献菜饭而已。①

山神皈依佛门,淫祀化于释教,被说得活灵活现。也许,起初这个故事是佛教徒为张扬佛法而编造,或是如本条中摄山庙巫之流的巫人为攀附释教而杜撰。但是,原故事出自《歙州图径》,该书是地理方志之类的书,主要是介绍某地的地理、建制沿革和风土人情,决不是某一教的宣传品,其中所收集的故事必定在该地流传为该地人所乐道。那么,这种得到当地人普遍承认的故事决不是只有宣传意义,它反映的是当时的实际情况。因而可以肯定这个故事真实地反映了淫祀受佛教影响的情况。除了这一则反映民间信仰中的祀神受佛教影响的记载外,《太平广记》中还有条目表明信奉淫祀的巫士也受了佛教的影响。如卷二百九十一《梅姑》条载梅姑为其夫所杀,被人们祀为神,其庙左右不得取鱼射猎。如不然,则有迷径溺没之患,有巫说"姑既伤死,所以恶见残杀"。② 所谓恶见残杀,实际上就是守佛门勿杀生之戒。神的主张事实上就是巫的主张,可见巫是受到了佛教的影响。

另一方面,佛教不断从民间信仰当中吸收了有用的东西,使它的势力在民间日见其大却也是不容否认的事实。佛教受民间信仰的影

---

① 〔宋〕李昉等:《太平广记》第二册,北京:中华书局1961年版,第599页。
② 〔宋〕李昉等:《太平广记》第六册,北京:中华书局1961年版,第2317页。

响主要有两个方面,一是事佛的方式,一是信奉佛教的目的或好处的宣传。按照佛教的教义,世界上的一切烦恼、痛苦皆因识而起,人们只有通过自己的修持才能转识成智而成正果,通俗的说法就是修炼成佛。显然,不存在通过任何外在的方法或手段来祀佛奉佛的,也不存在给人带来任何现实的好处和利益的说法。然而,《太平广记》中却充满佛教这两个方面情况盛行的记载。它们不是佛教本身的,而可能是取自民间信仰的。这样,佛教自己主动采用民间信仰的强调实用的方式而使佛教异化。佛教本来强调修持成佛,不能执着俗世的得失,但许多佛教的通俗宣传材料却说它能给人许多现实的好处。这样,佛教的传播在很大程度上被俗化,渐渐地与民间信仰合流,或者说民间信仰也将俗化佛教纳入其中了。

道教,是中国土地上土生土长的宗教,它的母体就是民间信仰,虽然它高升为大教似乎完全可以将民间信仰抛弃,但实际上并非如此。道教还继续受着民间信仰的影响。它借大教之势以及其与民间信仰的贴近关系,有时甚至借政府的权势,将淫祀在内的民间信仰都吸纳到它的范围之内控制。《太平广记》卷二十九《九天使者》条云:

> ……承祯奏曰:"今名山岳渎血食之神,以主祭祠。太上虑其妄作威福,以害蒸黎,分命上真,监蒞川岳。有五岳真君焉。又青城丈人为五岳之长。潜山九天司命主九天生籍,庐山九天使者执三天之符,弹劾万神,皆为五岳上司,盍各置庙,以斋食为享。"玄宗从之,是岁五岳三山,各置庙焉。①

宗教上以最高神太上的命令,人间以最高统治者——皇帝的诏令,将五岳三山从传统信仰以及包括淫祀在内的万神完全纳入道教系统,似乎是很容易将民间信仰消融于其中。事实上淫祀这种民间

---

① 〔宋〕李昉等:《太平广记》第一册,北京:中华书局1961年版,第187—188页。

信仰不仅未被取代,而且道教在其传播活动却越来越淫祀化亦即民间信仰化。道教信仰中有许多仍沿袭民间信仰中建祠庙并向崇拜对象祭祀、祈祷的方法进行宗教活动。卷四《王子乔》云:

> 王子乔者,周灵王太子也。……见桓良曰:"告我家,七月七日待我于缑氏山头。"果乘白鹤,驻山岭,望之不到,举手谢时人。数日而去。后立祠于缑氏及嵩山。①

又卷六《王乔》云:

> 王乔,河东人也。汉显宗时为叶令,有神术,……百姓为立庙,号叶君祠。祷无不应,远近尊崇。②

道教中的仙人如同民间祀神一样能给人以许多现实的好处。凡人成仙可以长生不死,享受富贵,为所欲为,同时他们还可以给予与之相联系特别是向其祈求的凡人以好处。仙人可以给人以许多钱财。如卷二十三《冯俊》条载唐贞元初广陵人冯俊,以庸工资生,多力而愚直,曾为一道士做工,后归家,"遂解腰下,皆金钱也,自此不复为人庸工,广置田园,为富民焉"③。又如同卷《张李二公》条亦载得道的仙人张公送给未得道的李公二百千贯钱。④ 又如卷三十五《王四郎》条云得道成仙的王四郎送给叔父二百千。⑤ 仙人还可以治疗疾病,特别是治疗痼疾。卷四《徐福》条云:

> ……又唐开元中,有士人患半身枯黑,御医张尚容等不能知。其人聚族言曰:"形体如是,宁可久耶?闻大海中有神仙,正当求仙方,可愈此疾。"……徐君曰:"汝之疾,遇

---

① 〔宋〕李昉等:《太平广记》第一册,北京:中华书局1961年版,第24页。
② 〔宋〕李昉等:《太平广记》第一册,北京:中华书局1961年版,第41—42页。
③ 〔宋〕李昉等:《太平广记》第一册,北京:中华书局1961年版,第156—157页。
④ 〔宋〕李昉等:《太平广记》第一册,北京:中华书局1961年版,第158页。
⑤ 〔宋〕李昉等:《太平广记》第一册,北京:中华书局1961年版,第223—224页。

我即生。"①

又卷九《沈建》条云:

　　沈建,丹阳人也。世为长吏,建独好道,不肯仕官。学导引服食之术,还年却老之法。又能治病,病无轻重,治之即愈。奉事之者数百家。②

又卷十三《茅君》条云:

　　……远近为之立庙奉事之。茅君在帐中,与人言语。其出入,或发人马,或化为白鹤。人有病者,往请福。③

仙人能让人做大官。卷十九《李林甫》条云,有道人问李林甫愿白日飞升列入仙籍还是愿做二十年宰相,李林甫三日后回答说愿做二十年宰相,果然如愿。④ 又卷三十五《齐映》条云:

　　……老人曰:"郎君有奇表,要作宰相耶,白日上升耶?"齐公思之良久,云:"宰相。"老人笑曰:"明年必及第,此官一定。"⑤

民间信仰在其初期本与儒家思想分道扬镳。儒家思想强调的是重德、重努力、敬鬼神而远之,而民间信仰不管神鬼出身及其表现,只要灵验给人好处就行,所以民间信仰被指责为淫祀。正直的士大夫对淫祀的态度是欲禁绝而后快,但实际上又无法禁绝,故又发展为对它进行利用即所谓"神道设教"的政策的实施。久而久之民间信仰受儒家思想的影响也就越来越多,越来越深,至宋以后就更加突出了。

---

① 〔宋〕李昉等:《太平广记》第一册,北京:中华书局1961年版,第26页。
② 〔宋〕李昉等:《太平广记》第一册,北京:中华书局1961年版,第65页。
③ 〔宋〕李昉等:《太平广记》第一册,北京:中华书局1961年版,第88页。
④ 〔宋〕李昉等:《太平广记》第一册,北京:中华书局1961年版,第129页。
⑤ 〔宋〕李昉等:《太平广记》第一册,北京:中华书局1961年版,第223页。

(四)中国民间信仰对叙事文学的影响

或许有人认为,民间信仰有民间信仰的演变过程,叙事文学有叙事文学的发展规律,两者无甚关联,更不用说发生相互影响了。殊不知,民间信仰也好,叙事文学这样的文学创作也好,都是属于精神文化,两者发生关系乃是必然的事。试想没有基督教怎么能产生但丁的《神曲》、弥尔顿的《失乐园》、托尔斯泰的《复活》。黑格尔说:"从客体或对象方面来看,艺术的起源与宗教的联系最密切。最早的艺术作品都属于神话一类。……所以只有艺术才是最早的对宗教观念的形象翻译。"①高尔基也说:"宗教和精神观察的哲学,照我看来是属于艺术的创造的,这是人企图把自己的经验,自己的情感和幻想化成形象,把自己的感想形成思想的艺术。"②宗教信仰与文学艺术有着同源的关系而反映方式也有许多相同,由此看来,中国古代民间信仰对叙事文学尤其是古典小说创作产生影响不仅是可能的,而且是必定存在的。首先,民间信仰、古典小说创作两者有着相同的现实基础。由上面对民间信仰的考察,我们知道民间信仰反映了古代社会中人们所面临的种种的社会问题。这些问题在古典小说作品中同样也得到了充分的反映。例如,自然灾害的袭击,各个历史时期的小说都有反映,又如婚姻问题,更是很多小说家的小说创作竞相加以表现的主要题材。既然反映的现实问题相同,那么,在思想感情、反映的方式等方面发生互渗的现象是完全符合逻辑的。其次,古代小说作品中有一些是直接产生于民间信仰活动中的民间创作,如六朝志怪和唐传奇中的某些作品,当然更多的是文人从民间搜集大量素材加以创造的。无论是哪一种情况,民间信仰都充斥其中,如鬼神崇拜、精怪迷信等在文学作品中随处可见,这不可能不对文学创作产生影

---

① [德]黑格尔:《美学》第二卷,北京:商务印书馆1979年版,第24页。
② [俄]高尔基:《论文化》,《高尔基论文选集》,北京:人民文学出版社1954年版,第26页。

响。再次,古代从事叙事文学创作的人有相当一部分是来自社会下层,如宋、元话本的作者,甚至还有明、清章回小说的作者,他们本身就是民间信仰的信奉者,在进行文学创作时,也必定会采用他们熟悉的民间信仰对现实的反映方式。最后,文学创作过程,是一个作者、读者相互影响的过程。中国民众既是民间信仰的信奉者,又是文学作品的读者,他们在阅读过程中,赋予作品以符合他们的欣赏习惯和审美要求的新的意义,这必定会影响作家的文学选择和表现。例如,唐代元稹的《莺莺传》写崔、张恋爱是一个始乱终弃的过程,当时许多文士是大加赞赏,但民众却并不欣赏,他们喜爱的是有情人终成眷属,这一新的信息就直接影响了董解元、王实甫的《西厢记》的创作。概而言之,古代民间信仰对叙事文学创作产生影响是肯定无疑的。

民间信仰对古典小说创作的影响表现在民间信仰成为叙事文学的重要题材。魏晋南北朝志怪,神仙、妖怪等民间信仰内容充斥其中。宋代说话中的小说类有八个子目,灵怪、烟粉、妖术、神仙等占其中四个,而其他子目中牵涉到这方面的内容还不算在内。明代章回小说中还有神魔小说这样一类,如《西游记》以及随后产生的《四游记》《封神演义》等。那些被称之为现实主义作品里面也有着民间信仰的内容,如《三国演义》就有不少鬼魂显灵的情节,《红楼梦》中也不乏神仙鬼怪,符咒禳祝。

民间信仰作为一种现实存在,叙事文学的创作者们在其作品中不可能不予以反映。民间信仰对古典小说的创作的影响,其显著特征莫过于此。但民间信仰的影响不止于如此浅显的层次。这种题材的涌入实际上也会带来某些内容上的变化,至少使人们的关注有所变化。人们思想观念变化和艺术创作能力的提高,无论是读者还是创作者都不满足于原封不动将民间信仰题材搬进叙事文学作品,而愈来愈注意美的创造。当然,这样题材的涌入对叙事文学尤其是小说创作的内容是有比较大的冲击的。这就是民间信仰对古典小说创作的重大影响，促使小说的创作者们将目光投向下层，投向不幸的人们，让这些人成为小说的主角。众所周知，魏晋南北朝时期，门阀士族把持整个社会的政治、经济、文化，文学创作者是他们，文学反映的也是他们。轶事小说就是其典型代表，养尊处优的名士的种种表现就是《世说新语》的主要内容，所以有人将《世说新语》称为名士教科书。志怪虽然也反映了士族的生活，但它受民间信仰的影响，视线要开阔得多，其主人公有匠人之子、投军之人，等等。唐人小说中虽然以士人为主要表现对象，但那些多是地位低、不得志的士人。宋元话本的主人公绝大部分是下层人士，特别以市民为多，如绣娘、碾玉匠、市民之女。讲史话本中虽然有帝王将相，但生动活泼的还是那些来自下层的人物，如《三国志平话》中的来自下层的刘、关、张。明清章回小说也保留了这样的特点。《三国演义》虽然写了许多帝子王孙，而其中光辉夺目的是那些来自下层的人士。《水浒传》中的好汉绝大部分来自底层。《西游记》中的主角是石生的猢狲。"三言""二拍"《聊斋志异》，均是如此。这一点与正史有着极其鲜明的区别。正史非帝王将相不立传，野史、笔记也多注意上层人物。市井细民不可能成为他们的关注的焦点。或许有人会说这怎么能算是民间信仰的影响呢？这主要是由于作者的阶级地位决定的。如果我们只以宋元话本的作者为准，这种说法可以成立。可志怪的作者，唐人小说的作者呢？也能说他们是下层人士吗？倘若他们不是反映以怪异为特征的民间信仰，显然是不会以下层人物为作品的反映对象。出身下层的创作者们，应该说他们更容易受到民间信仰的影响。民间信仰的主要信奉者是下层群众，他们敬奉的神呀仙呀也主要来自下层民众，多是生活中的不幸者。在宗教信仰中，他们崇拜这样出身的神仙，在叙事文学创作中他们更习惯于以这样的人为创作对象。

中国古代小说作品中有许多是写人与神仙、人与幻化为人的怪魅，甚至与鬼魂的种种纠葛，其人物的活动范围广及神界、人世和冥间,毫无疑问这是一种非现实题材的作品。这种作品,最早为人所知的是六朝志怪。这种志怪小说正如干宝所说的"亦足以发明神道之不诬也"①式的创作,受民间信仰的影响自不待多论。唐传奇虽是中国古代文学家"有意为小说"的开端,但素材仍然多取自民间信仰。例如唐代民间多狐精作怪的传说,甚至还有"无狐魅,不成村"②的说法,因而唐传奇中关于狐精的作品就特别地多。不过,民间信仰在素材、内容等方面给古代文学创作以影响固然值得注意,我认为更值得注意的是民间信仰的特征影响着古代小说创作中对非现实题材的处理方式这一方面。在这些非现实题材作品中,无论是其情节,还是其中似人非人的神仙鬼怪,都是人类幻想的产物,但古代小说创作者们在具体描写中却完全采用写实的手法。如唐代传奇小说《古镜记》里所叙的程雄家的婢女鹦鹉,她是华山府君庙前长松下千岁老狸所幻变的,她做人义女,被嫁与同乡之人,因不惬又出逃,为行人李无傲所执,最后被留在程雄家。除了她是老狸幻化惧怕宝镜这一点带有神怪色彩外,她的经历完全是古代下层妇女所可能有的经历。这种完全现实化的处理在唐传奇里是随处可见的。如沈既济的《任氏传》开篇即云:"任氏,女妖也。"但小说中郑六与任氏结识之时的描写却是写实的。文云:"郑子乘驴而南,入升平之北门。偶值三妇人行于道中,中有白衣者,容色姝丽。郑子见之惊悦,策其驴,忽先之,忽后之,将挑而未敢。白衣时时盼睐,意有所受。郑子戏之曰:'美艳若此,而徒行,何也?'白衣笑曰:'有乘不解相假,不徒行何为?'郑子曰:'劣乘不足以代佳人之步,今辄以相奉。某得步从足矣。'相视大笑。"③这完全是现实生活中常见的青年男女的挑逗、调情,没有半点离奇不经的地方。特别是小说中任氏遇到韦崟慕其色欲施强暴时的言行,也

---

① 〔晋〕干宝:《搜神记序》,《晋书·干宝传》,北京:中华书局1974年版。
② 〔宋〕李昉等:《太平广记》第九册,北京:中华书局1961年版,第3658页。
③ 〔宋〕李昉等:《太平广记》第十册,北京:中华书局1961年版,第3692页。

完全被塑造为一位弱女子的形象,她以情义制止了对方的非礼行为,未显任何神异之能,基本上是按照现实本来的样子予以反映。这种对非现实题材或情节的现实化处理,也完全被其他的文学样式所采用。元代李好古的杂剧《张生煮海》写的是书生张羽与龙女的恋爱故事,他们二人由琴声而会面、定情,是人世间男女恋爱实有的过程,基本上是写实的。郑德辉的杂剧《倩女离魂》,现代的研究者都称它为浪漫主义作品,其重要的关目是人的魂魄能离开人的身体随其所愿自由行动,但即使是这种幻想的情节,作家在描写时仍然注重符合人物性格发展的逻辑,注意现实性。如倩女之魂赶来与王生相会时,王生指责倩女奔来有玷风化,倩女以己之志诚感动了王生才得以相随。中国古典名著,被誉为浪漫主义杰作的《西游记》,所有的研究者都承认,小说将神、佛、妖、魔当作人写,将神佛世界当作现实世界来写,"使神魔皆有人情,精魅亦通世故"。① 对非现实题材加以现实化处理至《西游记》可以说到了登峰造极的地步。

　　无庸讳言,非现实题材的现实化处理是有其文学上的功用的,意在加强作品的真实性、可信性,可是单就这种作品的真实性、可信性而言,它的根乃扎在民间信仰之上,更不用说这种现实化处理手法本身也来自民间信仰。如此断言,其理由有二。其一,中国古代民间信仰,相信有超现实的力量的存在,正如在民间流传甚广的《增广贤文》所云"举头三尺有神明"。这种信仰给予了这类非现实题材真实性的支持。如六朝文人的志怪"大抵一如今日之记新闻",是因为他们"以为幽明虽殊途,而人鬼乃实有,故其叙述异事,与记载人间常事,自视固无诚妄之别",② 又如唐传奇《任氏传》中女妖任氏说:"人间如某之

---

① 鲁迅:《中国小说史略》,《鲁迅全集》第九卷,北京:人民文学出版社1973年版,第309页。

② 鲁迅:《中国小说史略》,《鲁迅全集》第九卷,人民文学出版社1981年版,第43页。

比者非一,公自不识耳,无独怪也。"①北宋刘斧在《青琐高议》中也说:"鬼与异类,相半于世,但人不知耳。"②中国古代著名的悲剧《窦娥冤》里的女主人公窦娥还喊出了"有日月朝暮悬,有鬼神掌着生死权"这样震人心魄的话语。既然神鬼乃实有,写神鬼之事的作品当然就具有了真实性。又因为神鬼是与人相同的真实的存在,所以叙鬼事自然也会采用与叙人事相同的方法。其二,民间信仰中的神、仙等超现实力量都不是全知全能的,与人类一样有着各种各样的欲望和许许多多的毛病,如"聪明正直"的华岳神被朝廷封为王,可在民间祀神活动的记载中他索贿、泄密、强抢妇女,他有子有女,其子女也是好事做得少、坏事做得多。③ 另一方面,受迫害、被侮辱的低贱者也被奉为神,如《搜神记》载全椒丁氏被婆婆折磨致死,成了丁姑神。这样,民间信仰中祀神的世俗化,必定也给古代小说创作中的神仙鬼怪的人化描写带来重大的影响。因此,我们可以断定中国古代叙事文学中的浪漫主义作品对非现实题材的现实处理在很大程度上是受民间信仰的影响。

中国古代民间信仰对于叙事文学创作的另一个方面的影响是民众信仰的特点直接影响非现实题材作品的创作,以及写实作品中的非现实情节往往借用超现实的力量来解决作品主人公所面临的具体问题或矛盾,改善主人公的生活境遇或达到某一现实的目的。唐传奇《任氏传》中任氏的出现,一方面使郑生能享受其他公子哥能享受的婚外性生活,正如作品中任氏对韦生所说:"……且公少豪侈,多获佳丽,遇某之比者众矣。而郑生穷贱耳,所称惬者,唯某氏而已。"④另一方面,任氏教郑生谋取财富,如先花五六千购进股有疵的马,很快就被人以三万之价买走,获利甚多,使郑生免于贫困,过上比较富

---

① 〔宋〕李昉等:《太平广记》第十册,北京:中华书局1961年版,第3693页。
② 〔宋〕刘斧:《青琐高议》,西安:三秦出版社2004年版,第280页。
③ 〔宋〕李昉等:《太平广记》第五册,北京:中华书局1961年版,第1637页。
④ 〔宋〕李昉等:《太平广记》第十册,北京:中华书局1961年版,第3694页。

足的生活。这当然是改善了主人公的生活境遇,并没有引导人们进入仙境、佛地。像这样的故事在唐传奇中还有许多。如裴铏所著《传奇》中孙恪的故事,孙恪与猿幻化的女子成婚,不但解决了他的婚姻问题,而且一夜暴富,荣耀乡里。至于作品主人公在遇到难以解决的问题的时候,更是需要借助超现实的力量。如唐人薛调所撰的《无双传》中王仙客爱其表妹无双,先是其舅不允,愿望无法实现,后来其舅受极刑,无双又被收入掖庭,两人应该说此生再无缘相会,但最后王仙客求助古生,古生以非常手段使他们两人"得归故乡为夫妇五十年"。唐传奇《离魂记》,尤其是由此而改编的元杂剧《倩女离魂》中的非现实情节也完全是为解决现实问题即倩女与王文举婚姻问题而出现的。戏曲的开端,倩女之母对前来寻亲的王文举提出了明确的要求:"俺家三辈儿不招白衣秀士。……你如今上京师,但得一官半职,回来成此亲事"。① 这实际上使王、张二人的婚姻难以成功。王文举不及第固无颜前来成亲,即算王生及第,又焉知他不另择高门,联姻豪家呢?这正是张倩女所苦恼而又无法解决的问题,因而,此时取自人的魂能与人的躯体分开自由行动的民间信仰的超现实的情节也就成了自然而然的事。它的出现正是为了解决目前难以解决的问题。倩女离魂与王文举上京应试,不管能否及第都已然结合在一起了,最后达到的目的仍然是十分现实的,两人真正结为夫妇。明代戏剧《牡丹亭》所采用的人们屡屡称道的浪漫主义手法与《倩女离魂》基本相同。贵族小姐杜丽娘因春感梦,强烈地追求个人的幸福,但这种追求与现实有着尖锐的矛盾,无法加以解决,作品借死后鬼魂能与生人交往以及能够再生等民间信仰克服了重重的现实障碍,解决了难以解决的问题,杜丽娘与柳梦梅终于在人世间结成眷属。从汤显祖的《牡丹亭题词》所说的"传杜太守事者,……予稍更而演之"来看,戏曲家

---

① 〔元〕郑德辉:《倩女离魂》,顾肇仓:《元人杂剧选》,北京:人民文学出版社 1956 年版,第 363 页。

是自觉地运用民间信仰手法。写实为主的作品中的非现实的情节更是为了解决具体问题而出现的。如明代拟话本《灌园叟晚逢仙女》中老叟爱花、种花，培养出满园的奇花异草，却遭到恶霸张委毁园、诬告等种种迫害，这完全是写实性的。当然，凭一无依无靠的老叟是无法逃出恶霸的毒手的，这是作品出现的难以解决的现实问题，花神的降临就是为了解决这一问题的。

　　由上面考察的内容我们应该清楚地看到，面临共同的现实问题，有着相同的要求解决的愿望以及民俗传统的作用，古代小说的创作活动受到民众信仰特征的影响，采用大致相同的处理手法是肯定无疑的。不过，应该指出的是文学家们对于民间信仰不是简单的照搬、模仿，而是在小说创作活动中倾注了自己的思想感情、融进了自己的艺术天才，显示出与民间信仰的原初形态有明显的区别。例如《倩女离魂》中离魂情节的采用，既解决了现实问题，又表现了张倩女和她代表的这一类青年女性敢于追求爱情幸福而不管对方是何种身份的可贵精神，闪现出人文主义光辉；同时还借倩女躯体所受的痛苦揭露了她所处的社会对美好感情的压制、对绚丽人生的摧残。显然这在思想和艺术方面已远远高于民间传说故事了。又如唐传奇《柳毅传》，本身取材于民间关于龙女的传说故事，其主导方面也受到民间信仰的影响，如主人公柳毅是落第的书生，既不富又不贵，与龙女的爱情纠葛，既解决了他的婚姻问题，又使他富贵起来。与民间信仰直接面对现实、解决具体问题的基本精神是相同的。但是它是文士创作的，又明显带有文士的色彩。一是作品中柳毅本为落第书生，功不成名就，他却一再自高身份，让神仙求己，明显呈现士人清高的特征；二是柳毅最后长生成仙，这完全是中唐以后士大夫受仙道影响的常调了。尽管如此，这类作品的价值和意义主要还是在对现实的反映、对现实问题的解决这一方面，这正是民间信仰特征所指向和强调的。我们应该看到文学家的贡献，但亦不能由此而否定民间信仰的影响。如明代章回小说《西游记》,它是吴承恩对传统的取经故事、戏曲进行加工提炼乃至创造而成的,作家的贡献是绝不容否认的,但受到民间信仰的影响同样是事实。一方面,小说中的各种各样的妖魔鬼怪乃至神仙佛道都来自民间信仰,甚至可以说它是民间信仰的汇总。另一方面,小说的主导精神,特别是在第十三回以后的取经故事中的主导思想,虽然小说的主人公时时不忘取经大事,但在实际表现上降魔除妖亦即解决取经路上的具体问题远比完成取经大业更有声有色、更富有意义。这一点为研究《西游记》的人所共见。为何如此呢?虽然《西游记》源自释教徒取经故事,受佛教影响甚深,但这一点显然不是来自佛教。佛教著作喜言几世几劫的事,可它只是为了证明一切皆空,必须修炼成佛的道理,现实中的具体问题更是虚幻的、不能执着的。民间信仰却不然,它重视现世,重视解决具体的现实问题。《西游记》正是在这一方面深受民间信仰的影响,为其战斗性精神的一个重要来源。

古代小说作品中那种超现实的力量主要是以神、仙、鬼怪等面目出现,但随着演变、发展,作品中一些人类主人公也被赋予超现实的力量。这或许是那些半人半神的英雄活动的传说时代的遗留,如战国时李冰能入江中与蛟龙斗的传说,六朝又有周处能入水与蛟龙斗几日几夜的传说,但更大的可能是时代发展了,人们将信仰的对象做了某种程度的转移或扩大,如唐代狄仁杰就被老百姓立了生祠,常被人祭祀。① 这样一来,现实中某类人物也被赋予了超现实的力量。在唐代传奇中,尤其是晚唐的传奇作品中的剑侠豪客,甚至昆仑奴,他们都具有人所不能具有的本领,都能做人所不能做的事情,突如其来,倏忽其往,但他们的出现仍不是给世界以最终的解决,还是为了解决具体的现实问题。民间信仰的特征更直接影响了文学作品中清官等正面人物形象的塑造。在古代小说作品中清官清正廉明、办事

---

① 〔宋〕李昉等:《太平广记》第七册,北京:中华书局1961年版,第2478页。

干练、卓有成效,甚至还被赋予神秘超人的本领。如清官典型包公被塑造成"日断阳、夜断阴"式的人物。又如贤相典型诸葛亮能祭来东风、能驱魔作战。但是,这些清官、贤相从来就没有从根本上解决社会问题,只能做几件实事。许多中国古代文学研究者正是从这一方面批评这些形象塑造上的毛病。殊不知,这些清官、贤相等正面人物也如同民间祀神活动中的神灵,百姓喜爱、敬重他们也只是要他们做些平反冤屈、惩治豪强的实事。文学家在进行文学创作时就不得不满足民众的这种要求而有意无意地接受民间信仰的影响。中国古代民间信仰尤其是民众信仰的特征直接影响了古代小说创作,虽不能说它起了全部作用,至少可以说它起了主要作用,促使中国古代小说创作中形成了现实与超现实的混融特征。

总而言之,民间信仰对叙事文学创作有巨大的影响,对中国古代小说的演进也有极大的促进作用。在小说的萌芽阶段,志怪的创作中神怪已极大的人化。这种属于信仰内部变化的人化,与追求文章之盛事的结合,通过对异质对象的审美化而进入到一种"有意为小说"的自觉时代——唐人小说的创作时代。如果说,民间信仰中崇拜对象的人情化、人性化,或者说是情感化,不是中国古代小说作为现代意义上的"小说"的第一次出现的唯一原因,也是极重要的原因之一。唐人在创作小说时是有意的,他们所追求的乃是"文章之美""要妙之情",也就是说他们完全把小说当作艺术来创作,而不是出于宗教上的或政治上的目的。中唐小说以反映现实为其主要特点,民间信仰的内容退处于一种背景地位或仅成为一种结构因素。这是中国小说史上的一个重要的里程碑,标志着文言小说在如此早的时期就达到了一个很高的高度。此后文言小说仍在发展,但进展不大,有时候甚至还在倒退,如晚唐小说的志怪趋势以及后来志怪创作的不绝于缕。一方面说明民间信仰还有史学的影响仍然很大,使其不能迅速发展;另一方面由于自娱和娱人的需要,文言小说也接受口头艺术尤其是说话艺术的影响出现了一些新的因素,但总的来说并未有大的变化。文言小说的圈子窄、传播面小或许是最重要的制约因素。《聊斋志异》的出现是文言小说创作的顶峰,但仍然离不开民间信仰的内容和形式,它仍然局限在文人圈子里,不能成为小说的主潮。宋元话本的出现是中国小说史上的另一件大事,它表明中国古代小说的创作者的一个重要转移。文言小说的作者是有一定身份的士人,他们的创作在很大程度上是为了消闲,而话本的作者是为了谋生,他们是说话艺人或书会才人。这样,说话及话本的一个重要功能就是要满足听众,后来是读者的精神需要,具有很强的娱乐性和平民意识,而平民意识中起重要作用的又是他们的信仰观念。这样民间信仰又成了话本的重要内容,影响其内容和形式。这影响一直维持到明代的四大奇书。不过,也正是以明代四大奇书为标志,中国古代小说创作中个人化倾向愈来愈强,它们正是以民间信仰内容减少、影响降低、作者个人思想加强而表现出来的。《三国演义》《水浒传》《西游记》,都是在累积的基础上进行的个人创作,个人色彩十分明显,但以民间信仰为主要内容的集体意识仍占很大的分量。《金瓶梅》中的民间信仰的影响就只剩下一点因果报应的观念了。当然,《红楼梦》的创作更如此。作家自己的体悟和独特的思想已成了小说的主调,而民间信仰隐去了真实面目,而以原型和"假语村言"之类的套子朦胧的面目出现。这就是民间信仰对古代小说创作演进的影响。其始对自觉意识的产生起了助力的作用,演进过程中对小说反映的对象和思想感情的确定又起了重要作用,其终以原型采用和象征手法的运用予小说创作以深层次的影响。

二、中国古代精怪故事中的精怪人化

自六朝士人始撰志怪直到清代文人的笔记,悠悠千余年,许许多多的文人记录和创造了大量的精怪故事,至今仍深深地吸引着现代读者。这些精怪故事固然凝聚着艺术家们不朽的创造力,但也不可否认,它源于民间,并与民众的生活紧密相连,民众创造并真诚地相信。因此不能把它单纯看成是文人创作与鼓吹的结果,它是一种牵涉面很广、容量也很大的文学现象。近年来,从文学或从文化的角度,对中国传统的鬼神精怪进行研究的论文和专著为数不少而且新说杂出,可它们不是就其思想和艺术特征立论,就是简单地与西方的某种现象进行比附,很少深入地考察中国传统的鬼神精怪自身的演变和发展,故而本文愿在这一方面做些探索。

在中国古代精怪故事中动物、植物甚至器物都能成精变怪,但以动物成精变怪居多,也最富有代表性。收集动物精怪故事最全、又反映了它的演变发展的是北宋太宗太平兴国年间编纂的《太平广记》。《太平广记》中《妖怪》九卷,《精怪》六卷,另外还有《龙》《虎》《狐》《畜兽》等四十七卷记载各种动物成精变怪。从《太平广记》所记的材料来看,动物成精最明显的特征就是动物能化形为人。如卷四百二十五《洪氏女》条云:"蛟化为男子,貌如其婿。"①又如卷四百四十九《李元恭》条云:"狐遂见形为少年,自称胡郎。"②动物成精有的只是初具人形,与人关系不深,但也有相当一部分动物精怪化形为人后还能深入到真人的社会里从事各种活动,与人类发生了密切的关系。动物精怪故事中动物成精变人在隋唐时期已经有了比较稳定的形态,但它并不是历来如此,而是有一个发展、演变过程。譬如说"精"这个词,《说文》释为"择也",③本义是指选出的纯净的好米,又指生成万物的灵气,如《庄子·在宥》中的"精"字有这样的意义;也用来指神灵、鬼怪。在先秦,"精"与"怪"所指大致相同。《国语·鲁语》云:"木

---

① 〔宋〕李昉等:《太平广记》第九册,北京:中华书局1961年版,第3463页。
② 〔宋〕李昉等:《太平广记》第九册,北京:中华书局1961年版,第3671页。
③ 〔汉〕许慎:《说文解字》,北京:中华书局1963年版,第147页。

石之怪,夔、魍魉",韦昭注曰:"魍魉,山精,好学人声而迷惑人也。"①可"怪"又有自己的特定的含义。《说文》卷十下释"怪"为"异"。② 据此可知,一切反常的现象都属于"怪"的范围,它所涉及的要比"精"庞杂得多。在先秦,"精"包括在"怪"的范围之内,而多有"怪"这一词,但属"怪"的事物却未必是"精"。"精"具体指那些神灵、鬼怪。"怪"的含义又与"妖"之义相通。《左传·宣公十五年》云:"天反时为灾,地反物为妖。"近人杨伯峻注曰:"群物失其常性,古人谓之为妖怪。"③同是指奇异非常的事物或现象,先秦多用"妖"而罕用"怪",后代多用"怪"而很少用"妖"。"妖"后来专指那些具有一定神力、不可名状的东西。或许这三个概念有相通的渊源并对后世的精怪故事产生影响,故在《太平广记》中有"妖怪""精怪"连称的用法,还用作小类的名称。

　　由上可知动物成精与先秦以来的"精""妖"等迷信思想有渊源关系,但仅局限于这一范围进行考察是不够的,还应当探寻更远的源头——原始宗教信仰的影响。在我国所处的东亚大陆,史前初民有过图腾崇拜的时期。对此颇有研究的孙作云先生说,"在东南沿海一带诸部落多以鸟为图腾:如舜族以凤为图腾,丹朱族以鹤为图腾,后羿以鸟为图腾;在中原诸部落多以两栖动物或鱼类为图腾,如蚩尤之族以蛇为图腾,鲧族以鳖为图腾;在西北高原诸部落,多以野兽为图腾,如黄帝之族以熊为图腾,西北的羌族以羊为图腾。"④普列汉诺夫说:"图腾崇拜的特点就是相信人们的某一血缘联合体和动物的某一种之间存在着血缘关系。"⑤因此,这种动物既是他们的祖先又是他

---

① 《国语》上,上海:上海古籍出版社1978年版,第201页。
② 〔汉〕许慎:《说文解字》,北京:中华书局1963年版,第220页。
③ 杨伯峻:《春秋左传注》二,北京:中华书局1990年版,第763页。
④ 孙作云:《周先祖以熊为图腾考》,《诗经与周代社会研究》,北京:中华书局1966年版,第8—9页。
⑤ 《普列汉诺夫哲学著作选集》第3卷,北京:三联书店1962年版,第383页。

们的崇拜对象。随着历史的发展,这种完全兽形神的崇拜,变成了对半人半兽形神的崇拜。如《列子·黄帝》载:"庖牺氏、女娲氏、神农氏、夏后氏,蛇身人面,牛首虎鼻。"①又如《山海经》所载的神"龙身人面""人面马身""人面牛身"者甚多。经孔子发起并为儒家后学所继续推行的神话历史化、宗教活动伦理化与政治化运动,使图腾崇拜中兽形神绝大部分都变成了圣明睿智的人王,如伏羲、神农等都是如此。苏联汉学家李福清说:"中国神话资料(包括西王母形象从狰狞可怕的野兽般的怪物向明显神人同形的美女的著名演变)使我们想到的,正是从兽形到兽人同形(显然有可能在许多情况下,这两种观念不容易分开)然后到神话祖先们完全人形的面貌的运动。"②图腾崇拜中动物是神也是人的祖先,这样人与神及动物就有相当密切的关系,它们在本质上同一,当然也可以转化,这可能是后世动物精怪迷信最早源头。儒家神话历史化的结果迫使原来的兽形神向人形转化,提供了动物可以变人的先例。不过这种变化是单向的、不可逆的,而且有浓厚的教化色彩,与动物成精的迷信有着明显的区别。神话历史化的另一结果就是在封建国家祀典里和封建朝廷的正式祭祀活动中看不到动物崇拜的痕迹,它们被挤压到民间祀神活动中去了。在民间祀神活动中,有的保存了直接以动物为祀神的原始面貌,有的仅留下一些可供推测的线索。例如有以牛为祀神的,《太平广记》卷二百九十一《李冰》条载李冰为蜀郡守化为牛与江神搏斗,得人的帮助而将江神杀死,故春冬设斗牛之戏。牛为农业生产中重要的工具和人类重要的食物,人对牛肯定是崇拜的,如发明农业的神农氏为"牛首人身"应该为一有力的证据。有以羊为祀神的,如卷二百九十一《土羊神》条载秦始皇时立庙祀羊。还有以蛇为祀神的,如卷二百

---

① 〔晋〕张湛:《列子注》,《诸子集成》第三册,北京:中华书局2006年版,第27页。
② 〔苏〕李福清:《中国神话故事论集》,北京:中国民间文艺出版社1988年版,第24页。

七十《李诞女》条和卷二百九十五《安世高》均有这样的记载。民间祀神活动中的动物神有的是完全的兽形,有的本身是兽形但可变化为人,对同属于民间信仰的动物精怪肯定有着重要的影响。

原始宗教最重要的思想基础是"万物有灵论"。原始人由于他们认识水平低和征服自然的能力有限,他们认为世界上万物都有其神灵主宰,如山有山神、水有水神、树有树神;这种观念的影响是相当深远广泛的,丝毫不受儒家思想统治的影响,在秦汉以后的古代社会里自由地流传。《太平御览》卷八百八十六所引《白泽图》称有树之精、故废丘墓之精、故渊之精等。这种万物皆有"精",当然是"万物有灵论"的自然崇拜,它是动物成精迷信的直接来源。一方面,它表明了动物、器物或其他自然物之中有一部分可以化为人形,另一方面它揭示了"成精"的根源与"历时久""寿命长"有关,即所谓"物老成精"。王充在《论衡·订鬼》中概括说:"夫物之老者,其精为人;亦有未老者,性能变化,象人之形。"①这给动物的成精变人提供了传统信仰方面的依据。但是它与隋唐时期的精怪故事还是有明显的区别。这是因为这些精物虽可以变人,但只限于其中一部分,而且变形还不完全,有的如小儿,有的如妇人之形,可尺寸小或行动有某种缺陷,与真人还不能浑然无别,更不用说像真人一样过着人的生活了。

动物成精故事的演变,一方面是建立在传统信仰演进的基础上,另一方面,接受了佛教文化的影响,增加了变化。鲁迅先生说:"还有一种助六朝人志怪思想发达的,便是印度思想的输入。因为晋、宋、齐、梁四朝,佛教大行,当时所译佛经很多,而同时鬼神奇异之谈杂出,所以当时合中印两国鬼怪到小说里,使它更加发达起来。"②志怪是在佛教广泛传播的影响下兴起的,其内容当然也在影响之列。六

---

① 〔汉〕王充:《论衡》,《诸子集成》第七册,北京:中华书局2006年版,第220页。
② 鲁迅:《中国历史小说的变迁》,《鲁迅全集》第九卷,北京:人民文学出版社1980年版,第308页。

朝志怪中的"怪"有一些就是动物"变怪",如《太平广记》卷四百四十《王周南》条载鼠人语且冠帻皂衣。《太平广记》卷四百三十八《李叔坚》条载家犬人立而行等。这些都符合先秦"怪"和"妖"两概念所指的物失去了常性,显然是对传统的继承。然而,不可避免的是,它也受到佛教的影响。例如《太平广记》卷四百四十《李甲》条载李氏以不好杀生,家未尝畜狸,堂毁时因得鼠报恩之助而人无伤亡。又《太平广记》同卷《李昭嘏》条载李昭嘏因鼠报恩而进士及第。这里守不杀生戒获动物报恩,明显是佛教的影响。这种变怪与《白泽图》《抱朴子·登涉》所叙的"精"差不多,既能示福于人,又能为害,但其神力不大,人只要不理,其怪自绝。这说明动物变怪还是动物成精变怪故事的初级形态,或称为早期形态,只有在佛教文化的刺激下才逐步向成精变人的高级形态演变。

　　佛教是一种有着严密的理论体系的宗教,它宣称一切都是虚幻的,人生是痛苦的,人们只有皈依佛祖,勤加修持,最后涅槃成佛,才能获得绝对幸福。由此看来,就其整个体系而言,佛教与民间信仰是没有什么关系的,但佛经经典中用来说法的寓言故事,为在下层传教而进行的通俗宣传甚至佛教的某些观念都对动物精怪故事的演变产生了影响。下面我们从三个方面进行考察。

　　首先,佛教经典中的说法除了进行抽象的、繁琐的论证外,也喜欢用寓言故事说明其观点。那些寓言故事中有的就涉及了人与动物本质上同一的关系,很容易为广大民众所接受,对民间信仰自然也就产生了影响。如《六度集经》第六卷说菩萨为鹿王,为群鹿的生命的保全主动献身于国王,国王为之感动;后佛告鹜鹭子:"时鹿王者,是吾身也。五百鹿者,今五百比丘也。"① 又如《本生经》上有记载佛陀前生曾为国王、婆罗门、商人、女人、象、猴等所行善业功德的故事,这些故事本来都是为了说明佛理的,可其中人、动物、佛是几身几世的

---

① 《六度集经》,蒋正信注,成都:巴蜀书社2001年版,第222页。

变化但又集于一身,这在中国广大下层信徒看来更坚定了传统的动物成精变人的信仰。

其次,佛教在民间传教通常喜欢通俗地宣讲容易为下层群众所接受的佛教思想。例如"因果报应"思想就被通俗地解说为上世为人不善,或杀生、或偷盗、或欠人钱财等,死后就要受到惩罚;或入饿鬼道、或下地狱,更多的却被罚做畜生。如《太平广记》卷四百三十六《张高》条云:"……驴又曰:'……吾今告汝,人道兽道之倚伏,若车轮然,未始有定。吾前生负汝父力,故为驴酬之。'"①又同书同卷《王甲》条载某母避其子送物于女被罚做驴。这种东西先是佛教徒主动的单方面宣传,后来深入百姓中,就成为百姓的一种信仰。不过,中国民众对天国的绝对幸福并不十分重视,他们不满足于来生的变化,总是直接面对现实,解决目前的现实问题。因此,他们将因果报应原是来生的变化改成当世也能出现,即所谓现世报。《太平广记》卷四百三十一《蔺庭雍》条云:"……涪州裨将蔺庭雍妹因过寺中,盗取常住物,遂即迷路,数日之内,身变为虎。其前足之上,银缠金钏,宛然犹存。每见乡人,隔树与语云:'我盗寺中之物,变身如此。'"②又如《太平广记》卷四百四十二《黄秀》条载黄秀活变为熊。人由业力而成兽身,按照佛理,如想再变回人身就必须在洗涤罪孽后再投生。③《太平广记》卷四百三十六《卢从事》条云:"……平等王谓通儿曰:'尔须见世偿他钱。若复作人身,待长大则不及矣,当须暂作畜生身。十数年间,方可偿也。'"④但是民间却完全认为现世就可以变化。民间的这种信仰也得到佛教的认可并加以大力宣传。佛教著作《高僧传》载有《僧虎》,此故事收在《太平广记》卷四百三十三,说袁州山中有一村僧得一虎皮,披于身上劫人财物,后果变为虎,心却还是人,后食一

---

① 〔宋〕李昉等:《太平广记》第九册,北京:中华书局1961年版,第3548页。
② 〔宋〕李昉等:《太平广记》第九册,北京:中华书局1961年版,第3498—3499页。
③ 〔宋〕李昉等:《太平广记》第九册,北京:中华书局1961年版,第3611页。
④ 〔宋〕李昉等:《太平广记》第九册,北京:中华书局1961年版,第3541页。

衲僧,"心自惟曰:'我本人也,幸而为僧,不能守禁戒,求出轮回。自为不善,活变为虎。业力之大,无有是者。今又杀僧以充肠,地狱安容我哉?吾宁馁死,弗重其罪也。'……自视其身,一裸僧也。"并从理论上概括:"生死罪福,皆由念作。刹那之间,即分天堂地狱,岂在前生后世耶。"①由上可知,佛教的宣传在民间造成了一种动物与人相互变化无碍的信仰,对动物成精变人的迷信故事的演变有着明显的影响。

  动物成精变人的途径是多种多样的。有的是传统的"物老成精"的观念在起作用,动物成精变人的关键就在于它历时久、寿命长,如"邻家老黄狗""千岁老猿""老狐"。这与佛教没有什么关系。有的动物成精变人是借助于某种方术。例如狐狸通过戴骷髅拜北斗这种方式可以变成人。如《太平广记》卷四百五十四《刘元鼎》条(出《酉阳杂俎》)中就有这样的记载。老虎变人,有的就采用脱掉虎皮的办法,如《太平广记》卷四百三十一《王太》和卷四百三十三《崔韬》都记载有这样的故事。更多的动物变人,人变为动物被归结为宿命,也就是佛教所说的业力所致。《太平广记》卷四百二十六《吴道宗》云:"……母语之曰:'宿罪见谴,当有变化事。'"②又如《太平广记》卷四百二十九《王用》条中王用化变为虎都不属于"物老成精"之列,是佛教教义影响下形成的一种俗信,但在普通民众心中已把它们看成是一回事。一方面,人化为动物后又可以还原为人,其形不全,仍被当作精怪打杀。如上所引《王用》条中的王用还原为人后但头犹是虎,于是被人打死就是这样的例子。另一方面,人变为动物,动物变人,虽可自由地变化,但变为动物后却以伤害人为其主要目的,这与传统精怪所为是完全没有区别的。因此,隋唐时期的动物精怪故事中那些搞不清或没有说明它们是怎样成精变人的很可能都属于这一类。此外,动

---

① 〔宋〕李昉等:《太平广记》第九册,北京:中华书局1961年版,第3513页。
② 〔宋〕李昉等:《太平广记》第九册,北京:中华书局1961年版,第3467页。

第二章 民间信仰与古代小说研究

物成精还有一种途径,就是通过修炼成精变人,这种修炼可以是炼气之类。《太平广记》卷四百五十四《姚坤》条云:"……〔狐〕谓坤曰:'我狐也。……我狐之通天者,初穴于冢,因上窍,乃窥天汉星辰,有所慕焉。……忽然不觉飞出,蹑虚驾云,登天汉,见仙官而礼之。'"① 这种修炼之术多来源于道教,与佛教无涉。但有的狐精懂得要学习,如《太平广记》卷四百五十一《孙甑生》条云:"……见狐数十枚读书,有一老狐当中坐,迭以传授。"② 狐精有供学习的书。这种书被称为"天书",或"狐书"。其文字有称为"类梵书而莫究识"。③ 这种文字人们不识,大都推测为"类梵书",而梵书所写的著作传进中国的大都是佛经。至此我们可以推测狐精的"天书"完全是以佛经为原型的东西。既然佛教徒要诵读经书,领悟佛理才能终成正果,那么,狐精也要对"天书"勤加学习,才能成为神力巨大的"天狐"。佛教对狐精迷信的影响是最明显不过的了。元、明以后动物精怪几乎都有修炼之说,亦可证明佛教影响的深远了。佛教理论除了"因果报应"观念外,与"因果报应"有密切关系的"众生平等"的说法在下层民间也产生了巨大的影响。所谓"众生平等",就是宣扬人和动物在本质上是一样的,都是众生的组成部分,是平等的。它们的区别只在外部形态上,而这外部形态差别也只是暂时的,并会根据上世所为而"轮回""报应"。玄奘《大唐西域记》卷七《弗粟特国》载佛说法度渔人的故事云:"越在佛世,五百渔人结俦附党,渔捕水族,于此河流得一大鱼……如来在吠舍厘国,天眼见,兴悲心,……遂告渔人:'尔勿杀鱼。'以神通力,威被大鱼,令知宿命,能作人语,贯解人情。尔时如来知而故问曰:'尔在前身,曾作何罪,流转恶趣,受此弊身?'鱼曰:'昔承福庆,生自豪族,大婆罗门劫比他者,我身是也。恃其族性,凌蔑人伦,恃其博物,鄙贱

---

① 〔宋〕李昉等:《太平广记》第十册,北京:中华书局1961年版,第3710页。
② 〔宋〕李昉等:《太平广记》第十册,北京:中华书局1961年版,第3688页。
③ 〔宋〕李昉等:《太平广记》第十册,北京:中华书局1961年版,第3699页。

经法,……由此恶业,受此弊身。'"① 因此佛门信徒均严守不杀生之戒。此种观念在民间流传开来就形成了一种尊重动物生存权、推恩及禽兽的风气,如不畜猫食鼠、经常放生等。这与图腾崇拜、动植物崇拜是不相同的。前者是来源于宗教理论,后者是来源于初民对自然的依赖。久而久之,佛教信条深入人心后就变成了一种信仰,人们不但遵守不杀生之戒,而且将动物看成本质上与人相同的生命体。如《太平广记》卷四百三十四《卞士瑜》条说某人之父变为驴后某人要将其赎回以尽人子之情。还有许多故事叙说动物能人语,道出其变化之由并表露出与人相同的情感。这些故事很清楚地表明动物虽然其形态还未人化,但其情感已在某种程度上人化了。这与动物成精变人、完全像真人一样的生活,只有一步之遥了,而这一步也由佛教影响下所形成的民间信仰与传统的"物老成精"信仰合流而完成了。因此,动物精怪能像人一样生活,精怪故事的人情味十足,是民间信仰自身演变的结果,也是佛教影响的结果。

通过以上的考察,我们知道中国古代精怪故事在民间信仰的演变和佛教的影响下精怪人化经历了如下的过程。首先是外部形态的变化,精怪起先出现在世人面前的是"牛首人身"或"人面蛇身"等似人非人的狰狞的面目,如先秦的"魍魉"、《山海经》里神灵等;然后是接近人形状态,如《白泽图》《抱朴子·登涉》里的精物;最后是完全人形,如《玄中记》所云的"美女""丈夫""神巫"与人交接,以及隋唐的笔记和传奇中的大量成精变人的精怪。这是精怪的外部形态由非人向人的转变过程。其次,成精变人与人关系上的变化。精怪成精变人的目的,先是给人以极大的祸害。这与原始宗教的对异己力量的深深的恐惧是有密切关系的,因此先秦至两汉的精怪故事给人一种浓厚的神秘气氛和恐惧感。在后代也留下一些痕迹,例如前所引的《太平广记》中的《老蛟》条载老蛟化的美女诱少年入水,目的是吮其

---

① 朱一玄、刘毓忱:《西游记资料汇编》,天津:南开大学出版社2002年版,第6页。

血。又如《太平广记》卷四百四十二《冀州刺史子》条载冀州刺史子与大白蛇化变的美妙女郎交往,被"遇食略尽"。正如《太平广记》之《杨祯》条所云"一中其媚,祸必能及"。随着精怪人化趋势的加强,精怪变人后与人的关系也有了变化。精怪成精变人后带给人的不是祸害,而是于人有利,如上所引《姚坤》条成了天狐的狐精报人大恩,一是救了恩人的性命,二是让狐女化变为少女侍奉恩人,给他以更多的帮助。再如《太平广记》卷四百四十七《陈斐》条中的狐精伯裘为报不杀之恩,不但保护恩人陈斐为官平安,而且还让他颇有建树。随着精怪与人的关系的变化,它们的内心也起了变化,它们不但乐于助人,而且对人充满了深深的爱恋和眷念。这样,精怪的人化过程是由外部形态到内心世界的彻头彻尾的人化。

三、中国古代人类与精怪的性爱纠葛

通过上述考察,我们知道在古代精怪故事中,不管是动物、植物,还是器物或别的什么东西成精变怪,都有一个共同特点即能够化形为人。精怪也只有具备这种能力才能与人发生广泛的联系。精怪虽然与人有多种多样的联系,但与人类的性爱纠葛却有些耸人听闻,但这又常常是许多故事的中心内容。下面对这种人类与精怪的性爱纠葛进行考察,以了解其因由及其影响。

(一)精怪化形为人能与真人发生性爱方面的联系是一种民间信仰,多是精怪的主动行为

精怪故事中人与精怪的性爱纠葛,从其本身来看,关系是双方的、互动的。但精怪化形为人深入到人类社会却充分表明这是精怪的主动行为,故而在人与精怪的性爱交往中,精怪常常是主动的,进攻性的。精怪常常以温柔、美丽的妙龄女子形象出现,发起温柔的攻势,与之发生关系的人几乎没有不为之心动而甘愿臣服的。《太平广记》卷四百六十八《谢宗》条云:"……有一女子,姿性婉娩,来诣船,因相为戏,女即留宿欢宴……往来弥数,同房密伺,不见有人,知是邪魅。"①有的精怪变作美男子勾引女子,《太平广记》卷四百五十《徐安》条云:"……有一少年状甚伟,顾王氏曰:'可惜芳艳,虚过一生。'王氏闻而悦之,遂与之结好。"②还有的精怪用强力掳抢女子,如《太平广记》卷四百四十四《欧阳纥》条载一猿能力巨大,掳去了许多良家妇女。精怪化形为人用金钱购买妇人的也不乏其例,③同书引《奇事记》载唐长安昝规贫乏委地,其妻自卖与一老父,后得知老父为老狐。④精怪与人类的性爱交往有时也使用其特有的神通,亦即没有说明来历就能吸引人,迷惑人的"魅"。如同书引《广异记》载:"户部令史妻有色,得魅疾。……顷之,有苍鹤堕火中。"⑤比较而言,精怪在与人的性爱交往中采用这种特有的神通手段并不多,它们更多的是采用现实的、人类的手段。而"魅"这一词渐渐地为"媚"所代替,用来指精怪对人类的性爱方面的进攻或骚扰。如同一书载:"……〔长孙无忌之姬〕有殊宠,忽遇狐媚。"⑥

这种精怪化形为人能与真人发生性爱方面的联系,并不是一时一地的人们的杜撰,而是古代社会里一种普遍的迷信。比如六朝文人的志怪,鲁迅先生在《中国小说史略》中指出:"盖当时以为幽明虽殊途,而人鬼乃皆实有,故其叙述异事,与记载人间常事,自视固无诚妄之别矣。"⑦北宋刘斧在《青琐高议》中也说:"鬼与异类,相半于世,

---

① 〔宋〕李昉等:《太平广记》第十册,北京:中华书局1961年版,第3861页。
② 〔宋〕李昉等:《太平广记》第十册,北京:中华书局1961年版,第3679页。
③ 〔宋〕李昉等:《太平广记》第九册,北京:中华书局1961年版,第3629—3631页。
④ 〔宋〕李昉等:《太平广记》第十册,北京:中华书局1961年版,第3717—3718页。
⑤ 〔宋〕李昉等:《太平广记》第十册,北京:中华书局1961年版,第3766页。
⑥ 〔宋〕李昉等:《太平广记》第九册,北京:中华书局1961年版,第3657页。
⑦ 鲁迅:《中国小说史略》,《鲁迅全集》第九册,北京:中华书局1973年版,第183页。

但人不知耳。"①这种信仰可以追溯到原始宗教时期。在原始社会图腾崇拜活动中,原始人相信某一种动物或植物是他们的祖先,也是他们的神,当然也就相信他们是这种动物或植物的后裔。但随着人类历史的演进,人类的认识能力也有了发展,增加了许多理性的因素,不再把自己看作是某种图腾的产物,而变成了人是人与某图腾相结合的产物。例如我国先秦有简狄吞燕卵而生商人的传说,有姜嫄"履帝迹"而育周弃的故事,还有禹与涂山氏九尾狐婚姻的传说等。这样人就与动植物,主要是神化了的动植物有了性爱方面的联系。不过,这种性爱方面的联系在很长的一段时期内一直是贵族统治阶级标榜其血统高贵、权利特殊的专利。例如战国时期有楚王与巫山神女的传说。又如《史记·高祖本纪》记载汉高祖之母刘媪与神龙之交。这是一种封建统治者神化自己出身,证明君权神授的政治宣传,但能公开宣传也说明当时人们相信人类能与动物发生性爱关系。

人与精怪能发生性爱联系的迷信虽然可以追溯到原始宗教时期,但它却是直接导源于"物老成精"的民间信仰。如王充在《论衡·订鬼》中说:"夫物之老者其精为人,亦有未老者,性能变化,象人之形。"②又如《玄中记》说:"狐五十岁,能变化为妇人,百岁为美女,为神巫,或为丈夫与女人交接。"③这种"物老成精"的信仰根源于人类社会活动,按照模仿律,人愈老就愈有丰富的阅历和经验,具有年轻人所没有的能力。因此,人们也就推想到动、植物或别的东西当中也有一些具备年深月久的条件,它们不同于其他的同类而具有神性,能祸福于人。故葛洪在《抱朴子·登涉》中说:"万物之老者,其精悉能假托人形,以眩惑人目而常试人。"④不过,值得注意的是精怪与人的性爱联系,是以精怪化形为人作为必备的手段的。非人形态的精怪

---

① 〔宋〕刘斧:《青琐高议》,西安:三秦出版社2004年版,第280页。
② 〔汉〕王充:《论衡》,《诸子集成》第七册,北京:中华书局2006年版,第220页。
③ 〔宋〕李昉等:《太平广记》第九册,北京:中华书局1961年版,第3652页。
④ 〔晋〕葛洪:《抱朴子》,《诸子集成》第八册,北京:中华书局2006年版,第77页。

与人的性爱联系也有,但数量非常少,影响也不大,这一部分可能是原始宗教的残留。精怪故事中还有些精怪以性爱作为祸人的手段,如蛟化为美女诱男子下水而吸其血,蛇与人发生性关系而使人全身化为水而仅留头部,狼与人结婚却又食人而去等。这种残酷、恐怖的形态应该是它来源于"物老成精"而"祸人"观念的最好证据。尽管如此,精怪故事中精怪与人发生性爱关系,并仅以此为目的而未对人有所伤害的故事愈来愈多,影响也极大。这说明此种性爱纠葛虽源于"物老成精"的信仰,但仍在不断发展演变中。

(二)精怪故事中精怪与人类的性爱关系是人的努力追求的产物

精怪故事中精怪与人类的性爱关系不仅是精怪的主动行动所导致的结果,而且也常常是人的努力追求的产物。这就是说人与精怪交往时,性爱关系的发生有时候不是精怪而是人的主动追求的结果。例如某人对着某尊仪容秀美的塑像发出爱慕的感叹,由于年深月久这尊塑像已成精,因此会应邀而来。也许有人会说人类在追求这种性爱对象时并不知道对方是精怪,如果知道的话,那就会唯恐避之不及,或将对方打杀。确实,这种情况也是有的。如《异苑》载沈霸常梦见一女子伴眠,其同伴却见牝狗相伴、恐其为魅,共打杀之。① 但我们并不能由此而否定人类明知对方是精怪却还要追求对方的这类情况的存在,《太平广记》卷四百三十三《崔韬》条载崔韬亲见对方是由虎变成的美女,却仍与之结成夫妻。② 又如同书卷四百五十一《王璿》条中王璿少时为牝狐所媚,不仅他本人不嫌,而且由于狐妇有礼貌"由是人乐见之"。③ 至于原来不知晓对方为异物,在共同生活一段时间并生了子女后,人的感情愈加浓厚,对身为异物的配偶的病逝悲痛不已。如《宣室志》记载唐元和中计真娶李氏,生有七子二女,后

---

① 〔宋〕李昉等:《太平广记》第九册,北京:中华书局1961年版,第3564页。
② 〔宋〕李昉等:《太平广记》第九册,北京:中华书局1961年版,第3514—3515页。
③ 〔宋〕李昉等:《太平广记》第十册,北京:中华书局1961年版,第3689页。

病重,哭涕自言:"妾非人间人,天命当与君偶,得以狐狸贱质,奉箕帚二十年。"死后见狐的原形,计真给狐妇厚葬。①

人主动去追求与精怪的性爱关系,显然已不能完全归之于传统的"物老成精"信仰的影响,且在传统的思想意识中,也从未把动物等异物看成是与人平等的东西。在先秦,随着人们对自然界和社会认识的发展,对人自身的评价也就愈来愈高。在殷商甲骨卜辞中还认为大小事物均取决于神。到了春秋时期,人们已认识到人的作用更大,《左传》有云,"夫民,神之主也","国将兴,听于民;将亡,听于神"②。战国时荀子提出了"制天命而用之"的观点,充分肯定了人的主体性作用。东汉的许慎也在《说文解字》里说:"天大,地大。人亦大"。③但另一方面,随着人的地位的提高,在图腾崇拜中原高居于人之上的动、植物的地位却日益低下,只能作为食物来源和役使的对象,或能兴妖作怪也只是禳解的对象。虽不是人的对立物,可也沦为了显出人伟大的对应物。例如孟子在攻击杨、墨两学派时就指斥对方为禽兽。到了汉代,与人相对的异类更遭贬斥,王充在《论衡·书虚》中说:"夫乱骨肉,犯亲戚,无上下之序者,禽兽之性,则乱不知伦理。"④由此,我们就可知道"禽兽"等物在传统思想中被定性为没有情感、不知伦理的东西。因此在精怪故事中一种来源于传统信仰的观念就是不管是动物、植物或别的东西,与人都不能相比,它们成精变人就一定对人不利,正如《太平广记》卷三百七十三《杨祯》条所称,遇狐精"一中其媚,祸必能及"。⑤采取的对策那就只有杀之而后快了。

显然,精怪故事中的精怪对人类有眷恋之情、爱护之心以及人类

---

① 〔宋〕李昉等:《太平广记》第十册,北京:中华书局1961年版,第3707—3709页。
② 《左传》,长沙:岳麓书社1988年版,第44页。
③ 〔汉〕许慎:《说文解字》,北京:中华书局1963年版,第213页。
④ 〔汉〕王充:《论衡》,《诸子集成》第七册,北京:中华书局2006年版,第39页。
⑤ 〔宋〕李昉等:《太平广记》第八册,北京:中华书局1961年版,第2963页。

主动对之追求,都不是传统信仰影响的结果。这是受到了由两汉之际传入而在南北朝隋唐时大盛的佛教影响的产物。佛教的"众生平等""轮回"等观念认为动物也与人一样是众生之一,是平等的,有生存的权利,有求道向法的权利,它们与人的区别仅仅是在外部形态上,而这外部形态还会根据上世所为而相互轮转。这种观念一深入到民间与"物老成精"的传统信仰相结合,就使精怪故事发生了变化,形成一种精怪不仅能祸人而且还有人的情感、人的思想,能与人发生各种联系包括性爱联系的民间信仰。因而我们在探讨人与精怪性爱纠葛发生的原因时,不仅要知道它是受先秦以来传统信仰的影响,而且更应该要明白它是在佛教传入后受佛教影响而后形成的新的民间信仰。由于它产生、形成的时代早——南北朝隋唐时期,影响的时间长,直到明、清,实际上也变成一种传统信仰了。

(三)精怪故事中人与精怪的性爱纠葛是社会现实问题的反映

无论是来自先秦的传统信仰,还是受外来宗教的影响而形成的新的迷信,都是民间信仰,而民间信仰有一个显著的特点——传承性。民间信仰从纵的方面来说是代代相传,绵延不绝。从横的方面来看是彼此相传,人云亦云,范围甚广。因此,人与精怪的性爱纠葛在我国古代社会人们信以为真、津津乐道的原因,应该从这一方面得到解释,即是民间信仰的强烈影响所致。不过,我们不能因此而漠视人与精怪的性爱关系这一奇特的文化现象的背后还隐藏着深刻的现实原因。所以,我们还必须考察这一性爱关系所反映的现实因素,亦即我国古代社会性爱婚姻方面所存在的具体问题。关于这一点,我们只要一接触精怪故事就不难发现,与精怪发生性爱纠葛的人类有许多都是正当情窦初开或已届婚嫁之龄的青年男女,他们正处在强烈的异性迷恋和吸引之中,处在心理和生理的不顾一切的骚动之中。但他们所处的古代社会有"男女授受不亲"用以"防民"的礼法,因此,他们的正当的性爱要求得不到满足。这种奇特的性爱纠葛,正反映了人类自身特别是年轻人的性爱生活的现实问题。这些现实问题我们不妨加以具体考察。

首先,在精怪故事中,性爱关系发生的最强诱因就是男俊女美。精怪主动与人发生性爱关系时,最能吸引人的手段就是化形为美丽的少女或俊美的男子,而人在追求精怪对象时,哪怕明知对方是精怪所化,但惑于美色而不会踌躇不前。这一点在现实生活中,除了帝王纳妃、豪家纳妾、士人嫖妓外,几乎是无法加以重点考虑的因素,在下层群众中尤其如此,广为流传的"穷汉子,不嫌妻丑""丑媳妇,胜空房"的谚语便是很好的佐证。至于历史上士大夫因妓妾美艳或被横刀夺爱或遭不测之祸的,可以说是屡见不鲜。但是,爱美之心人皆有之,由于现实生活无法满足,所以只有靠精怪故事做精神上的弥补。其次,在封建社会里,男女双方不是因爱情而结合,而是讲究门当户对。门第不相当是无法结合的,如《太平广记》卷三百三十九《李元平》条载江州刺史之女爱上了"容止可悦"的门夫,但无法结合,女方抑郁而死。① 在精怪故事中不管对方的门第,只以两情相悦为条件。再次,广大的下层群众政治上无地位,经济上受剥削,有许多人无力论婚嫁,其他社会阶层也因种种限制和原因造成男女失时,所以古代社会男旷女怨的现象是普遍存在的。于是,以精怪性爱婚姻作为精神上的寄托。人与精怪的性爱婚姻,不但解决了他或她的婚姻问题,而且还能使人一夜之间暴富起来,如《太平广记》卷四百四十二《淳于矜》载狸化为女子与淳于相爱,"女因敕婢取银百斤,绢百匹,助矜成婚"。② 又如同书卷四百四十五《孙恪》条载恪与猿化变的袁氏女婚,"袁氏赡足,巨有金缯,而恪久贫,忽车马焕若,服玩华丽,颇为亲友之疑讶"。③ 最后,我国古代礼

---

① 〔宋〕李昉等:《太平广记》第七册,北京:中华书局 1961 年版,第 2689 页。
② 〔宋〕李昉等:《太平广记》第九册,北京:中华书局 1961 年版,第 3613 页。
③ 〔宋〕李昉等:《太平广记》第九册,北京:中华书局 1961 年版,第 3639 页。

法很重视婚嫁,有所谓"六礼"之说,礼仪繁琐、苛刻,表面上是慎重其事,实际上却使人视为畏途。精怪故事中的男女性爱恰成对照,多是一见钟情,自媒自荐,无须问名、纳采,直截了当,有缘有情随处即是洞房,如《太平广记》卷四百二十九《申屠澄》条载申屠某一见由虎化变的女子就说:"小娘子明慧若此,某幸未昏,敢请自媒如何?"对方爽快地答应即成夫妻。① 又如同书卷四百四十二《冀州刺史子》条载冀州刺史子自称,"欲求姻好",对方初甚惊骇,稍稍相许,后"数日野合"。②

从以上几个方面来看,精怪故事中人与精怪的性爱纠葛正是人类自身的性爱婚姻的曲折反映,这只是就未婚的青年男女情况而论,实际上与精怪发生性爱纠葛的还有许多已婚的男女。对于已婚男女与精怪发生性爱关系,同样可以从现实中找到原因。我国古代,夫妻有一方不幸亡故,特别是丈夫亡故,虽然到了宋代理学兴起后才严格要求妇女从一而终不得失节改嫁,但此前舆论压迫妇女已不得随意改嫁,至于自由地进行性爱那更是冒天下之大不韪了。然而人们正常的生理、心理乃至精神方面的需求是强大难以阻遏的,这就是精怪得以假冒死者亡灵或托以人形与未亡人发生性爱关系的现实基础。同时,儒家隆孝道重丧葬,在封建社会形成了极具约束力的道德风尚,它要求人们在父、祖等重丧期间,不得论婚嫁,当然更不允许夫妇间有正常的性爱关系。有的朝代的法律如北齐律将居父母丧自身嫁娶列为十条重罪之一。父母亡要守丧三年,在这样长的时间里不许有性爱生活,还有男人远出经商宦游,夫妻长期分离,促使人们另外寻找性爱的满足等。这些现实因素是已婚男女,尤其是妇女与精怪发生性爱关系的导因。如《太平广记》卷四百三十八《田琰》条载:"北平田琰,母丧,恒处庐。向一暮夜忽入妇室。……〔妇〕曰:'君在毁灭

---

① 〔宋〕李昉等:《太平广记》第九册,北京:中华书局1961年版,第3487页。
② 〔宋〕李昉等:《太平广记》第九册,北京:中华书局1961年版,第3608—3609页。

之地,幸可不甘。'琰不听而合。后琰暂入,不与妇语。妇怪无言,并以前事责之。琰知魅。……见一白狗攫庐衔衰服,因变为人,着而入。"①这就是白狗精钻了田琰守丧的空子。封建社会的婚姻讲父母之命、媒妁之言,当事人的意见与感情几乎完全被忽视,双方很难有较深的感情,但在社会压力下又只能委曲求全获得表面上的安宁。尽管如此,在精怪故事中,我们却会发现仍有不甘寂寞、敢于追求美好的性爱关系的妇女,其直率与勇敢就是现代妇女都会自叹弗如。如《奇事记》载:"冉遂,齐人也……幼性不惠,略不知书,无以进达,因耕于长山。其妻赵氏,美姿质,性复轻荡。一日独游于林薮间,见一人衣锦衣,乘白马……赵氏曰:'我若得此夫,死亦无恨。'锦衣人回顾笑之。左右问赵氏曰:'暂为夫可乎?'赵氏应声曰:'君若暂为我夫,我亦怀君恩也。'……及期生一儿,发赤面青,遍身赤毛,仅长五寸……"②

我国古代社会里夫妻生活是否幸福美满的评价完全是以育子多少为其重要参数,对性爱生活采取漠视的态度,如有性爱方面的主动要求,尤其是妇女,则被视为"轻荡""性淫",为人不齿,这样就造成了许多夫妇,特别是妇女的心理苦闷甚至是性心理畸形,这一问题在精怪故事中得到了充分的反映。

(四)精怪故事中人与精怪的性爱纠葛透露出古人对现实婚姻问题的超现实的解决的方式

从人与精怪的种种性爱纠葛中可以看出古代社会性爱婚姻中存在着许多问题。对于这些问题,古代社会的人由于认识和时代的局限因而找不到现实的正确的解决途径,只好寄希望于超现实的领域。在超现实的领域内,佛教、道教的影响都非常大,但一讲禁欲修行,一

---

① 〔宋〕李昉等:《太平广记》第九册,北京:中华书局1961年版,第3565页。
② 〔宋〕李昉等:《太平广记》第七册,北京:中华书局1961年版,第2423页。

讲飞升成仙,这都不是古代民众所热衷寻求的途径。他们一方面总希望宗教信仰能直接面对现实解决具体的问题,这正是我国古代民间信仰的特点;另一方面,他们又相信动、植物等精怪确是真实的存在,它们也会有性爱方面的要求,必定会与人发生性爱方面的联系。据此,我们就可以做如下的论断:现实的问题给精怪故事中人与精怪的性爱纠葛提供了发展的动力与内容,而传统的民间信仰给予它必要的形式和解决问题的途径,两者紧密结合就使这种奇特的性爱故事生生不息、流传至今。

我们由上所论已知精怪故事中人与精怪的性爱纠葛正是人类性爱婚姻方面现实问题的曲折反映,是我国古代性爱婚姻生活的一面镜子。透过这面镜子,我们不仅可以了解古代社会的性爱生活,而且还可以由此探索古人对性爱的认识及这种认识对于他们行为的影响。关于这一方面,下面结合人与精怪性爱纠葛的不同结局来考察。在一些精怪故事中,人类在与精怪发生性爱关系后,有的得病、致残,有的甚至丧失了生命。如《博异志》载唐元和二年李黄遇一白衣女,"绰约有绝代之色",两人同床共枕,后病发,于是惨死。① 类似的例子很多。这除了来自传统的"物老成精""祸人"的宗教恐惧心理外,应该还来源于人们对性爱本身的恐惧,也就是说由于古人缺乏对性的科学认识而出现的一种对性的心理恐惧,以为男子交媾失精就会有损身体健康。由于心理的、宗教的种种因素相结合就构成了一种对性爱的恐惧与憎恨的错误认识。但精怪故事中人类与精怪的性爱交往也有许多未带来灾祸,有的善始善终,有的因种种现实原因如病故、法师驱邪等最终分离,但留下了宝贵的情缘。如《潇湘录》中载唐时焦封因宦游与猩猩所化的妻子相别,伤心之下,其妻要焦封"愿自保爱"。② 也有许多人因与精怪有性爱婚姻故而有一个美满的人生、

---

① 〔宋〕李昉等:《太平广记》第十册,北京:中华书局1961年版,第3750—3752页。
② 〔宋〕李昉等:《太平广记》第九册,北京:中华书局1961年版,第3649—3650页。

美满的结局,如《太平广记》卷四百一十九《柳毅》条中柳毅与龙女的性爱婚姻就是如此。① 当然,在这里还可看到一些士人对理想的伴侣与理想的婚姻的追求,他们甚至将精物推崇到比人还高的地步。《太平广记》四百五十二《任氏》条就宣称:"嗟乎,异物之情也,有人道焉,遇暴不失节,徇人以至死,虽今妇人有不如者矣。"② 从上面的考察我们已完全明白正因为古代民众的性爱婚姻生活存在着种种问题,故而他们沿用精怪迷信这种民间信仰来弥补他们现实生活中的不足、追求自己的理想,即使精怪故事正像它所反映的现实生活一样丰富多彩,却以人与精怪的性爱纠葛还是小说的主要内容,而非现实生活。人类与精怪的性爱交往是那样的直率、单纯,不受什么礼教约束,只要双方愿意,处处都是洞房福地,这也反映了男女性的饥渴。最后的结局却是好的,更说明了古代民众已认识到这种追求是正当的、美好的。这种认识与其说是对精怪认识的进化,还不如是对性爱本身的认识的进化。不过,这种进化的认识,在漫长的封建社会里,不可能有正常的、适宜的环境任由生长,而是在强大的正统的社会意识的夹缝中披着精怪的外壳,且与对性爱的恐惧、痛恨相克相生,这就形成了古代中国人独特的性爱认识模式。一方面,社会制度、儒家思想、传统习俗所构成的社会环境迫使人们漠视甚至憎恨性爱本身,服从"存天理灭人欲"的规条,将性爱压缩成传宗接代的单一功能;另一方面,正当的生理、心理欲求和未泯的良知特别是问题丛生的现实却又使他们在自己的精神世界里,在传播或编造逸事奇闻时,有意无意地透露出对性爱的肯定与执着的追求。这就是古代中国人的性爱认识模式的矛盾的二重特征。这种性爱认识模式的形成对中国人的影响是非常大的。本来精怪性爱对象是用来弥补人类的性爱方面的不足,但发展到后来却把现实生活中娶到的美艳的妻子指责为精怪。

---

① 〔宋〕李昉等:《太平广记》第九册,北京:中华书局1961年版,第3410—3417页。
② 〔宋〕李昉等:《太平广记》第十册,北京:中华书局1961年版,第3697页。

如《太平广记》卷六十三《崔书生》条中的认为儿媳"妖媚无双""必是狐魅之辈",真是"假作真时真亦假"。[①] 打扮入时,风度迷人的女子,善于讨丈夫欢心、使丈夫迷恋的妻子,均免不了被称为"妖精"之灾。倘若是皇后,是女皇帝,她也会遭到"狐媚偏能惑主"的谩骂,连现实生活中正常夫妻公开表现得亲密时,往往也会成为嘲笑、讥刺的对象,甚至遭受打击。如《世说新语·惑溺》载:"荀奉倩与妇至笃,冬月妇病热,乃出中庭自取冷,还以身熨之。妇亡,奉倩后少时亦卒。以是获讥于世。"[②]这就否定了人的正常、合理的性爱,而现实的性爱就只能是苍白、贫乏。这就造成了性爱的想象与现实的脱节,理想与实践的分离,不能不算是人类与精怪性爱纠葛故事特别昌盛发达的负面影响了。

四、狐精故事的演变与佛教文化的影响

在古代民间文学中,狐精变形为人的故事,俯拾皆是,且脍炙人口。这些故事,是社会现实生活的反映,也是艺术家和古代民众的艺术创造。这种民间故事不同于一般民间故事的地方,在于它们植根于古代中国的民间信仰。关于这种民间信仰,已有人就"狐"与"胡"的关系做过探讨。

最早发现胡与狐的关系并加以探讨的是陈寅恪先生,他曾写过一篇名叫《狐臭与胡臭》的文章,论述胡臭原是胡人专有,后胡人迁居中原,与汉人通婚后,汉人亦有,故改"胡"字为"狐"字[③]。黄永年先生撰文不同意陈氏的观点,并由此而论述了"狐"与"胡"的关系以及唐代为何大量出现"狐精"迷信故事的原因。他发现,在唐代的狐精

---

① 〔宋〕李昉等:《太平广记》第二册,北京:中华书局1961年版,第393页。
② 张万起、刘尚慈:《世说新语译注》,北京:中华书局1998年版,第936页。
③ 陈寅恪:《狐臭与胡臭》,《寒柳堂集》,北京:生活·读书·新知三联出版社2009年版,第157—161页。

故事中,狐精多自称姓"胡",或姓"白"姓"康",狐精作恶又会被长留沙碛,显然是把狐精与西域胡人的某些特征联系在一起。① 而此时期大量的西域胡人通过经商、留学、传教等各种渠道来到唐土,丰富而又影响了唐朝的社会生活。当时人们认为"胡"与"狐"音同,胡人脸上多须,体上多毛,腋下有气味(即胡臭),这些表征与狐这种野生动物的特征很相近。另外还认为胡人与"精怪"有近似之处:一是相貌,高鼻、黄发、蓝眼睛,令人想起面目怪异的"精怪";二是胡汉语言不同,即使学了汉语也怪味甚浓;三是胡人擅长杂技幻术,似精怪所具备的神术,而妖冶的胡姬,又会令人想到"先古之淫妇"的狐精。"安史之乱"后上层社会的文人尚且流传有"妖胡"的说法,闾里村落的俗民百姓更会由此产生种种奇想,口说笔录的结果,便是社会上充斥了"狐神"的崇拜和狐精作怪兴妖的故事和传说。

这种从胡、汉关系入手研究狐精故事,得出了"狐"即是"胡"的结论,无疑是开辟了一条新的研究狐精故事的道路。不过,我认为此论犹有不足。一是胡人与汉人发生关系不是始于唐代,而是已经有相当长的历史了;二是西域胡人带来许多新的东西,对中原社会生活的方方面面都产生了影响,但这些影响中最大的且持续时间最久的应该是佛教,或泛称为佛教文化。如果不研究佛教与胡人,尤其是与狐精故事的关系,那就不能说对狐精故事有了深入的研究。

首先,佛教本是由天竺释迦牟尼所创立的宗教,它在中国的传播在相当长一段时期内完全是靠天竺或西域来的胡僧和信教的胡人完成的。东汉末年,来中原传教的有安世高,释僧佑《出三藏记集》说:"昔安息世高,聪哲不群,所出众经,质文允正。"②安世高,原为安息国太子,出家后游历各国传教,在汉桓帝建和二年到达洛阳,很快学

---

① 黄永年:《读陈寅恪〈狐臭与胡臭〉兼论"狐"与"胡"的关系》,《东南日报》1948 年 3 月 10 日《文史》专栏第 81 期。
② 〔梁〕释僧佑:《出三藏记集》,北京:中华书局 1995 年版,第 14 页。

会汉语,到灵帝建宁年间二十余年,共译佛典三十四部四十卷。① 还有安息人安玄,他比安世高晚来洛阳约四十年,据《出三藏记集》卷十三记载:"汉灵帝末,游贾洛阳,有功,号骑都尉。性虚静温恭,常以法事为己务。渐练汉言,志宣经典。……与沙门严佛调共出《法镜经》,玄口译梵文,佛调笔受。"②随着佛教传播日广,影响增大,西域胡僧在其间所起的作用与所做的贡献仍然是十分巨大的。如南北朝时后秦的鸠摩罗什,他祖籍印度,出生于龟兹,最后在后秦长安生活了十一年时间,共译佛经三十五部二百九十四卷。③ 这些佛教典籍对中国佛教的宗教哲学和教义的形成有极大影响。另外,鸠摩罗什弟子甚多,参与译经的达五百人或八百人,从他受学、听法的弟子多至二三千人。他们后来分布于大江南北,对南北朝时中国佛教学派的形成有直接影响。

其次,佛教在中国的传播得到了胡人统治者的大力支持。佛教从两汉之际传入至西晋,历代皆明令禁止汉人出家为僧。南北朝时后赵中书著作郎王度说:"……佛出西域,外国之神,功不施民,非天子诸华所应祠奉。往者汉明感梦,初传其道,唯听西域人得立寺都邑,以奉其神。汉人皆不得出家。魏承汉制,亦循前轨。"④西晋末年,五胡起兵反晋之时,由于汉族正统的儒家"内诸夏外夷狄"的主张有相当大的影响,迫使五胡首领去另外找寻入主中原的理论根据。如匈奴人刘渊称汉王之前,一方面虽然称"夫帝王岂有常哉,大禹出于西戎,文王生于东夷,顾惟德所授耳",但另一方面又与汉族攀亲,他说:"吾又汉氏之甥,约为兄弟,兄亡弟绍,不亦可乎?且可称汉,追

---

① 〔梁〕释僧佑:《出三藏记集》,北京:中华书局1995年版,第508—510页。
② 〔梁〕释僧佑:《出三藏记集》,北京:中华书局1995年版,第511页。
③ 〔梁〕释僧佑:《出三藏记集》,北京:中华书局1995年版,第51页。
④ 〔宋〕李昉等:《太平广记》第二册,北京:中华书局1961年版,第578页。

尊后主,以怀人望。"①后赵石勒、石虎干脆从佛教里去寻找支持,反过来又大力支持佛教的发展。后赵国主石虎驳王度的奏议说:"度议云:佛是外国之神,非天子诸华所可宜奉。朕生自边壤,忝当期运,君临诸夏。至于飨祀,应兼从本俗。佛是戎神,正所应奉。夫制由上行,永世作则。苟事克无亏,何拘前代。其夷赵百蛮,有舍其淫礼乐事佛者,悉听为道。"②在这里,石虎明确地表示自己是羯胡,出自边壤,正应信奉"戎神"一佛,不拘泥于前代的规定,赵国一切人皆可奉佛出家。这是中国历史上统治者第一次表明汉人可以出家。

正因为佛教是胡人创立的宗教,而长期以来从事传教的又多是西域胡人,而且还得到了入主中原的胡主的大力支持,故在相当长的时期内在人们的心目中特别是在儒士大夫的心目中留下的佛是胡神,佛是戎人之教的印象应该是深刻的。佛教的发展势必又与中国传统的思想理论和宗教信仰,亦即儒家、道教发生矛盾冲突,引起儒、道的排佛运动以至出现帝王的毁佛事件。这种排佛运动固然有其根本原因,那就是佛教发展太猛,寺庙、僧尼数量太多,直接影响了封建统治;但在排佛运动中,有一种现象特别值得注意:无论儒家人士,道教徒,还是本身是少数民族后经汉化自认为已是华夏中一员的帝王,都异口同声地指斥佛为"胡神"或"戎神",佛教的传播是"五胡乱华"带来的结果。北齐儒者,章仇子陀上书谏曰:"帝王上事昊天,下字黎庶,君臣夫妇,纲纪有本。自魏晋以来,胡妖乱华,背君叛父,不妻不夫,而奸荡奢侈,控御威福,坐受致敬,轻欺士俗。"③周武帝也认为"佛生西域,寄传东夏,原其风教,殊乘中国,汉魏晋世,似有若无,五

---

① 〔唐〕房玄龄等:《晋书》,《二十四史》第四册,北京:中华书局1997年版,第2649页。
② 〔宋〕李昉等:《太平广记》第二册,北京:中华书局1961年版,第578页。
③ 《弘明集·广弘明集》,上海:上海古籍出版社1991年版,第137页。

胡乱治,风化方盛。朕非五胡,心无敬事,既非正教,所以废之"。①道教徒历代称教主老子为国师,而称佛教为"西戎之法",佛为"胡神",有的甚至参与了帝王的毁佛事件。

由上面考察,我们已知佛教为胡人所创,为胡人所传,为胡主所支持,无怪乎人们目佛为"胡神"。既然入居中原的西域胡人在民间故事中可以被塑造为"狐",那么,"胡神"也可能成为狐精迷信中的"狐神"。唐朝张鷟《朝野佥载》说:"唐初已来,百姓皆事狐神,房中祭祀以乞恩,食饮与人同之。事者非一主。当时有谚曰:'无狐魅,不成村。'"②这种记载表明唐代狐精迷信之普遍存在是毫无疑问的,但"狐神"具体指的是什么显然不能确定,但我还是认为这"狐神"的出现是与称佛为"胡神"有关。下举二事为证。一是唐初傅奕于武德七年上疏请除去释教,在疏中指斥佛为"胡佛",佛教为"妖胡浪语"。③后傅奕在回答唐太宗为何拒佛时说:"佛,西胡黠人尔,欺诳夷狄以自神。"④甚而斥骂云"西域胡者,恶泥而生,便事泥瓦;今犹毛操,人面而兽心,土袋道人,驴骡四色,贪逆之恶种。佛生西方,非中国之正俗,盖妖魅之邪气。"⑤这是直接骂佛教徒为畜牲,这种排佛心理无疑是相当一部分儒士大夫所共有的心理,因此南北朝时沿着佛教"胡神"而变为"狐神"这样的一条道路发展应该是在情理之中的。二是道教徒与佛教几乎是水火不相容的,既然他们可以采用伪造经书这种手段贬低、攻击佛教,那他们也很可能利用民间迷信来攻击"佛"为"狐神""狐精"。或许道教徒在这方面手法非常高明,或许是民间信

---

① 〔唐〕释道宣:《广弘明集》,《影印文渊阁四库全书》第1048册,台北:台湾商务印书馆1986年版,第359—360页。

② 〔宋〕李昉等:《太平广记》第九册,北京:中华书局1961年版,第3658页。

③ 〔唐〕释道宣:《广弘明集》,《影印文渊阁四库全书》第1048册,台北:台湾商务印书馆1986年版,第374页。

④ 〔宋〕欧阳修、宋祁:《新唐书》,《二十四史》第十二册,北京:中华书局1997年版,第4061页。

⑤ 《弘明集·广弘明集》,上海:上海古籍出版社1991年版,第169页。

仰具有很强的熔化力,熔化、模糊了原有的鲜明的倾向性,但毕竟不是严密无缝,完全可以通过对狐精故事本身加以分析将真相找出来。

首先,在唐代狐精迷信故事中狐精多以害人精的形象出现,而其中有相当一部分完全以佛教信仰的形式来欺诳世人,作奸犯科。《太平广记》卷四百五十《代州民》条记载:"……母与女独居,忽见菩萨乘云而至,谓母曰:'汝家甚善,吾欲居之,可速修理,寻当来也。'村人竞往,处置适毕。菩萨驭五云来下其室,村人供养甚众。……菩萨与女私通有娠。……窃视菩萨,是一老狐。"①此处老狐化作菩萨淫人之女。《魏书》卷一百一十四《释老记》载:

> 先是,长安沙门种麦寺内,御骊牧马御麦种帝入观马。沙门饮从官酒,从官入其便室,见大有弓矢矛盾,出以奏闻。帝怒曰:……命有司按诛一寺,阅其财产,大得酿酒具及州郡牧守富人所藏物,盖以万计。又为窟室,与贵室女私行淫乱。帝既忿沙门非法,……诏诛长安沙门,焚破佛像,敕留台下四方令,一依长安行事。

区别仅在于一是奏疏直陈其事,一是迷信故事曲折隐晦。《太平广记》卷四百四十八《叶法善》条记载一狐化为婆罗门僧骗诱妇女二十余人,妇女为其所迷,口称佛名,连自己的丈夫也不认识。② 有的狐狸化为菩萨引人禅坐绝食,如《太平广记》卷四百四十九《汧阳令》条载:

> 唐汧阳令不得姓名,在官,忽云:"欲出家。"念诵恳至。月余,有五色云生其舍,又见菩萨坐狮子上,呼令叹嗟云:"发心弘大,当得上果,宜坚固自保,无为退败耳。"因尔飞去,令因禅坐,闭门,不食六七日。家以忧惧,恐以坚持损

---

① 〔宋〕李昉等:《太平广记》第十册,北京:中华书局1961年版,第3683页。
② 〔宋〕李昉等:《太平广记》第九册,北京:中华书局1961年版,第3665—3666页。

寿。会罗道士公远自蜀之京,途次陇上。令子清问其故。

公远笑曰:"此是天狐,亦易耳!"①

这狐精故事决不会出自佛教徒的编造。虽然佛教徒重视宣传工作,宣传工作有力是战胜道教的重要武器,②但他们决不会自己去做这种贬低甚至丑化自己的反面宣传,有可能的话也不允许别人攻击。如章仇子陀上书言佛教之奸就差点被奉佛的齐帝诛杀。因此,这些故事只可能是佛教徒的对立面编造的。

其次,在唐代为数甚多的狐精迷信故事中,几乎都有治狐的情节,从事治狐的绝大多数是道士或与道士性质相近的术士。这些道士或术士法术高明,不管狐怎样变化,神通如何广大,任它化为书生、美女,还是成佛为菩萨,均能使其现出原形。《太平广记》卷四百五十《王苞》条载:"妇人得符,变为老狐。"③又《太平广记》卷四百四十八《杨伯成》条所载的进士以符使化变为书生吴南鹤的老狐现形。④ 前所引《代州民》条所载狐化为菩萨淫人之女,其兄归,令母逐之,其兄"因倾财求道士,久之,有道士作法,窃视菩萨,是一老狐,乃持刀入,砍杀之"。虽说符禁鬼神是道士的传统的本领,治狐也应是其份内的事,但"狐"能化为佛,而治佛的却是道士,这里面清楚地表明了贬低的是什么,抬高的又是什么,由此可知这种狐精故事是出自道教徒或倾向于道教的人士编撰的。也许有人会问,难道治狐的就没有僧人吗?治狐的也有僧人,但数量极少,且无甚成就。《太平广记》卷四百五十《唐参军》条云:"……忽见五色云自西来,径至唐氏堂前,中有一佛,容色端严,谓僧曰:'汝为唐氏却野狐耶?'僧稽首。……佛谓僧曰:'汝是修道,请通达,亦何须久蔬食,而为法能食肉乎?但问心能

---

① 〔宋〕李昉等:《太平广记》第九册,北京:中华书局1961年版,第3670页。
② 黄永年:《佛教为什么能战胜道教》,《文史知识》1986年第8期。
③ 〔宋〕李昉等:《太平广记》第十册,北京:中华书局1961年版,第3677页。
④ 〔宋〕李昉等:《太平广记》第九册,北京:中华书局1961年版,第3664页。

坚持否,肉虽食之,可复无累。'乃令唐氏市肉,佛自设食,次以授僧及家人。悉食。食毕,忽见坛上是赵门福……"①僧未能治狐,反为老狐赵门福所作弄犯戒食肉。这更说明狐神即是佛,其门徒当然斗他不过。

从上面对狐精故事的分析来看,狐精形象,有的是以佛或佛教徒为原型的,这其中排佛的儒、道人士起了一定作用也是显而易见的。但是,我们并不能由此而断定狐精完全是佛和佛教徒的转写。这是因为狐精迷信故事从其所具有迷信色彩的角度看,它是民间信仰,从其体裁形式来看,它是民间传说,民间流传的东西是很复杂的,不能轻率地加以处置,一方面民间流传的东西,它的传播对象亦是传播主体,都是千千万万的民众,虽然他们必然也会受到新的社会动向和文化潮流的影响而予以反映,但这种影响是浸润式的、不自觉的而且还因地因人而有所不同,故不能简单地将狐精故事的演变归结为某种单一因素所起的作用。另一方面,民间流传的东西,还有一个重要特征传承性,即由一代一代传承而来,故狐精故事也一定有所继承。下面就结合狐精故事的传承来考察它接受新的影响而出现的变异。

先秦的《尚书》《诗经》《周易》及《左传》这些典籍中已有狐的记载,但只把它看成普通的动物。稍后一点的《礼记·檀弓》云:"……古之有人言:'狐死正首丘,仁也。'"②这表明人们已把狐看成较有灵性的动物。在战国人的著作里出现了以狐为原型的神兽,如《山海经·南山经第一》:"又东三百里,曰青丘之山,……有兽焉,其状如狐而九尾,其音如婴儿,能食人,食者不蛊。"③《史记·陈涉世家》载:"吴广之次所旁丛祠中,夜舞火,狐鸣呼曰:'大楚兴,陈胜王'。"④东汉赵

---

① 〔宋〕李昉等:《太平广记》第十册,北京:中华书局1961年版,第3678页。
② 《周礼·仪礼·礼记》,长沙:岳麓书社1989年版,第300页。
③ 袁珂:《山海经校注》,上海:上海古籍出版社1980年版,第6页。
④ 〔汉〕司马迁:《史记》,《二十四史》第一册,北京:中华书局1997年版,第1950页。

哗《吴越春秋》载有禹娶白狐九尾的涂山女为妻的传说。① 可见秦汉时,狐的变异作怪已经和人有了关系。首先,狐有灵性,可以预卜吉凶。这一点在唐代的狐精故事中仍被继承下来,如《太平广记》卷四百五十一《袁嘉祚》条云:"狐乃言曰:'吾神能通天,预知休咎。愿置我,我能益于人。'"② 同书同卷《李林甫》条载李林甫家中数见玄狐,其岁林甫籍没。③ 同书同卷《李揆》条载李揆为中书舍人时家中见白狐,客曰此祥符,果选礼部侍郎。④ 其次,神奇的狐能变形为人,这与后来的狐精变人还是有很大的区别。这时动物的神性很可能来自于它们原来是图腾。原始人把图腾既当作是神,又看成是他们的祖先,如商人对玄鸟就是如此,这样一来,人、神、兽三者就有密切的关系,在神话中许多神或是兽形或是半人半兽形,如伏羲、女娲是人首蛇身,以及《山海经》中许多神的形象也是如此模样。后来,出现了以儒家为代表的神话历史化的倾向,伏羲等被改造成圣主明君,禹娶白狐九尾的涂山女为妻,很可能就是这种神话历史化的结果。此时期,动物形象的神向人的形象的转变是一种不可逆的单向转变,与后来狐狸成精那种人兽变化无碍的变形是有着明显区别的。可以说秦汉狐狸变化为人是狐精故事的源头,但仅有这样的源头显然还不能发展到后来这种形式。

到了魏晋南北朝时期,狐能变人的说法就大量流行起来。《太平御览》卷九百九葛洪《抱朴子》:"《玉策记》曰:'狐及狸狼皆八百岁,满三百岁暂变为人形。'"⑤ 其后的《玄中记》云:"狐五十岁,能变化为妇人,百岁为美女,为神巫,或为丈夫与女人交接,能知千里外事,善蛊

---

① 袁珂、周明:《中国神话萃编》,成都:四川省社会科学院 1985 年版,第 274 页。
② 〔宋〕李昉等:《太平广记》第十册,北京:中华书局 1961 年版,第 3688 页。
③ 〔宋〕李昉等:《太平广记》第十册,北京:中华书局 1961 年版,第 3688 页。
④ 〔宋〕李昉等:《太平广记》第十册,北京:中华书局 1961 年版,第 3690 页。
⑤ 〔宋〕李昉等:《太平御览》第九册,上海:上海古籍出版社 2008 年版,第 148 页。

魅,使人迷惑失智。千岁即与天通,为天狐。"①从这种说法中可知,狐寿命愈长,神力愈大,变人的能力也就愈强,这是来源于传统的"物老成精"的观念,如东汉王充《论衡·订鬼篇》云:"夫物之老者,其精为人;亦有未老,性能变化,象人之形。"②至于"善蛊魅"和"能知千里外之事"也是它为神兽时传统的伎俩,虽说,"狐精"变人是直接继承了"物老成精"和狐狸"必戴骷髅拜北斗","骷髅不坠,则化为人矣"③的方术,但最重要的是在佛教文化的刺激和影响下出现的新的东西。这是因为狐狸成精变人说法的流行时期正是在胡汉接触频繁,胡人大量入居中原而佛教影响愈来愈大,一跃为天下第一大教的魏晋南北朝时期。在佛教的刺激下,原来只是民间的、自发的一般信仰也就借鉴佛教理论组织等诸方面而发展出中国人土生土长的宗教——道教,而其他的一些传统的民间信仰也发生了一些新的变化,如原来杀生血食的淫祀也戒杀生。另外,此时志怪小说特别发达,鲁迅先生说:"还有一种助六朝人志怪思想发达的,便是印度思想之输入。因为晋、宋、齐、梁四朝,佛教大行,当时所译佛经很多,而同时鬼神奇异之谈也杂出,所以当时合中印两国的鬼怪到小说里,使它更加发达起来。"④狐精变怪,也属于志怪范围之内的,佛教的影响也必然存在。虽然佛经里没有现成的狐精变人的记载,但释教教义中有所谓"众生平等""轮回报应"的说法。据这一说法,人与狐狸等动物都有生命,都有灵魂,他们之间没有绝然不可逾越的界限,是狐,是人,还是别的动物,其差别只是在外部形态上,而这外部形态,还可以视其在上世所为(即业)而做一些改变(即报应),前一世为人不善或欠了别人债不还的,这一世就很可能做狐或做牛做马。这种理论无疑给狐精变

---

① 〔宋〕李昉等:《太平广记》第九册,北京:中华书局1961年版,第3652页。
② 〔汉〕王充:《论衡》,《诸子集成》七,北京:中华书局2006年版,第220页。
③ 〔唐〕段成式:《酉阳杂俎》,北京:中华书局1981年版,第144页。
④ 鲁迅:《中国历史小说的变迁》,《鲁迅全集》第九卷,人民文学出版社1980年版,第308页。

人提供了一种内在变化的根据,但我国民众在接受佛教思想时还会按照他们直接面对现实解决现实问题的特点①做一些改变,将佛教中人变动物或动物变人都是隔世才会出现的变化,改为在此生此世也能出现,即所谓"现世报"。《太平广记》卷一百三十三《岳州人》条云:

> 唐咸通中,岳州人有村人,涸湖池取鱼,获龟犹倍多。……后归家,忽遍身患疮,……举体投水中,渐变作龟形。②

又《太平广记》卷四百二十六《牧牛儿》条载:

> 晋复阳县里民家儿常牧牛,牛忽舐此儿。舐处肉悉白,儿俄而死。其家葬此儿。杀牛以供宾客。凡食此牛肉,男女二十余人,悉变作虎。③

人变为动物,按动物的习性生活,尔后又可以变回做人,如《太平广记》四百二十六《师道宣》条载:

> 晋太元元年,江夏郡安陆县师道宣,年二十二,少未了了。后忽发狂,变为虎,食人不可纪。后有一女子树上采桑,虎取食之。竟,乃藏其钗钏于山石间,后复人形。知而取之。经年还家,复为人。④

在这种动物变形故事中佛教的影响是非常明显的。前所引《太平广记》引《高僧传》中《僧虎》条故事说,袁州山中有一村僧偶得一虎皮披于身上窃人财物,后果变为虎,心却还是人,后食一衲僧,"心自

---

① 朱迪光:《中国古代民间祀神活动之因由及其特征》,《青海社会科学》1991年第2期。
② 〔宋〕李昉等:《太平广记》第三册,北京:中华书局1961年版,第949页。
③ 〔宋〕李昉等:《太平广记》第九册,北京:中华书局1961年版,第3468页。
④ 〔宋〕李昉等:《太平广记》第九册,北京:中华书局1961年版,第3468页。

惟曰:'我本人也,幸而为僧不能守禁戒,求出轮回。自为不幸,活变为虎。业力之大,无有是者。今又杀僧以充肠,地狱安容我哉?我宁馁死,弗重其罪也。'因仰天大号。声未绝,忽然皮落如脱衣状。自视其身,一裸僧也。"《高僧传》是佛教著作,其中亦认为"生死罪祸,皆由念作。刹那之间,即分天堂地狱,岂在前生后世耶。尔恶念为虎。善念为人,岂非证哉"①,佛教著述里也记载现世变形,说明佛教接受中国思想的影响又反过来影响中国广大的信徒。狐精故事中狐狸变人虽然明显的佛教影响的痕迹已没有了,但它是在接受佛教的影响下演变出了这种狐变为人还可还原为狐的模式也应该是毫无疑问的,只不过它流传的范围大,速度快,再加上一部分胡人的生活素材被融了进来,渐渐褪去了一些明显的痕迹。

不仅狐精变人的能力是接受了佛教的影响,而且狐精的巨大的神通更是打上了清晰的佛教印记。在南北朝隋唐时期,道教以及其他一些民间信仰对广大民众都还有一些影响,但远赶不上佛教,佛教受官方支持,受广大百姓信奉,普天之下莫与之抗,狐精就能变成人人敬仰的菩萨。如《太平广记》卷四百四十七《大安和尚》条载狐精化为女人"自称圣菩萨,人心所在,女必知之"。②又如《太平广记》四百五十《代州民》载狐精化为菩萨驭五色云。狐精还可变为万众顶礼膜拜的"菩萨"。③如《太平广记》卷四百四十七《僧服礼》条:"唐永徽中,太原有人自称弥勒佛,礼谒之者,见其形底于天,久之渐小,才五六尺,身如红莲花在叶中……"④又如《太平广记》卷四百五十《唐参军》载狐化为佛乘五色云自西来,唐氏老幼虔礼甚至,喜见真佛,奉事甚勤。⑤

---

① 〔宋〕李昉等:《太平广记》第九册,北京:中华书局1961年版,第3513页。
② 〔宋〕李昉等:《太平广记》第九册,北京:中华书局1961年版,第3660页。
③ 〔宋〕李昉等:《太平广记》第十册,北京:中华书局1961年版,第3683页。
④ 〔宋〕李昉等:《太平广记》第九册,北京:中华书局1961年版,第3658页。
⑤ 〔宋〕李昉等:《太平广记》第十册,北京:中华书局1961年版,第3677—3678页。

据《玄中记》所载狐"千岁即与天通,为天狐",似乎表明狐狸要成为天狐,完全是靠它的寿命长,但在狐精故事中也不尽然。狐精懂得要读书学习,如《太平广记》四百五十一《孙甑生》条云:"……见狐数十枚读书,有一老狐当中坐。迭以传授。甑生直入,夺得其书而还。……人云:'君得此,亦不能解用之,若写一本见还,当以口诀相授。'"①又如《太平广记》卷四百五十四《张简栖》条云"……见狐凭几,寻读册子,……其册子装束,一如人者,纸墨亦同,皆狐书,不可识"。② 狐精有供学习的书,而且还相当宝惜,如果不幸为人所夺走,那么用财物许诺好处,或用诡计,一定要把它夺回来。看来这书是狐狸修炼进境必不可少的东西,难怪乎狐精把它称之为"天书"。这种"天书"到底是什么东西,看来凡人是读不懂的。或把它的文字称为"狐书",有的如《太平广记》卷四百四十九《林景玄》条云:"……视其所执之书,点画甚异,似梵书而非梵字,用素缣为幅,仅数十尺。"③又如《太平广记》卷四百五十三《王生》条云:"文字类梵书而莫究识。"④这种文字人们不识,大都推测为"类梵书"。梵书所写的著作,众所周知,传进中国全部都是佛经。至此,我们就应该明白,狐精的所谓"天书"实际就是以佛经为原型的东西。既然佛教徒要诵读经书,领略佛理才能修成正果,那么,狐精也对"天书"勤加学习,才能成为神力巨大的"天狐"。在这里佛教影响已经昭然若揭。

概言之,我国古代狐精故事,在狐变人的能力、成神的途径以及所具有的神通等方面,都受到佛教的影响,当然传统因素仍在其中起着很重要的作用。至于说"狐狸精"人情味很浓的特征,是人们在传诵、创作狐狸精时,把人的欲望、感情、意志、能力都附在狐精身上,使它成为人性化的东西。这已不能简单地归结为佛教的影响,它是我

---

① 〔宋〕李昉等:《太平广记》第十册,北京:中华书局1961年版,第3688页。
② 〔宋〕李昉等:《太平广记》第十册,北京:中华书局1961年版,第3706页。
③ 〔宋〕李昉等:《太平广记》第九册,北京:中华书局1961年版,第3675页。
④ 〔宋〕李昉等:《太平广记》第十册,北京:中华书局1961年版,第3699页。

国古人一种对超现实事物的特有的认识和反映模式。

五、从《夷坚志》看宋代的民间信仰

从《夷坚志》来看,宋代的民间信仰是十分丰富的。无论是在城市,还是在乡间,总可以见到宫观寺庙以及家家户户皆有的神坛;无论是耕田行役之人,还是读书应试之徒,都必定会从事祀神活动。有一些民间祀神也被收进了祀典。《宋史》卷一百零五《礼》载:

> 诸祠庙。自开宝、皇祐以来,凡天下名在地志,功及生民,宫观陵庙,名山大川能兴云雨者,并加崇饰,增入祀典。①

过去禁淫祀的活动在宋代仍可以找到一些影子,如甲志卷一《柳将军》条云:

> 蒋静叔明,宜兴人,为饶州安仁令。邑多淫祠,悉令毁撤,投诸江,且禁民庶祭享,凡屏三百区。唯柳将军庙最灵,未欲辄废,故隐然得存。②

而这种淫祀对人们生活的影响也得到了加强。百姓无神不祀固不待论,即使官员也多信奉、崇拜,有的甚至依此谋利。如支丁卷六《永康太守》条载:

> 永康军崇德庙,乃灌口神祠,爵封至八字王,置监庙官视五岳,蜀人事之甚谨。每时节献享,及因事有祈者,无论贫富,必宰羊,一岁至烹四万口。一羊过城,则纳税钱五百,

---

① 〔元〕脱脱等:《宋史》,《二十四史》第十四册,北京:中华书局 1997 年版,第 2561 页。
② 〔宋〕洪迈:《夷坚志》第一册,北京:中华书局 1981 年版,第 2 页。

率岁终可得二三万缗,为公家无穷利。①

还有军国大事也与民间祀神有某种联系。丙志十七《灵显真人》载阆州灵显庙附梦于人,要换真人之号改封王爵,能助国做事,"自是灵响如初,俗谓二郎者是也"。② 当然宋代的民间信仰也会因为地域的不同、信奉者的地位不同等方面的情况而出现一些差异。这就需要具体考察。

首先,我们来看影响大都会的民间信仰。皮场庙原在汴京,被开封市人热烈信奉,如甲志卷五《皮场大王》条载席大光在其终父丧后调京师时,"时皮场庙颇著灵响,都人日夜捐施金帛"。③后随之南渡又在临安落脚,其影响不减,故三志壬卷四《皮场护叶生》说:"皮场庙在临安西湖者,其威灵不减汴都。"④皮场大王既在都会,又受都人崇拜,当然会带上一些市井气息。一是与钱财的关系密切,如上所引《皮场大王》条中都人在祭祀中"日夜捐施金帛",而皮场大王给人好处时也送人钱财,云"明日以五百千与汝","既明,乃真钱也"。又有上所引《皮场护叶生》条载叶生祷皮场乞三万钱,果得之。二是皮场大王带了某种专科性质,如授人医术给人治病。支乙卷五《张小娘子》载:

> 秀州外科张生,本郡中虞候。其妻遇神人,自称皮场大王,授以《痈疽异方》一册,且诲以手法大概,遂用医著名,俗呼为张小娘子。又转以教厥夫。⑤

都市中三教九流都有,医人神其道,归之于皮场大王也不奇怪。三是皮场大王既在都市也免不了受到官人的祭祀而受到他们的影响。因

---

① 〔宋〕洪迈:《夷坚志》第三册,北京:中华书局1981年版,第1017—1018页。
② 〔宋〕洪迈:《夷坚志》第二册,北京:中华书局1981年版,第508—509页。
③ 〔宋〕洪迈:《夷坚志》第一册,北京:中华书局1981年版,第39页。
④ 〔宋〕洪迈:《夷坚志》第四册,北京:中华书局1981年版,第1493页。
⑤ 〔宋〕洪迈:《夷坚志》第二册,北京:中华书局1981年版,第828页。

而就有生时是大僚死后为皮场大王的说法,如上所引《皮场大王》条中的席旦死后就做了皮场大王,其子"大光尝入庙,识其父殁时一履,大惊怆。既归,梦父曰:'我死即为神,权势甚重,不减在生作帅时。'"① 又有皮场大王有功于民迁官的说法。乙志卷六《庙神止奏章》条载:

> ……段之祖梦人如神明者告之曰:"凡神祇有功于人者,岁满必迁。吾主此地若干岁,今当及迁……"明日思之,乃皮场庙也。如神言告其邻,止不奏……②

其次,我们来看看农村的民间信仰。宋代广大乡间流传了许多民间祀神,由于它们大都在比较偏僻的山野,其中有相当一部分显得既粗野又带有浓烈的神秘气氛。丁志卷十九《江南木客》:

> 大江以南地多山,而俗祀鬼,其神怪甚佹异,多依岩石树木为丛祠,村村有之。二浙江东曰"五通",江西闽中曰"木下三郎",又曰"木客",一足者曰"独脚五通",名虽不同,其实则一。考之传记,所谓木石之怪夔罔两及山獝是也……变幻妖惑,大抵与北方狐魅相似。或能使人乍富,故小人□□致奉事,以祈无妄之福。若微忤其意,则又移夺而之他。遇盛夏,多贩易材木于江湖间,隐见不常,人绝畏惧,至不敢斥言,祀赛惟谨。尤喜淫,或为士大夫美男子,或随人心所喜慕而化形,或止见本形,至者如猴猱、如虺、如虾蟆,体相不一,皆趫捷劲健,冷若冰铁。阳道壮伟,妇女遭之者,率厌苦不堪,羸悴无色,精神奄然。有转而为巫者,人指以为仙,谓逢忤而病者为仙病。又有三五日至旬月僵卧不起,如死而复苏者,自言身在华屋洞户,与贵人欢狎。亦有摄藏

---

① 〔宋〕洪迈:《夷坚志》第一册,北京:中华书局1981年版,第39页。
② 〔宋〕洪迈:《夷坚志》第一册,北京:中华书局1981年版,第234页。

挟去累日方出者,亦有相遇即发狂易,性理乖乱不可疗者。所淫据者非皆好女子,神言宿契当尔,不然不得近也。交际迄事,遗精如墨水,多感孕成胎。怪媚百端,今纪十余事于此。①

由此看来,这种民间祀神活动带有很浓厚的原始崇拜的痕迹。它"多依岩石树木为丛祠",说明它原本就是山林崇拜;而又现形为"猴猱"等动物之形又表明它是动物崇拜。如丁志卷十三《孔劳虫》载:"……笑曰:'吾即五通神,非怪也……'盖一大鼠也。"②在山区,人们与外界隔绝,面对着具有无穷力量的大自然感到人力量渺小、孤独无助,因而幻化出"木客""五通"之类的祀神。不过,我们只是说有原始崇拜的痕迹,并不是说它本身就是原始崇拜,因为它们毕竟也有了后代社会的影响,只不过这种影响仍是以比较神秘的方式进行。如"木客",说其盛夏贩木,这显然是人的所为,或许就是对那些有组织的贩运木材的商人以及砍伐树木的人一种偏见。再如这些祀神与妇女的关系,显然也带有人们对性的无知以及对妇女疾病缺乏认识等都导致了这些传说的出现。这种状况在《太平广记》中并不多见,或许《夷坚志》是从人们口头中采集了材料进行的撰写,比《太平广记》利用文献材料进行编纂更接近民间信仰的实际。

事实上随着交通的发达以及社会交往的增多,这些带有浓厚原始色彩的祀神活动也有了一些变化,即原生的动物形态减少,而由人的鬼魂为祀神居于多数。如丙志卷一《九圣奇鬼》说:

"虎儿,吾汝父也。今为天上明威王,位在岳飞右。"……曰九圣,曰山魈,曰五通……一人乃旧婢华奴,以震死而为厉者,一人非命而为木魅者,男强死而行役者,魈正神

---

① 〔宋〕洪迈:《夷坚志》第二册,北京:中华书局1981年版,第695—696页。
② 〔宋〕洪迈:《夷坚志》第二册,北京:中华书局1981年版,第648页。

而邪行者……初,郡人事九圣淫祠,久为民患,及是,光响讫熄。①

鬼神被人控制为人服务事例增多。乙志卷十五《临川巫》载:"临川有巫,所事神曰'木平三郎',专为人逐捕鬼魅,灵验章著……"②野性的一面渐淡后,其影响也到了城里,如三志己卷八《五通祠醉人》载:

会稽城内有五通祠,极宽大,虽不预春秋祭典,而民俗甚敬畏。③

被更多的人接受后,它的神能也起了一些变化,甚至可以给人带来财物。支癸卷三《独脚五通》云:

吴十郎者,新安人。淳熙初,避荒,挈家渡江,居于舒州宿松县。初以织草屦自给,渐至卖油。才数岁,资业顿起,殆且巨万。里落莫不致疑,以为本流寓穷民,无由可富。会豪室遭寇劫,共指为盗,执送官。因于考掠,具以实告云:"顷者梦一脚神来言:'吾将发迹于此,汝能谨事我,凡钱物百须,皆可如意。'明日,访屋侧,得一毁庙,问邻人,曰:'旧有独脚五郎之庙,今亡矣。'默感昨日梦之异,随力稍加缮葺。越两月,复梦神来曰:'荷尔至诚,即当有以奉报。'凌晨起,见缗钱充塞,逐日以多,遂营建华屋。方徙居之夕,堂中得钱龙两条,满腹皆金。自后广置田土,尽用此物,今将十年,未尝敢为大盗也。"④

---

① 〔宋〕洪迈:《夷坚志》第一册,北京:中华书局1981年版,第365—369页。
② 〔宋〕洪迈:《夷坚志》第一册,北京:中华书局1981年版,第308页。
③ 〔宋〕洪迈:《夷坚志》第三册,北京:中华书局1981年版,第1364页。
④ 〔宋〕洪迈:《夷坚志》第三册,北京:中华书局1981年版,第1238页。

虽不用"五通""木平三郎"等名称,而带了这样性质的民间祀神还非常多。如三志卷九《石牌古庙》载人们将活猕猴塑为神害人。还有所谓七姑子神、三圣。甲支卷六《七姑子》载:

> 乙志载汀州七姑子,赣州亦有之,盖山鬼也。遍城郭邑聚,多立祠宇,其状乃七妇人,颇能兴祸咎。①

支景卷九《建康三圣庙》:

> 建康土俗多事三圣,所在立庙,而塑像唯一躯,莫知为何神,灵威颇著,吏民奉之尤谨。②

更为野蛮的、骇人听闻的是以人祀神,这主要是在一些偏僻地区,如池州附近的建德县,甲志卷十四《建德妖鬼》载:

> 祈门汪氏子,自番阳如池州,欲宿建德县……行十里许,至深山古庙中,反缚于柱。数人皆焚香酌酒,拜神像前,有自得之色,祷曰:"请大王自取。"乃扃庙门而去。汪始知其杀人祭鬼,悲惧不自胜。③

湖北也盛行以人祭祀。三志壬卷四《湖北棱睁鬼》:

> 杀人祭祀之奸,湖北最甚,其鬼曰棱睁神。得官员士秀,谓之聪明人,一可当三;师僧道士,谓之修行人,一可当二;此外妇人及小儿,则一而已。④

用来祭祀的人还分出了三六九等。类似的还有岭南地区、江州。补卷十四《莆田处子》:

---

① 〔宋〕洪迈:《夷坚志》第二册,北京:中华书局1981年版,第761页。
② 〔宋〕洪迈:《夷坚志》第二册,北京:中华书局1981年版,第948页。
③ 〔宋〕洪迈:《夷坚志》第一册,北京:中华书局1981年版,第126页。
④ 〔宋〕洪迈:《夷坚志》第四册,北京:中华书局1981年版,第1497页。

第二章 民间信仰与古代小说研究 **141**

……盖传岭南妖法采生祭鬼者,前已杀数人矣!①

三补《护界五郎》载江州杀人祭祀神。有时在大都市的附近也会出现这种事情,丁志卷十《秦楚材》载:

……乃为言:"京畿恶少子数十成群,或三年或五年辄捕人渍诸油中,烹以祭鬼。其鬼曰狞瞠神……"②

从《夷坚志》中来看,宋代士人在民间信仰中是非常活跃的。这与他们的许多生活要求,特别是那些参加科举考试的士人渴望中第的要求是有着密切关系的。支庚卷二《浮梁二士》就谈及这样的现象,云:

士人应科举,卜筮之外,多求诸梦寐,至有假托神奇以自欺者。若出于它人之口,则谓堪信。③

不过《夷坚志》的作者洪迈也并未真正了解这种现象的内在原因,反而说:"若出于它人之口,则谓堪信。"当时的认识水平也只能是如此。

士人求神主要是想预知能否中第。甲志卷第十八《席帽覆首》:

王龙光,字天宠,资州人。入京赴上舍试,过剑州梓潼县七曲山,谒英显武烈王庙。梦一人持榜,正面无姓名,纸背乃有之。又有持席帽蒙其首者。觉而喜,谓士人登第则戴席帽。④

乙志卷八《歌汉宫春》:

---

① 〔宋〕洪迈:《夷坚志》第四册,北京:中华书局1981年版,第1684页。
② 〔宋〕洪迈:《夷坚志》第二册,北京:中华书局1981年版,第620页。
③ 〔宋〕洪迈:《夷坚志》第三册,北京:中华书局1981年版,第1149页。
④ 〔宋〕洪迈:《夷坚志》第一册,北京:中华书局1981年版,第158页。

绍兴四年,蜀道类试进士。成都使臣某人祷于梓潼神,愿知今岁类元姓字。夜梦至庙中,见二士人握手出,共歌《汉宫春词》"问玉堂何似茅舍疏篱"之句。神君指曰:"此是也。"①

除了梓潼神常被士人乞梦外。京师二相公庙也是士人主要的乞梦对象。乙志卷十九《二相公庙》:

京师二相公庙在城西内城脚下,举人入京者,必往谒祈梦,率以钱置左右童子手中,云最有神灵。②

丙志卷十二《吴德充》:

吴公才,字德充,弋阳人。入太学,年至五十无所成。欲罢举归,决梦于二相公庙……③

当然管科举之事似乎也不只这两个祀神,还有岳帝等祀神。丙志卷十一《赵哲得解》:

鄱阳县吏李某,乾道四年七月,梦出城过东岳行宫,道上见故同列抱文牍从中出,告曰:"此本州今秋解试榜,来书岳帝。"④

支丁卷八《陈尧咨梦》:

建宁城东梨岳庙所事神,唐刺史李频也,灵异昭格。每当科举岁,士人祷祈,赴之如织。至留宿于庙中以求梦,无不验者。⑤

---

① 〔宋〕洪迈:《夷坚志》第一册,北京:中华书局1981年版,第247页。
② 〔宋〕洪迈:《夷坚志》第一册,北京:中华书局1981年版,第349页。
③ 〔宋〕洪迈:《夷坚志》第二册,北京:中华书局1981年版,第471页。
④ 〔宋〕洪迈:《夷坚志》第二册,北京:中华书局1981年版,第458页。
⑤ 〔宋〕洪迈:《夷坚志》第三册,北京:中华书局1981年版,第1030页。

求神预报是否中第,更重要的是想神透露考试题目。支戊卷二《方蓍招紫姑》:

> 莆田方蓍次云,绍兴丁巳秋,将赴乡举。常日能邀致紫姑神,于是以题目为问。神不肯告,曰:"天机不可泄。"又炷香酌酒,祷请数四,乃书"中和"二字。蓍时方十八岁,习词赋,遂遍行搜索,如"天子建中和之极"、"致中和天地位"、"以礼乐教中和"、"中和在哲民情",如此之类,凡可作题者,悉预为之。是岁以举子多,分为两场。其赋作前题曰《中兴日月可冀》,后题曰《和戎国之福》,始悟所告。蓍试前赋,中魁选。予少时犹传诵之,其警联曰:"八纮地辟,符一马之渡江;六合天开,光五龙之夹日。伫观僚属,复光司隶之仪;忍死须臾,咸泣山东之泪。"蓍次年登科,然蹭蹬三十年,才为秘书省正字而止。①

科举求神乞梦是以附会为事,如上所引《席帽覆首》中并未有所谓戴席帽之事,而后附会为"时方禁以龙、天、君、玉、王、主等为名字,唱第之日,面赐名宠光,头上加帽,盖谓是云"②。又如乙志卷五《梓潼梦》中梦神云"已奏除公枢密直学士矣"③。实际上,次年,此人省试又下,乃以累恩得密州文学。有的为争神启所指而争执不休。如上引《歌汉宫春》中二士人唱汉宫春,因有人说唱者高中,两人争曰"自我发端""我正唱此",不亦乐乎,更有第三人说与他们两人都没有关系,是他家的旧梦。④ 这一方面反映士子对科举迷狂的现象,另一方面又揭示了士子对科举热衷的原因。如上所引《陈尧咨梦》条中陈尧咨"苦贫惮费,不能应诏",他说,"惟至诚可以动天地,感鬼神,此中

---

① 〔宋〕洪迈:《夷坚志》第三册,北京:中华书局1981年版,第1065—1066页。
② 〔宋〕洪迈:《夷坚志》第一册,北京:中华书局1981年版,第158页。
③ 〔宋〕洪迈:《夷坚志》第一册,北京:中华书局1981年版,第223页。
④ 〔宋〕洪迈:《夷坚志》第一册,北京:中华书局1981年版,第247页。

自有护学祠,……当获丕应",当晚梦一独脚鬼,跳跃数四,且行且歌曰:"有官便有妻,有妻便有钱,有钱便有田。"①士人对科举的迷狂就是对官位钱财的崇拜,透露出很现实的要求。

民间信仰发展到宋代,已经发生了很大的变化,一方面是民间信仰已大量地吸收了佛、道教及儒家思想而呈现出一种新的面目,更加复杂多样;另一方面佛、道教在民间流传日久也渐被俗化,因而民间信仰也自然包含着通俗化的佛、道教信仰,其容纳愈大,其流传愈广,"率土之滨",无不受其影响。在佛教进入东土之初,佛教与民间信仰既有冲突的一面,又有相互影响的一面,但在宋及宋以后,民间信仰与佛教冲突的一面已很难见到,更多的是相互影响甚至融合的一面。这一点从《夷坚志》可以得到证实。

明明是佛教寺庙,却供奉着民间俗神。甲志卷一《铁塔神》条载蔚州城内浮图中有铁塔神,素著灵验,郡人事之甚谨。支癸卷十《古塔主》云:

> 南康建昌县云居山,大禅刹也。所祀五通甚灵异,名为安乐神,居于塔上。②

又甲志卷六《宗演去猴妖》载:

> 福州永福县能仁寺护山林神,乃生缚猕猴,以泥裹塑,谓之猴王。岁月滋久,遂为居民妖祟。……于是祠者益众,祭血未尝一日干也。祭之不痊,则召巫觋,乘夜至寺前,鸣锣吹角,目曰取摄。寺众闻之,亦撞钟击鼓与相应,言助神战,邪习日甚,莫之或改。③

乙志卷七《黄莲山伽蓝》条载:

---

① 〔宋〕洪迈:《夷坚志》第三册,北京:中华书局1981年版,第1030页。
② 〔宋〕洪迈:《夷坚志》第三册,北京:中华书局1981年版,第1295页。
③ 〔宋〕洪迈:《夷坚志》第一册,北京:中华书局1981年版,第47—48页。

韶州乐昌县黄莲山寺为一邑胜处。……寺伽蓝神素著灵异,邑人祈赛,必杀牲醑酒……①

还有乙志卷十四《南禅钟神》所载的钟神,不一而足。佛寺中所祭祀的俗神有的是源自佛教,如僧伽。又支庚卷五《真如院藏神》载:

台州临海县上亭保,有小刹曰真如院,东庑置轮藏,其神一躯,素著灵验。②

其中的轮藏神可能就是佛教中的神俗化而来。丙志卷八《顶山回客》:

平江常熟县僧慈悦,结庵于县北顶山绝巘白龙庙之傍,凡三十余年。以至诚事龙,得其欢心,有祷必应,邑人甚重之。③

三志壬卷三《建昌大寺塔》:

建昌大寺曰景德,在廛市中,有塔极壮耸,中置泗州僧伽像,甚著灵响。④

乙志卷十五《程师回》和丙志卷八《顶山回客》中的龙可能都是来自佛教。其他一些祀神,完全是民间的俗神,有的当时就被称为淫神。如上所引《宗演去猴妖》中记载的福州永福县能仁寺护山林神是生缚猕猴以泥裹塑,岁月滋久,遂成居民妖祟。佛寺中这些俗神,其信仰者主要是普通民众,但僧人未必不是积极的参与者。前所引《铁塔神》中有一僧人就笃信铁塔神的神启。又甲志卷六《宗演去猴妖》中民众在祀神时"寺众闻之,亦撞钟击鼓与相应,言助神战"。祭祀的

---

① 〔宋〕洪迈:《夷坚志》第一册,北京:中华书局1981年版,第241页。
② 〔宋〕洪迈:《夷坚志》第三册,北京:中华书局1981年版,第1169页。
③ 〔宋〕洪迈:《夷坚志》第二册,北京:中华书局1981年版,第434页。
④ 〔宋〕洪迈:《夷坚志》第四册,北京:中华书局1981年版,第1487页。

方式,有的可能是采用进香或诵经卷的方式,但有相当一部分还是沿用传统的杀牲祭祀,如上所引《宗演去猴妖》条云"于是祠者益众,祭血未尝一日干也",又如上所引《黄连山伽蓝》条云"邑人祈赛,必杀牲酾酒"。原属于纯佛教崇拜的东西,在人们的祀神活动中进一步被通俗化,与民间祀神活动已无甚区别。在普通民众中最具影响力的可能是观音,因而它的俗化程度最高。支丁卷一《徐熙载裤子》云:

> ……且云:"吾有观音圣相,极灵异,今以相授。能刊板印施,必获报格。"①

这种印菩萨像获报的说法是比较早的,也是比较传统的。支癸卷十《安国寺观音》所载的"饶州安国寺方丈中,有观音塑像一龛。民俗祈请,多有神应"②。就与民间祀神相近。甲志卷十《观音医臂》载:

> 湖州有村媪,患臂久不愈,夜梦白衣女子来谓曰:"我亦苦此,尔能医我臂,我亦医尔臂。"③

这已完全沦为民间祀神。高高在上的佛陀也不能逃脱被俗化的命运。三志壬卷八《赵氏二佛》载:

> 赵善澄有二佛,其一泥塑古佛,连座不满二尺。……凡人烧香作礼,有所祈祝,无不感应。④

甲志卷八《佛救宿冤》载:

> 临安民张公子者,尝至一寺,见败屋内古佛无手足,取归,庄严供事之。岁余,即有灵响,其家吉凶事辄先告之,凡

---

① 〔宋〕洪迈:《夷坚志》第三册,北京:中华书局1981年版,第969页。
② 〔宋〕洪迈:《夷坚志》第三册,北京:中华书局1981年版,第1300页。
③ 〔宋〕洪迈:《夷坚志》第一册,北京:中华书局1981年版,第88页。
④ 〔宋〕洪迈:《夷坚志》第四册,北京:中华书局1981年版,第1529页。

二三十年。①

佛被改造为一些琐事而显神灵,如甲志卷十《佛救翻胃》条载佛救人的翻胃小疾。②佛教的通俗化还表现在将一些抽象的东西具体化。甲志卷八《金刚灵验》:

> ……见红光中一大神,与房上下等,背门而立,气象甚怒。……妪正起理发,诵经不已。问何经,曰:"《金刚经》也。"乃知昨夜神人盖金刚云。③

由《金刚经》而衍生出具体的金刚。又支景卷二《孔雀逐疠鬼》:

> ……师叔者,其族叔也,为僧,住持临江寺,能诵《孔雀明王经》……僧诵两卷毕,出就饭。智明望见挂像处,一孔雀以尾逐疠鬼。④

与上相同,由经书有孔雀二字而讹出孔雀逐疠鬼。

佛教的通俗化,或受民间信仰的影响还表现在佛教的僧侣宗教圣洁的东西越来越少,而世俗的成分越来越多。丙志卷十九《感恩院主》:

> 婺源县山寺曰感恩院者,僧俱会主之,惟酒肉钱财是务,晨香夜灯略不经意,屋庐老坏不葺毗。沙门天王殿圮,即其柱为牛栏,恣肆自若凡四十余年,虽老不革。乾道元年,神降于法堂,呼俱会名,诃叱数其罪。一小童见巨人大面努目,朱衣长身,震怒作色,余但闻其声而已。⑤

---

① 〔宋〕洪迈:《夷坚志》第一册,北京:中华书局1981年版,第65页。
② 〔宋〕洪迈:《夷坚志》第一册,北京:中华书局1981年版,第89页。
③ 〔宋〕洪迈:《夷坚志》第一册,北京:中华书局1981年版,第67—68页。
④ 〔宋〕洪迈:《夷坚志》第二册,北京:中华书局1981年版,第888页。
⑤ 〔宋〕洪迈:《夷坚志》第二册,北京:中华书局1981年版,第525页。

僧人唯酒肉钱财是务，佛、菩萨皆无反应，只有天王发怒，其没落也可知。支庚卷七《莲湖土地》载失盗，僧作小诗谓土地僧伽不灵，土地附梦，以后会克尽职守。① 而他所敬奉的佛、菩萨呢？怎么寂无声息呢？三志辛卷一《山门寺僧》：

> ……其僧了诠者，年四十岁时，遇一善术士戒之曰："大师命运衡犯凶煞，五月内当主灾殃，须百事谨畏关防。不然，恐不能免。"诠闻言忧怖。②

出家做和尚，应该是四大皆空，也可以说是献身于佛了，可他还信术士之言，佛教对他到底产生了多大影响，这不能不引起人的深思。

在宋代，传统的民间信仰受佛教影响是愈来愈深刻。在民间祀神活动中突出了诵佛经、做佛事的重要。甲志卷五《赵善文》载：

> 抚州金溪县有神庙，甚灵显，祈请者施金帛无虚日，积钱至二千缗……神沉思良久，曰："必无钱见归，但诵《金刚经》，每卷可折一十，他无以为也。"③

甲志卷六《胡子文》载：

> 苏州常熟县福山东岳行宫，庙貌甚严。士人胡子文乘醉入庙，望善恶二判官相对，戏掣其恶者笔。④

后以诵《金刚经》得以免死。又乙志卷十五《大孤山龙》：

> 陈晦叔为江西漕，出按部，身行过吴城庙下，登岸谒礼不敬，至晚有风涛之变……明日，发南康，船人曰："当以猪

---

① 〔宋〕洪迈：《夷坚志》第三册，北京：中华书局1981年版，第1186页。
② 〔宋〕洪迈：《夷坚志》第三册，北京：中华书局1981年版，第1392页。
③ 〔宋〕洪迈：《夷坚志》第一册，北京：中华书局1981年版，第43页。
④ 〔宋〕洪迈：《夷坚志》第一册，北京：中华书局1981年版，第47页。

赛庙。"……晦叔具衣冠拜伏请罪，多以佛经许之，龙稍稍相远……①

丁志卷三《海门盐场》：

> 通州海门县监盐场刘某……刘具香酒诣其处祷曰："自居官以来，于事神之礼无所旷，何乃造妖如此？今与神约，能悉改前事，当召僧诵经，办水陆供，以资冥福。"②

丙志卷六《福州大悲巫》载：

> 福州有巫，能持秽迹咒行法，为人治祟蛊甚验，俗呼为大悲。③

在民间信仰中处于重要地位的巫人也从佛教那里接受一些法术进行宗教活动。支景卷五《圣七娘》：

> ……邦人盛称女巫圣七娘者行秽迹法通灵，能预知未来事……见巫盖盛年女子，已跣足立于通红火砖之上，首戴热。神将方降，即云："迪功郎，监潭中南岳庙。"④

甲志卷十九《秽迹金刚》：

> 漳泉间人，好持秽迹金刚法治病禳禬，神降则凭童子以言。⑤

普通士人的一些驱邪活动中也可见到佛教的影响。支癸卷四《醴陵店主人》载店主人以人祭鬼，其人以念诵大悲咒得免其死。甲

---

① 〔宋〕洪迈：《夷坚志》第一册，北京：中华书局1981年版，第314页。
② 〔宋〕洪迈：《夷坚志》第二册，北京：中华书局1981年版，第560页。
③ 〔宋〕洪迈：《夷坚志》第一册，北京：中华书局1981年版，第417页。
④ 〔宋〕洪迈：《夷坚志》第二册，北京：中华书局1981年版，第919页。
⑤ 〔宋〕洪迈：《夷坚志》第一册，北京：中华书局1981年版，第171页。

志卷一《宝楼阁咒》：

> 袁可久尝教其弟昶以宝楼阁咒，昶不甚深信，然旦起必诵三五十遍，初未知其功效也……昶试书咒语，贴于柱，此夜晏然。由是一斋妖祟绝迹。其咒语即所谓"唵摩尼达哩吽拨吒"八字……①

个别的竟至于是属于民间祀神还是佛教的俗化都无法辨清，或者说完全融为一体。支景卷十《公安木手》载：

> 江陵公安县一寺甚雄伟，所事神俗称二圣，曰青叶髻如来，曰楼至得如来，灵效彰著。②

其名为寺，就应该是属于佛教，但其所祀之神称为二圣，神名相当古怪，名"如来"前又冠以"青叶髻""楼至得"，后又讲"灵效彰著"，只能说有点佛教影子的民间祀神。

民间信仰与道教本有一种天然的亲密关系，在发展中还相互影响。民间祀神不断被吸收进道教，而道教也保持着对民间信仰的极大的影响。此一时期的道教影响，一方面是道教本身的通俗化，道士与巫士没有多大的区别，三志壬卷八《华亭邬道士》：

> ……奉上真香火，殚尽诚敬，诵《道德经》五千言不绝口。凡外间吉凶祸福，本处土地辄于梦中报知，无一不应。③

支甲卷八《王公家怪》：

> 鄱阳人王公，居魏家井侧，好事邪神以求媚，至奉五侯

---

① 〔宋〕洪迈：《夷坚志》第一册，北京：中华书局1981年版，第2—3页。
② 〔宋〕洪迈：《夷坚志》第三册，北京：中华书局1981年版，第960页。
③ 〔宋〕洪迈：《夷坚志》第四册，北京：中华书局1981年版，第1527页。

泥像于室,香火甚谨……后招道士治之,且禳且祷,为迁像置城隍祠,于是始息。①

另一方面是民众学道教的法术驱邪魔,某些仙人也被当作民间祀神崇拜,丙志卷三《张四郎》:

邛州南十里白鹤山张四郎祠,盖神仙者流……郡人云:"四郎所立,以御魑魅,救疾疫。后人能辨其字者,则可学仙。"②

丙志卷十四《宜都宋仙》:

宣和中,外舅为峡州宜都令,盛夏不雨,遍祷诸祀无所应。邑人云:"某山宋仙祠极著灵响。"③

民间信仰在其初期本与儒家思想分道扬镳。儒家思想强调的是重德、重努力、敬鬼神而远之,而民间信仰不管其神鬼出身及表现,只要灵验给人好处就行,所以民间信仰被指责为淫祀。正直的士大夫对淫祀的态度是欲禁绝而后快,但实际上又无法禁绝,故又发展为对它进行利用即所谓"神道设教"的政策的实施。久而久之民间信仰受儒家思想的影响也就越来越多,越来越深,至宋以后就更加突出了。

民间信仰受儒家思想的影响主要表现在受儒家的伦理道德的影响上。如孝道的观念在民间信仰中的影响是最大的。有的人不孝,神罚之不能中举。甲志卷七《罗巩阴谴》:

罗巩者,南剑沙县人。大观中,在太学。学有祠,甚灵显,巩每以前程事,朝夕默祷……神曰:"子无他过,惟父母

---

① 〔宋〕洪迈:《夷坚志》第二册,北京:中华书局1981年版,第773页。
② 〔宋〕洪迈:《夷坚志》第一册,北京:中华书局1981年版,第385页。
③ 〔宋〕洪迈:《夷坚志》第二册,北京:中华书局1981年版,第483页。

久不葬之故耳。"①

同志同卷《不葬父落第》：

> 陈杲……贡至京师，往二相公庙祈梦。夜梦神曰："子父死不葬，科名未可期也。"②

有的因不孝神罚之得恶报。丙志卷十三《长溪民》载不孝致恶报。③ 丁志卷十一《丰城孝妇》载子不孝死虎口。④ 当然也有因孝而得好报的。丁志卷十五《吴二孝感》：

> 临川水东小民吴二，事五通神甚灵，凡财货之出入亏赢必先阴告……"汝至孝感天，已宥宿恶，宜加敬事也。"⑤

甲志卷二十《盐官孝妇》：

> ……俄雷电晦冥，空中有人呼张氏曰："汝实当死，以适一念起孝，天赦汝。"⑥

还有孔子显神灵的情况出现。三志己卷十《界田义学》载孔子带十哲称显威灵。⑦ 更有甚者，民间信仰中有将忠、孝、节、义作为其中重要的内容。丙志卷十四《忠孝节义判官》：

> ……洵跪问曰："叔父今何之？"曰："吾今为忠孝节义判官，所主人间忠臣、孝子、义夫、节妇事也。"⑧

---

① 〔宋〕洪迈：《夷坚志》第一册，北京：中华书局1981年版，第58页。
② 〔宋〕洪迈：《夷坚志》第一册，北京：中华书局1981年版，第58页。
③ 〔宋〕洪迈：《夷坚志》第二册，北京：中华书局1981年版，第474页。
④ 〔宋〕洪迈：《夷坚志》第二册，北京：中华书局1981年版，第627－628页。
⑤ 〔宋〕洪迈：《夷坚志》第二册，北京：中华书局1981年版，第667页。
⑥ 〔宋〕洪迈：《夷坚志》第一册，北京：中华书局1981年版，第180页。
⑦ 〔宋〕洪迈：《夷坚志》第三册，北京：中华书局1981年版，第1382－1383页。
⑧ 〔宋〕洪迈：《夷坚志》第二册，北京：中华书局1981年版，第485页。

甲志卷十四《妙靖炼师》：

> ……师曰："……昨权无常县尉，管人间生死。后权阴典，管人间六犯事，谓逋官钱、五逆、不孝、奸盗、偷滥、故杀也。世人冒犯，故多夭厉。不犯者，三世中出神仙。近又管月台仙籍，凡士大夫聪明者皆上籍，若有功行，可作月台仙。大抵勉人以忠孝诚信。"①

这种情况很可能与士人的造作有关系，普通民众本身很难对这方面进行系统的思考和明确的表述。

虽然前面已分别考察了民间信仰与佛教、道教、儒家思想的关系，实际上佛、道及儒家思想经常混杂在一起与民间信仰发生关系，很难单纯地说是受哪一种思想的影响，或者说它属于哪一类。如甲志卷二《齐宣哥救母》云：

> 江阴齐三妻欧氏，产乳多艰，几于死，乃得免。一子宣哥年六岁，警悟解事，不忍母困苦，咨于老人，问何术可脱此厄。老人云："唯道家《九天生神章》释教《佛顶心陀罗尼》为上。"即求二经，从一史道者学持诵，三日，悉能暗忆。②

这里主要是讲齐宣哥孝顺，也就是说是对儒家思想的宣传，但是他所用的手段是佛、道皆用，又好像是对宗教进行宣传，事实上是全都混在一起形成了民间信仰。又如甲志卷十八《余待制》载：

> ……巫曰："公银本不失，但以徙土地祠宇，贻神之怒，故藏去耳。若能具牲酒谢过，且设醮作水陆，当可得。然须吾先往讲解之，许施银为香炉及币帛之属，后三日宜复来询

---

① 〔宋〕洪迈：《夷坚志》第一册，北京：中华书局1981年版，第123页。
② 〔宋〕洪迈：《夷坚志》第一册，北京：中华书局1981年版，第13页。

可否也。"①

土地是民间祀神,也是传统祀神,用牲酒是应该的,可还要设醮作水陆,显然佛、道也全来了。又如乙志卷五《司命真君》:

……曰:"……此人出,公即静坐,冥心咒曰:'天皇地皇,三纲五常。'急急如律令。俟其还,乃止。"②

咒语中有"天皇地皇",特别是还有"三纲五常"之语,当然表明它又受到儒家思想的影响。这种状况绝不少见。支丁卷四《活汤火咒》云:

里巫多能持咒语而蹈汤火者,元仲弟得其诀,为人拯治,无不立差。其咒但云:"龙树王如来,授吾行持北方壬癸禁火大法;龙树王如来,吾是北方壬癸水,收斩天下火星辰,千里火星辰必降。急急如律令。"③

将不孝与杀生之戒相并在一起这又是民间信仰中儒与佛相融的一个重要例证。支戊卷四《太阳步王氏妇》:

……母曰:"不孝最重,杀生罪次之。"④

将孝与轮回投生合而为一,这是民众的又一创造。补卷一《谢小吏》:

……父且死,持其手泣曰:"尔竭力孝我,神天实鉴临之,我无以报,死后愿为尔子。"……既长,事亲之孝,一如其父。⑤

---

① 〔宋〕洪迈:《夷坚志》第一册,北京:中华书局1981年版,第162页。
② 〔宋〕洪迈:《夷坚志》第一册,北京:中华书局1981年版,第221页。
③ 〔宋〕洪迈:《夷坚志》第三册,北京:中华书局1981年版,第996页。
④ 〔宋〕洪迈:《夷坚志》第三册,北京:中华书局1981年版,第1082页。
⑤ 〔宋〕洪迈:《夷坚志》第四册,北京:中华书局1981年版,第1553页。

至于补卷十三《凤翔开元寺僧》：

　　……僧曰："吾平生好药术，得一奇方，以朱砂化淡金为精金，当传人……"①

此条是讲僧人受道教影响也好炼金。而三志壬卷三《刘枢干得法》所则有所不同，它说的是刘枢干得法是受了佛、道等多方面的影响，文云：

　　……遇异僧过而相之……欣然授以卦影妙术，勉而受之。又一客为传天心正法，亦姑受之……病者见五通神，着销金黄袍，骑道而去。②

其后又有五通神出现，仍在民间信仰这一范围之内。

总之，从《夷坚志》可以考察宋代民间信仰的种种状况，尤其是民间信仰受儒、释、道的影响且影响儒、释、道的种种状况，揭示了民间信仰与儒、释、道融合后而形成的新的信仰形式及其巨大影响。

六、古代中国人的梦想与抗争——论古代文学中的再生与还魂

"上天有好生之德""身体发肤受之于父母，不敢毁损""生命诚可贵""生命之树常青""人生是美丽的"……虽然语词不尽相同，但所表述的意思是相近的，古今中外的人无不重视生命、热爱生命，然而宝贵的生命却经常受到难以抗拒的自然力和人类社会异己的力量的袭击，犹如花朵遭雨打而萎，譬如朝露因日出而干。这给人类带来无尽的痛苦，佛教所云的四苦：生、老、病、死，无不是生命之苦。对这种痛

---

① 〔宋〕洪迈：《夷坚志》第四册，北京：中华书局1981年版，第1669页。
② 〔宋〕洪迈：《夷坚志》第四册，北京：中华书局1981年版，第1484页。

苦的克服和超越的强烈欲望又给人类带来了许许多多的梦想,如成佛、成仙、去天国、去净土,但古代中国普通老百姓更多的却是相信人死还可以复生,他们想象着、编造着许多这样的故事,而古代文学家受其影响,也创造过有着再生情节的作品。因此,通过对这些故事、作品的研究,我们可以明了我国古代优秀文学作品的魅力所在。

(一)再生故事的起源与类别

上古之时,关于再生的神话传说是不多的,而且大多是与长生不老相联系。从《山海经》《淮南子》等典籍的记载来看也确实如此。古人相信有些人是能够长生不老的,如流传很久的"嫦娥奔月"传说,《淮南子·览冥篇》云:"羿请不死之药于西王母,姮娥窃以奔月,怅然有丧,无以续之。"①虽然名字有所不同,但应该是同一件事。《山海经图赞》中也有这样的记载,只是未讲人名。也许这样的人毕竟不多,所以古人又将其想象为生活在遥远的地方的人,有些不同于常人的地方,如《山海经》里记载的"不死民""穿胸国"之人。人的长生的途径最主要是找到并吃下去能不死的"药"。这种药大多称之为"不死草",也有称"不死树"的,一般有人掌管。这个人就是"西王母"。水好像是永远皆有的,树呀草呀似乎也总是死而复生的,由这些自然之物的特性,人们相信它们具有长生的魔力,这是一种处于自然宗教时期的信仰,既朴素又简单。在早期也出现过一些再生的神话传说,屈原在《天问》中就问过:"夜光何德,死而又育?"晋人傅玄在其《拟天问》中说:"月中何有?白兔捣药。"②他似乎想解释月神能死而复生的原因。"鲧腹生禹"是先秦另一个与再生有关的传说,大禹之父因

---

① 袁珂、周明:《中国神话资料萃编》,成都:四川省社会科学院出版社1985年版,第234页。

② 袁珂、周明:《中国神话资料萃编》,成都:四川省社会科学院出版社1985年版,第236页。

治水不力为帝杀之于羽郊,而已死的鲧之腹中却产出了大禹。① 旧生命已死,又再生出新的生命,也是一种再生,但毕竟不是原有生命体的再获生机。典型意义的再生是古巴蜀关于鳖灵的传说。据《蜀中广记》卷五九、《路史》等古籍的记载,鳖灵于楚身死,尸反溯流上至汶山之阳,忽复生,乃见望帝。帝立以为相。其后巫山龙斗,雍江不流,蜀民坠溺。鳖灵乃凿巫山,开三峡,降丘宅土,民得陆居。由这个再生传说,我们可以看到鳖灵死前是一极普通的人,无甚特异之处,再生复活之后,具有极大的神力,完成了治水的伟业。由此可见,"再生",是一种获得特殊力量的重要过程,也是伟业完成必不可少的前提条件。这种传说在当时可能不只一例,很可能是儒家不太喜欢这种"怪力乱神"之说,故而湮灭无闻的甚多,但道教有所谓"兵解""尸解"的成仙方法。《太平广记》卷五十八《魏夫人》条载:

……南真曰:"人死必视其形,如生人者,尸解也。足不青、皮不皱者,亦尸解也。目落不光,无异生人者,尸解也。发尽落而失形骨者,尸解也。白日尸解,自是仙矣。"②

"再生"为成神、成仙的关键因素似乎是毫无疑问的,或许这正是古老传说的影响。

在蒙昧时期的人看来,死而复生亦即再生是难以解释的神秘现象,除了去寻找"不死草""不死树""甘露"等物外,简直是毫无办法。但在秦汉以后的再生故事中,却大不相同。在这些故事中,人们通过自己的努力能获得再生。在佛教传入前或影响还不大的时候,对于人死后的情形的描述是比较朴素的,一般认为人死后,没有什么特别的感觉,就好像人睡觉,既不知道饿也不知道时间。《太平广记》卷三

---

① 袁珂、周明:《中国神话资料萃编》,成都:四川省社会科学院出版社1985年版,第239页。

② 〔宋〕李昉等:《太平广记》第二册,北京:中华书局1961年版,第360页。

百七十五《崔涵》条记崔涵之言云:"……死时年十五,今乃二十七,在地下十二年,常似醉卧,无所食。时复游行,或遇饮食,如梦中,不甚辨了。"①又如同卷《杜锡家婢》记杜锡家婢之言也说其"始如瞑目,自谓当一再宿耳"②。但更多的记载人死后入阴曹地府,所进入的地府,是中国传统的神所主持的阴间。如"司命"是冥间主管人生死的神,在一些故事中(如《太平广记》卷三百七十六《士人甲》、卷三百七十七《赵泰》)起了很重要的作用。在另外一些故事中却又是泰山府君在主持地府。甚至还称"北海王使者"的,如《太平广记》卷三百七十七《曹宗之》条所载。但更多的是"阎罗"。"阎罗"是佛教中地府的主管。在佛教的深刻影响下,再生故事中再生已成了传播教义的重要工具。如《太平广记》卷三百七十七《赵泰》载:"士人闻泰死而复生,多见罪福,互来访问。时有太中大夫武城孙丰、关内侯常山郝伯平等十人,同集泰会。款曲寻问,莫不惧然,皆即奉法。"③

有一些再生故事对死者的再生的原因未做明确交待,其再生的原因很可能是与道教的宣传成神成仙有关。如《太平广记》卷三百七十五《史姁》条载史姁本人说"当复生",在他母亲的帮助下真的再生了。④ 从他以后的种种举动来看,他已经有了神异之能,最后又不知所终,似乎已入神仙之流了,故为《搜神记》所收。死六日而生,如《太平广记》卷三十五《陈焦》条。发冢而墓中人复生,如《太平广记》卷三百七十五《范明友奴》《崔涵》条。有的说传统的神仙、道流使人再生。遇仙官救助而再生的,如《太平广记》卷三百七十八《干庆》《陈良》《杨大夫》,又如《李主簿妻》金天王劫生人妻,叶仙师画符救之而活。神救之而重生的,如《太平广记》卷三百八十五《崔绍》云:"……神曰:

---

① 〔宋〕李昉等:《太平广记》第八册,北京:中华书局1961年版,第2980页。
② 〔宋〕李昉等:《太平广记》第八册,北京:中华书局1961年版,第2982页。
③ 〔宋〕李昉等:《太平广记》第八册,北京:中华书局1961年版,第2998页。
④ 〔宋〕李昉等:《太平广记》第八册,北京:中华书局1961年版,第2979页。

'我一字天王也,常为尔家供养久矣,每思以报之。今知尔有难,故来相救。'"①有人因有阴间的功业而再生。《太平广记》卷三百七十五《刘凯》云:"……乃曰:'吾在幽途,蒙署为北酆主者三十年,考治幽滞,以功业得再生。'"②

不当死而死的,特别是枉死,在普通民众中很能引起同情,而因这种情况再生的,数量甚多。有人为鬼枉杀,得依凭而活,如《太平广记》卷三百七十五《徐玄方女》。又如同卷《东莱人女》载:"女至冥司,以枉见捕得还。"③有的形体不坏,"皆地界主者以药傅之,遂不至坏",事见《太平广记》卷三百七十五《韦讽女奴》。④ 有的如《太平广记》卷三百七十六《郑会》中的郑会头与尸相离,"可以谷树皮作线,牵之"。⑤ 又同卷《王穆》中王穆的头在脐上,以手力扶头,还付颈,再活。又《太平广记》卷《邵进》云头被砍,线缝后再活。缢死后而再活,原因不明,似乎与"不得其平则活"有关,如《太平广记》卷《范令卿》《汤氏子》。

佛教传入中国后对普通民众产生了很深刻的影响,因而再生信仰也不能不受其影响,于是再生故事中就有许多只要从事与佛教有关的宗教活动就有可能再生的传说。有的因造像写经而再生,如《太平广记》卷三百七十七《孙回璞》云"持诵金刚经",地藏菩萨为之讲情而活。有的称是观世音救之而活,如《太平广记》卷三百七十九《刘薛》条载"忽观世音语云,汝缘未尽,若得再生,可作沙门"⑥。

社会上如何打通关节达到自己的目的的做法同样对再生故事产生影响,阴间得钱物人也可重生。《太平广记》卷三百七十九《王抡》

---

① 〔宋〕李昉等:《太平广记》第八册,北京:中华书局1961年版,第3069页。
② 〔宋〕李昉等:《太平广记》第八册,北京:中华书局1961年版,第2981页。
③ 〔宋〕李昉等:《太平广记》第八册,北京:中华书局1961年版,第2988页。
④ 〔宋〕李昉等:《太平广记》第八册,北京:中华书局1961年版,第2986页。
⑤ 〔宋〕李昉等:《太平广记》第八册,北京:中华书局1961年版,第2989页。
⑥ 〔宋〕李昉等:《太平广记》第八册,北京:中华书局1961年版,第3013页。

条载:"摄云:尔未当死,若得钱三千贯,即重生也。"①又《太平广记》卷三百八十五《辛察》云:"谓察曰:君未合去,但致钱二千缗,便当相舍。"②又如《太平广记》卷三百八十四《朱同》称送物亦得重生。《太平广记》卷三百七十五《蔡支妻》中帮天帝传天书而天帝恩准其妻重生。

再生故事最能反映人的主体精神,那种通过人的主观努力而得再生的,充满了人文精神。有的是主动捉鬼而使己得以重生。《太平广记》卷三百八十三《余杭广》条载余杭广捉住杀死故章老公的老鬼,令其速还章老公的精神,章老公遂活。人的情感的力量更是一种难以阻挡的力量。《太平广记》卷三百七十五《河间女子》条载:

> 晋武帝时,河间有男女相悦,许相配适,而男从军,积年不归,女家更以适人。女不愿行,父母逼之而去。寻病死,其夫戍还,问女所在。其家具说之。乃至家,欲哭之叙哀,而不胜情,遂发冢开棺。女即苏活,因负还家……将养平复。后夫闻,乃诣官争之。郡县不以决,以谳廷尉。奏以精诚之至,感于天地,故死而更生,是非常事,不得以常理断,请还开棺者。③

还有《太平广记》卷三百一十九《张子长》所记李仲文女死后爱悦男子主动约会,虽因时候未到被过早掘开坟墓未得重生,但其中明言可以更生。又《太平广记》卷二百七十六《冯孝将》载徐元方女亡后托梦于男子说"今听我更生,还为君妻",开棺果然活着。④

(二)再生故事所反映的民众的精神

从以上种种再生故事中,我们可以看到普通民众生命的丧失,有

---

① 〔宋〕李昉等:《太平广记》第八册,北京:中华书局1961年版,第3018页。
② 〔宋〕李昉等:《太平广记》第八册,北京:中华书局1961年版,第3073页。
③ 〔宋〕李昉等:《太平广记》第八册,北京:中华书局1961年版,第2983页。
④ 〔宋〕李昉等:《太平广记》第六册,北京:中华书局1961年版,第2182页。

些是自然力施于人的灾难,如疾病及遭水淹等,但更多的是人为的迫害造成的。如韦讽女奴,是因为女主人的嫉妒将其杀害。有的是因为野蛮的殉葬习俗而被杀,有的是被贼人杀死,有的是得不到幸福爱情忧郁而死,等等,反映的是普通民众的种种苦难以及难以解决的问题,而从其再生行为来看,确实又是民众的一种抵御自然力,尤其是对付社会压迫的抗争行为。这种行为与其说是一种真正意义上的抗争,还不如说是一种梦想。当然,这种反抗并不是一开始就很自觉的,而是一种朦朦胧胧、模模糊糊的行为。例如一些不明原因的再生就是一种很好的说明。有的还表明了民众对神、佛的过分依赖。如仙家、道流在人再生中所发挥的重要作用,又如造像写经等宗教活动导致人的复活。有的还将人间种种不正当的手段用之于再生活动中,如通过送钱或找某种关系而获得重生。虽然这也是一种人的努力,但这是一种低级的、庸俗的努力,主体性不强,人文精神也不鲜明。这与当时整个民众的思想水平是相吻合的。但决不能由此而否定民众完全缺乏自觉的反抗和鲜明的人文精神。这种反抗,这种精神还是有的,有的时候还表现得十分突出。例如《太平广记》卷三百八十三《余杭广》条中的余杭广不畏鬼,不向对方献媚,而是通过将鬼捉住并迫使对方放过死者使其再生,这是完全通过自己的努力而获得再生。又如《太平广记》卷三百七十五《河间女子》中相爱男女的所作所为。男的从军后,女方因父母的逼迫另嫁而病亡;男归后,悲哭开棺,女遂活,是所谓"精诚之至,感于天地"。这是爱情战胜死神,是人的强烈的抗争精神的表现。

　　再生不是永生,也不是轮回转生,它不是对未来之世的企盼,更不是某种宗教教义的宣讲,是实实在在对现世的肯定,对生命的肯定,是一种对该走完却又未能走完的人生途程的弥补,更是对摧残生命的自然力和社会异己力量的一种控诉、抗争。这是民间再生故事所反映出来的重要特点。

(三)再生故事对古代文学的影响

古代的文学家们生活在产生了许许多多再生故事的古代社会之中,他们不可能不受其影响,不可能不在其影响下进行文学创作。从现存的作品来看,受再生信仰的影响并取得一定成就的有两部重要作品:一是神魔小说《封神演义》,一是传奇戏《牡丹亭》。

《封神演义》一百回,今存最早刊本为明万历年间(1573—1620)舒载阳刻本,上题署"钟山逸叟许仲琳编辑"。但许仲琳生平情况不详。这部书是民间创作和文人加工相结合的产物。它是在《武王伐纣平话》的基础上扩充改写而成的,写文王、武王伐纣的全过程,但充满神异色彩。作品成功的地方,是对暴君、暴政的批判。在批判暴君的基础上,进而抨击了某些封建的伦理道德。作品反复阐述"天下者,非一人之天下,乃天下人之天下"的道理,细致地描写了周武王和天下八百诸侯反商的过程,刻画了叛商投周的黄飞虎、邓九公等人物,提出了"君不正,臣投外国"的主张,批判了"臣事君以忠"之类的愚忠的观念。又因为纣王弃子,父不像父,作品就着力宣扬"父不慈,子必参商"等思想。这部作品给人深刻印象的还有源自民间传说的哪吒闹海的故事,描写了两个对立性格特征的人物形象:一是哪吒,他是一个勇于斗争、敢作敢为的少年英雄;一是哪吒的父亲李靖,他是一个平庸懦弱的官僚的典型。李靖自幼访道修真,学了一些本领,但因仙道难成,所以下山辅佐纣王,官居总兵之职。哪吒在东海口洗澡,打死了龙王三太子,还抽了他的龙筋。为了不连累父母,他剖腹剜肠,自杀而死,"还了父母骨肉"。哪吒死后,神灵在翠屏山显圣,百姓"千请千应,万请万应,祈福福至,禳患患除",四方远近居民俱来进香。而李靖却在翠屏山打哪吒的金身、烧了庙宇。这时,哪吒采取了复仇的行动。他直呼李靖之名,与父厮杀。李靖力尽而逃,他还穷追不舍。虽然最后在燃灯道人的玲珑宝塔前,哪吒重认父亲,但他叛逆的性格和勇猛的斗争精神,却得到了生动的表现。哪吒大战李靖,在当时被认为是一种忤逆乱伦的行为。小说通过再生这一幻想模式,表达了对封建伦理的挑战,因而具有进步的意义。这是作家认识提高的结果。

《牡丹亭》脱稿于万历二十六年汤显祖弃官回临川之后。其情节是这样的:江西南安府太守杜宝的女儿杜丽娘,在梦中见一书生手持柳枝前来求爱,两人在牡丹亭畔幽会。从此以后,她便为相思所苦,伤情而死。此时,杜宝转官淮安,乃葬杜丽娘于牡丹亭畔。三年后,广州书生柳梦梅去临安应试,路过南安,拾得丽娘画像,悦其貌美,终日把玩。丽娘幽魂出现,又与柳梦梅相会,并得再生。丽娘复活后,与梦梅同往淮安想得父母的许婚。杜宝见了大怒,视女儿为妖孽,诬柳梦梅盗掘女坟。正好梦梅得中状元,乃上书自辩,杜丽娘也登朝申诉,终于得到皇帝承认,夫妻父女团圆。

这部剧作的题材来源,据作者自叙云:"传杜太守事者,仿佛晋武都守李仲文、广州守冯孝将儿女事。予稍为更而演之。"①上述李仲文、冯孝将及睢阳王等故事中之女,都是死后主动追求男子,自由结合,争取还魂复生。所谓"传杜太守事",是指明代话本小说《杜丽娘慕色还魂》,原作见于明末编刻的《燕居笔记》。从以上几个故事及话本标题"慕色还魂"来看,都是借助于再生这一幻想模式,以表现青年女子虽然身死,但其追求、向往自由爱情之心仍然不死。相反,这些女子正是凭着坚定的求偶之心,以争取重生的权利。汤显祖创作的《牡丹亭》正是深受其影响的产物。沿用题材,艺术构思也有所沿袭。别的女子经历了为情而死,死后大胆追求,尔后还魂再生;杜丽娘也经过了这样的过程。不过,在继承的基础上,有所改造和提高。首先,强化了对社会环境的描写,这个环境

---

① 郭绍虞、王文生:《中国历代文论选》第二册,上海:上海古籍出版社2001年版,第152页。

由父、母、师组成，形成了一个令人窒息的社会氛围。杜丽娘的父亲杜宝，一方面勤政爱民、为官清正、公而忘私，是一个正人君子，另一方面他虽然疼爱女儿，却不忘用礼教来严格教育、约束女儿，如果有所违反，不但不认，而且还诬之为"妖孽"，欲杀之而后快。杜丽娘的母亲是其父的思想的忠实贯彻者，时时刻刻管束着杜丽娘，不准她去后花园，不准她白天睡会儿觉，不准在裙子上绣成对成双的花、鸟。而老师陈最良又整天是"有风有化，宜室宜家"地教训不已。这种环境当然是一种封建社会的典型环境，也是杜丽娘为其所杀死的"理"世界。其次，突出了主人公杜丽娘的追求与社会环境的矛盾冲突，在这种矛盾冲突中突出了人物的反抗性。杜丽娘出身于名门宦族，从小就受到严格的封建教育，温顺、稳重、驯良、矜持，但闺中生活的枯燥和单调，造成她情绪上的苦闷和抑郁。因此，古代爱情诗《关雎》很自然地打开了她那久锢的心灵，促进了她青春的觉醒。她不顾父母的训诫，和婢女春香一道去游览花园。"姹紫嫣红"的大好春光刺激了她要求身心解放的强烈感情，成对的莺燕挑逗着她的春情，园中的景物搅乱了她的心绪。对过去生活的苦闷、不满、厌恶，逐渐升华为一种对理想世界的朦胧期待、对爱情的憧憬和追求。在现实无法实现的爱情，在梦境中得到了实现。不过，原来梦境中所展示的那线光明并不是来自现实社会，而只是来自杜丽娘的感情世界，所以她徒然寻遍了整个花园，还是找不着失去的梦境。她懂得了，在现实世界中理想的爱情是不存在的。但她并不回头，不愿割断情丝，不愿回到"闺塾"中去。她只好让火一样地对爱情的渴望耗尽了她的心力，终于怀抱着爱情的理想，在"凄凉冷落"的现实中悒怏而死。这一方面表现了美好的生命被非人的社会所摧残，另一方面却突出了杜丽娘强烈的反抗精神，死就是一种最强烈的抗争。而且这种抗争并不因为她的死而停止，反而获得了一种新的力量，也完全摆脱了在现实人间无法摆脱的礼教的束缚，她大胆地向阴间的判官询问梦中情人姓柳还是姓梅？"冥判"以后，她又在深夜主动地敲开了情人的房门，诚挚地向柳梦梅表白了她的爱情，结下了"生同室，死同穴，永做夫妻"的山盟海誓。杜丽娘并不满足于以游魂身份和情人聚会，她为爱情而死，也要为爱情而再生。为了使自己的婚姻得到合法承认，她一直争到金銮殿上。汤显祖创造的杜丽娘这样一个追求爱情、坚持理想、生死以之、敢于斗争的光辉形象，是《牡丹亭》的思想内容的光辉和艺术的灵光之处。这是普通民众中流传的再生故事的一种抗争精神的集中和提高。再次，更富有理想色彩。本来人死能复生已属主观臆想，而在此剧中，杜丽娘不但能再生，而且能获得幸福。最后，生与死的变化，正是情与理的冲突的表现，使传统的再生的幻想模式上升为对新的时代冲突的概括、新的追求的概括。杜丽娘之父、母、师恪守的礼教正是杀人的"理"，杜丽娘正是被这种"理"活活杀死。而丽娘之生，是"情"使之生，是新时代追求使之生。正如剧作者汤显祖在《牡丹亭题词》中说的"生者可以死，死可以生。生而不可与死，死而不可复生者，皆非情之至也"。① 这一传统的"再生""还魂"的母题具有了崭新的思想内容、强烈的时代感和鲜明的斗争性。

　　总之，古代文学家的创作一方面继承了古神话中通过再生获得一种新的力量，一种逾越障碍的力量的情节，因而还了父母肉身的哪吒、变成鬼魂的杜丽娘的行动与生前大不相同，或追杀没有慈爱之心的父亲，或置父教于不顾追求自己所爱；另一方面又继承了民间再生故事中通过再生克服社会异己力量的梦想，作品中的主人公或成神仙，或成就人间姻缘。这样一来，再生或还魂，本是基于民间信仰的幻想模式，在民间流传，为文学家们所自觉利用，它

---

① 郭绍虞、王文生：《中国历代文论选》第三册，上海：上海古籍出版社2001年版，第152页。

却能更充分、更深刻地反映出广大民众的愿望和追求,对广大民众产生更强烈、更持久的影响。由此我们可以看出我国古代优秀文学作品总是植根于民众和民族文化之中,有所吸取,有所创造,或许这就是其成功之所在吧。

第三章　唐传奇、宋元话本研究

一、"赋"的含义及其对传奇、话本的影响

(一)古代诗歌中的赋、比、兴

中国古代的抒情诗歌很发达,而关于诗歌的修辞方法也比较早地被提了出来。首先是有所谓"六义"或"六诗"的提法。《毛诗·大序》云:"故《诗》有六义焉:一曰风,二曰赋,三曰比,四曰兴,五曰雅,六曰颂。"①又《周礼·春官》"太师"云:"教六诗:曰风,曰赋,曰比,曰兴,曰雅,曰颂。"这两处都没有解释何为赋、比、兴。郑玄《周礼》注曰:"赋之言铺,直铺陈今之政教善恶。比,见今之失,不敢斥言,取比类以言之。兴,见今之美,嫌于媚谀,取善事以喻劝之。……凡言赋者,直陈君之善恶,更假外物为喻,故云铺陈者也。"②他的解释是从政治上的功用来说的,其实未必如此。晋挚虞《文章流别论》说:"赋

---

① 〔唐〕孔颖达:《十三经注疏·毛诗正义》上,北京:北京大学出版社1999年版,第11页。
② 《周礼》,〔唐〕阮元:《十三经注疏》二,北京:中华书局2009年版,第1719页。

者,敷陈之称也。比者,喻类之言也。兴者,有感之辞也。"①刘勰《文心雕龙·诠赋》:"诗有六义,其二曰赋。赋者,铺也,铺采摛文,体物写志也。"②他在《比兴》中说:"故比者,附也;兴者,起也。附理者切类以指事;起情者依微以拟议。起情故兴体以立,附理故比例以生。比则畜愤以斥言,兴则环譬以记讽。……观夫兴之托谕,婉而成章,称名也小,取类也大。……明而未融,故发注而后见也。且何谓为比?盖写物以附意,飏言以切事者也。"③其解释影响最大的是孔颖达的《毛诗正义》,他在卷一中说:"风、雅、颂者,《诗》篇之异体,赋、比、兴者,《诗》文之异辞耳。大小不同,而得并为六义者,赋、比、兴是《诗》之所用,风、雅、颂是诗之成形。用彼三事,成此三事,是故同称为义……"④这里明确指出风、雅、颂是诗体,而赋、比、兴是用诗的方法。王应麟《困学纪闻》卷三引李仲蒙之言曰:"叙物以言情,谓之赋,情尽物也;索物以托情,谓之比,情附物也;触物以起情,谓之兴,物动情也。"宋代朱熹的解释:"赋者,敷陈其事而直言之者也。"⑤"比者,以彼物比此物也。"⑥"兴者,先言他物以引起所咏之词也。"⑦

  古人的种种说法,虽然有些微细的差别,但在大的方面是相同的。所以今人对这三个概念的阐述也大同小异。"……我们可以用白话简单地说:赋就是直接叙述事物的写作方法;比则是用另外的事物作比拟或譬喻的写作方法。"⑧"'赋'有铺叙和直言之意,指直接叙述描写的手法。'比',就是以更具体形象而又比较熟悉、易于理解的

---

 ① 郭绍虞、王文生:《中国历代文论选》第一册,上海:上海古籍出版社2001年版,第190页。

 ② 范文澜:《文心雕龙注》上,北京:人民文学出版社1958年版,第134页。

 ③ 范文澜:《文心雕龙注》下,北京:人民文学出版社1958年版,第601页。

 ④ 〔唐〕孔颖达:《十三经注疏·毛诗正义》上,北京:北京大学出版社1999年版,第12—13页。

 ⑤ 《诗经》,〔宋〕朱熹注,西安:三秦出版社1996年版,第5页。

 ⑥ 《诗经》,〔宋〕朱熹注,西安:三秦出版社1996年版,第7页。

 ⑦ 《诗经》,〔宋〕朱熹注,西安:三秦出版社1996年版,第3页。

 ⑧ 姜书阁:《诗学广论》,北京:中国社会科学出版社1982年版,第175页。

事物来打比喻。'兴'有起兴的意思,乃是借助其他事物作为诗歌发端,以引起所歌咏的内容。赋、比、兴的概括,突出了《诗经》艺术手法的基本特征。"[①]"《诗经》的艺术特征也值得注意,古代学者把《诗经》的艺术手法归纳为'赋'、'比'、'兴'三类。简单地说,'赋'是指直接的叙述和抒写,'比'是比喻或比拟,'兴'则是从意义、声音等方面的类比关系来引发诗歌。'赋'、'比'、'兴'的手法都对后代诗歌产生了深远的影响。而就《诗经》自身来说,'赋'的手法运用得最多,这显然与《诗经》的写实倾向密切相关的。"[②]

"赋"在《雅》《颂》里用得最多,《国风》中也不少。谢榛说:"洪兴祖曰:'《三百篇》比赋少而兴多;《离骚》兴少而比赋多。'予尝考之《三百篇》,赋七百二十,兴三百七十,比一百一十。洪氏之说误矣。"[③]在此谢榛是明确地说赋、比、兴在《诗经》都有,只不过赋所占比重最大。这一点许多人都有类似看法。游国恩先生说:"赋就是陈述铺叙的意思。雅诗、颂诗中多用这种方法。'国风'中则较少使用,但亦有以此见长者,如《溱洧》、《七月》等。"[④]还有的说:"《诗经》里大量运用了赋、比、兴的表现手法,加强了作品的形象性,获得了良好的艺术效果。……大体在《国风》中,除《七月》等个别例子,用铺排陈述的较少;大、小《雅》中,尤其是史诗,铺陈的场面较多。"[⑤]具体对《诗经》进行考察,也确实如此。《周颂·清庙》:

> 於穆清庙,肃雝显相。济济多士,秉文之德。对越在

---

① 马积高、黄钧:《中国古代文学史》(上),长沙:湖南文艺出版社1992年版,第42页。
② 张岱年、方克立:《中国文化概论》,北京:北京师范大学出版社1994年版,第213页。
③ 〔明〕谢榛:《四溟诗话》,《四溟诗话 姜斋诗话》,北京:人民文学出版社1961年版,第53页。
④ 游国恩:《中国文学史》(一),北京:人民文学出版社1963年版,第47页。
⑤ 章培恒、骆玉明:《中国文学史》(上),上海:复旦大学出版社1996年版,第102页。

天,骏奔走在庙。不显不承,无射于人斯。①

直叙清庙中祭祀的盛况。又如《大雅·公刘》:

笃公刘,匪居匪康,乃场乃疆,乃积乃仓,乃裹糇粮,于橐于囊,思辑用光。弓矢斯张,干戈戚扬,爰方启行。

笃公刘,于胥斯原,既庶既繁;既顺乃宣,而无永叹。陟则在巘,复降在原。何以舟之?维玉及瑶,鞞琫容刀。

笃公刘,逝彼百泉,瞻彼溥原;乃陟南冈,乃觏于京。京师之野,于时处处,于时庐旅,于时言言,于时语语。②

这也是一首对先祖歌颂的诗,也是用直接铺陈的手法。根据这样一种现象,是不是赋的手法由于它本身来源于对神的祭祀,因而它首先是被用于对神灵的歌颂呢?有人说:"如果说作为上古祭祀行为的赋,其赋牺牲、赋珍物、实物的一面,直接导出的是后来的贡赋制;而其以歌、乐、舞为手段及古帝王对歌、乐、舞的政治需求则决定了赋与诗的特殊关系。也就是说在早期文化中,赋牺牲、赋实物与赋(献)乐舞(后来则是诗)在本质上是没有差别的,古帝王既可从中了解到部落与诸侯国之志(是否真心臣服)、部落与诸侯国也可借此表达自己的志,由于诗歌可借语言、文字的优势直接陈述'志',故后来发展出赋诗言志的传统,《左传》僖公二十七年引《夏书》曰'赋纳以言'杜预注称'赋纳以言,观其志也。'又《毛诗序》称'诗者志之所之也,在心为志,发言为诗。'则志与诗与言在原初本不易分,'赋纳以言'亦可理解为赋纳以诗。"③在此他发现了上古祭祀中的赋包括赋乐舞,后来是诗,并指出由此而导出"赋诗言志"。我以为赋首先是表明对受赋之人的真心臣服,也就是说有可能就是对对方的歌颂。这样由下对

---

① 高亨:《诗经今注》,上海:上海古籍出版社1980年版,第475页。
② 高亨:《诗经今注》,上海:上海古籍出版社1980年版,第413-414页。
③ 刘怀荣:《赋、比、兴的几组相关概念》,《贵州文史丛刊》1996年第1期。

上的颂,也有可能与由后人对先祖、由人王对天神的歌颂是相一致的。敬献牺牲是祀神,献乐舞(包括诗)也是祀神,牺牲由神灵直接享用,赋诗铺陈神灵的丰功伟绩也是给神享用。因此,赋首先是指敬神之直陈心志,既有对神灵的敬畏与崇拜,也有对己日常生活中所经历、所遭遇的直接陈述。实际上这两者有时也很难区分。人们在表达时常常要陈述一件事情或意见,这也是人类的一个基本技能,很可能是在原始人类相互交流中早就形成,而在作诗时很自然地成为一种重要手法。正因为赋、比、兴是一种比较古老的方法,《诗经》之中的《颂》《雅》《风》都用了这种方法并且影响到了后代。清代刘熙载说:"言情之赋本于《风》,陈义之赋本于《雅》,述德之赋本于《颂》。"①

有研究者说:"汉代辞赋的基本特征就是大量铺陈。虽然从《诗经》到汉赋还隔许多环节,但说其原始的因素源于《诗经》,也未尝不可。"②有学者继续论述道:"在楚辞的影响下,汉代文人从事着新的创作。这里既有模拟楚辞传统风格和体式的,也有从楚辞中脱胎而出成长起来的新文体。对于楚辞和汉代新兴辞赋,当时人都通称为'赋'或'辞赋',并不加以严格的区别。但这两者终究有性质上的不同,所以后人还是注意到必要的分辨。从根本上说,楚辞(或称'骚体')虽有散文化的因素,但仍旧是一种感情热烈的抒情诗。而典型的汉赋,已经演变为一种介于诗文之间的、以夸张铺陈为特征、状物为主要功能的特殊文体。这种辞赋,成为汉代文学(尤其是文人文学)的正宗和主流。"③马积高是研究赋的专家,因此他对汉赋有更深入的认识,他说:"汉代辞赋从其体裁特点看,有三种基本形式:(一)由《诗》三百篇演变而来的诗体赋,句式以四言为主,隔句用韵,篇幅短小,形式与《诗经》相似。(二)由楚民歌演变而来的骚体赋,形式与

---

① 〔清〕刘熙载:《艺概》,上海:上海古籍出版社1978年版,第86页。
② 游国恩:《中国文学史》(一),北京:人民文学出版社1963年版,第47页。
③ 章培恒、骆玉明:《中国文学史》(上),上海:复旦大学出版社1996年版,第186页。

楚辞相同。(三)由诸子问答体和游士说辞演变而来的散体赋,它韵散结合,句式短则三言、四言,长则九言、十言,多假托两个或多个人物。通过客主问答展开描写,一般词藻华美,篇幅长大。"①"至其区别,则除了赋为不歌而诵外,还以铺叙、描写较多为其特色。"②

枚乘的《七发》,有研究者说:"《七发》是标志着新体赋——汉赋正式形成的第一篇作品,在赋的发展史上有重要地位。新体赋由骚体的楚辞演化而来。"③《七发》首先假设楚太子有疾,吴客往问之,分析太子的病根乃是安逸懒惰、恣情享乐,云:"今夫贵人之子,必宫居而闺处,内有保母,外有傅父,欲交无所。饮食则温淳甘膬,脭膿肥厚;衣裳则杂遝曼暖,燂烁热暑。另有金石之坚,犹将销烁而挺解也,况其在筋骨之间乎哉!故曰纵耳目之欲,恣支体之安者,伤血脉之和。且夫出舆入辇,命曰蹶痿之机;洞房清宫,命曰寒热之媒;皓齿蛾眉,命曰伐性之爷;甘脆肥脓,命曰腐肠之药。今太子肤色靡曼,四支委随,筋骨挺解,血脉淫濯,手足堕窳。越女侍前,齐姬奉后,往来游宴,纵次于曲房隐间之中。此甘餐毒药,戏猛兽之爪牙也。所从来者至深,淹滞永久而不废,虽令扁鹊治内,巫咸治外,尚何及哉!""今太子之病,可无药石针刺灸疗而已,可以要言妙道说而去也。不欲闻之乎?"④这样就开启了正文,接着以音乐、饮食、车马、游观、田猎、观潮六事,由静而动,由近而远,逐步引导太子改变生活方式。这首赋首先脱离了楚辞的抒情特征,改变楚辞句中多用虚词、句末多用语气词的句式,进一步散体化,成为一种专事铺叙的用韵散文。马积高说:

　　《七发》在艺术上的特色是铺陈。有些描写还十分精

---

① 马积高、黄钧:《中国古代文学史》(上),长沙:湖南文艺出版社1992年版,第144页。
② 马积高:《赋史》,上海:上海古籍古籍出版社1987年版,第7页。
③ 游国恩等:《中国文学史》(一),北京:人民文学出版社1963年版,第141页。
④ 朱东润:《中国历代文学作品集》上编,上海:上海古籍出版社2008年版,第194页。

采。如形容潮水上涨的气势说：

> 其始起也，洪淋淋焉若白鹭之下翔；其少进也，浩浩溰溰，如素车白马帷盖之张；其波涌而云乱，扰扰焉，如三军之腾装；其旁作而奔起也，飘飘焉如轻车之勒兵。①

其次它用了一个虚构的主客问答的模式。《七发》可能不是用得最早的，但是在它之后这一模式才成为一种汉赋普遍的模式。

汉赋中有名的还有《子虚赋》《上林赋》二赋。这两篇是司马相如的赋的代表作品，非一时之作，前者作于游梁之时，后者作于汉武帝召见之日，但经作者修饰两篇融成了一个整体。作品歌颂了大一统中央皇朝无可比拟的气魄和声威。汉代新体赋的特色是铺张。在这一点上，《子虚赋》《上林赋》比枚乘《七发》有进一步的发展。作品以楚国子虚先生夸楚开始，说"楚有七泽，尝见其一，未睹其余也，臣之所见，盖特其小小者耳，名曰云梦"，②并乘势大力夸耀楚王游猎云梦的规模。哪知齐国乌有先生却以齐国的渤澥、孟诸可以"吞若云梦者八九，其于胸中曾不蒂芥"，③压倒了楚国。最后亡是公才以天子上林的巨丽、游猎的壮观，又压倒了齐楚。这样一浪高过一浪，形成了文章壮阔的气势。再次以大量的连词、对偶、排句，层层渲染，增加了文章词采的富丽。④

正因为"赋"来源于《诗》，而赋在汉代成为一种文体后，它的主要特色就是大量铺陈，体物"极声貌以穷文""铺张扬厉"。其后，虽然有所演变，但其基本特点应该是没有多大变化的。赋的这种特点对历

---

① 马积高、黄钧：《中国古代文学史》（上），长沙：湖南文艺出版社1992年版，第149页。
② 〔汉〕司马迁：《史记·司马相如列传》，《二十四史》第一册，北京：中华书局1997年版，第3003—3004页。
③ 〔汉〕司马迁：《史记·司马相如列传》，《二十四史》第一册，北京：中华书局1997年版，第3015页。
④ 马积高、黄钧：《中国古代文学史》（上），长沙：湖南文艺出版社1992年版，第152页。

史叙事文没有多少影响，这或许是因为，一是历史叙事文本身就是对史事的直接叙述，用不着强调铺陈本身；二是历史叙事文一般篇幅都比较长，不适宜诵读，汉赋的铺张扬厉，在无须诵读的地方其作用不大。马积高先生在引用《上林赋》描写山的一段时说："这种文字，今天来读，只觉怪僻难识，但当时在宫廷里诵读是一定很悦耳动听的。"①由《汉书·艺文志》所说的"不歌而诵谓之赋"的定义，有人甚至推测赋受到民间说唱的影响。② 因此，它对后来的需要诵或唱的文、诗、词都产生影响，这种影响有很多人追溯到《诗》六义，但不可避免的是赋之义中已有汉赋的影响。

"赋"是直接铺陈，是叙述，最能反映现实，应该对后代诗歌的现实性这一方面有影响，故有人说："而就《诗经》自身来说，'赋'的手法运用得最多，这显然与《诗经》的写实倾向密切相关的。"③而事实上后代强调诗歌的写实功用的时候，却没有人提"赋"之名，要么说"风雅"，要么倡"比兴"。唐代陈子昂是对转变唐代诗风有着历史功绩的人物，他在《修竹篇序》中说："文章道弊五百年矣。汉、魏风骨，晋、宋莫传，然而文献有可征者。仆尝暇时观齐、梁间诗，彩丽竞繁，而兴寄都绝，每以永叹。思古人尝恐逶迤颓靡，风雅不作，以耿耿也。"④他把"风骨""兴寄""风雅"都点到了。在唐代掀起一场诗歌运动的白居

---

① 马积高、黄钧：《中国古代文学史》（上），长沙：湖南文艺出版社1992年版，第152页。

② 胡士莹先生说："这种讲说和唱诵结合的艺术形式，在秦汉时代可能就叫赋，是民间的文艺，也就是今天称为民间赋的作品。而在汉代盛极一时的文人赋，主要就是采取了民间赋的形式和技巧，也吸收了前代各种文体的特点，溶合而成的一种新的文学样式，所以它最接近于民间带说唱的艺术形式。"（胡士莹：《话本小说概论》（上），中华书局1980年版，第9页。）赋是汉代一种民间说唱与"不歌而诵谓之赋"相矛盾，在缺乏确凿的证据情况下只能算是一种假想，但他感觉赋与口头表演有一定的联系是可取的。

③ 张岱年、方克立：《中国文化概论》，北京：北京师范大学出版社1994年版，第213页。

④ 郭绍虞、王文生：《中国历代文论选》第二册，上海：上海古籍出版社2001年版，第55页。

易,他在《新乐府序》提出"为君、为臣、为民、为物、为事而作,不为文而作也"。①"为君为臣为民"是政治目的,"为物为事"是创作表现手段,二者相互联系一致,而体现这种一致性的他认为就是"风雅比兴"。他把"风雅比兴"作为衡量诗歌的根本标准。在此他没有提到"赋"。而事实上他在《与元九书》中提出的"始知文章合为时而著,歌诗合为事而作"②,以及在《秦中吟》中提出的"直歌其事"、在《新乐府序》说的"其事核而实"③都应该与"赋"的含义相接近。同为"六义"的赋、比、兴,人们只提后两者,这是什么缘故呢?或许这与汉赋有莫大的关系。汉赋已经是一种成熟的文体,它的"极声貌以穷文""铺张扬厉""铺采摛文"至魏晋南北朝更趋向骈偶化,更讲究辞采华丽,因而也成了陈子昂所说的"彩丽竞繁"的玩意儿,所以在诗风的变化尤其是强调诗歌对现实的反映时"赋"反而不能成为提倡的对象。

(二)赋对传奇、话本的影响

"赋"对小说的影响比"比""兴"都要大得多。首先"赋"对唐传奇的形成就有比较大的影响。"传奇"是中国古代尤其是唐代的一种小说的样式,那么它作为一种小说样式是由魏晋南北朝志怪直接发展而来,而作为文章它不可能在文体上不受六朝辞赋的影响。因此,在唐代前期的一些传奇中,不仅还有着明显的志怪的痕迹,而且还有六朝辞赋那样的整饰的文句、铺排的风格。或许作为六朝志怪本身来说,都是些"丛残小语",是些杂记,其文句可能有一些地方是用了骈丽的句子,但总的来说,应该是受史传记实的影响进行杂记,篇幅都不长。可是唐代的传奇篇幅都比较宏大,溯其源,应该与唐人用作赋

---

① 〔唐〕白居易:《新乐府诗并序》,《白居易集》第一册,北京:中华书局 1979 年版,第 52 页。
② 〔唐〕白居易:《与元九书》,《白居易集》第三册,北京:中华书局 1979 年版,第 962 页。
③ 〔唐〕白居易:《新乐府诗并序》,《白居易集》第一册,北京:中华书局 1979 年版,第 52 页。

的手法来写志怪有关系。有许多人已经注意到唐人喜欢逞才扬己,而如何来逞才扬己呢?赋诗是一种方式,作文也是一种方式。唐人刘知几说:"而今之所作,有异于是。其立言也,或虚加练饰,轻事雕彩;或体兼赋颂,词类俳优。文非文,史非史。"①这种"文非文,史非史"的东西应该就是后代所称的"传奇"。我们通过分析唐代初期的几部作品来进行考察。

《古镜记》,据文中所说是隋末王度所作,据此判断应该是唐初的作品,当然也有人认为这篇作品产生的时间要晚得多。我认为没有过硬的证据,还是以原说为准。这部作品以"记"命篇。章学诚说:"传记之书,其流已久,盖与六艺先后杂出。古人文无定体,经史亦无分科。《春秋》三家之传,各记所闻,依经起义,虽谓之记可也。经礼二戴之记,各传其说,附经而行,虽谓之传可也。其后支分派别,至于近代,始以录人物者区为之传;叙事迹者区为之记。盖亦以集部繁兴,人自生其分别,不知其然而然,遂若天经地义之不可移易。"②由此定义并不能说明"记"到底是什么,但将其与"传"区分开来应该是可行的。因此,以"记"类命名的应该是写事迹的文体。而在魏晋南北朝时以记命名的有《搜神记》《神异记》等,与此相类似的还有以"志"或"录"命名的。从其字面意义来看,"记"与"志""录"意义基本相同,都含有"记录"的意思。而以此名篇的著作,也都是一些琐记。这些琐记虽可独自成篇却被作者收罗在同一部书里。《古镜记》不同,它虽然记载了许多事情,但这些事情都是围绕一个中心——"古镜"发生的,故而形成了一个有机的整体。可是这种文体模式来源于哪里呢?从志怪本身找不出答案,如果只是以一个似是而非的"演变的结果"来搪塞当然也可以,但是,那不是科学的研究,只是敷衍塞责。人们也深知六朝志怪并不是为了好玩,而是将它当作史实一般

---

① 〔唐〕刘知几:《史通》,沈阳:辽宁教育出版社1997年版,第55页。
② 〔清〕章学诚《文史通义新编》,上海:上海古籍出版社1993年版,第191页。

来相信,故鲁迅先生说,"以为幽明虽殊途,而人鬼乃实有,故其叙述异事,与记载人间常事,自视固无诚妄之别"①,因而在文体上主要是受史传的影响,是朴实、简明的记事。可我们知道,唐人可不是将这种东西当作朴实的记事。据元代虞集《写韵轩记》所言的那样,唐之才人,"于经艺道学有见者少,徒知好为文辞"②。作传奇也是一种"逞才扬己"的手段,因而这种传统志怪的文体肯定不符合要求。那要从哪里去找这种适合的文体呢?实际上这种文体早就有了,只不过没有用在这一方面。这种文体就是汉大赋,它就是用来表现作者文才的,只不过经过演变后,在六朝变得更精致了。这样唐代传奇作家,从内容上继承六朝志怪,但从文体形式上从汉大赋那里找到了灵感。胡士莹先生说:"我们从文学发展来看,赋是由口头文学向书面文学转变的重要途径之一。它在中国文学史上的地位相当重要,因为它善于用华丽的字句,铿锵的声调,细腻地客观地描写各式各样的大小事件,而又富于想象(指较优秀的作品而言),最能起着刻画的作用,所谓'写物图貌,蔚似雕画'。所以,它不但丰富了说话艺术,对其它种类的文学作品的影响也很显著。唐代传奇小说的委曲婉丽的作风,是从赋里汲取养料的。"③对此我们可以从三个方面进行分析比较。一是《古镜记》基本上是以对话为主,与汉大赋相同。二是对镜的特殊之处进行的尽情的渲染与汉大赋的铺张扬厉相仿。三是故事本身就是一个自觉的虚构,这与汉大赋相同。同样,我们从张鷟的《游仙窟》中也可以看到类似的情况。张鷟为唐高宗朝人,喜欢炫耀自己的文才,被时人视为"轻薄无行",《游仙窟》为唐前期作品应该是毫无疑义的。与《古镜记》相同,本篇也是由对话组成,是"我"与"十

---

① 鲁迅:《中国小说史略》,《鲁迅全集》第九卷,北京:人民文学出版社1981年版,第43页。
② 〔元〕虞集:《写韵轩记》,《四库全书存目丛书》集部第22册,济南:齐鲁书社1997年版,第128页。
③ 胡士莹:《话本小说概论》(上),北京:中华书局1980年版,第10页。

娘""肖大娘"的对话,不过这里的对话是以对诗为主,与唐代好作诗的风气相一致,而中心是在"仙窟"的戏耍调情,这或许有一些真事因素在其中,但整个还是一个自觉的虚构。所以可以这样说,唐传奇的形成应该与远绍的汉大赋有着相当的关系。当然唐传奇在以后的发展中逐渐形成自己的特色,但"赋"的影响也是不应该忽视、不容否认的。

"赋"以及"赋"的手法对唐五代流行民间的变文、通俗辞赋产生了直接影响。变文是寺院僧侣向听众做通俗宣传的文体,一般是通过讲一段唱一段的形式来宣传佛经中的神变故事。正像佛经中神变故事的图画叫作变相,这种文体就叫变文。[①] 变文之前并没有流传下来,现传的变文是清光绪二十五年(1899)从甘肃敦煌藏经洞发现的。人们所说的"敦煌变文",包括宣讲佛经的作品和其他通俗讲唱文学作品如俗赋、词文等。宣讲佛经的讲经文和变文,主要是佛教教义的宣传,充满因果报应、地狱轮回、人生无常等思想,还杂有一些封建道德观念。被现代学者收在《敦煌变文集》一类书里的其实还有不属于变文的作品,如《韩朋赋》《晏子赋》《燕子赋》等是俗赋。这些作品明显地接受了赋家铺张扬厉的作风的影响。如《伍子胥变文》写子胥逃亡的一段:"悲歌未了,由(犹)怀慷慨,北背楚关,南登吴会。属逢天暗,云阴暧碳。失路徬徨,山林摧滞。怪鸟成群,群狼作队,禽号猩猩,兽名狒狒。忽示(尔)心惊,拔剑即行。匣中光出,遍野精明,中有日月,北斗七星,心梭惨烈,不惧千兵。"[②]这些整齐而有韵的铺叙文句是上承魏晋南北朝的赋体的,受赋的影响是十分明显不过的。事实上还不止于此。故事情节的展开与铺陈,也应该是受赋的影响。《伍子胥变文》中在叙楚王出敕捉伍子胥,伍子胥逃难过程中遇到泊(拍)纱女子、姐姐、外甥、妻子、渔人等,一路铺叙开来,真有点"极声

---

① 游国恩:《中国文学史》(二),北京:人民文学出版社1963年版,第242页。
② 王重民等:《敦煌变文集》,北京:人民文学出版社1957年版,第17页。

貌以穷文"的味道，或许这里还有佛教讲经文的影响，但赋的影响也不容否定。

变文、俗赋等通俗作品影响了唐传奇和宋元说话，这是研究者都肯定的。赋对宋元说话有没有影响呢？答案应该是肯定的。有人说变文、俗赋等，"这些整齐而有韵的铺叙文句是上承魏晋南北朝的赋体，又一直影响到宋元以来戏曲里的韵白和说唱里的赋赞的"①。胡士莹先生对这一问题有着更明确的认识，他说："民间赋的内容和形式的某些特点，为后世的说话艺术所继承。"②宋代说话尤其是"小说"刚开始可能也是有说有唱，如《刎颈鸳鸯会》话本中就有"奉劳歌伴，再和前声"之语，可见也是有唱的，但后来唱的就极少，主要是以说为主。但在描写景物和人物时常用一些骈俪文字。如《清平山堂话本》中所收的《西湖三塔记》话本写西湖景致用的是骈俪的文句，云：

> 江左昔时雄胜，钱塘自古繁华。不惟往日风光，且西湖景物：有一千顷碧澄澄波漾琉璃，有三十里青娜娜峰峦翡翠。春风郊野，浅桃深杏如妆；夏日湖中，绿盖红蕖似画；秋光老后，篱边嫩菊堆金；腊雪消时，岭畔疏梅破玉。③

对人物的描写也是如此。云：

> ……宣赞着眼看那妇人，真个生得：
>
> 绿云堆发，白雪凝肤。眼横秋水之波，眉插春山之黛。桃萼淡妆红脸，樱珠轻点绛唇。步鞋衬小小金莲，玉指露纤纤春笋。④

---

① 游国恩：《中国文学史》（二），北京：人民文学出版社1963年版，第249页。
② 胡士莹：《话本小说概论》（上），北京：中华书局1980年版，第10页。
③ 《清平山堂话本》，南京：江苏古籍出版社1990年版，第25—26页。
④ 《清平山堂话本》，南京：江苏古籍出版社1990年版，第30页。

岂止宋代话本小说如此,元明以来的章回小说在遇到描写人物的服装体态行动和环境时,也往往采用赋体来丰富它的语言和风格。

我以为赋对宋代说话艺术的影响还不只是在这一方面,而是在整个的叙述和组织布局方面都有其深刻的影响。郑玄、挚虞等在解释"赋"时都云"赋者铺也""敷陈之谓也"。宋代说话中有一个重要术语"敷衍"。《醉翁谈录·小说开辟》云:"……举断摸按,师表规模,靠敷衍令看官清耳。……敷衍处有规模,有收拾。冷淡处提掇得有家数,热闹处敷衍得越久长。"①百回本《水浒传》之第九十四回云:"看官听说,这回话都是散沙一般,先人书会留传,一个个都要说到,只是难做一时说;慢慢敷衍关目,下来便见。"②从文字学角度上讲,"赋"与"敷"之义是相通的,但由于时代相距太远,将先秦出现之"赋"与宋以后的"敷衍"只凭这一点联系就当作一码事,那是太牵强了。实际上,这两者从两方面有着联系,一是文人的赋和民间的赋都对说话艺术产生影响,这已在上面进行过论述;二是民间口头表演与同样来源于民间的《诗经》,很可能会出现一些相同的手法,也就说它们天然就有一些必然的联系。有人说:"所谓敷衍,就是在原有的基础上,增添一些细节,把内容丰富起来。"③从《醉翁谈录》来看还不只是增加一点细节那么简单,他称"敷衍处有规模,有收拾"。"有规模""有收拾",就牵涉到安排布局,也就是话本的结构。这是比较好理解的,说话要使听众听得津津有味就肯定会注意先讲什么,后讲什么,哪些要多讲,哪些要少讲,抓住故事中矛盾冲突最激烈的地方加以渲染、铺排。

总而言之,"赋""比""兴"是中国文学中出现比较早的一种艺术手法,其中"赋"对古典小说的影响最大。按照流行的分类,汉大赋应

---

① 〔宋〕罗烨:《新编醉翁谈录》,《续修四库全书》第1266册,上海:上海古籍出版社2013年版,第409页。

② 《水浒传》中,北京:中华书局1997年版,第1240页。

③ 胡士莹:《话本小说概论》(上),北京:中华书局1980年版,第86页。

该是属于抒情文学,它介于韵文与散文之间,可是叙事、写物占据了主要的内容,其中又不乏虚构,因而它在很多方面都应该是中国虚构的小说的早期形式,也正因为这样,汉赋就很自然地影响着唐传奇的文体形式和风格,俗赋、变文在其叙事时同样也受到赋的影响,而这种民间赋在文体上、语言上、描写技巧上又影响着宋以后的话本小说。

二、唐代小说研究发覆

在中国文学史或中国小说史研究中,关于唐代小说的研究多有定论,鲜有新见出现,似乎唐代小说研究已无事可做。笔者却不以为然,以为唐代小说研究中还存在着非常多的问题需要解决,如唐代小说该称为"传奇"为好,还是称为"小说"较妥,唐人有没有与现代小说概念相接近的小说观念,是不是"有意为小说"等。因此,笔者尝试就这些问题进行再探讨,以就教于学术界同行。

首先,有必要对近百年的有关唐代小说的研究进行回顾。谢无量编《中国大文学史》,1918年中华书局出版,在学术界可以称为第一部中国文学史著作。全书共五编,其中第四编《近古文学史》包括唐宋元明,第十六章为《宋之词曲小说》、第十八章为《元文学及戏曲小说之大盛》、第二十三章《明之戏曲小说》,第五编《近世文学史》之第四章为《清代戏曲小说》。全书没有论及唐代小说或唐传奇。胡适的《白话文学史》也未论及唐代小说。真正系统研究唐代小说的是鲁迅先生的《中国小说史略》,出版于1923年,该书影响甚大,以后研究唐代小说基本上未出其藩篱。

刘大杰著的《中国文学发展史》初版于1944年,解放后经过修改,1962年由中华书局上海编辑所出版。在其书的第十二章《唐代文学的新发展》辟有一节名《唐代短篇小说的进展》,讲唐代小说,称之为"传奇",从形式到内容以及文人的创作意识等唐传奇特征的阐述中无不体现鲁迅观点的影响。游国恩、王起、萧涤非、季镇淮、费振刚主编的《中国文学史》,由人民文学出版社1963年7月出版,在20世纪的60年代、80年代乃至90年代都是高校中文系使用比较广泛的教材。在第四编《隋唐五代文学》中辟有一章即第十一章讲唐代传奇。受鲁迅先生《中国小说史略》中观点的影响非常明显,如"中国小说发展到唐代,进入了一个新的阶段"直接引鲁迅之语加以申说,又如"传奇"的称呼及"传奇"与志怪的关系等;稍有不同的是在讲传奇产生的原因时,添加了另外两个方面的原因即社会生产力和经济方面的原因,此外指出古文运动对唐传奇的影响。前者是当时的流行话语,后者是受陈寅恪先生观点的影响。1962年7月出版的中国科学院文学研究所中国文学史编写组编写的《中国文学史》,也是如此。章培恒、骆玉明主编的《中国文学史》(复旦大学出版社1996年版)中第五章《唐代的小说和讲唱文学》也将唐代文人创作的文言小说称为唐传奇,其主要观点与以上几家基本相同。

　　日本人吉川幸次郎著《中国文学史》,陈顺智、徐少舟译,四川人民出版社1987年9月出版。此书根据日本岩波书店1974年第一版译出。据原版吉川幸次郎《序》和黑川洋一《编者绪言》,吉川幸次郎先生在京都大学讲授《中国文学史》是在昭和二十三年四月至二十五年二月初,即1948年至1949年。全书共八章,第五章《中世文学》(下)中的第六节讲"传奇和民间文学",对于唐传奇,著者有这样几个基本观点。称"唐代传奇是最早有意驱使想象力而创作的小说",称"这类短篇小说大致上出现于中唐时期,之所以这样说,是因为传奇文体是韩愈的文体改革以后所出现的文学样式之故",称"唐人传奇是中国人积极运用想象活动的最初成果,它的产生也有着佛教的影响"。①

近年有两部研究唐代小说影响比较大的著作,一是李宗为的《唐人传奇》,二是程毅中的《唐代小说史》。《唐人传奇》由中华书局于1985年11月出版。该书在第一章《绪论》中着重探讨了"传奇"名称的来历及其含义的演变,称传奇开始指的是《莺莺传》那样的人世爱情一类的故事题材,一切敷演此类题材的小说、说唱、戏曲都可以称作传奇,后来所指故事题材类型扩大,凡是小说、戏曲所敷演的一切故事题材都属于"传奇",是戏曲与传奇小说的专用名称。② 一方面可以看出李宗为的研究是比较精细、准确的,另一方面也表明他沿用鲁迅先生的基本观点并仍然采用"传奇"来指称唐代小说。

程毅中的《唐代小说史》,原名《唐代小说史话》,由文化艺术出版社1990年出版,经修订再由人民文学出版社2003年5月出版。该书的第一章《序论》探讨了有关唐代小说的一些理论问题:一是论唐代小说观的发展:"唐代人开始把子部的小说和史部的杂传合并,就是从《史通》开始的。这是唐代小说观的一大发展。小说从子部转移到史部,列为史书的一个旁支,地位就有所变化。不少文人开始以史传体来写小说了。"③二是对唐代小说的渊源论述,视野更宽。但其论述仍有问题,首先,发现以前两个不是同一类别的作品至唐代被合并一起这一现象,且认为这种合并是合于小说,这是不对的。唐人合起来考察,更多是将其视为史。其次,始终未能注意是古之"小说"概念与现代小说概念的区别。事实上,唐人乃至宋人并未将今人所称之为"传奇"或"小说"之类的作品视为一类。用今人的观点去勉强古人,这不符合史求其真的要求。程先生自己也说:"唐代的传奇文,当时人并没有称之为'传奇'。李肇《国史补》把沈既济《枕中记》和韩愈

---

① [日]吉川幸次郎:《中国文学史》,成都:四川人民出版社1987年版,第122—123页。
② 李宗为:《唐人传奇》,北京:中华书局1985年版,第6—7页。
③ 程毅中:《唐代小说史》,北京:人民文学出版社2003年版,第4页。

《毛颖传》并称为'良史'。宋人编的《新唐书·艺文志》小说类里除《补江总白猿传》和戴少平《还魂记》外，还收了一篇《开元升平源》史传体小说；而杂传记类里也著录了《冥报记》《四公记》等。《太平广记》第四百八十四至四百九十二卷是杂传记，其中收《李娃传》《东城父老传》等十四篇，另外鬼类里收了《庐江冯媪》，龙类里收了《柳毅》，狐类收《任氏》，昆虫类里收了《淳于棼》（即《南柯太守传》等，后人都称之为传奇，我们现在也就沿用这个名称，实际上还很难和传记文学划分明白的界限。"①

由上可知，唐人创作的小说类作品，如今学界习称为"传奇"，那唐人是否用"传奇"之名来指称他们创作的小说呢？明代胡应麟说："传奇之名不知起自何代，陶宗仪谓唐传奇，宋为戏诨，元为杂别，非也。唐所谓'传奇'，自是小说书名，裴铏所撰。"②今人周绍良先生考证最早是元稹《莺莺传》原来的篇名。③ 唐人自己从未用"传奇"之名来称他们一代的小说。

对于后人归入传奇类的作品，唐人则与志怪等一起泛称为"传记""记传"或"杂传"，如赵璘《因话录》称"有人撰集怪异记传云'玄宗令道士叶静能书符'"，而玄宗令叶静能书符事见《太平广记》卷三百所引戴孚《广异记》中《叶静能》条；韦绚《刘宾客嘉话录》称"传记所传（下述《续齐谐记》中汉宣帝故事）"，《续齐谐记》是梁人吴均所作。关于这一点，李宗为与程毅中两先生的著作不但承认而且还进行了论述。程先生之论前已引述，而李宗为在《唐人传奇》之《绪论》中对此一问题的论述，我将其归纳为：(1)唐人自己没有用"传奇"一名作为小说样式的通称；(2)宋代说话艺术中"小说"门中的"传奇"没有指唐人作品；(3)元人的"传奇"一名既指戏曲，又指类似于小说的散文作

---

① 程毅中：《唐代小说史》，北京：人民文学出版社2003年版，第11—12页。
② 〔明〕胡应麟：《少室山房笔丛》，上海：上海书店出版社2001年版，第424页。
③ 周绍良：《唐传奇笺证》，北京：人民文学出版社2000年版，第6页。

品;(4)一方面明代"传奇"之称指南戏,另一方面并未成为唐代小说的通称。①

那些被今人认作是传奇作品的,他们的作者又是如何称呼自己的作品的呢?沈既济《任氏传》:"……建中二年,既济自左拾遗于金吴,将军裴冀,京兆少尹孙成,户部郎中崔需,右拾遗陆淳皆适居东南,自秦徂吴,水陆同道。时前拾遗朱放因旅游而随焉。浮颍涉淮,方舟沿流,昼宴夜话,各征其异说。众君子闻任氏之事,共深叹骇,因请既济传之,以志异云。沈既济撰。"②作品名"传",而作者又称"传之"。应是称为"传记"之名。李公佐《南柯太守传》:"公佐贞元十八年秋八月,自吴之洛,暂泊淮浦,偶觌淳于生焚,询访遗迹,翻覆再三,事皆摭实,辄编录成传,以资好事。虽稽神语怪,事涉非经,而窃位著生,冀将为戒。"③李公佐《谢小娥传》:"……余备详前事,发明隐文,暗与冥会,符于人心。知善不录,非春秋之义也。故作传以旌美之。"④白行简《李娃传》云:"……贞元中,予与陇西公佐,话妇人操烈之品格,因遂述汧国之事。公佐拊掌悚听,命予为传。乃握管濡翰,疏而存之。时乙亥岁秋八月,太原白行简云。"⑤上所引或云"编录成传",或云"作传以旌美之",或云"命予为传",皆以"传"称之。

唐人也有称自己的作品为"小说"的。如唐人刘悚《〈隋唐嘉话〉序》:"述曰:余自髫草之年,便多闻往说,不足备之大典,故系之小说之末。"⑥顾况《戴氏〈广异记〉序》:"……国朝燕公《梁四公传》、唐临

---

① 李宗为:《唐人传奇》,北京:中华书局1985年版,第1—7页。
② 〔唐〕沈既济:《任氏传》,汪辟疆:《唐人小说》,上海:上海古籍出版社1978年版,第48页。
③ 〔唐〕李公佐:《南柯太守传》,汪辟疆:《唐人小说》,上海:上海古籍出版社1978年版,第90页。
④ 〔唐〕李公佐:《谢小娥传》,汪辟疆:《唐人小说》,上海:上海古籍出版社1978年版,第95页。
⑤ 〔宋〕李昉等:《太平广记》第十册,北京:中华书局1961年版,第3991页。
⑥ 〔唐〕刘悚:《隋唐嘉话》,《隋唐嘉话朝野佥载》,北京:中华书局1979年版,第1页。

《冥报记》、王度《古镜记》、孔慎言《神怪志》、赵自勤《定命录》,至如李庚成、张孝举之徒,互相传说。"①不管称"传记",还是叫"小说",唐人自己认为都是属于史,故李肇《唐国史补·韩沈良史才》云:"沈既济撰《枕中记》,庄生寓言之类;韩愈撰《毛颖传》,其文尤高,不下史迁,二篇真良史才也。"②唐人甚至为此而自豪,有的说:"皇朝济济多士,声名文物之盛,两汉才足以扶轮捧毂而已,区区魏晋周隋已降,何足道哉!故自武德、贞观而后,吮笔为小说、小录、稗史、杂录、杂记者多矣。贞元、大历以前,捃拾无遗事。"③

宋初袭唐人"传记"此称。李昉编《太平广记》将单篇"传记"独辟为一类,即名之为"杂传记"。事实上,自北宋迄元代,专指现代"传奇"这一小说样式的名称只有"杂传记",故元人辛文房说:"杂传记中多录鬼神灵怪之间,哀调深情,不异畴昔。然影响所托,理亦荒唐,故不能一一尽之。"④

由上可知,唐人称今人名之为"传奇"的作品为"传记""杂记"等,其体裁类别应属史部,其流别刘知几有比较详细的说明。刘知几《史通·杂述》:

> 在昔三坟、五典、春秋、祷杌,即上代帝王之书,中古诸侯之记。行诸历代,以为格言。其余外传,则神农尝药,厥有《本草》;夏禹敷土,实著《山经》;《世本》辨姓,著自周室;《家语》载言,传诸孔氏。是知偏记小说,自成一家,而能与正史参行;其所由来尚矣。
>
> 爰及近古,斯道渐烦。史氏流别,殊途并骛,权而为论,

---

① 〔宋〕李昉等:《文苑英华》(八),《影印文渊阁四库全书》第1340册,台北:台湾商务印书馆1986年版,第182页。
② 〔唐〕李肇、赵璘:《唐国史补 因话录》,上海:上海古籍出版社1979年版,第55页。
③ 〔唐〕参寥子:《阙史序》,〔清〕董诰等:《全唐文》第九册,北京:中华书局1983年版,第8602页。
④ 傅璇琮:《唐才子传校笺》第四册,北京:中华书局1987年版,第519页。

其流有十焉：一曰偏纪，二曰小录，三曰逸事，四曰琐言，五曰郡书，六曰家史，七曰别传，八曰杂记，九曰地理书，十曰都邑簿。①

刘知几所论史之杂述的流别，与前所引高彦休所云"小说、小录、稗史、杂录、杂记"之类别非常近似，这也充分说明，将此类作品仍视为史之属，是唐人的主流认识。

我们要讨论的第二个问题就是唐人是否有意为小说。首先提出有意为小说的是明代的胡应麟，他在《少室山房笔丛·二酉缀遗》云：

凡变异之谈，盛于六朝，然多是传录舛讹，未必尽幻语，至唐人乃作意好奇，假小说以寄笔端，如《毛颖》、《南柯》之类尚可，若《东阳夜怪录》称成自虚，《玄怪录》元无有，皆但可付之一笑，其文气亦卑下亡足论。宋人所记乃多有近实者，而文彩无足观。本朝新、余等话本出名流，以皆幻设而时益俚俗，又在前数家下。惟《太平广记》所录唐人闺阁事咸绰有情致，诗词亦大率可喜。②

不过这里应注意的是，胡应麟所说的"至唐人作意好奇，假小说以寄笔端"中的"小说"与现代的小说概念还是有区别的。其明证就是他将小说分为志怪、传奇、杂录、丛谈、辨订、箴规六类。明代桃源居士也有类似的观点，他在《唐人小说序》云：

唐三百年，文章鼎盛，独诗律与小说，称绝代之奇，何也？盖诗多赋事，唐人于歌律以兴以情，在有意无意之间，文多征实，唐人于小说摘词布景，有翻空造微之趣。至纤若锦机，怪同鬼斧，即李杜之跌宕，韩柳之尔雅，有时不得与孟

---

① 〔唐〕刘知几：《史通》，南京：凤凰出版社 2013 年版，第 140—141 页。
② 〔明〕胡应麟：《少室山房笔丛》，上海：上海书店出版社 2001 年版，第 371 页。

东野、陆鲁望、沈亚之、段成式辈争奇竞爽,犹耆卿、易安之于词,汉卿、东篱之于曲,所谓厥体当行,别成奇致,良有以也。

洪容斋谓:"唐人小说,不可不熟,小小情事,凄婉欲绝。"刘贡父谓:"小说至唐,鸟花猿子,纷纷荡漾。"二公儒宗博雅,岂偏嗜怪奇者,无亦以《杜阳》、《鼓吹》、《摭言》、《传信》诸编,足以存故实、见典刑,如司马《通鉴》所借资。他若《茶经》、《啸旨》、《画诀》、《诗品》,又未尝不情真潇洒,远轶晋宋,岂尽作宋玉、奕大之手托梦幻讽喻乎?《楚辞》、汉史而后自应有此一段奇宕不常之气,钟而为诗律,为小说,唐人第神遇而不自知其至耳。①

桃源居士一方面说"唐人与小说擒词布景,有翻空造微之趣",另一方面又说"唐人第神遇而不自知其至耳",说明他还知道唐人的小说创造还有其不自觉的地方。

鲁迅本胡应麟的说法而阐述得更为明晰,他在《中国小说史略》云:"小说亦如诗,至唐代而一变,虽尚不离于搜奇记逸,然叙述宛转,文辞华艳,与六朝之粗陈梗概者较,演进之迹甚明,而尤显者乃在是时始有意为小说,胡应麟(《笔丛》三十六)云'变异之谈,盛于六朝,然多是传录舛讹,未必尽幻设语,至唐人用作意好奇,假小说以寄笔端。其云'作意',云'幻设'者,是即意识之创造矣。"②又说:"传奇者流,源出于志怪,然施之藻绘,扩其波澜,故所成就乃特异,其间虽亦或托讽喻以纾牢愁,谈祸福以寓惩劝,而大归则究在文采与意想,与昔之

---

① 〔明〕桃源居士:《唐人小说序》,丁锡根:《中国历代小说序跋集》,北京:人民文学出版社1996年版,第1789页。
② 鲁迅:《中国小说史略》,《鲁迅全集》第九卷,北京:人民文学出版社1973年版,第211页。

传鬼神明因果而外无他意者,甚异其趣矣。"①

在此,有一事必须辨明,那就是"有意为"和"有意为小说"这两者是有所不同的。"有意为"应该是指有意识地虚构。虚构在唐人的诗歌创作中不乏其例。唐诗主要是写景抒情的不用说,就是那种叙事的作品,如高适的《燕歌行》、李贺的《雁门太守行》等,也有虚构的成分。而"有意为小说"的前提是唐人必须有接近于现代小说概念的"小说"这一文体意识。如上所述,一方面唐人从未称自己的作品为区别于传统史类作品的"传奇",另一方面称自己作品为"小说"时也是使用传统的观念,所涵盖的意义很杂。这种状况至南宋洪迈仍是如此。汪辟疆说:"洪景庐亦言:'唐人小说,不可不熟,小小情事,凄婉欲绝,洵有神遇而不自知者,与诗律可称一代之奇。'"②这种评价似乎表明"唐人小说"已成了唐代这种体裁的专称,但他在《夷坚志支癸序》谓唐代"小说"一类"《唐史》所标百余家,六百三十五卷",下面列举了《玄怪录》《异闻集》《谈宾录》《酉阳杂俎》等十数种书目,③则其所谓"唐人小说"包括了笔记杂俎、志怪等,仍不是接近现代小说的专用名称。因此,既然唐人没有接近于现代小说这样的体裁概念,而硬要称之"唐人始有意为小说"显然是不妥的。

在唐代小说的研究中,除了鲁迅先生的观点有着深远而广泛的影响外,陈寅恪先生的研究成果亦被人普遍使用,前所引的许多中国古代文学史教材、中国古代小说史都可以见到他的影响。他关于唐传奇的观点先是在刊载于《哈佛大学亚细亚学报》第一卷第一期的《韩愈与唐代小说》一文中提出。后来在《元白诗笺证稿》论《长恨歌》时,他又一次重申:"又中国文学史中别有一可注意之点焉,即今日所谓唐代小说者,亦起于贞元元和之世,与古文运动实同一时,而其时

---

① 鲁迅:《中国小说史略》,《鲁迅全集》第九卷,北京:人民文学出版社1973年版,第212页。
② 汪辟疆:《唐人小说》,上海:上海古籍出版社1978年版,第1页。
③ 〔宋〕洪迈:《夷坚志》第三册,北京:中华书局1981年版,第1221页。

最佳小说之作者,实亦即古文运动之中坚人物是也。此二者相互之关系,自来未有论及之者。寅恪尝草一文略言之,题曰韩愈与唐代小说,……其要旨以为古文之兴起,乃其时古文家以古文试作小说,而能成功之所致,而古文乃最宜于作小说者也。"①陈寅恪先生认定古文运动影响唐传奇,他提出了三个证据:一是两者发展为同一时期,二是最佳小说之作者是古文运动之中坚人物,三是古文最宜作小说。

关于古文运动与唐代传奇的繁荣为同一时期是用不着多加考证的。韩愈发动并得到柳宗元支持的古文运动主要是在唐德宗的贞元和唐宪宗的元和这一时期。韩愈在《师说》《与冯宿论文书》《题〈欧阳生〉哀辞后》《考功员外卢君墓志铭》等篇提倡"古文"。而唐传奇中比较著名的重要单篇作品也产生于这一时期。此时期创作传奇比较早的是沈既济,他创作的传奇今存《任氏传》和《枕中记》。《任氏传》于文末说明作于建中二年贬官途中,《枕中记》感慨荣衰悲欢之如梦,似有感于杨炎事而作,极可能也作于贬官后不久。元稹《莺莺传》文末说明作于"贞元岁九月",并未写明年份,但写于贞元年间是没有问题的。《李娃传》的创作时间文末自称为"贞元乙亥岁"即贞元十一年,戴望舒先生以为"乙亥"是"乙酉"的误改,实际创作时间是贞元二十一年。②《长恨歌传》文中写明是元和元年。两者处于同一时期,并不表明它们之间有着必然的联系,它们之间可能有影响,也可能没有影响。因此,陈寅恪先生还提出了一个更加重要的证据即最佳小说之作者是古文运动之中坚人物。这里最需要讨论的是韩愈。韩愈是古文运动的发起者也是古文运动的领袖。李肇说:"沈既济撰《枕中记》,庄生寓言之类;韩愈撰《毛颖传》,其文尤高,不下史迁,二篇真良史才也。"③这里评价的是韩愈的史才,不能因为后代将《枕中记》称

---

① 陈寅恪:《元白诗笺证稿》,上海:上海古籍出版社1978年版,第2页。
② 转引自李宗为《唐人传奇》,北京:中华书局1985年版,第55页。
③ 〔唐〕李肇、赵璘:《唐国史补 因话录》,上海:上海古籍出版社1979年版,第55页。

为传奇,也将《毛颖传》称为传奇。为了说明两者的差别,可以进行比较。

韩愈《毛颖传》:

> 毛颖者,中山人也。其先明视,佐禹治东方,养万物有功,因封于卯地,死为十二神。尝曰:"吾子孙神明之后,不可与物同,当吐而生。"已而果然。
> ……
> 颖为人强记而便敏,自结绳之代以及秦事,无不纂录。阴阳、卜筮、占相、医方、族氏、山经、地志、字书、图画、九流、百家、天人之书,及至浮图、老子、外国之说,皆所详悉。
> ……
> 太史公曰:毛氏有两族:其一姬姓,文王之子,封于毛,所谓鲁卫公毛聃者也……独中山之族不知其本所出,子孙最为蕃昌。《春秋》之成,见绝于孔子,而非其罪。及蒙将军拔中山之豪,始皇封诸管城,世遂有名,而姬姓之毛无闻。颖始以俘见,卒见任使,秦之灭诸侯,颖与有功,赏不酬劳,以老见疏,秦真少恩哉![1]

此文先叙其祖先,然后叙述毛颖在秦朝的经历及功劳。完全是传统的史家传记写法,所以论者比之史迁,《谈薮》就明言此传似太史公笔。我们再看沈既济的《枕中记》:

> 开元七年,道士有吕翁者,得神仙术,行邯郸道中,息邸舍,摄帽弛带,隐囊而坐。俄见旅中少年,乃卢生也。衣短褐,乘青驹,将适于田,亦止于邸中,与翁共席而坐,言笑殊畅。久之,卢生顾其衣装敝亵,乃长叹息曰:"大丈夫生世不

---

[1] 马其昶:《韩昌黎文集校注》,上海:上海古籍出版社1986年版,第566—569页。

谐,困如是也!"翁曰:"观子形体,无苦无恙,谈谐方适,而叹其困者,何也?"生曰:"吾此苟生耳。何适之谓?"翁曰:"此不谓适,而何谓适?"答曰:"士之生世,当建功树名,出将入相,列鼎而食,选声而听,使族益昌而家益肥,然后可以言适乎。"言讫,而目昏思寐。时主人方蒸黍。翁乃探囊中枕以授之,曰:"子枕吾枕,当令子荣适如志。"其枕青瓷,而窍其两端。生俛首就之,见其窍渐大,明朗。乃举身而入,遂至其家。数月,娶清河崔氏女。……明年,举进士,登第;释褐秘校;应制,转渭南尉;俄迁监察御史;转起居舍人,知制诰。三载,出典同州,迁陕牧。……卢生欠伸而悟,见其身方偃于邸舍,吕翁坐其傍,主人蒸黍未熟,触类如故。生蹶然而兴,曰:"岂其梦寐也?"翁谓生曰:"人生之适,亦如是矣。"①

相比之下,《毛颖传》虽然是虚构,也恢诡,但那只是一种拟人以后作者的奇特的想象,当然也有他的寓意,但《枕中记》有更多的细节描写,更多人的感情和思想,而这一切都是通过人物的行为自然流露出来的,也就是说突出了富有情感的人物形象,而这一点是《毛颖传》所没有的。鲁迅先生在《中国小说史略》中说:"咸以寓言为本,文词为末,故其流可衍为王绩《醉乡记》、韩愈《与者王承福传》、柳宗元《种树郭橐驼传》等等而无涉于传奇。"②还有人说:"后于《任氏传》的韩愈《毛颖传》,柳宗元谓之为'发其郁积',其寓言抒情之志正与沈既济相仿佛,只是它没有采用传奇小说的形式。"③由上可知,韩愈的《圬者王承福传》也好,《毛颖传》也好,没有采取今人所称的传奇形式,当然不能算是传奇了。故而,陈寅恪先生所说的古文家以古文试作传

---

① 汪辟疆:《唐人传奇》,上海:上海古籍出版社1978年版,第37—38页。
② 鲁迅:《中国小说史略》,《鲁迅全集》第九卷,北京:人民文学出版社1973年版,第211页。
③ 李宗为:《唐人传奇》,北京:中华书局1985年版,第80页。

奇之论是不能成立的。

　　说古文宜作传奇,那更是滑稽。就韩愈及追随者的古文理论和韩愈本人的创作来看,古文并不"朴实",与平易浅显"传奇"创作相去甚远。韩愈《答李秀才书》说:"愈之所志于古者,不惟其辞之好,好其道焉尔。"①《题〈欧阳生〉哀辞后》:"愈之为古文,岂独取句读不类于今者耶?思古人而不得见,学古道则欲兼通其辞,通其辞者,本志乎古道者也。"②《进学解》:"觝排异端,攘斥佛老,补苴罅漏,张皇幽眇;寻坠绪之茫茫,独旁搜而远绍,障百川而东之,回狂澜于既倒;先生之于儒,可谓有劳矣。"③韩愈就是通过"觝排异端,攘斥佛老"来复兴"古道"亦即儒道。要达到这个目的,就不能不通过动人的文字。韩愈在《刘正夫书》中说:"若圣人之道不用文则已,用则必尚其能者。"④那何为"能"呢?他又在同一文中说:"能者非他,能自树立不因循者是也。"林庚先生说:"换句话说'不因循'就是其有特殊的表现力,也就是所谓'能者'、'异者'、'用功深者',这样的文字才能有传播的功效。在这点上他与白居易的'非求宫律高,不务文字奇'是相反的,与杜甫的'语不惊人死不休'是一致的。"⑤皇甫湜《韩文公墓志铭》说他:"毫曲快字,凌纸怪发,鲸铿春丽,惊耀天下。"⑥李翱《祭吏部韩侍郎文》也说:"开阖怪骇,驱涛涌云。"⑦韩愈这种风格与平易通俗的传奇创作格格不入,根本不适合进行那种细揣人心、表现人情的小说创作。如苏轼很欣赏的并称之为唐代的第一篇文章的韩愈的

----

① 马其昶:《韩昌黎文集校注》,上海:上海古籍出版社1986年版,第176页。
② 马其昶:《韩昌黎文集校注》,上海:上海古籍出版社1986年版,第304—305页。
③ 马其昶:《韩昌黎文集校注》,上海:上海古籍出版社1986年版,第45—46页。
④ 马其昶:《韩昌黎文集校注》,上海:上海古籍出版社1986年版,第207页。
⑤ 林庚:《中国文学简史》,北京:北京大学出版社1995年版,第271页。
⑥ 〔唐〕皇甫湜:《韩文公墓志铭》,《皇甫持正集》,《影印文渊阁四库全书》第1078册,台北:台湾商务印书馆1986年版,第97页。
⑦ 〔唐〕李翱:《祭韩吏部侍郎文》,《李文公集》,《影印文渊阁四库全书》第1078册,台北:台湾商务印书馆1986年版,第180页。

《送李愿归盘谷序》,其中对得意的"大丈夫"和官场丑态的刻画都是比较精彩的。文云:"愿之言曰:'人之称大丈夫者,我知之矣!利泽施于人,名声昭于时,坐于庙朝,进退百官,而佐天子出令;其在外则树旗旄,罗弓矢,武夫前呵,从者塞途,供给之人,各执其物,夹道而疾驰,喜有赏,怒有刑;才畯满前,道古今而誉盛德,入耳而不烦;曲眉丰颊,……粉白黛绿者,列屋而闲居,妒宠而负恃,争妍而取怜;大丈夫之遇知于天子,用力于当世者之所为也。……伺候于公卿之门,奔走于形势之途,足将进而趑趄,口将言而嗫嚅,污秽而不羞,触刑辟而诛戮,侥倖于万一,老死而后止者,其于为人贤不肖何如也!"①刻画简括、准确,穷形尽相,然而散句中杂有许多偶句,又特别长,气势固然是有的,但对于强调可读的传奇来讲,这种奇怪的句法,显然不是"传奇"作家们会学习模仿的。实际上韩愈在提倡"古文"时虽也有一些追随者,但影响并不是很大,人数也不多,尤其是其创作除了柳宗元外,对其他人的古文创作并没有什么影响。甚至当时,韩愈提倡古文、反对"俗下文字",就有人有不同意见。裴度在《寄李翱书》中说:"文之异在气体之高下,思致之深浅,不在磔裂章句,隳废声韵。"②韩愈之后,从晚唐到五代,古文趋向衰落,骈文的影响更大,地位更稳,古文更不可能影响"传奇"创作。

综上所述,唐代人从没有用"传奇"一词来指他们的小说创作,更多是"传记"或"杂传记"来称呼,他们的"小说"观念虽然与前代相比有所变化,但仍很庞杂,与现代小说概念相去甚远,唐人的那种有意识地进行故事的虚构,也只能看成是写诗的本能延伸,因此,唐代,从整体来看,还不能算是"有意为小说"的时代,更不能算是中国小说的真正开始。

---

① 〔清〕董诰等编:《全唐文》第六册,北京:中华书局1983年版,第5615—5616页。
② 〔唐〕裴度:《寄李翱书》,《全唐文》,《续修四库全书》第1643册,上海:上海古籍出版社2013年版,第2页。

三、唐传奇中情爱婚姻作品的结构因素及其组合模式

唐代传奇中爱情婚姻题材的作品，数量最多，成就也最高，引起了历代文学研究者的注意，但对它的结构进行探讨的还不多。因此，本文着重考察唐代传奇的结构因素、结构组合模式，以此来把握这一文学体裁的特点。

唐传奇爱情作品中出现的人物计有应试举子、贵家公子、候选的官吏、飘泊的浪子以及狐精、犬怪、仙家、神女等，形形色色、成千上万。但把一些无关紧要或区别不大的成分去掉，就只剩下四种人物，即青年书生、青年女性、媒介人物、权威人物。这四种人物是任何单一作品中不可或缺的成分，是具有结构意义的因素，正是这四种人物的行为构成了种种不同的故事，形成了不同的结构模式。

我们先来考察"青年书生"这一结构因素。"青年书生"命名为"青年男性"，其涵盖面可能更广一些。但传奇为文人所作，他们当然乐意写他们自己，而传奇文本身也说明称为"青年书生"更妥当一些。如《太平广记》卷四百一十九《柳毅传》、卷四百四十五《孙恪》、卷五十《裴航》明确地称男主人公为"下第秀才"；又如卷四百八十四《李娃传》、卷四百八十七《霍小玉传》中的男主人公是应试的书生；即使如卷四百八十六《无双传》中的王仙客、卷四百九十一《非烟传》中的赵生等虽未明言他们是书生，但从其社会地位来看，完全是属于书生一类。这类人物是情爱的追求者，其行动直接影响着整个故事的开展，没有他们也就没有情爱故事。

第二类人物是"青年女性"。这类人物根据其是否属于人类这一特点可划分为两种，一种是人类青年女性，一种是非人类（或称之为人化的）青年女性。人类青年女性又可以分为正经的青年女性和

青楼女子。正经的青年女性中还可以划分为未婚的青年女性和已婚的青年女性两类。"青年女性"中包括如此多的变项，正是使故事丰富多彩的重要因素。这类人物虽然是被追求者，似乎是处于一种被动状态，但她们与男性主人公相比，并不缺乏主动精神，甚至往往比男主人公更热烈、更执着、更坚决地追求爱情幸福。

"媒介人物"与"权威人物"（或称"反对者"），这是爱情婚姻作品中展示社会关系和社会背景的因素，也是影响故事发展方向的重要因素。"媒介人物"，古代的正式的称呼是"媒约"，这种"媒约"的作用正是在于沟通男女双方，更确切地说是男家女家双方，成就青年男女的婚姻并使之合乎规范。显然，唐传奇中的媒介人物主要不是指这种专业人士，而是指那种业余的，以撮合不合规范或不正当的情爱婚姻为特点的人物。如卷四百八十八《莺莺传》中的红娘，她是莺莺小姐身边的贴身婢女，她的职责一方面是侍候小姐，一方面受老夫人之命监视小姐，绝没有牵线搭桥的任务，但在作品中却又确实起着重要的媒介作用。"媒介人物"的主要功用，在唐传奇中是推动情爱关系的发展。这种人物的性质不同也使故事呈现不同的变化。非职业的媒介人物使故事有一些自由恋爱的色彩，爱情的发展呈现出一种波澜起伏的状态。有职业媒介人物的介入，爱情婚姻就有了一种保障，爱情婚姻的发展比较顺利。而有的作品中什么媒介人物也没有。这样的爱情婚姻有着强烈的自由恋爱的色彩，男女主人公的结局往往很不好。"权威人物"，主要是指男女主人公的长辈，尤其是其父母，这种人物在作品中的主要功能就是反对男女的爱情的发展，因此又可以称为"反对者"。男女主人公的爱情能否顺利发展，主要取决于他们能否克服来自权威的压力，能克服就会成功，屈服就会失败，这就决定了故事的发展方向。有时权威不是指一种人物，而是指虚化为一种社会习俗或内化为人物内心的一种观念，此时应该称之为权威因素，它的作用与权威人物完全相同。下面考察由这些人物组成的几种不同的模式。

模式一：书生落第或出游，遇上对象之好友或对象本人，屡经磨难而成夫妻。

这里面的对象或称被追求者无一例外都是非人类青年女性，或是神仙，或是龙王之女，或是猩猩、老虎等精怪化变的女郎。这就表明了这类故事有明显的民间传说的色彩。如卷四百五十二《任氏传》中郑生在街上遇见狐精化变的任氏，直追不舍，两人由此而结合。① 又如卷四百三十三《崔韬》②、卷四百二十七《天宝选人》③中的男主人公都是亲眼看见虎精蜕去虎皮变成美貌女郎，直接求爱而结合在一起。一是这类作品的绝大多数故事中没有媒介人物出现。但个别作品还是有媒介人物的，在作品中一般也不显得那么重要。如《柳毅传》中龙女之叔钱塘君为其作媒，遭柳毅严辞拒绝。④ 卷四百四十六《焦封》中靠袁女身边的青衣招引，男女双方才得以结合。⑤ 卷四百五十四《计真》中有"自称进士独孤沼"作媒，计真才前去求婚。⑥ 算是媒介人物起作用比较大的两例了。二是有的民间故事直接嵌入这类作品中，构成故事的主导结构。如卷五十《裴航》中裴生倾慕樊夫人之色，送诗而不理，献名肴珍果而会面，但樊夫人"不告辞而去"。后在蓝桥边遇云英，欲娶而对象之母出一道难题："得玉杵臼。"裴生费尽心力才弄到"玉杵臼"。云英却又出一道难题："更为吾捣药百日，方议姻好。"这两个难题解决后，二人终于结成夫妻。⑦ 三是这类作品中权威人物极少是爱情婚姻的反对者，相反大多是支持者。如《柳毅传》中的龙王夫妇、龙女的叔叔，不但不反对，而且是极力支持。

---

① 〔宋〕李昉等：《太平广记》第十册，北京：中华书局1961年版，第3692—3697页。
② 〔宋〕李昉等：《太平广记》第九册，北京：中华书局1961年版，第3514—3515页。
③ 〔宋〕李昉等：《太平广记》第九册，北京：中华书局1961年版，第3479页。
④ 〔宋〕李昉等：《太平广记》第九册，北京：中华书局1961年版，第3410—3417页。
⑤ 〔宋〕李昉等：《太平广记》第九册，北京：中华书局1961年版，第3649—3650页。
⑥ 〔宋〕李昉等：《太平广记》第十册，北京：中华书局1961年版，第3707—3709页。
⑦ 〔宋〕李昉等：《太平广记》第二册，北京：中华书局1961年版，第313—315页。

《计真》中狐女之父也是这种支持者。有许多作品干脆没有这种人物。权威人物是社会背景的代表,缺乏这类人物正是标明这是叙述想象世界的故事。不过,在这类作品中,没有权威人物,其社会因素并不是完全被抹掉,而是采取变形的手段,极有可能是用结局不好来代替。《崔韬》《天宝选人》中男主人公被女性精怪食之而去,《焦封》中的女主人公回归山林。不合常规的爱情婚姻就很难有好的结局,或许就是它的喻意,由此而现出社会因素影响的痕迹。这种形式来自民间信仰的痕迹是十分鲜明的。

模式二:书生进京应试,路遇对象或通过媒介人物介绍而结识对象,权威反对,终于离散;或得到权威认可而成夫妻。

书生这一类人物是稳定的,与上一模式中的书生无多大区别。"青年女性"在这一类中已有了很大的不同。女性主人公是人类,但她们是青楼女子,她们的职能本是卖欢逐乐、满足男子的性需要,与良人谈婚论嫁显然是不行的。书生嫖妓虽是不良行为,可也无伤大雅,若要娶妓为妻,那可真要骇人听闻了。如果传奇只写一些完全合乎规范的故事,那也不成其为传奇。这一模式中最值得注意的是权威人物,他们是社会秩序的代表,往往直接影响故事的发展。这一类人往往是男主人公或女主人公的父母或长辈,具有很大的权威力量。《李娃传》中某生的父亲荥阳公对儿子嫖妓、流落下层非常气愤,加以痛殴而断绝父子关系,其缘由当然是某生偏离了社会正途,辜负了父亲的对他这一"千里驹"的期望。① 这是作为书生放弃其基本责任的惩处。李娃设计与某生脱离关系,这也是她作为青楼女子的立场所致,为财而合,财尽而散,本就与婚姻无涉,也正因为这样,当其助某生中第得官之后就主动请求离开。在这部作品中李娃与某生的婚姻之所以成功,一是因为她一方面违背了青楼女子必然所为,从贫穷危难中救助了某生,督促某生从事举业,并取得了成功;二是他们的婚

---

① 〔宋〕李昉等:《太平广记》第十册,北京:中华书局1961年版,第3985—3991页。

姻是在某生的父亲主持下进行的,这样反对因素被克服了。某生父亲这样做,是基于一个最基本法则:报偿。李娃既然使得浪子回头、光彩其门楣,当然要得到报偿。《霍小玉传》①中的权威人物是太夫人,她为李益娶了卢氏,但在这里,权威人物更多地内化成男主人公的一种思想观念,他的行动特点是对权威人物的要求自觉地遵守,因此霍小玉的被抛弃是一种必然的结局。霍小玉付出真情得不到好报,这是她违背了青楼女子规范所必然得到的结果。但从另一方面来说,主要从道义原则来说,她必定要得到报偿。她的要求并不是很高,只是在几年的时间里往来,而这一点李益也不能满足她,因此他必定要在情爱婚姻方面受到惩罚,这就是对女主人公的一种补偿。这样的作品是以违反社会规范为开始,后以回归社会规范为结束。对社会规范的回归却又是以牺牲道义为前提的。这一点在《莺莺传》②里得到充分的反映。张生与莺莺相爱得不到崔母的允许,又未经媒人的介绍,通过婢女红娘传递信柬而至幽会,最后却未能结合。叙述者却称道张生"善能补过",这正是社会权威的声音。权威在这里既指莺莺之母,更是指规范张生行动的社会舆论及其内化为内心的观念。因此,单纯地指责作者元稹的道德品质不好,显然还是不了解这种故事模式。当然从这一作品中还是可以看出作者的一些独特处理来。莺莺所为违反了社会规范是要受到惩处的,但她付出了真情,理应得到补偿,却一点也没有,这显然是作者主观处理的结果。

模式三:书生与对象原有亲戚关系,青梅竹马,原有婚姻之议后有改变,经磨难终成眷属。

在这类作品中,男女主人公的主观努力是关键因素,而真正克服障碍使男女主人公成为眷属的是超现实的力量。陈玄佑《离魂记》,

---

① 〔宋〕李昉等:《太平广记》第十册,北京:中华书局1961年版,第4006—4011页。
② 〔宋〕李昉等:《太平广记》第十册,北京:中华书局1961年版,第4012—4017页。

在《太平广记》为卷三百五十八《王宙》条,[1]故事中王宙与倩娘是表兄妹,儿时关系很好,倩娘之父曾答应他们的婚事,长大后,其父也就是权威人物却将倩娘许配给另外一人。两人均很失望,感情积压在心中,无法流露,更无法交流。王宙愤而离开姑父,远走他乡。倩娘之魂却强行离开了她的躯体,随着王宙私奔到蜀中,两人生儿育女,后来倩娘思念父母,返回了家园,出外的魂始与在家的躯体合而为一。借这样神奇的事才得以克服权威人物的反对。《无双传》[2]叙述王仙客与其表妹无双,儿时"戏弄相狎",仙客母死前要其弟刘展答应这门亲事,刘勉强答应。母死后入舅家求婚,其舅不允。后来,仙客舅父舅母遭极刑而死,无双被没入宫廷,仙客与之成亲是绝不可能的事了,因此只有超现实的力量才能帮助他们了,果然在异能之人的假死之药的帮助下,两人结合在一起。这类故事中,两人有情,特别是原就有婚姻之议,得到一定程度上的合法承认,因而他们行为的正当性也就比较强,或许这就是他们能得到好结局的缘由。这是唐传奇中唯一得到合法认可的有情人终成眷属的类型。《柳毅传》中柳的婚姻得到好的结局,除了它是想象世界里的故事外,还有重要的一点,就是柳的婚姻经过媒人的行聘、得到女方父母的同意。《计真》中也是如此。

模式四:某书生,遇上他人貌美之妻或妾,奋力追求得以欢会,结局不好。

在这一类型中,虽然就一般的情况而言,仍然是青年书生在进行主动追求,但青年女性的行动却更为突出,她们对爱情有着强烈的追求,如卷三百六《冉遂》中女性主人公,有着非同寻常的追求,"若得此夫,死亦无恨"。[3] 有的虽然不是从一开始就采取主动追求,但一旦

---

[1] 〔宋〕李昉等:《太平广记》第八册,北京:中华书局1961年版,第2831—2833页。
[2] 〔宋〕李昉等:《太平广记》第十册,北京:中华书局1961年版,第4001—4005页。
[3] 〔宋〕李昉等:《太平广记》第七册,北京:中华书局1961年版,第2423—2425页。

且爱上,就九死而犹未悔,如《非烟传》中的步非烟。① 这一类作品反映的是处于不幸婚姻中的青年女性对爱情幸福的追求,其中的权威人物当然是她们的丈夫,她们的另有所爱,必定会遭到权威人物的反对,以致于女性主人公下场很惨。这类作品明显的是沿着遵守社会规范,违反社会规范,回归社会规范这样一个过程。一方面暗示着婚外性关系结局不好,另一方面又揭示婚外恋必有其因,其主人公是值得同情的。《非烟传》中步非烟之夫经常当值,不在家宿,且性情粗暴。《徐安》②中徐安经常出门在外。《冉遂》中冉遂"幼性不慧"。处在这种婚姻关系中的青年女性毫无幸福可言,因此女性主人公追求爱情幸福也就是理所当然的事,这种行为的正当性也就由此而显现出来了。

唐代情爱婚姻作品,虽然数量甚多,而且涉及人世仙界,形态各式各样,但万变不离其宗,它们基本上不出这四种模式。如模式一、三是以传奇事为主,模式二、四是以传奇情为主,传述奇情与奇事正是唐传奇的主要特征,也是其得名之由。如元稹就曾将《莺莺传》取名为《传奇》,③后代更以传奇之名来概括这一文学样式。虽然看起来结构模式主要是形式因素,实际上仍然是内容方面的因素,因为传奇的情与事还是来自于现实生活。下面考察这种模式与现实的关系。

有的模式的形成与六朝志怪小说,尤其是与隋唐以来的民间信仰的影响有着密切的关系。如模式一是写人与非人类的爱情婚姻,模式三中也不乏超现实力量的介入,这是当时之人乐道的奇事。六朝志怪中有一些作品写到人与神、人与精怪等的性爱关系,如《搜神记》中《白水素女》的故事,就写到了人与神螺化变的女子成婚。不

---

① 〔宋〕李昉等:《太平广记》第十册,北京:中华书局1961年版,第4033—4036页。
② 〔宋〕李昉等:《太平广记》第十册,北京:中华书局1961年版,第3679—3680页。
③ 周绍良:《唐传奇笺证》,北京:人民文学出版社2000年版,第6页。

过,志怪中更多的是讲精怪的可怕,人不能受其迷惑,倘受其迷惑,就会遇上灾祸,甚至性命有可能不保。显然这种模式很有可能受到志怪的一些影响,但主要的还是受到不断演变的民间信仰的影响。隋唐以后民间信仰中人们对精怪的信仰起了很大的变化。原来精怪与人发生关系主要是祸人、害人,渐渐演变成于人无害,这从传奇作品中本身也可看出,如《欧阳纥》①里的老狸幻变的女子自言非于人有害,《任氏传》中狐变的任氏也如是说。最后,精怪不仅于人无害,而且还对人大有帮助。许多精怪与人发生恋爱关系后,不仅给人以精神方面的慰藉,而且还经常给人以物质方面的资助。如《太平广记》卷四百四十二《淳于矜》条载狸化为女子与淳相爱,"女因敕婢取银百斤,绢百匹,助矜成婚"。② 又如同书《孙恪》条载恪与猿化变的袁氏女成婚,"袁氏赡足,巨有金缯,而恪久贫,忽车马焕若,服玩华丽,颇为亲友之疑讶"。③ 民间信仰的影响还不只在这一方面,民间信仰的特征还直接影响非现实题材作品的创作和写实作品中非现实情节的采用,即借用超现实的力量来解决作品主人公所面临的具体问题或矛盾,改善主人公的生活境遇或达到某种现实的目的。《任氏传》中任氏的出现,一方面能使郑生过上其他公子哥能享受的婚外性生活,另一方面任氏教郑生谋取财富,免于贫困。这当然也改善了主人公的生活境遇。

这些模式的形成与唐代的现实生活,尤其是与士人的现实生活有着更密切的关系。这四种模式中最不可缺少的结构因素是青年书生。书生指的就是士人。这不但表明传奇是士人所作,而且更是表明他们将自己作为这种新的文学样式的主人公。这已不是诗歌中隐晦不明的抒情形象了,而是鲜明的叙事文学中的人物形象。因此带

---

① 〔宋〕李昉等:《太平广记》第九册,北京:中华书局 1961 年版,第 3629—3631 页。
② 〔宋〕李昉等:《太平广记》第九册,北京:中华书局 1961 年版,第 3613 页。
③ 〔宋〕李昉等:《太平广记》第九册,北京:中华书局 1961 年版,第 3639 页。

有更自觉的色彩。这大概就是鲁迅先生所说的唐人"有意为小说"的特征吧。情爱故事中的主人公主要是下层士人,许多是未能中举的、在各地飘泊的,他们在现实生活中是不如意者,是失败者,他们无权势也无财物,结婚都比较困难更不用说找到理想的意中人了。如《新唐书·元德秀传》载元德秀以兄子婚娶,家贫无以为礼,求为鲁山令,他自己六十年不识女色。① 因而传奇中就出现了模式一,他们或在这,或在那,遇见了美貌非凡的女性,过上了美满幸福的生活,这种模式,是表达他们愿望和理想的模式。此种模式中的爱情最富有近代色彩,自由相识、自由相恋、自由结合,反映了唐代下层知识分子的高尚爱情观与美好人生态度。当然还有一部分是因为唐代士人人生道路基本上是顺遂的,因此他们年少时免不了风流猎艳,轻薄浮浪。杜牧之《感怀诗》云:"至于贞元末,风流恣绮靡。"②孙棨亦云:"自大中皇帝好儒术,特重科第。故进士自此大盛,旷古无俦。仆马豪华,宴游崇侈,以同年俊少为两街探花使。"③这样模式二就产生了。书生遇上了青楼女子或某家的小姐,有过一段情后,最终弃掷而去。

这些模式的形成还与唐代妇女婚姻现实状况以及对爱情婚姻幸福追求有着密切的关系。在唐代虽然对妇女还没有宋以后控制那样严,但妇女仍然是没有多少自由,婚姻是由家长作主。如李义府嫁女与蛮人首领多换财物,其女绝对不能有任何疑问。而为人妾的,甚至连正妻死后被扶正为夫人的权利也不允许。如唐宣宗封其舅郑光妾为夫人,光还诏不敢拜。在这些情爱故事中,青年妇女对于爱情的追求似乎是不很主动,但实际上却包孕着无比强大的力量。例如青楼女子表面上看起来是不会动情的,但一爱起来却什么也不顾,《霍小

---

① 〔宋〕欧阳修、宋祁:《新唐书》,《二十四史》第十二册,北京:中华书局1997年版,第5564页。

② 〔清〕彭定求等:《全唐诗》下,上海:上海古籍出版社1986年版,第1316页。

③ 〔唐〕孙棨:《北里志序》,侯忠义:《中国文言小说参考资料》,北京:北京大学出版社1985年版,第293页。

玉传》中的霍小玉是如此,《李娃传》中的李娃也是如此。特别是那些过早地结婚却又没有享受到爱情的青年妇女更是表现得不同凡响。如《非烟传》中的步非烟即使被其夫殴打致死也不后悔。

  这些模式的形成与当时的婚姻爱情的观念更有着密不可分的关系。婚姻讲门当户对,由父母作主,这是古代社会一种普遍的流行的观念,唐代当然也不例外。不过在唐代,还有一种士人,为了政治需要,拼命地与高门大姓联姻。如中唐时元稹弃寒门之双文而娶高门之韦氏就是比较典型的例子。这反映到作品模式中,就是权威人物的巨大影响力。四种模式中男女的爱情能否成功就取决于权威人物的意志与行为。权威人物支持的就会成功,权威人物反对的就意味着失败。如模式二就是如此。当然也有通过克服权威人物的反对而取得成功的,但这种克服不是真正的克服,而只是一种幻想中的克服,如模式三中是借助于超现实的力量。现实中这样的自由恋爱而成功的婚姻在当时几乎没有,在情爱婚姻作品中除了写幻想的模式外,也难有成功的。这正是说明当时爱情婚姻受到社会情况的制约。

  唐代传奇的情爱作品的结构模式是一定现实的产物,这是它具有深广的社会性的根源,但人们在进行创作或阅读作品的时候,更多的是注意它的"奇"的特征,对反映奇情奇事结构模式加以整体接受,而很少接受现实生活的原初形态,传奇的受众——读传奇的士人如此,传奇的创作者——写传奇的士人更是如此。正如虞集所云:"唐之才人,于经艺道学有见者少,徒知好为文辞。闲暇无可用心,辄想象幽怪遇合、才情恍惚之事,作为诗章答问之意,傅会以为说。簪盍之次,各出行卷,以相娱玩。非必真有是事,谓之'传奇'。"[①]传奇的创作者们经常在一起集体创作、相互影响,如元稹《莺莺传》的写作、陈鸿《长恨歌传》的创作等,如此一来,结构模式具有规范性的影响,

---

[①] 〔元〕虞集:《写韵轩记》,《四库全书存目丛书》集部第二十二册,济南:齐鲁书社1997年版,第128页。

它在一定程度上规范了人们的思想方式,更重要的是规范了传奇的创作方式,因此唐传奇的个性色彩不如集体色彩浓厚,这是我们今天研究唐代传奇作品结构因素、组合模式的重要收获之一。

四、柳宗元与唐传奇

柳宗元,在明以后被尊为唐宋八大家之一,与韩愈齐名,他们两人创作的散文,被称为韩、柳古文,这种古文有人甚至认为对唐传奇的发展有重大影响。柳宗元与唐代古文运动以及唐传奇的关系到底怎样呢?我认为有必要进行深入的探讨。

(一)柳宗元与唐代的古文运动

几乎所有的中国古代文学史教科书都认定柳宗元是唐代古文运动的重要参与者和支持者,其影响和贡献仅次于韩愈。这种说法基本符合史实,但是其详情如何,很少有人进行考察。

柳宗元确实与韩愈有一些观点是相同的,如提倡古文,认为文章是明(载)道的,并且对韩愈的古文创作进行鼓励和支持。如《柳宗元集》卷三十四《答韦珩示韩愈相推以文墨事书》云:"……退之所敬者,司马迁、扬雄。迁于退之,固相上下。若雄者,如《太玄》、《法言》及《四愁赋》,退之独未作耳,决作之,加恢奇,至他文过扬雄远甚。雄之遣言措意,颇短局滞涩,不若退之猖狂恣睢,肆意有所作。"[①]这里肯定韩愈的文章超过扬雄。而对别人攻击韩愈,柳宗元深表同情,他在《答韦中立论师道书》云:"……独韩愈奋不顾流俗,犯笑侮,收召后学,作《师说》,因抗颜为师。世果群怪聚骂,指目牵引,而增与为言辞。愈以是得狂名,居长安,炊不暇熟,又挈挈而东,如是者数矣。"[②]有时柳宗元还著文加以申援和支持。韩愈作《毛颖传》遭到他人攻击

---

① 〔唐〕柳宗元:《柳宗元集》第三册,北京:中华书局1979年版,第882页。
② 〔唐〕柳宗元:《柳宗元集》第三册,北京:中华书局1979年版,第871页。

时,他著文为韩愈辩护,他在《与杨诲之书》中说:"……足下所持韩生《毛颖传》来,仆甚奇其书,恐世人非之,今作数百言,知前圣不必罪俳也。"①

柳宗元的古文理论一方面强调"道"是圣人之道或圣人之心。他在《寄许京兆孟容书》中称"以兴尧、舜、孔子之道,利安元元为务""不得志于今,必取贵于后,古之著书者皆是也"。②又在同卷《与李翰林建书》中说:"……仆近求得经史诸子数百卷,常候战悸稍定,时即伏读,颇见圣人用心、贤士君子立志之分。"③柳宗元在《与杨诲之第二书》中讲得更清楚,云:"……凡吾之致书,为《说车》,皆圣道也。……今子书数千言,皆未及此,则学古道,为古辞,庞然而措于世,其卒果何为乎?……足下所为书,言文章极正,其辞奥雅,后来之驰于是道者,吾子且为蒲捎、駃騠,何可当也?"④这其中"古辞"为古文辞,而"古道"即"圣道"。

另一方面,柳宗元所说的"道"比韩愈所提倡的"道"含义要宽广。他在《答吴武陵论非国语书》云:"……仆之为文久矣,然心少之,不务也,以为是特博弈之雄耳。故在长安时,不以是取名誉,意欲施之事实,以辅时及物为道。"⑤尤其值得注意的是,与韩愈坚决辟佛不同,柳宗元好佛,他在《送巽上人赴中丞叔父召序》云:"……吾自幼好佛,求其道积三十年。"⑥这一点他与韩愈相异,还因而被韩愈指责。《送僧浩初序》云:"儒者韩退之与余善,尝病余嗜浮图言,訾余与浮图游。近陇西李生础自东都来,退之又寓书罪余,且曰:'见《送元生序》,不斥浮图。'浮图诚有不可斥者,往往与《易》、《论语》合,诚乐之,其于性

---

① 〔唐〕柳宗元:《柳宗元集》第三册,北京:中华书局1979年版,第848页。
② 〔唐〕柳宗元:《柳宗元集》第三册,北京:中华书局1979年版,第780,783页。
③ 〔唐〕柳宗元:《柳宗元集》第三册,北京:中华书局1979年版,第802页。
④ 〔唐〕柳宗元:《柳宗元集》第三册,北京:中华书局1979年版,第852—857页。
⑤ 〔唐〕柳宗元:《柳宗元集》第三册,北京:中华书局1979年版,第824页。
⑥ 〔唐〕柳宗元:《柳宗元集》第二册,北京:中华书局1979年版,第671页。

情奭然,不与孔子异道。退之好儒未能过扬子,扬子之书于庄、墨、申、韩皆有取焉。……退之所罪者其迹也。"①韩愈多次批评他,他却从佛教中找到其与《易》相近的地方,甚至提出"不与孔子异道"。这一点是韩愈无法接受的,却是柳宗元的古文理论合乎逻辑的观点。虽然柳宗元也提出以"圣道""圣人之心"为核心,但在"道"的具体取材方面,往往不拘一格。他在《答韦中立论师道书》云:"始吾幼且少,为文章,以辞为工。及长,乃知文者以明道,是固不苟为炳炳烺烺,务采色、夸声音而以为能也。凡吾所陈,皆自谓近道,而不知道之果近乎,远乎?吾子好道而可吾文,或者其于道不远矣。故吾每为文章,未尝敢以轻心掉之,惧其剽而不留也;未尝敢以怠心易之,惧其驰而不严也;未尝敢以昏气出之,惧其昧没而杂也;未尝敢以矜气作之,惧其偃蹇而骄也。抑之欲其奥,扬之欲其明,疏之欲其通,廉之欲其节,激而发之欲其清,固而存之欲其重,此吾所以羽翼夫道也。本之《书》以求其质,本之《诗》以求其恒,本之《礼》以求其宜,本之《春秋》以求其断,本之《易》以求其动,此吾所以取道之原也。参之谷梁氏以厉其气,参之《孟》、《荀》以畅其支,参之《庄子》《老》以肆其端,参之《国语》以博其趣,参之《离骚》以致其幽,参之太史公以著其洁,此吾所以旁推交通而以为之文也。"②本六经之外,还参之以《庄子》《老子》及其他著作,其所取材是很广泛的。

还有一点,柳宗元并未明言,但确实与韩愈不同,那就是柳宗元并不反对骈文,反而创作了许多骈文,如表、启等公文和骚、赋之类。

在对待后辈青年这一方面,柳宗元因自身遭贬而坚决拒绝公开做青年的老师。卷三十四《答严厚舆秀才论为师道书》云:"仆才能勇敢不如韩退之,故又不为人师。人之所见有同异,吾子无以韩责我。若曰仆拒千百人,又非也。仆之所拒,拒为师弟子名,而不敢当其礼

---

① 〔唐〕柳宗元:《柳宗元集》第二册,北京:中华书局1979年版,第673—674页。
② 〔唐〕柳宗元:《柳宗元集》第三册,北京:中华书局1979年版,第873页。

者也。若言道、讲古、穷文辞,有来问我者,吾岂瞑目闭口耶?"①拒绝公开为人师,但并不拒绝指导,如前所引卷三十四《答韦中立论师道书》《答严厚舆秀才论为师道书》、卷三十三《与杨诲之第二书》以及卷三十四《报袁君陈秀才避师名书》等都充满这方面的内容,也充分说明柳宗元对古文运动的贡献。

(二)韩愈、柳宗元的"以文为戏"说与唐传奇创作

《唐摭言》五切磋条云:"韩文公著《毛颖传》,好博篷之戏。张水部以书劝之。其一曰,比见执事多尚驳杂无实之说,使人陈之于前以为欢,此有以累于令德。其二曰,君子发言举足,不远于理,未尝闻以驳杂无实之说为戏也。执事每见其说,亦拊拃呼笑,是挠气害性,不得其正矣。"②张籍,是韩愈的学生,也是古文运动的参加者和支持者,他认为韩愈以驳杂无实之说为戏,挠气害性,有累令德。韩愈自己也承认"为戏",但他不承认这是有害,好比人们喜欢酒色一般,所以他在《答张籍书》中说:"吾子又讥吾与人人为无实驳杂之说,此吾所以为戏耳;比之酒色,不有间乎?吾子讥之,似同浴而讥裸裎也。"③

《柳宗元集》中有两篇提到韩愈著《毛颖传》之事。一是在卷三十三《与杨诲之书》云:"……足下所持韩生《毛颖传》来,仆甚奇其书,恐世人非之,今作数百言,知前圣不必罪俳也。"④而在《读韩愈所著〈毛颖传〉后题》作出专论,为韩愈辩护,他说:"……信韩子之怪于文也。世之模拟窃窃,取青媲白,肥皮厚肉,柔筋脆骨,而以为辞者之读之也。其大笑固宜。且世人笑之也,不以其俳乎?而俳又非圣人之所弃者。《诗》曰:'善戏谑兮,不为虐兮。'太史公书有《滑稽列传》。皆

---

① 〔唐〕柳宗元:《柳宗元集》第三册,北京:中华书局1979年版,第878—879页。
② 姜汉椿:《唐摭言校注》,北京:上海社会科学院出版社2003年版,第105页。
③ 马其昶:《韩昌黎文集校注》,上海:上海古籍出版社1986年版,第132—133页。
④ 〔唐〕柳宗元:《柳宗元集》第三册,北京:中华书局1979年版,第848页。

取乎有益于世者也。"①

"以文为戏",无伤大雅,甚至"有益于世",这是韩愈与柳宗元的共同看法。在此,有两个问题值得探讨。其中第一个问题是,无论韩愈,还是柳宗元两人明确提出要"载道"或"明道",崇尚"古文辞",为何要"以文为戏"呢?是不是如陈寅恪先生所说的,是"其要旨以为古文之兴起,乃其时古文家以古文试作小说",②为了以此来练习古文呢?我认为韩愈"以文为戏",并非是为了练习作古文,而是他的个性或者说他爱好"尚险求怪"使然。他的诗歌风格是这种追求的结果,他的古文的奇崛的文风也是如此,所以他的"以文为戏"就是这种尚险怪的表现之一。正因为如此,柳宗元在两篇文章中一称"仆奇其书",一云"信韩子怪于文也",正是对这种文体特征的准确评价。也许有人会问柳宗元并不尚奇求怪,那他又为何也肯定"以文为戏"呢?我认为柳宗元肯定"以文为戏",与韩愈是有所不同的。柳宗元为韩愈"以文为戏"辩护,一是自己深受他人攻击之苦,他与韩愈两人相知,希望为减轻他人对韩愈的攻击做点事情;二是他欣赏韩愈这样一些创新之文,他自己也进行各种文体创作尝试,如"对"的文体的写作等;三是柳宗元自己并不赞成"以文为戏",把文章之事看得非常重要。他在《报崔黯秀才论为文书》称:"凡人好辞工书者,皆病癖也。吾不幸早得二病。学道以来,日思砭针攻熨,卒不能去。"③他将好辞工书都称为"病癖""日思砭针攻熨"。正因为对圣人之道有所影响,柳宗元认为《国语》应加以批评,所以作《非国语》。关于这一点,他在《与吕道州温论非国语书》中讲得非常清楚,说:"尝读《国语》,病其文胜而言尨,好诡以反伦,其道舛逆。而学者以其文也,咸嗜悦焉,伏膺呻吟者,至比六经,则溺其文必信其实,是圣人之道翳也。余勇不自

---

① 〔唐〕柳宗元:《柳宗元集》第二册,北京:中华书局1979年版,第569—570页。
② 陈寅恪:《元白诗笺证稿》,上海:上海古籍出版社1978年版,第2页。
③ 〔唐〕柳宗元:《柳宗元集》第三册,北京:中华书局1979年版,第886页。

制,以当后世之讪怒,辄乃黜其不臧,救世之谬。"①由此看来,柳宗元自己不但不"以文为戏",而且还加以反对。

需要解决的第二个问题是,韩愈写的这种"为戏"之文是不是今天所说的传奇?我们先了解传奇的文体特征。鲁迅的《中国小说史略》云:"小说亦如诗,至唐代而一变,虽尚不离于搜奇记逸,然叙述宛转,文辞华艳,与六朝之粗陈梗概者较,演进之迹甚明,而尤显者乃在是时始有意为小说。胡应麟(《笔丛》三十六)云'变异之谈,盛于六朝,然多是传录舛讹,未必尽幻设语,至唐人乃作意好奇,假小说以寄笔端。'其云'作意',云'幻设'者,是即意识之创造矣。"②又说:"传奇者流,源出于志怪,然施之藻绘,扩其波澜,故所成就乃特异,其间虽亦或托讽喻以纾牢愁,谈祸福以寓惩劝,而大归则究在文采与意想,与昔之传鬼神明因果而外无他意者,甚异其趣矣。"③周绍良先生将鲁迅先生的观点加以概括,说:"鲁迅之说,抓住了传奇的根本特征,即一、有意识的艺术虚构,二、丰富生动的细节描写,三、美的文体和美的语言。"④根据鲁迅先生的观点,我将韩愈的《毛颖传》与同时代的其他传奇作品进行了对比分析。

韩愈的《圬者王承福传》也好,《毛颖传》也好,没有采取传奇形式当然不能算是传奇了。

(三)柳宗元散文对唐传奇的贡献

柳宗元年轻时就以文名,遭贬谪后更是用力于文章创作。柳宗元对于传奇创作的影响主要在于他的文学主张。他的文学思想是比较丰富的,但影响于传奇的主要在两个方面。一是他提出文章的两

---

① 〔唐〕柳宗元:《柳宗元集》第三册,北京:中华书局1979年版,第822页。
② 鲁迅:《中国小说史略》,《鲁迅全集》第九卷,北京:人民文学出版社1973年版,第211—212页。
③ 鲁迅:《中国小说史略》,《鲁迅全集》第九卷,北京:人民文学出版社1973年版,第211—212页。
④ 周绍良:《唐传奇笺证》,北京:人民文学出版社2000年版,第3页。

分法即"文之用,辞令褒贬,导扬讽谕而已。……文有二道:辞令褒贬,本乎著述者也;导扬讽谕,本乎比兴者也"。① 用今天的话来说,"辞令褒贬,本乎著述也",是指那种实用性的文章;而"导扬讽谕,本乎比兴者也",是指寄托了作者情感又寓含某种道理的文学性的文章。本乎此,也由于韩愈的关系,他肯定了"以文为戏"的创作,因而对传奇创作,或许他并不知道什么叫作传奇而应称之为"以文为戏"类的创作,给予支持。

柳宗元对于传奇创作的影响二是通过他写的散文创作来进行的。这些散文大多是在贬谪以后写的。他的《种树郭橐驼传》《蝜蝂传》等有寓意形象却没有完整的故事情节,而文章的重点正如鲁迅先生所说的"咸以寓言为本,文词为末",重点是说明道理而不是叙说一个故事。这样的文章对于传奇的影响是不大的。柳宗元散文中还有叙事性寓言,这些寓言中也有注重情节的作品,如《三戒》中的《黔之驴》。在这个故事中无论是虎还是驴,作者采用的都是拟人化的描写。这种描写是生动的,尤其是其中的虎,见了异物先是以为神,被驴鸣所吓,通过不断地接近、了解,最终吃了貌似强大的驴。有人说:"柳宗元寓言的情节和形象的具体性生动性都是他借鉴吸收小说创作手法的结果。"②当然,这种写法不是志怪记异的那种写法,但将驴、虎的特点与它们所代表的社会上某类人的特点紧紧结合起来加以塑造,这不是传奇的影响所致,而是它影响了传奇中精怪、异物的人化的描写。作者的重点是最后几句议论:"噫!形之庞也类有德,声之宏也类有能,向不出其技,虎虽猛,疑畏,卒不敢取。今若是焉,悲夫!"③表明前面的叙事还是为了后面的道理的说明,而不在于表现自己的丰富的想象和华美的文辞,继承的还是先秦诸子用故事说

---

① 〔唐〕柳宗元:《柳宗元集》第二册,北京:中华书局1979年版,第578—579页。
② 马积高、黄钧:《中国古代文学史》(中),长沙:湖南文艺出版社1992年版,第238页。
③ 〔唐〕柳宗元:《柳宗元集》第二册,北京:中华书局1979年版,第535页。

理的模式。这与同时期沈既济的《枕中记》的传奇创作是有所不同的。

柳宗元散文创作中有一些作品是作为史传来写的,如《段太尉逸事状》,该文记叙了段太尉三件逸事,文后明言"谨上史馆"。这种传记文章虽然叙事状物写人均有可观,但并不是传奇文,也未作传奇流传。柳宗元传记散文中确有几篇类似于传奇文的,如卷十七《李赤传》,叙述江湖浪人李赤发狂,视溷厕为很好的地方,并说"吾已升堂面吾妻。吾妻之容,世固无有,堂之饰,宏大富丽,椒兰之气,油然而起。顾视汝之世犹溷厕也",[①] 就显得非常奇异,应该是属于志怪之类的传奇作品。最后有"柳先生曰"指出"是非取与向背决不为赤者,几何人耶",是有寓意的。与其他的志怪类传奇作品相较,此文用的是外视角叙述,奇的特点虽显示出来了,但缺乏感人的情,这与作者将它当作寓言来写有关。

《童区寄传》收于《柳宗元集》卷十七,纯以叙事为主,前云"斯亦奇矣"。这篇作品中童区寄的形象非常突出。此外,柳宗元传记文中还有一篇名叫《河间传》的散文比较特别。《河间传》叙一女子由不淫到至淫的变化过程,不乏过程的交待,以史家叙述笔法为主,展开的是女子被动的变化过程,对其内心的情感缺乏深入的揭示。但以传写奇事为其重要特点则是无庸置疑的。

至于柳宗元的游记散文虽然成就很高,影响也很大,但那是属于"比兴寄托"之类的高雅创作,与"以文为戏"之作根本不是一回事,对当时的传奇文的创作很难有多大影响。

由此看来,柳宗元还是进行过传奇文的创作,但他的传奇文的影响并不大。这可能是一方面由于他被贬在远离文化政治中心的南方,作品不能如韩愈的文章那样产生很大的影响,另一方面他自己并不赞成"以文为戏",而长期被贬在偏远之地,也不可能以一种轻松的

[①] 〔唐〕柳宗元:《柳宗元集》第二册,北京:中华书局1979年版,第482页。

心情来创作出"文辞和臆想"皆奇的作品,他将自己的所作文章送给年轻后辈时,肯定没有包括传奇类作品在内,因而这些传奇类作品在当时没有产生什么影响。由此我们可以肯定柳宗元的古文创作对传奇创作的影响不如现在一些论者所说的那样大。

五、艺人说话与宋元话本韵散兼用的叙述特点

"说话"及其文体的源头在哪里?一种颇有影响的观点是:"说话"源于和尚的俗讲,"话本"出自变文,李骞先生根据他对唐代变文的研究,得出了与其他研究者不同的结论。他说:"通过僧侣俗讲和唐代民间文学对比研究,可以看出,不是俗讲影响民间文学而使民间文学韵散化出现新形式,而由于佛教讲经在逐渐向中国化发展过程中,学习运用了民间文学的形式而形成僧侣俗讲。这个结论,可以充实丰富变文研究中过去已取得的结论——即变文是在中国传统文学发展过程中形成的,又可以进一步否定过去和目前变文研究者中还存在的一种看法,首先由于佛教僧侣接受印度佛经韵散合组文体影响,在唐代形成僧侣俗讲,后再影响民间文学而形成民间变文。"[1]并指出唐代说话的源头:"唐代说话与话本渊源:直接的源头则是汉以后优人在结合百戏演出中口诵的俳谐体故事'俳优小说'。其次则是由古讽谏优语中发展出来的下层文人写的'俗赋'和由秦汉沿袭相传下来的图文结合的史传、神话的事。三者共同成为唐代说话与话本继承的丰富悠久的文化传统。"[2]

由唐代说话演变而来的宋元艺人"说话",在叙述中引诗词亦即"有诗为证"的情况比较普遍,呈现在宋元话本中韵散兼用的现象俯拾即是。现存宋元话本"小说"不多,特别是其中绝大部分都经过明

---

[1] 李骞:《敦煌变文话本研究》,沈阳:辽宁大学出版社1987年版,第80页。
[2] 李骞:《敦煌变文话本研究》,沈阳:辽宁大学出版社1987年版,第104页。

人修改润色,更难以确定。程毅中先生说:"我们现在要考定话本的著作时代,一般运用下列几种方法:(1)根据现存本的刻印年代。(2)参考书目著录和其他文献记载。……(3)考察话本本身的体制,语言风格和涉及的名物制度、社会风俗。(4)比较同时代同题材的戏曲故事或民间传说、野史笔记,从故事情节的演变中判断它的时代先后。分析不同时代、不同社会阶层的思想意识。"[①]诸家的考定基本上与此相同。

现存的宋元话本,主体是散文,用以叙述故事。但除了这种散叙外,还有别的方式。《醉翁谈录·小说开辟》中说:"曰(白)得词,念得诗,说得话,使得砌。"[②]其中"说"就是散说,而"曰""念"与"说"有所不同。《花灯轿莲女成佛记》"入话"八句诗后,接着说:"却才白过这八句诗是大宋皇帝第四帝仁宗皇帝做的。""白",自然不是唱,说"白"而不言"说",则"白"与"说"也不同,戏剧里面曲中夹白,这宾白是诵的。"说话"伎艺中的"白",当和戏剧中的宾白一样需要念诵。除了念诵外,还歌唱。如《刎颈鸳鸯会》中,每一段落之后,有"奉劳歌伴,先听格律,后听芜词"或"奉劳歌伴,再和前声"的话,接下去也有韵语一段,说明"说话"说中夹唱。但从现存的宋元话本来看,需要唱的是极少数。"说""诵"相间,乃是宋元"说话"的主要方式,而"说"中夹唱,用得很少。这里以《清平山堂话本》所收集的宋元话本为主,也适当参考《京本通俗小说》和《三言》,以探讨宋代"说话"中"小说人"的"说"与"诵"或"唱"的叙事体式。

宋元话本开头部分或有"入话"二字,或无,如《洛阳三怪记》就无此二字。从实际说话来看,这两字应起备忘的作用,而不需要实际说。开篇的诗或词,就是说话的"入话",一般在诗词之后略加评释,

---

① 程毅中:《宋元话本》,北京:中华书局1980年版,第27—28页。
② 〔宋〕罗烨:《新编醉翁谈录》,《续修四库全书》第1266册,上海:上海古籍出版社2013年版,第409页。

以引入正话的。这些词或是名家的,说话人更多地是无名氏的,与要说的内容有某一点联系,但这种联系,并非必然的,更不是很切合的。如《西湖三塔记》引了无数诗词赞颂西湖的美,这只是与故事发生的地点有一点联系。如《陈巡检梅岭失妻记》的"入话"所说大庾梅岭的"险"是后面失妻的地点。说话人更多地是靠诗词之后的简略评说将其与所说的内容联系起来。这样一来用什么诗词做"入话"都没有关系。"入话"之后有略作评析引入正话的,但也有后面紧接着"头回"的,"头回"全称"得胜头回""德胜头回",又有称"笑耍头回"的。鲁迅《中国小说史略》说:"头回犹云前回,听话者多军民,故冠以吉语曰'得胜'。"①胡适却说"得胜"便是"得胜令"曲调的简说,以为"说话"人在开讲前,"必须打鼓开场,'得胜令'当是常用的鼓调,'得胜令'又名'得胜头回'。"②而所谓"笑耍头回",大约不过说说笑笑以为逗乐,聊作开场罢了。"头回"与"入话"的区别在于"头回"是叙述一个与正话相类或相反的独立故事,而不是诗词之后引经据典的议论或评释。"头回"也有称"引子",《醉翁谈录》卷一便有《小说引子》一篇,注明小说讲经并可通用。

  结尾部分多使用诗词,总结全篇,点明题旨。《西湖三塔记》结尾说:"只因湖内生三怪,至使真人到此间。今日捉来藏箧内,万年千载得平安。"③又如《合同文字记》结尾说:"正是:李社长不悔婚姻事,刘晚妻欲捐相公嗣;刘安住孝义两双全,包待制断合同文字。话本说彻,权作散场。"④《志诚张主管》说:"谁不贪财不爱淫?始终难染正人心。少年得似张主管,鬼祸人非两不侵。"⑤也有只点明题目的,如

---

① 鲁迅:《中国小说史略》,《鲁迅全集》第九卷,北京:人民文学出版社1973年版,第257页。
② 《胡适文集》第四册,北京:北京大学出版社1984年版,第456页。
③ 《京本通俗小说等五种》,南京:江苏古籍出版社1991年版,第49页。
④ 《京本通俗小说等五种》,南京:江苏古籍出版社1991年版,第36页。
⑤ 《京本通俗小说等五种》,南京:江苏古籍出版社1991年版,第42页。

《洛阳三怪记》结尾说:"话名叫做《洛阳三怪记》。"①还有交待故事来源的,如《陈巡检梅岭失妻记》云:"虽为《翰府名谈》,编作今时佳话。"②有的还保留着表演时的明显痕迹,如《合同文字记》最后有"话本说彻,权作散场"之语,此语还见于《简帖和尚》《陈巡检梅岭失妻记》等话本。

正话是每次所要讲的主要故事。在说话中所用的韵语很有特点,几乎是散说一段必有一次韵语的念诵。而这些韵语所用的场所,一是与情节的发展有关系,可以是提起下文,可以是某一转折,可以是总结,更多是故事进行中对某事的慨叹。如《陈巡检梅岭失妻记》云:

> ……陈辛见妻如此说,心下稍宽。正是:
> 青龙与白虎同行,吉凶事全然未保。
> 天高寂没声,苍苍无处寻;
> 万般皆是命,半点不由人。③

这段韵语只是提起下文,为下面陈巡检失妻之事预先制造一下气氛。《风月瑞仙亭》云:

> 一封丹凤诏,方表丈夫才。
> ……卓员外住下,待司马长卿音信,正是:
> 眼望旌节拱,耳听好消息。④

司马相如一直贫困潦倒,得到皇帝赏识后被任命为官,所以这两段韵语就是表现他的命运的转折的。又如《陈巡检梅岭失妻记》云:

---

① 《京本通俗小说等五种》,南京:江苏古籍出版社1991年版,第92页。
② 《京本通俗小说等五种》,南京:江苏古籍出版社1991年版,第61页。
③ 〔明〕洪楩:《清平山堂话本》,南京:江苏古籍出版社1990年版,第145页。
④ 〔明〕洪楩:《清平山堂话本》,南京:江苏古籍出版社1990年版,第51—53页。

……差人打听孺人消息,并无踪迹,端的:

好似石沉东海底,犹如线断纸风筝。①

陈巡检失妻之后一直寻找却没有找到,所以韵语在此加以概括。

二是韵语与人物描写有关系。首先是对某种人物的描写,并不只限于故事中的主要人物,而几乎是故事大部分人物。如《简帖和尚》中除了对故事中的主要人物简帖和尚进行韵语描写外,对小婢女迎儿,对姑姑,甚至对审案的钱大尹,都有韵语咏诵。其文云:

……叫过迎儿来。看着迎儿生得:

短胳膊,琵琶腿。劈得柴,打得水。会吃饭,能窝屎。

……看这罪人时:

面长撒轮骨,胲生渗癞腮;有如行病鬼,到

处降人灾。

……恰是一个婆婆,生得:

眉分两迷雪,髻挽一窝丝。眼昏一似秋水

微浑,发白不若楚山云淡。

……见入来的人:

粗眉毛,大眼睛,

……解到开封府钱大尹厅下;

出则社士携鞭,入则佳人捧臂。世世疏踪

不断,子环出入金门。

他是:

两浙钱王子,吴越国王孙。②

其次是对人物情绪、命运、手艺等方面的评赞。写情绪的如《简

---

① 〔明〕洪楩:《清平山堂话本》,南京:江苏古籍出版社1990年版,第155页。
② 〔明〕洪楩:《清平山堂话本》,南京:江苏古籍出版社1990年版,第16—24页。

帖和尚》中皇甫殿直发怒是"当阳桥上张飞勇,一喝曹公百万兵"①。而《洛阳三怪记》韵语写潘松唬得一似:"分开八片顶阳骨,倾下半桶冰雪水。"②如《碾玉观音》中有词寄《眼儿媚》咏秀秀的手艺云:

> 深闺小院日初长,娇女绮罗裳。不做东君造化,金针刺绣群芳。斜枝嫩叶包升蕊,唯只欠馨香。曾问园林深处,引教蝶乱蜂狂。③

三是描写景物。这些景物描写,多数是自然景物。如写西湖的景色,《西湖三塔记》中引用了苏轼的诗和词以及别人的词。《洛阳三怪记》中咏春的诗词也甚多。但最多的莫过于《碾玉观音》篇首所引用的咏春之诗词韵语。其文云:

> 山色晴岚景物佳,暖烘回雁起平沙。东郊渐觉花供眼,南陌依稀草吐芽。堤上柳,未藏鸦,寻芳趁步到山家。陇头几树红梅落,红杏枝头未着花。

这首《鹧鸪天》说孟春景致,原来又不如《仲春词》做得好:

> 每日青楼醉梦中,不知城外又春浓。杏花初落疏疏雨,杨柳轻摇淡淡风。浮画舫,跃青骢,小桥门外绿阴笼。行人不入神仙地,人在珠帘第几重?④

下面还引用了黄夫人《季春词》,苏东坡、秦少游、邵尧夫、曾两府、朱希真的诗以及苏小小的《蝶恋花》词和王岩叟的诗。话本叙述中牵涉的节气也有一番歌咏。《西湖三塔记》咏清明云:

---

① 《京本通俗小说等五种》,南京:江苏古籍出版社1991年版,第14页。
② 《京本通俗小说等五种》,南京:江苏古籍出版社1991年版,第83页。
③ 《京本通俗小说等五种》,南京:江苏古籍出版社1991年版,第4—5页。
④ 《京本通俗小说等五种》,南京:江苏古籍出版社1991年版,第1页。

乍雨乍晴天气，不寒不暖风光。盈盈嫩绿，有如剪就薄薄轻罗；袅袅轻红，不若裁成鲜鲜丽锦。弄舌黄鹂啼别院，寻香粉蝶绕雕栏。①

《洛阳三怪记》咏清明有同样的语言。而对天色的歌咏也非常多，如：

……只见天色渐晚。但见：薄雾朦胧四野，残云掩映荒郊。江天晚色微分，海角残星尚照。牧牛儿未起，采桑女犹眠。小寺内钟初敲，高庙外猿声怎息。②

《西湖三塔记》云：

天色犹未明。怎见得：北斗斜倾，东方渐白。邻鸡三唱，唤美人傅粉施妆；宝马频嘶，供人争赴名利场。几片晓霞连碧汉，一轮红日上扶桑。③

《西山一窟鬼》云：

……看那天色时，早已：红轮西坠，玉兔东生。佳人秉烛归房，江上渔人罢钓。渔父卖鱼归竹院，牧童骑犊入花村。④

对风的描写也比较多。《西山一窟鬼》云：

……兀自说未了，就店里起一阵风：非干虎啸，不是龙吟。明不能谢林开花，暗藏着山妖水怪。吹开地狱门前土，惹此酆都山下尘。⑤

----

① 〔明〕洪楩：《清平山堂话本》，南京：江苏古籍出版社1990年版，第29页。
② 〔明〕洪楩：《清平山堂话本》，南京：江苏古籍出版社1990年版，第88页。
③ 〔明〕洪楩：《清平山堂话本》，南京：江苏古籍出版社1990年版，第32页。
④ 《京本通俗小说等五种》，南京：江苏古籍出版社1991年版，第33页。
⑤ 《京本通俗小说等五种》，南京：江苏古籍出版社1991年版，第35页。

《陈巡检失妻记》云：

> ……只见就方丈豪起一阵风，但见：无形无影透人怀，二月桃花被绰开。就地撮将黄叶去，入山推出白云来。①

《西湖三塔记》云：

> ……只见一阵风。怎见得？风荡荡，翠飘红。忽南北，忽西东。春开杨柳，秋卸梧桐。凉入朱门户，寒穿陋巷中。嫦娥急把蝉宫闭，列子登仙叫救人。②

对建筑物、园林，甚至是一桌酒席等都用韵语描写。如《风月瑞仙亭》描写园中景致：

> 径铺玛瑙，栏刻香檀。聚山坞风光，为因景物。山叠岷怪石，槛栽西洛名花。梅开庾岭冰姿，竹染湘江愁泪。春风荡漾，上林李白桃红；秋日凄凉，夹道橙黄橘绿。池沼内，鱼跃锦鳞；花木上，禽飞翡翠。③

《洛阳三怪记》既描写了园林，又描写了酒店、宅第等建筑物。文云：

> ……唤做会节园，甚次第，但见：朱栏围翠玉，宝槛嵌奇珍。红花共丽日争辉，翠柳与晴天斗碧。妆起秋千架，采结筑毯门。流盅亭侧水弯环，赏月台前花屈曲。几竿翠竹如龙，绕就太湖山，数筬香松似凤。楼台侧畔杨花舞，帘幕中间燕子飞。

> ……元来是一座崩败花园。但见：

---

① 《京本通俗小说等五种》，南京：江苏古籍出版社1991年版，第160页。
② 〔明〕洪楩：《清平山堂话本》，南京：江苏古籍出版社1990年版，第35页。
③ 《京本通俗小说等五种》，南京：江苏古籍出版社1991年版，第45页。

亭台倒塌,栏槛斜倾。不知何代浪游园,想昔时歌舞地。

……

只见□□有一家村酒店。但见:傍村酒店几多年,遍野桑麻在地边。白板凳铺邀客坐,柴门多用棘针编。暖烟灶前煨麦蜀,牛屎泥墙画醉仙。

……

即时摄将去,到一个去处。只见:

金朱户,碧瓦盈檐。四边红粉泥墙,两下雕栏玉砌。即如神仙洞府,有如王者之宫。

……

少顷,水陆毕陈。怎见得?

琉璃钟内珠满,烹龙炮凤玉脂泣。罗帏绣幕生香风,击起鼍吹龙笛。当筵尽幼醉扶归,皓齿歌兮细腰舞。正是青春白日幕,桃花乱落如红雨。[①]

四是用韵语描写男女欢会。《洛阳三怪记》描写潘松与妇人欢会云:

……两个便见:

共入兰房,同归鸳帐。宝香消,转幕低垂:

玉体共,香衾偎。揭起红绫被,一阵粉花香;撮起琵琶腿,慢慢结鸳鸯。三次亲唇情越盛,一阵酥麻体觉寒。[②]

有人说话本中的诗歌是说话艺人的婢女,并没有发挥它们应有的作用。实际这些诗词,与其说是一种艺术上的象征或是艺术水平的表现,还不如说一种有节奏感或音乐性的韵语更准确些。当然,不

---

① 〔明〕洪楩:《清平山堂话本》,南京:江苏古籍出版社1990年版,第81—85页。
② 〔明〕洪楩:《清平山堂话本》,南京:江苏古籍出版社1990年版,第86—87页。

能说艺人没有通过用诗词来表现自己的博学的想法。《醉翁谈录·小说开辟》云:"夫小说者,虽为末学,尤务多闻。非庸常浅识之流,有博览该通之理。幼习《太平广记》,长攻历代书史。烟粉传奇,素蕴胸次之间;风月须知,只在唇吻之上。《夷坚志》无有不览,《琇莹集》所载皆通,动哨中哨,莫非《东山笑林》;引倬底倬,须还《绿窗新话》。论才词有欧、苏、黄、陈佳句;说古诗是李、杜、韩、柳篇章。"[①]能卖弄李、杜、韩、柳和欧、苏、黄、陈等人的诗句,怎不会表现他们的博学呢?其实这些韵语,除了引用一些名家的诗词外,从其本质上来讲,是一种套语。这可以从以下几个方面来认识。一是同样的韵语在不同的话本中出现。如"猪羊走屠宰之家,一脚脚来寻死路",《错斩崔宁》中用了;又见于《刎颈鸳鸯会》,用字稍有不同,"猪羊奔屠宰之家,一步步来寻死路",其意完全相同。二是这些韵语切合所说的故事很少,一般都是一种脱离具体故事的泛论、慨叹或描写。三是韵语在使用时,有时连适不适用也不管。如《洛阳三怪记》中有一套语为"分开八片顶阳骨,倾下半桶冰雪来",是用来形容潘松受惊吓的情状,是准确的;同样的套语,"分开八块顶阳骨,倾下半桶冰雪来"出现在《五戒禅师私红莲记》中,只改了一个字,将"片"改为"块",其意也完全相同,却用来形容五戒见到红莲时的情态,显然是不合适的。四是韵语中有不顾场合的取乐打趣。如《简帖和尚》中皇甫松拷问婢女迎儿时,话本对迎儿的描写为:"短胳膊,琵琶腿。劈得柴,打得水。会吃饭,能窝屎。"这就是一种没有多大意义的打趣逗乐。

如果将小说话本这些韵语经常出现的场合加以连接就可以组成"说话"中"小说"的正话套路:人话之后,往往是慨叹人物命运或某种不好结局,之后歌咏天气、节气或其他景物,接着对遇到的人进行韵语描写,然后是故事的转折之处又进行韵语歌咏,再后又是对景物或遇到的某物某事进行韵语歌咏,直到结尾处。正因为如此,熟练掌握

---

① 〔宋〕罗烨:《醉翁谈录》,上海:古典文学出版社1958年版,第3页。

大科三段和套语模式的说话四家中"小说人"当然就成了"最畏"的对象,他的"顷刻间的提破"就是将故事材料一塞进现成的套路中立马就可以讲说。

以上是对一般的情况而言,"说话"的小说中还有几个特例须另加考察。第一个我们来看《快嘴李翠莲记》的韵语摘录:

入话:
出口成章不可轻,闻言作对动人情。虽无子路才能智,单取人前一笑声。

此四句单道:昔日东京有一员外,姓张名俊,家中颇有金银。……只是口嘴快些,凡向人前,说成篇,道成溜,问一答十,问十答百。有诗为证:

问一答十古来难,问十答百岂非凡。能言快语真奇异,莫作寻常当等闲。

……张宅先生念诗曰:
高卷珠帘挂玉钩,香车宝马到门头。花红利市多多赏,富贵荣华过百秋。

……先生念诗曰:
鼓乐宣天响汴州,今朝织女配牵牛。本宅亲人来接宝,添妆含饭古来留。

……先生念诗赋,请新人入房,坐床撒帐:
新人那步过高堂,神女仙郎入洞房。……

……新人坐床,先生拿起五谷,念道:
撒帐东,帘幕深围烛影红。[1]

《快嘴李翠莲记》是一篇绝妙的韵散合组的话本,它甚少套语式的韵语,而更多将人物的性格及其情节发展很好地结合在一起,当然

---

[1] 〔明〕洪楩:《清平山堂话本》,南京:江苏古籍出版社1990年版,第62—70页。

它也自然照顾到传统话本的通过韵散的调剂达到一种吸引听众的效果。这种效果是说话艺人自觉要做到的。

第二个要特别考察的话本是《刎颈鸳鸯会》。我们也看其韵语摘录：

> 入话：
> 眼意心明卒未休，暗中终拟约秦楼。……
> 丈夫只手把吴钩，欲斩万人头，……
> 右诗、词各一首，单说"情""色"二字。……
> 且说个临淮武公业……
> 况这妇人不害了你一条性命了？真个：
> 蛾眉本是婵娟刀，杀尽风流世上人。
> 权做个笑耍头回。
> 未知此女几进得偶素愿？因成商调醋葫芦小令十篇，击(系)于事后，少迷(述)斯女始末之情。
> 在座看官，要备细请看叙大略，漫听秋山一本《刎颈鸳鸯会》。又调《南乡子》一阕于后。奉劳歌伴，再和前声：……①

应该明确的是《刎颈鸳鸯会》是一个话本。这样的证据是明显的。一是在说话过程中用的是说话人的"且说""说"以及常用的套语如，"猪羊奔屠宰之家，一步步来寻死路"。二是还有说话人的出现，如云："说话的，你道这妇人住居何处？姓甚名谁？"三是篇首还有"权做个笑耍头回"的非烟与赵象的故事。但是，这个话本与别的话本不同的是有伴唱的。胡士莹先生据此认为说话人除说以外还需要

---

① 〔明〕洪楩：《清平山堂话本》，南京：江苏古籍出版社1990年版，第186—201页。

有歌唱的本领。① 也有人认为是特例,不能作为说话需要歌唱的例证。② 我认为宋代说话兴起的时候也是宋代其他民间艺术形式如杂剧、傀儡戏、影戏等兴起的时候,说话艺术与其他艺术形式在其开始的时候是很可能浑融在一起,界限并不如后代这么明显。《都城纪胜·瓦舍众伎》云:"凡傀儡敷衍烟粉、灵怪故事、铁骑、公案之类。其话本或如杂剧,或如崖词。大抵多虚少实。""凡影戏,乃京师人初素纸雕镞,后用彩色装皮为之。其话本与讲史书者颇同。大抵真假参半。"③这些伎艺在当时很可能还使用共同题材的话本进行演出,因而说话作为一种伎艺很难说没有歌唱这一方面的内容,只是后来愈来愈少,以口说为主,加上少量的、简单的形体动作。

第三个有所不同的话本是《拗相公》。这个话本虽也是韵散兼用,但说话人的习用韵语很少,几乎全部为与要刻画对象——拗相公相切合的诗为主。这种情况表明,这个话本是文人的有意识的创作,可能与攻击王安石的政治势力有关,因此从客观上突破了说话人的不管对象内容对诗词歌赋等韵语的套用。

从说、诵这方面来讲,"说话"中的"讲史"与"小说"有所不同。讲史是分为三段,开头部分为引子,通常是一首或几首诗.然后是叙述历史大事的缘起,如《三国志平话》中首先交待为何会有三分天下之事;或者是分析历史演变的缘由,这些都应该是属于开头部分。在这以后才进入对主要历史故事的叙述。最后交待历史演变的结果,并以一首诗作结。虽然在叙述中也有不少的韵文,也还算是"说""诵"兼有,但比起"小说"话本来,有几点不同。一是与篇幅比较长的"小说"相较,其韵文念诵的量要少得多。二是除了与"小说"话本用自拟的或习用的韵文进行一些讲说中的韵文念诵外,"讲史"比较近实,所

---

① 胡士莹:《话本小说概论》(上),北京:中华书局1980版,第90页。
② 萧相恺:《宋元小说史》,杭州:浙江古籍出版社1997年版,第39页。
③ 《东京梦华录 都城纪胜 西湖老人繁胜录 梦粱录 武林旧事》,北京:中国商业出版社1982年版,第82页。

引用的多是有名有姓的韵文作品。如《七国春秋平话后集》里面引用了胡曾的咏史诗。文云:"有胡曾咏史诗为证。诗曰:'坠叶潇潇九月天,驱嬴独过马陵前;路傍古木虫书处,记得将军破敌年。'"①引用了周昙咏史诗。文云:"有周昙咏史诗为证。诗曰:'曾嫌胜己害贤人,钻火明知速自焚;断足尔能行不足,逢君谁肯不酬君。'"②引了徐景山的《黄金台赋》。文云:"更有徐景山《黄金台赋》为证。其略云:'春秋之世,战国之燕。……因酌古以寓情,惜台平而事异。'"③《秦并六国平话》引用了杜牧《阿房宫赋》。文云:"唐贤杜牧做那《阿房宫赋》,末后说得最好。说个甚的?杜牧《阿房宫赋》后一段道是:'呜呼,灭六国者,六国也,非秦也。……'"④还引了王荆公的诗。文云:"宋朝王荆公有诗道,诗曰:'秦皇筑城何太愚,天实亡秦非北胡;一朝祸起萧墙内,渭水咸阳不复都。'"⑤因为叙述的是曾经发生过的史实,所以所引之诗就起了以诗证事的作用,这与"小说"也是有明显区别的。三是讲史中韵语绝少描写景物。四是除了引诗以外,讲史中还引用了书信、表疏等。

　　从明清章回小说来看,《三国演义》韵散兼用的特点比较多地接受了宋元讲史的影响,分卷分节直接来源于讲史,而引诗与讲史相同。《水浒传》受小说话本的影响比较明显。天都外臣本《水浒传序》谓"故老传闻:洪武初,越人罗氏,诙诡多智,为此书,共一百回,各以

---

　　① 《七国春秋平话后集》,《宋元平话集》(下),上海:上海古籍出版社1990年版,第489页。
　　② 《七国春秋平话后集》,《宋元平话集》(下),上海:上海古籍出版社1990年版,第489页。
　　③ 《七国春秋平话后集》,《宋元平话集》(下),上海:上海古籍出版社1990年版,第507页。
　　④ 《七国春秋平话后集》,《宋元平话集》(下),上海:上海古籍出版社1990年版,第571页。
　　⑤ 《秦并六国平话》,《宋元平话集》(下),上海:上海古籍出版社1990年版,第648页。

妖异之语引于其首,以为之艳。"① 还有"请客""摊头"的,钱希言《戏瑕》说广词话每本头上,有请客一段,权做过得利市头回。正话之中也有许多习用的韵语,其情况也与小说话本的情形基本相同。《西游记》中的情况也基本如此。只有《红楼梦》的说话习用韵语几乎绝迹,是一种全新的方式。

总之,宋元话本中韵散兼用的叙述方式采用得比较普遍,而这种韵散兼用更多是一种技艺上的考虑,习用的诗词、套语与模式化的程式,构成了宋元话本的叙事特点。

---

① 朱一玄、刘毓忱:《水浒传资料汇编》,天津:南开大学出版社 2002 年版,第 167 页。

第四章 中国古代小说名著研究

一、神石原型与中国古代三大名著

我国古典小说里的四大名著中有三部与石头有关,如《水浒传》中的"石碣天书",揭开了一百单八好汉的奇特命运;《西游记》中的石胎生石猴,敷衍出奇幻无比的故事;《红楼梦》中叙说的是女娲炼石补天后,遗弃的并在凡间走了一遭的石兄的故事。是巧合,抑或是别有玄机?这是很值得研究的。

石头在人们的周围到处可见,实在是平凡不过的东西,谁都不会认为它有什么神秘之处。可是在古代,尤其是在远古,我们的祖先是崇拜过石头的。在我国古代的神话传说中,有许许多多有关石头的传说。其中一个是"女娲石"的传说,女娲是我国神话中一个伟大的女神,创造了人,曾炼石补天。《列子·汤问》云:"革曰:……然则天地亦物也。物有不足,故昔者女娲氏炼五色石补其阙;断鳌足以立四极……"①还被祀为婚姻之神,如《路史·后纪二》罗苹注引《风俗

---

① 〔晋〕张湛:《列子注》,《诸子集成》第三册,北京:中华书局2006年版,第52页。

通》:"女娲祷祠神祈而为女媒,因置昏姻。"①另一个是"高媒石"的传说。"高媒"是古代专司婚姻之神,这种祭祀有的说是祭姜嫄,有的直接说是女娲。祀高媒有坛,坛上有石。晋时坛上的石块断了还曾引起诸博士的讨论。还有一个"启母石"的传说,这是一个与大禹治水有关的传说故事。《绎史》卷十二引《随巢子》:"禹娶涂山,治鸿水,通轘辕山,化为熊,涂山氏见之,惭而去,至嵩高山下化为石。禹曰:'归我子!'石破北方而生启。"②启由石而生,实际上禹的降生也与石有关。《绎史》卷十一引《遁甲开山图》:"古有大禹,女娲十九代孙,寿三百六十岁,入九嶷山仙飞去。后三千六百岁,尧理天下,洪水既甚,人民垫溺,大禹念之,乃化生于石纽山泉。女狄暮汲水,得石子如珠,爱而吞之,有娠,十四月生子,及长,能知泉源,代父鲧理洪水。尧帝知其功如古大禹,知水源,乃赐号禹。"③这些与石有关的传说应该可以说明神石在古人心中有一些共同的特征。神石是创造之神用来补天的,当然具有重构、重塑等功用;神石又是婚姻之神、生育之神女娲与高媒的象征。实际上女娲与高媒又是同一神的别名。前所引《路史·后纪二》:"以其(女娲)载媒,是以后世有国,是祀为高媒之神。"④前所引罗苹注引《风俗通》:"女娲祷祠神祈而为女媒,因置昏姻。"神石当然就具有创造、重构、生育等神性了。夏启由石破北方而生,这个传说又赋予神石以自身孕育、冲破束缚而出的神性。再从夏启不遵父命推翻益的权位来看,神石应该具有反叛这一特性。或许有人会用儒家经典来说明中国古代有过禅让,却没有通过血腥的反叛取得权位的传说。这只能说明这是经过儒家学派修改过的东西,

---

① 〔宋〕罗泌:《路史》,《影印文渊阁四库全书》383册,台北:台湾商务印书馆1986年版,第83页。
② 〔清〕马骕:《绎史》(一),济南:齐鲁书社2001年版,第142页。
③ 〔清〕马骕:《绎史》(一),济南:齐鲁书社2001年版,第113—114页。
④ 〔宋〕罗泌:《路史》,《影印文渊阁四库全书》383册,台北:台湾商务印书馆1986年版,第85页。

不是接近原始面貌的。启取得权位毫无疑问是经过一场血的争斗。《战国策·燕策一》："禹授益而以启为吏。及老,而以启为不足任天下,传之益也。启与其支党攻益而夺之天下。"①《古本竹书纪年辑校订补》："益干启位,启杀之。"②正如英国弗雷泽《金枝》里所收集的世界各地古代谷王传说中后起的年轻之辈通过杀死老谷王而登上王位。这应该更符合古代的实际情况一些。

关于石的传说,实际上还有很多。在先秦,《左传》就记载有"石人语"这样被称之为"妖异"的现象。《国语·鲁语下》载:"丘闻之:木石之怪,夔、魍、魉,水之怪曰龙、罔象,土之怪曰羵羊。"③还有天上的陨石,这使人们又将天上的星辰与地上的石头视为同一之物。《太平广记》卷三百九十八《黄石》条:"帝尧时,有五星自天而陨。一是土之精,坠于谷城山下,其精化为圯桥老人,以兵书授张子房。云:'读此当为帝王师。后求我于谷城山下,黄石是也。'"④同书同卷《太白精》:"金星之精,坠于中南圭峰之西,因号为太白山。其精化为白石,状如玉美,时有紫气覆之。"⑤这样神石既有其怪异的一面,又是星辰的同一物,具有非凡的神性。

总之,神石原型在我国古代包含有创造、生育、冲破、反叛、怪异等种种意蕴,在不同的历史时期,虽然有一些变化,但对古人产生了强烈的影响是毫无疑问的。《水浒传》《西游记》等古典小说是集体创作与个人创作的产物,神石原型在小说中作为一种集体记忆甚至作为作家的主动运用应该是非常明显不过的事情。下面进行具体考察。

---

① 袁珂、周明:《中国神话资料萃编》,成都:四川省社会科学院出版社1985年版,第279页。
② 袁珂、周明:《中国神话资料萃编》,成都:四川省社会科学院出版社1985年版,第280页。
③ 《国语》下,北京:中华书局2013年版,第214页。
④ 〔宋〕李昉等:《太平广记》第八册,北京:中华书局1961年版,第3185页。
⑤ 〔宋〕李昉等:《太平广记》第八册,北京:中华书局1961年版,第3187页。

首先，我们来看一看神石原型对小说反叛的主题的影响。《水浒传》是我国第一部写农民起义的小说，表达了官逼民反这样一个重大的主题。就一般的情况而言，小说中所写的"石碣天书"，人们注意的是它所宣扬的定数、宿命，甚至指责它为迷信的、落后的东西。实际上这里面包含有革命性的东西，绝不能等闲视之。石碣与石板压住、石碣镇住了的"魔君"，初看起来似乎是两样根本不同的东西，事实上它们是同一个事物。这些魔君上应天星，但天星却又可以下降为石，而小说第十三回《赤发鬼酒醉灵官殿 晁天王认义东溪村》里晁盖梦见北斗七星下降，因而有石碣村聚会，更不用说最后石碣天文上注明有一百单八星，这些都表明石碣即是魔君，魔君即是石碣。由冲破石板的压、石碣的镇可看出神石原型的冲破、反叛的特性，也就是俗语所云的"压迫愈深，反抗愈烈"。这些魔君或是天罡、或是地煞，正是秉天地之正气，"直教撞破天罗归水府，掀开地网上梁山"，走上反抗道路。因此石碣天书在这里更多的不是演说"天命"，而是标明了"冲破""反叛"等革命性的特征，很好地服务于全书的主题。

《西游记》写石猴的出世，云，东胜神州海外一国曰傲来国，国近大海，海中有一山名花果山，山顶有一块仙石，"其石有三丈六尺五寸高，按周天三百六十五度；有二丈四尺围圆，按政历二十四所；上有九窍八孔，按九宫八卦。盖自开辟以来，每受天真地秀，日精月华，感之既久，遂有灵通之意。内育仙胞，一日迸裂，产一石卵，似圆球样大。因见风化作一个石猴。五官俱备，四肢俱全。便就学爬学走，拜了四方，目运两道金光，射冲斗府"[①]。石猴出世的描写明显是受了"启母石"传说的影响。石猴既是受日精月华而生，当然他就脱离了一定的社会关系，他发现了一个"洞天福地"，领着群猴过着"不伏麒麟辖、不伏凤凰管、又不伏人间王位所拘束"的自由生活；通过访师学道，他至龙宫索宝、到冥府勾掉生死簿上的名字。石猴孙悟空打乱了"三界"

---

① 《西游记》，北京：中华书局2005年版，第1—2页。

的秩序,玉帝"遣将擒拿"不成,又来"降旨招安",进行欺骗,反被石猴孙悟空识破,一叛再叛,向天界的最高统治者提出挑战,定要玉帝让出天宫,"若还不让,定要搅攘,永不清平"。① 这样传统的神石原型就很好地为小说"大闹天宫"这一情节的反抗主题服务。即使后一部分主题有所变化,孙悟空皈依佛门,保护唐僧取经,在八戒、沙僧协助下,一路斩妖除怪,到西天成了"正果",但仍然与神石原型有着密切的关系。在作品的实际描写中,取经这个目的,远不如达到这一目的而表现出的顽强斗争精神来得重要。这种斗争精神正是神石原型的一种表现。另一方面,《西游记》里的多数妖魔都与各种神佛有着千丝万缕的联系,因此孙悟空的抗魔斗争,也可以看作是对神佛的间接斗争,仍然具有一种反抗性。

《红楼梦》的主题有各种各样的说法,现在还很难有一致的意见。但小说中写了一些有新思想的人物,他们不喜科举仕宦,认为这只是"须眉浊物""国贼禄蠹"之流用以沽名钓誉的手段,追求男女平等、自由爱情,并因此与深信传统思想的当权人士发生激烈的冲突,这是小说中重要的思想内容,应该是治《红楼梦》的人都承认的。神石原型就与小说中这种思想内容有着很密切的关系。小说第一回就说女娲炼石补天之时留下了一块石头未用,这一块石头"自经锻炼之后,灵性已通,自去自来,可大可小""幻形入世、被那茫茫大士渺渺真人携入红尘",后来仍被弃于青埂峰下,只是石"上面叙着堕落之乡,投胎之处,以及家庭琐事,闺阁闲情,诗词谜语,倒还全备"②。因此小说原名为《石头记》,这就表明了小说与石头的特殊关系。至于小说的主人公——具有叛逆性格的贾宝玉,本身就是这一块顽石的化身,而与他一同争取爱情幸福的林妹妹同样也与神石有着因缘,她的前身是受石头通灵后化身而成的神瑛侍者恩惠的绛珠草,她的身上也就

---

① 《西游记》,北京:中华书局2005年版,第36页。
② 〔清〕曹雪芹、高鹗:《红楼梦》一,北京:人民文学出版社1964年版,第2页。

具有一些叛逆的因素,才能与贾宝玉并肩与传统的当权人士作战,此小说的叛逆的思想内容也与神石原型所具有的"冲破""反叛"意蕴紧紧相连。

神石原型与这三部古典名著的主题有着很紧密的关系,也必定与其结构有着联系。《水浒传》中多次提到"石碣"二字。金圣叹说:"三个'石碣'是一部《水浒传》大段落。"①小说的第一回叙述洪太尉上龙虎山请张大师祈禳时强要打开"伏魔之殿",殿中"只中央一个石碣,约高五六尺,下面石龟跌坐,大半陷在泥里"。将石碣放倒,掘出石宅,扛起石板,"看时,石板底下,却是一个万丈深浅地穴。只见穴内刮刺刺一声响亮,那响非同小可。响亮过处,只见一道黑气……直冲到半天里,空中散作百十道金光,望四面八方去了"。真人告诉洪太尉"此殿内镇锁着三十六员天罡星,七十二座地煞星,共是一百单八个魔君在里面。上立石碣,凿着龙章凤篆姓名,镇住在此"②。小说的开头就交待了一百单八个好汉的不同寻常的出世。再往后发展,七星小聚义又紧紧与石碣村相联系,金圣叹云:"水浒之始也,始于石碣;水浒之终也,终于石碣。石碣之为言一定之数,固也。然前乎此者之石碣,盖托始之例也。若水浒之一百八人,则自有始也。一百八人自有其始,则又宜何所始?其必始于石碣矣。故读阮氏三雄,而至石碣村字,则知一百八人之入水浒,断自此始也。"③

神石原型与《西游记》的结构关系不是很大,因为它主要是以取经为线索,但与《红楼梦》的结构确有莫大的关系。《红楼梦》之始就叙说女娲炼石补天后所弃之石通灵被二僧道携到红尘走一遭,其经历镌于石上被空空道人抄去,这就使之笼罩整个小说。这既是一种缘起的介绍,又是一部小说的总纲性质的东西,故而小说最早称为

---

① 〔清〕金圣叹:《读第五才子书法》,《水浒传会评本》上,北京:北京大学出版社 1987 年版,第 11 页。
② 《水浒传会评本》上,北京:北京大学出版社 1987 年版,第 49 页。
③ 《水浒传会评本》上,北京:北京大学出版社 1987 年版,第 270 页。

《石头记》。在以后情节的发展中,我们不时还可以看到神石以通灵宝玉的面貌在很多章回里出现,推动情节的发展。第二回通过冷子兴介绍贾府生了一位口衔宝玉的公子。这是石兄已至人间,并初步介绍了他的性格特点。第三回林姑娘初至贾府,乍一见面,宝玉就要摔掉通灵宝玉。这是开始正面写他,并介绍了他与林姑娘双方都感到特别亲近的关系。第八回宝钗看通灵宝玉,引出了金锁,当然也引出了宝钗与宝玉的特殊关系,在此叙述者明确提醒看官这是大荒山上那块石头。第二十五回贾宝玉与王熙凤一同被魔法所害,又是跛足道人与癞僧前来救治,并明确地说:"青埂峰下,别来十三载矣!"①至于这里面的爱情线索,特别是宝玉与黛玉、宝钗的爱情纠葛,也始终与神石——通灵宝玉有着密切的关系,即所谓"木石前盟""金玉良缘"。第二十九回,宝玉与林姑娘又为了所谓"金玉良缘"怄气:"那宝玉又听见他说'好姻缘'三个字,越发逆了己意,心里干噎,口里说不出来;便赌气向颈上摘下'通灵玉'来;咬咬牙,狠命往地下一摔,道:'什么劳什子!我砸了你,就完了事了!'"②第一百二十回贾政概括得更好:"便是那和尚道士,我也见了三次:头一次,是那僧来说玉的好处;第二次,便宝玉病重,他来了将那玉持诵一番,宝玉便好了;第三次,送那玉来,坐在前厅,我一转眼就不见了。"③

神石原型对小说中人物的塑造也有重要影响。《水浒传》里面的一百单八条好汉,几乎人人都有强烈的反叛精神,都被称之为"魔君"。如鲁智深,嫉恶如仇,敢作敢为,"禅杖打开危险路,戒刀杀尽不平人";如武松"心雄胆大,似撼天狮子下云端,骨健筋强,如摇地貔貅临座上,如同天上降魔主,真是人间太岁神";再如李建、阮氏兄弟等,都是敢于反抗的。特别是林冲形象的塑造,他一再受压迫,忍辱退

---

① 〔清〕曹雪芹、高鹗:《红楼梦》一,北京:人民文学出版社1964年版,第298页。
② 〔清〕曹雪芹、高鹗:《红楼梦》一,北京:人民文学出版社1964年版,第354页。
③ 〔清〕曹雪芹、高鹗:《红楼梦》四,北京:人民文学出版社1964年版,第1536页。

让,结果却弄得家破人亡。这样蓄积愈多,爆发当然愈烈,反抗也就愈坚决,与小说开篇时所讲的一百单八魔君被压而最终冲出一样,完全可以看出是神石原型的冲破、反叛意蕴的影响。《西游记》里的孙悟空的塑造也与神石原型有关系。他的反抗精神毫无疑问是来自神石原型,特别是来自"启母石",启既然是生自于石头,他当然用不着对他父亲负责,因此他敢于反抗他父亲传其王位的益,孙悟空受天地之精气而生,无父无母,所以不受任何东西束缚,也不接受动物、人、神的管辖,他敢于闹地府、龙宫,特别是向天界最高统治者的玉帝挑战,即使皈依佛门后仍然对玉帝、佛祖、菩萨不恭,对神仙如同对奴仆一般。当然他有些特点是来源于动物猴子的特性,如焦躁、灵活、好动等,但他的坚强不屈、百折不回,还很可能是来源于石头的坚硬这一自然特性。

《红楼梦》将贾宝玉与青埂峰下的顽石视为一物,因此在塑造人物的时候,当然也就必然会有所照应,石既为"蠢物",宝玉在第三回《西江月》被称为"似傻如狂",塑造为有点"痴""傻",常常生出很多怪奇的想法,尊重、喜爱女孩子,同情女子的不幸。石已通灵,宝玉"但聪明乖觉,百个不及他一个"。① 石不同凡石,生出了很多的想法;人当然也不是一般的人,所以宝玉"愚顽怕读文章;行为偏僻性乖张,那管世人诽谤",不肯"留意孔孟之间,委身经济之道",称"读书上进的人"为"国贼禄鬼",鄙视那些"文死谏""武死战"所谓节烈之士,痛恨家中用传统的宗法礼教所构成的封建网罗,厌恶一切"峨冠礼服"的应酬。对于几千年的统治思想也大胆地加以怀疑,说"除四书以外,杜撰的也太多呢",②并进一步"祸延古人,除四书外,竟将别的书焚了"(据脂庚本,程本已删)。如前两部小说称小说中英雄为"魔君""妖王",贾宝玉也被称为"孽根祸胎""混世魔王"。贾宝玉与通灵宝

----

① 〔清〕曹雪芹、高鹗:《红楼梦》一,北京:人民文学出版社1964年版,第19页。
② 〔清〕曹雪芹、高鹗:《红楼梦》一,北京:人民文学出版社1964年版,第38页。

玉的关系真是完全合为一体,有玉就聪明伶俐,失玉就生病,就"糊涂"。这三部名著都引入了神石原型,但它们都不是简单地搬用,除了继承外,还有所改变。《水浒传》是最早引入神石原型的。在它之前确实还没有哪一部作品出现过神石原型,因此在这一原型的采用方面,《水浒传》的作者是有开创之功的。《水浒传》的重要素材来源之一《大宋宣和遗事》中没有石碣之说,南宋说水浒的众多家数中,从现存材料来看也没有,元代的水浒戏中也没有。看来是作者直接从古代神话传说资料中提炼出来的,与《水浒传》的"石碣"相近的古神话传说材料则比较多。如《会稽郡故书杂集》辑《孔灵符会稽记》《贺循会稽记》和《汉唐地理书抄》辑《盛弘之荆州记》《吴越春秋·越王无余外传》《抱朴子·辨问》均说昔禹治洪水厥功未就时,乃登会稽宛委山,于此山发石匮,得金简文字,以知山河体势,于是疏导百川,各尽其宜。《黄帝玄女兵法》说得更神秘也更详细,文云:"禹问于风后曰:'吾闻黄帝有负胜之图,六甲阴阳之道。今安在乎?'风后曰:'黄帝藏会稽之山下,其坎深千丈,广千尺,镇以磐石,致难得也'禹北见六子,问海口所出。禹乃决江口,鸣角会稽,龙神为见,匮玉浮。禹乃开而视之,中有《天下经》十二卷。禹未及持之,其四卷飞上天,禹不能得也。其四卷复下陂池,禹不能拯也。禹得中四卷,开而视之。"①由此,我们可看到《水浒传》中的石碣与玄女娘娘授天书的最初来源,但《水浒传》的作者却还是根据小说的需要做了一些改动,禹之得石匮中之金简玉字,无非是说明他得到了上天的帮助,亦即受命于天的意思,可小说中的石碣天书,除了这点相同,表示了水浒英雄也是上合天意、强调其正义性外,还将石碣与魔君、英雄完全合一,这又糅合了其他的神石传说,使其有更深的内涵。

《西游记》作为一部完整的小说来讲是产生于《水浒传》之后,一方面它从古神话传说中搜集材料,如石猴于石胎而生,直接来源于

---

① 〔宋〕李昉等:《太平御览》一,上海:上海古籍出版社2008年版,第778页。

"启母石"的传说,也就是说孙悟空的性格特点除了是来自于如鲁迅所说的水神无支祁外,很大程度上是来源于这种神石原型;另一方面《西游记》的作者也可能受了《水浒传》的启发并有所发展。《水浒传》中石碣与水浒英雄的关系还是有点含含糊糊、隐隐约约的,还需要读者去联想、去推测,但在《西游记》中神石就是孙悟空,孙悟空就是神石。

真正集前两部小说的大成,将中国上古有关神石的传说与章回小说中对这一原型的利用完全糅合在一起而又有所发展的是《红楼梦》。不但它的主题与神石原型有关,而且它的结构,尤其是其中的主人公与神石完全合而为一,凝固为一个艺术整体。贾宝玉就是女娲补天后的弃石,这块弃石就是贾宝玉,不仅表达了神石原型所共有的意蕴,而且还透露出一种深深的未能补天的遗憾。

总之,《水浒传》《西游记》《红楼梦》这三部古典名著,一个是写神魔世界,一个是写英雄好汉结伙聚义,一个是写豪门大家儿女情事,虽然它们有很大的不同,但小说的主题、结构以及所写人物都与神石原型有关,它们的相同之处都集中在主题与人物的叛逆特性这一方面,因此在处理这类主题和人物时,古代的作家都很自然地利用起神石原型,通过神石原型的引入,一个方面增加了作品的历史感、深度感,更重要是唤起了千百万读者心中潜藏的不满现状,寻求突破,再造宇宙的久远的原始记忆和强烈的原始冲动,这就必然增加作品的史诗特性、哲理意蕴及其震撼力,并使之成为我们民族的圣典。

二、中国古典作品中的"天书"

何谓"天书",望文生义的人会说是"天上的书"或是"天上掉下来的书"。天上会掉下书来吗?今人必定会给予否定的回答。但在正史里却有这样的记载:

大中祥符元年春正月乙丑,有黄帛曳左承天门鸱尾上,守门卒涂荣告,有司以闻。上召群臣拜迎于朝元殿启封,号称天书。①

有关"天书"的记载在正史以及野史、笔记中绝不只这一例,而长篇章回小说关于"天书"的描述则更多。关于"天书"在中国文化中是如何产生、有何象征意义,以前虽有人进行过探讨,但不够全面,因此本文从古代社会的文字的出现、宗教发展,尤其是古代的社会状况和人们的思想观念的变化来进行探讨,或许有裨于我们对古代作品"天书"意义的理解和对作品全面的把握。

"天书"到底于何时出现,据古人的说法是很难确定的,因为他们将其推之于宇宙的创始神所造,如道教云天书是元始天尊所传,是与天地相终始的。但根据人类的社会发展史来看,有关"天书"的说法是绝不会产生于文字出现之前的。"天书"中的"书"字,最早的字义并不是书籍之义,而是文字或书写文字之义。文字出现后能表达人类的思想、能进行相互交流,其功用是神奇的,在早期人类看来,是无法解释其产生的原因的,只能归之于圣人、上天。在我国上古,人们将文字的产生归之于仓颉。《淮南子·本经训》中记载:"昔者仓颉作书,而天雨粟,鬼夜哭。"②作书就是造字。汉代人多认为仓颉是黄帝的史官。仓颉历史上是否真有其人,是不是真正由他创造了文字,现在是无法确定的,但不管怎样,他是上古许多被人们崇拜的文化英雄之一。汉以后对仓颉更加神化。《春秋元命苞》云:"仓帝史皇氏,名颉,姓侯冈,龙颜侈哆,四目灵光,实有睿德,生而能书。及受河图录字,于是穷天地之变,仰观奎星圆曲之势,俯察龟文鸟羽、山川指掌而创文字。天为雨粟,鬼为夜哭,龙乃潜藏。治百有一十载,都于阳武,

---

① 〔元〕脱脱等:《宋史》,《二十四史》第十四册,北京:中华书局1997年版,第135页。
② 《淮南子》,《诸子集成》第七册,北京:中华书局2006年版,第116页。

终葬衙之利乡亭。"①这样仓颉变成了既是文字发明者又是皇帝,但核心乃是在文字发明方面。相传伏羲也是文字的发明者。《易·系辞下》说:"上古结绳而治,后世圣人易之以书契。""书契"据汉末郑玄注,指写有文字的木质契券。后来这个词往往用作"文字"的同义语。《尚书》伪孔传"序"说:"古者伏牺氏之王天下也,始画八卦,造书契,以代结绳之政,由是文籍生焉。"②由文字发明而成圣成神成帝的这一现象来看,它所表达的核心还是人们对文字本身的崇拜。

对文字的崇拜必定会引起对用文字表达深奥玄妙思想的书籍的崇拜。先秦由于儒家多注重人事少言神怪,所以关于书籍崇拜的传说不多,但不能说没有,"河图洛书"就是这一类的东西。《易》之《系辞上》云:"河出图,洛出书,圣人则之。"③河、洛均为自然之物,它们自身怎么会产生出具有高深意义的图和书呢?当然只能归之于天或神,而圣人就以此为法则制定出礼法制度,这样,文化产生当然也只能归之于上天了。《书》之《洪范》说:"天乃赐禹《洪范》九畴。"④这样神化其来源实际上是一种崇拜。这种崇拜在汉代谶纬之说盛行后更是日盛一日。不过真正对书籍尤其对经典书籍的崇拜蔚成风气,造成一种普遍信仰的还是在佛教传入之后的事。在一些宣扬佛法的著作中,记载了许多佛经有特殊功用的事迹,充满了对佛经的崇拜。天书之说受佛教的影响,还可以从唐代狐精传说中了解得更为清楚。据《太平广记》中"狐"类所载,狐精要想成为天狐,必须对着"天书"勤加学习与修炼。这种"天书"也被称为"狐书"。有的说:"其册子装

---

① 袁珂、周明:《中国神话资料萃编》,成都:四川省社会科学院出版社1985年版,第30页。
② 〔唐〕孔颖达:《尚书正义》,阮元:《十三经注疏》一,北京:中华书局2009年版,第235页。
③ 楼宇烈:《周易注校释》,北京:中华书局2012年版,第244页。
④ 〔唐〕孔颖达:《尚书正义》,阮元:《十三经注疏》一,北京:中华书局2009年版,第396页。

束,一如人者,纸墨亦同,皆狐书,不可识。"①有的说:"视其所执之书,点画甚异,似梵书而非梵字。"②还有的说:"文字类梵书而莫究识。"③以上大多数说法都将狐精的"天书"与梵书相联系。众所周知,梵书传到中国的著作都是佛经,很显然,狐精的"天书"受到佛教对其经书崇拜的影响。道教也有自神其经书的做法。如《隋书》之《经籍志》四就云:"道经者,云有元始天尊……所说之经,亦禀元一之气,自然而有,非所造为,亦与天尊常在不灭。"④既然是经书是自然而与天地常在不灭,具有神奇的力量,人们当然就不可能不崇拜它。

虽然我们可以说天书的崇拜在某种程度上说是古人对文字、文化的产生和作用缺乏科学的认识,但更重要的还是因为它与社会现实有着更密切的关联。"天书"的真正出现,尤其是在政治生活中发挥重要作用,显然是在旧的秩序崩溃、新的力量出现但仍须做许多思想舆论准备的时期。春秋之前为王当政世代相传,他们均可上推天神,如周王室姬姓可上推姜源的"履帝武",他们为"上天之子"是人所共知的,无须为其身份是否尊贵而费心。即使是在春秋之时,各位国君也其来有自,其先人均有过显赫的声名、不凡的经历,如楚国君之祖先为"帝高阳",更何况当时各国正争于气力,无暇也无必要去创造神话。但秦汉以后情况就大有不同,称王称帝的多出自耕田力役或边裔蛮荒,他们本不是出身高贵,但又当上帝王,其精神上、思想上不得不做些准备。造作天书,给称王称帝制造舆论的,从现存在史籍记载来看,最早的是陈涉、吴广。《史记》之《陈涉世家》载,陈涉起事前曾在一条鱼身上获丹书,上有"陈胜王"几字。⑤一条活动于水中的

---

① 〔宋〕李昉等:《太平广记》第十册,北京:中华书局1961年版,第3706页。
② 〔宋〕李昉等:《太平广记》第九册,北京:中华书局1961年版,第3675页。
③ 〔宋〕李昉等:《太平广记》第十册,北京:中华书局1961年版,第3699页。
④ 〔唐〕魏徵:《隋书》,《二十四史》第七册,北京:中华书局1997年版,第1091—1092页。
⑤ 〔汉〕司马迁:《史记》,《二十四史》第一册,北京:中华书局1997年版,第1950页。

鱼身上怎么会有丹书呢？显然这是人所不能为的,只能是出自上天神仙之手。这样就表明陈涉的起事及陈涉本人均代表着上天的旨意。虽然陈涉本人也说："王侯将相宁有种乎？"但当时普通民众的思想中占上风的仍然是王侯将相有种,因此,在秦末农民起义中,陈涉当"王"就只能暗做手脚以表天意。当时,帝王之位完全凭实力强夺,因而觊觎帝位者,大有人在,为了在争夺时处于有利的位置,"天书"的故事层出不穷。如汉光武利用谶书给自己创造有利的地位,终于登上帝位。《后汉书·光武帝纪》载：

> 光武先在长安时舍生强华自关中奉《赤伏符》,曰："刘秀发兵捕不道,四夷云集龙斗野,四七之际火为主。"群臣因复奏曰："受命之符,人应为大,万里合信,不议同情,周之白鱼,曷足比焉？今上无天子,海内淆乱,符瑞之应,昭然著闻,宜答天神,以塞群望。"光武于是命有司设坛场于鄗南千秋亭五成陌。六月巳未,即皇帝位。①

汉光武帝本人竟也迷惑于其中,大倡谶纬,东汉谶纬之书汗牛充栋。而纬书中言"天书"的更是开卷即有。当政者可以造作,在下者也未必不可以制造。获天书、被授予天书之人,是上帝的选民,既然神意已明,又何尝不能取而代之。"苍天已死,黄天当立"之说满天飞扬,三十六万大军摇撼刘氏江山。

或许是鉴于东汉谶纬之说的弊端,以后的历代开国之君的发迹故事中已少有"获天书"这种记载,也很少进行这样的宣传。特别是自南朝宋大明年中禁图谶,经隋炀帝焚烧此类图书,以后公开流传的更少了。但在民间,它仍是一种具有极大影响力的信仰,因而被迫铤而走险起事或久蓄异志、图谋称帝者在其力量不强、影响不大之时无

---

① 〔宋〕范晔：《后汉书》,《二十四史》第三册,北京：中华书局1997年版,第21—22页。

不借助于"获天书"的帮助。这种状况虽然为当政者所不容,被斥为"妖言惑众""妖孽作怪",但因有民间信仰这一坚实基础,故而确能煽惑庶民百姓。

有人称"天书"之说是受道教应劫之说的影响,如《隋书·经籍志》称天书"天地不坏,则蕴而莫传,劫运若开,其文自见"。① 受其影响是不假,但我们更要注意古代社会的现实状况,特别是下层人民改变黑暗现实、自我解脱的愿望和行动的影响。每一次借"获天书"或称神谕而造反,实际上都是当时社会现实已经发展到朝政紊乱、民不聊生的地步。例如,由于秦的残酷统治,陈胜、吴广"揭竿而起"而"丹书帛曰'陈胜王'"或狐鸣"大楚兴,陈胜王",只不过是他们巧妙地运用的一种斗争形式而已。晋至隋这段历史时期,农民起义大多以道教为号召,同时也创造了李弘这一神秘人物。据王明先生的研究,在农民起义中出现的李弘是老子的化身。② 老子历代各有所化,"千变万化,随世沉浮,不可胜载"。老子变化的内在含意是开劫度人,改朝换代,这正是现实矛盾发展至非解决不可时的曲折反映。隋以后农民起义多以弥勒信仰为号召。如同老子的变化一样,弥勒佛也有种种变相,称为弥勒变,也就是弥勒下生,弥勒出世。凡弥勒出世,就是佛祖更替,改天换地的时代,其中也就隐藏了造反的含义。隋炀帝横征暴敛,荒淫无道,致民不聊生,人心思变,此时出现第一次依托弥勒的造反作乱,大业六年正月,"有盗数十人,皆素冠练衣,焚香持华,自称弥勒佛,入自建国门。监门者皆稽首。既而夺卫士仗,将为乱。齐王暕遇而斩之。于是都下大索,与相连坐者千余家"。③ 唐玄宗《禁断妖讹等敕》云:"比有白衣长发,假托弥勒下生,因为妖讹,广集徒

---

① 〔唐〕魏徵:《隋书》,《二十四史》第七册,北京:中华书局1997年版,第1092页。
② 王明:《农民起义所称的李弘和弥勒》,《道家和道教思想研究》,北京:中国社会科学出版社1984年版,第372页。
③ 〔唐〕魏徵:《隋书》,《二十四史》第七册,北京:中华书局1997年版,第74页。

侣,称解禅观,妄说灾祥。或别作小经,诈云佛说。"①此时弥勒教已开始依托佛说造作经典,借讲释经典来造作符命了。后来又所谓白莲教。元顺帝至正十一年,韩山童掌白莲教,"倡言天下乱,弥勒佛下生,明王出"。当时开黄河故道,发役工十五万人,刘福通等人于黄河故道中埋了一个独眼石人,《元史》说是河南北童谣实际是他们造谶语说:"石人一只眼,挑动黄河天下反。"②一下子鼓动了成千上万的河工。以上种种,均表明社会已发展到非变动不可的地步了,所以有种种神谕之说,所谓"获天书"的意义就在于对黑暗现实的回应和对压迫的反抗。

由上可知,"天书",在历史传说中其最初的来源是对文字、经书等文化突出代表物的崇拜,后来又受到符命之说的影响,在政治斗争中有着为打破世袭统治、抢夺最高权力服务的功能,同时它又为下层民众所用,起着促进改变黑暗现实、鼓励反抗斗争的作用;它表示"天意",这种"天意",实际上就是表明改朝换代的精神舆论制造;它预示"劫数",这种"劫数",实际上是民心思乱、下民造反、天翻地覆。

中国古代长篇小说中,有相当一部分作品有"获天书"的情节,如明代四大奇书之一施耐庵所著的《水浒传》,第四十二回宋江被梁山泊好汉打劫法场相救上山之后,不久又下山去接父亲和弟弟,事为官兵所悉,便逃到还道村玄女庙。官兵寻至庙里,为玄女显灵起风所吓走。玄女接着便命二仙女引宋江相见,授予三卷天书,并对他说:"宋星主,传汝三卷天书,汝可替天行道,为主全忠仗义,为臣辅国安民,去邪归正。勿忘勿泄。"③"此三卷之书,可以善观熟视,只可与天机星同观,其他皆不可见。功成之后,便可焚之,勿留在世。"④第八十

---

① 〔宋〕宋敏求:《唐大诏令集》,《影印文渊阁四库全书》第 426 册,台北:台湾商务印书馆 1986 年版,第 791 页。
② 〔明〕宋濂:《元史》,《二十四史》第十八册,北京:中华书局 1997 年版,第 1654 页。
③ 《水浒传会评本》下,北京:北京大学出版社 1987 年版,第 780 页。
④ 《水浒传会评本》下,北京:北京大学出版社 1987 年版,第 780 页。

八回,宋江人马已归顺朝廷,领兵征辽,辽国大将设混天象阵,宋军损兵折将,无可奈何。此时宋江寒夜困倦,又梦玄女命二仙女接引相见,授以破阵之法。宋江运用玄女所授之法,终于大破辽军。明清许多英雄传奇小说中也有"获天书"的情节,如《龙兴名世录皇明开运英武传》。此书为英烈传系列中成书较早之作品,卷一,"刘伯温青田出身"一则,描写刘伯温于所居城南高山石崖上洞中得古钞兵书四卷。又如《三遂平妖传》,原来二十回本中就有所谓"如意册子"的说法,到冯梦龙增订为四十回后有关"天书"情节就更加丰富了。又如《禅真逸史》中也有"获天书"的情节,林澹然驱狐妖后得天书三册。又如《女仙外史》的第七、第八回,描写乳母鲍姑带唐赛儿到曼尼处取得天书七卷,宝剑一匣。唐赛儿习得天书秘法之后,乃得以兴兵与明成祖相抗。又如《归莲梦》中有白莲岸得天书一卷的情节。

　　明清小说中有关天书的情节,据现存的材料考察,有相当一部分是来源于小说所取材的素材。如《水浒传》中的天书情节直接来源于《大宋宣和遗事》。《宣和遗事》叙宋江为避官兵搜捕,躲到九天玄女庙,官兵退后,发现神案上有天书一卷,并附有字一行:"天书付天罡院三十六员猛将,使呼保义宋江为帅,广行忠义,殄灭奸邪。"①有的是源自史料和民间传说。如《平妖传》中的天书情节是来源于北宋王则起义的史事和传说。《宋史》载:

　　　　王则者,本涿州人。岁饥,流至恩州,自卖为人牧羊,后隶宣毅军为小校。恩、冀俗妖幻,相与习《五龙》、《滴泪》等经及图谶诸书,言"释迦佛衰谢,弥勒佛当持世"②。

　　王则利用这类宗教迷信会同张峦、卜吉等人,联合教徒在贝州发

----

① 《宣和遗事》,《宋元平话本》上,上海:上海古籍出版社1990年版,第305页。
② 〔元〕脱脱等,《宋史》,《二十四史》第十六册,北京:中华书局1997年版,第9770页。

动起义。又如《女仙外史》中唐赛儿的获"天书",也直接取材于唐赛儿起义的史实传说,《明史纪事本末》中载有唐赛儿"少好诵佛经,自称'佛母'",另外还有"得天书、宝剑""遂通晓诸术"等传说。还有一些小说中的"天书"情节虽然不知其来历,但仍可以肯定是来自植根于现实生活的历史传说。

明清小说中有关"天书"的情节在小说中的具体描叙中细节并非完全相同,如"天书",有的取自山中,有的是直接来自上天,有的还有代表上天传书的玄女或仙人出现,有的是仅凭机缘巧合而得,这在前面所引的材料中可以清楚看到。就其表面上来看,一般人都认为它主要是受道教的影响,其理由不外乎是"天书"之说是源于道教,而在小说中也与道教有着密切的关系,或如《女仙外史》明言是"道家有天书三笈",或说明其来自天上。但是,它作为一种民间信仰应该是融合着释、道二教以及儒家的一些思想和做法,这在前面已做了考察。"天书"的内容,有的说是秘法,如四十四回本《三遂平妖传》说"天书"有一百零八样变化,蛋子和尚只盗得了七十二地煞变法;《水浒传》说"天书"是三卷,《禅真逸史》说是三册,其第十四回云:

  ……当时在厅上焚香展开,原来第一册面上书着"天枢秘笈",内中俱是观星望气、排兵布阵、驱神役鬼之法;第二册面上书着"地衡秘笈",内中却是奇门遁甲、堪舆地理、阴阳术数之法;第三册上面书着"人权秘笈",内中却是补阳炼阴、降龙伏虎、超天缩地变化之法。①

还有的说是"兵书"。在《水浒传》中天书似乎没有给宋江任何实际的技能,但在《平妖传》以后的小说都详细地叙说了天书给小说主人公一些实际技能如行兵布阵及撒豆成兵等秘法。这些秘法掌握还要通过比较长的时间研习,如四十回本《平妖传》写圣姑姑与蛋子和

---

① 〔明〕《禅真逸史》,呼和浩特:远方出版社2003年版,第194页。

尚、左痛炼天书秘法道:"光阴似箭,看看三年将满。婆子等三个,把七十二般道法,俱已炼成。"《禅真逸史》也称:"却说林澹然自得天书,每日默诵,书符念咒,心下自觉灵通。"① 虽然小说中的天书给了小说主人公一些技能,增加了许多内容,但它的主要意义还是继承了历史传说中的"天书"的喻意,即主要还是在精神舆论准备和预示"劫数"这两方面。其一,这些小说的主人公出身于社会下层,如宋江是官府小吏、王则是下级军官、林澹然是亡命的游僧,虽然宋江被说成是星主下凡、王则是武则天转世、唐赛儿是嫦娥下凡,但他们的现实身份是非常低的,他们在皇位世代相传、官员任人唯亲的社会里要想出人头地几乎是不可能的,他们能获得"天书",就表明他们与历史上那些出身下层的真命天子一样也得到了"天意"的眷顾,因而"天书"仍是一种打破世袭统治的工具,带有一种"夏革殷命"的意味。例如《水浒传》中宋江一直不肯与梁山好汉一起造反,但他在得到"天书"后便全心全意反上梁山,而且还打出了"替天行道"的大旗,与朝廷分庭抗礼。皇帝是天子即"上天之子","替天行道"是他们的事,而现在宋江打出这样的旗号,当然是要革其命了。其二,小说中"天书"也预示着民众所受的压迫深重到了非爆发不可的时期,也就所谓"劫数"到了,因而"天书"的出现有着明显的民众对社会压迫的回应。如《水浒传》上以高俅为代表的奸臣无恶不作,还有各个地方的贪官污吏和土豪恶霸为非作歹,广大庶民百姓生活在水深火热之中,其时正是"官逼民反,民不得不反",正是所谓"劫数"难逃。

  明清小说中的这些有关"天书"情节既然有着很鲜明而突出的喻意,自然对于其主题思想的表达也就有着极为重要的作用。例如,《水浒传》写的是江湖好汉结义上梁山反抗朝廷的事,歌颂的是长期以来一直被统治阶级诬蔑为"盗贼"的敢于起来反抗的农民群众。对于小说中的"天书"情节,金圣叹说,"只因此等语,遂为后人续貂之

---

① 〔明〕《禅真逸史》,呼和浩特:远方出版社2003年版,第194-195页。

地,殊不知此等,悉是宋江权术,不是一部提纲也",又说:"宋江用权诈,独不敢瞒吴用",①将其归结为对宋江的个人狡诈的描写。这显然是就事论事,而没有认识到它与主题的关联。前面已说过,《水浒传》中的"天书"并不是施耐庵的独撰,而是直接承继《大宋宣和遗事》而来的,更大的可能是来自于历史传说,它与起义农民有着一种天然的联系,决不能说这种材料的作用仅仅在于写宋江之奸。在此,我们还应该指出,《水浒传》中的"天书"情节不仅指玄女娘娘授宋江天书一事,而且还应包括第七十一回中"石碣天文"之事。其理由有二,其一,小说中明确地指出"石碣天文"为"天书"。如在第七十一回中,梁山请道众做了七天法事后,天上出现一块团火,绕坛滚了一遭后,钻入正南地下,宋江叫人去掘,"那地下掘不到三尺深浅,只见一个石碣,正面两侧,各有天书文字";众人皆不识,有一何道士说:"小道家间祖上留下一册文书,专能辩验天书。"②而辨识的文字中就有"替天行道"之语,这是玄女授天书给宋江时说过的话。其二,前所引《大宋宣和遗事》中写宋江得天书一卷并有字一行:"天书付天罡院三十员猛将,使呼保义为帅,广行忠义,殄灭奸邪。"天书与众将的安排是连在一起的,都是上天之意,《水浒传》只不过是沿用而已。正是由于天书的传授和石碣天文的安排,梁山好汉们就被赋予了替天行道的权利,所以他们的事业是正义的,是值得而且是应该歌颂的。这当然对主题思想的正面表现起了很大的作用。又如《禅真逸史》中写的林澹然教授的徒弟起义与权奸做斗争的事,歌颂的还是起义英雄,他们的起义从本质上来讲是当时的黑暗现实使然,但一定程度来说也是"天书"鼓励所然,如果没有"天书"所示的天意和其师林澹然据"天书"所教本领,他们是很难起义的。或许,可以这样说,凡是有"天书"情节的小说,其内容十有八九是写造反的,而且对造反也十有八九是肯定

---

① 《水浒传会评本》下,北京:北京大学出版社1987年版,第780页。
② 《水浒传会评本》下,北京:北京大学出版社1987年版,第1264页。

的,也就是说其主题要么是歌颂起义、造反的,要么至少也会对造反或起义的原因做一些揭示。如前面所说的《水浒传》《禅真逸史》是歌颂造反、起义的,而《女仙外史》虽然其创作主旨是"褒忠殛叛",将唐赛儿起义改成是为了与燕王篡位做斗争,但歌颂的仍是造反、起义的这一方,仍是以造反为其小说的重要内容。至于四十回本《平妖传》,虽然指明造反的王则这一方有妖狐,有异人,一句话总谓之"妖",甚至还串连上了武则天后身等因果迷信,但对起义的原因多多少少还是有所揭示。一方面,小说对起义爆发的现实有所交待。第三十一回、第三十二回说贝州知州"害尽诸行百业,哪一个不怨恨唾骂",还拖欠本州两营官军"请受",①连管营的也道:"若明日再不肯开支,众人须要反也。"②另一方面,又借天上李星君之口说:"臣闻妖不自作,皆由人兴。只因赵宋真宗,听信奸臣王钦若,引诱三遍,伪造天书,矫诬上天,欺诈百姓。以此民间竞尚妖巫,酿成妖衅。"③其重点仍是在对上层统治的揭露。

"天书"情节在明清小说的结构上也有着重要作用。前面已说及"天书"与造反有着一种必然的联系,写造反或与造反有关的内容,就十有八九会有"天书"的情节出现,这已成了这一类作品的创作定式,当然也就对小说的组织结构产生了巨大的影响。这一点在《水浒传》表现尤为突出。就其整个结构来讲,正如金圣叹所言"石碣为一书的大提纲"。小说由揭石碣而魔星冲出散落四方始,接下去是好汉们各自反抗,先后上梁山,至得石碣天文英雄大聚义。这好比是架起一摩天大厦的框架。从小的方面来讲,宋江得天书而知其行止和使命,也使其后面能真正走上反抗的道路,使起义的事业壮大,取代晁盖为首领,同时也预示他有可能走上招安之路,因为玄女娘娘吩咐他"为主

---

① 〔明〕罗贯中:《平妖传》,上海:上海古籍出版社1996年版,第218页。
② 〔明〕罗贯中:《平妖传》,上海:上海古籍出版社1996年版,第223页。
③ 〔明〕罗贯中:《平妖传》,上海:上海古籍出版社1996年版,第252页。

全忠仗义,为臣辅国安民,去邪归正"。在四十回本《平妖传》中"天书"作为关目的作用也非常明显。书中王则为乱是妖狐圣姑姑及胡永儿、左瘸和蛋子和尚以及张鸾道士怂恿而成。而妖狐等之所以敢于为乱,是因为学得了蛋子和尚盗来的"天书"中地煞七十二变法的缘故。小说描述白猿是吴越之战时玄女所认的徒弟,后来随着玄女归到天庭,玉帝叫他掌握九天秘书,他趁众仙往西天开蟠桃大会时偷盗天书。"天书"原来封固紧密开不得,因他虔诚祷念:"吾师九天玄女娘娘,保佑弟子道法有缘,揭开箧盖,永作护法,不敢为非。"①封盖因而开启,他才取得"天书"。他取得"天书",便来到下界,将"天书"一百零八样变化刻在白云洞壁上。后来玉帝得知此事,便罚他在下界看守刻在石壁上的"天书",每年五月五日才上天报告一次,天书既然刻在石壁,上帝又不命人将之抹去,便是暗含天机有意泄露之意。蛋子和尚因此才得以三次盗法,盗去其中的七十二地煞变法,然后终于引发王则之乱。《禅真逸史》的第十三、十四回,描写主角林澹然为张太公儿子驱妖,所获之妖乃是狐精。妖狐被擒之后,祈求不杀,并将一信给林澹然,说该信是三十前一仙人所化身的全真道士所托付。林依信中所示,前往独峰山五花洞取出石匣中秘籍三册,第一册为天枢秘笈,第二册为地衡秘笈,第三册为人权秘笈。此后依秘录之法教徒弟杜伏威、薛举、张善相等人,终能与权奸抗衡,为民除害。"天书"在此部小说中也有重要的关目作用。

总而言之,在我国古代历史上有许多有关"天书"的传说,其"天书"的喻意有表示"天意""劫数"等,而古代小说家们将其作为素材进行创作时也同样将其喻意吸收进小说,虽然小说中的"天书"有向传授更实用的技能和法术方面演变的趋势,甚至还受儒家思想的影响而做了某种程度的改变,如有的将农民起义改为"褒忠殄叛",但其主导方面仍然与民众造反紧紧相连,为表现小说歌颂造反的主题和组

---

① 〔明〕罗贯中:《平妖传》,上海:上海古籍出版社 1996 年版,第 5 页。

织小说的情节服务。因而我们要充分评价"天书"情节的思想和艺术方面的意义,决不能以迷信目之而不加以认真的研究。

三、《水浒传》环形结构初探

说起《水浒传》的结构,从前学者们大致认为《水浒传》是相对独立性与整体一贯性相结合的结构。马积高主编的《中国古代文学史》说:"《水浒传》的结构亦颇具特色。……特别是前半部,故事的发展主要是依靠人物相互衔接,主要人物的故事一环套一环。分开来看,可以把一些主要人物的故事分成若干短篇而无割裂之感;合起来看,其结构又严整划一,气氛协调,并无琐碎繁复之弊。"①章培恒主编的《中国文学史》也说:"《水浒传》主要是在民间说话和戏剧故事的基础上形成的,它把许多原来分别独立的故事经过改造组织在一起,既有一个完整的长篇框架(特别是到梁山大聚义为止),又保存了若干仍具有独立意味的单元,可以说是一种'板块'串联的结构。"②石昌渝在他的专著《中国古代小说源流论》中虽然承认《水浒传》结构的复杂性,但还将其归为"联缀式"结构,并说主要人物可以单独成传,而说书艺人正是如此作业。③《水浒传》的前半部以人物为主的串联,这是谁都看得见,说得出的。问题是它决不只是人们所见那样简单,它不只是人物与人物之间的单线相连,实际上还有以事件为中心的影响所及,形成环状的扣联结构和波状影响晕圈,这很难说是"板块""联缀"所能概括得了的。

如果套用"板块"一语的话,那么前四十回可以勉强分为鲁智深、

---

① 马积高、黄钧:《中国古代文学史》下,长沙:湖南文艺出版社 1992 年版,第 215 页。
② 章培恒、骆玉明:《中国文学史》下,上海:复旦大学出版社 1996 年版,第 192 页。
③ 石昌渝:《中国古代小说源流论》,北京:生活·读书·新知三联出版社 1994 年版,第 33、35 页。

林冲、杨志、宋江、武松等人传记小板块,而晁盖、吴用等人显然不能以板块为称,至少是不同于前面诸人事传的小板块;何况其中杨志到晁盖等人之间虽有智取生辰纲之事为纽带,但毕竟叙述至此一分为二,进行并行叙述,因而简单的"联缀"之说实不足以涵盖。透过小说表面的叙述,人们会发现其情节呈环状扣联。

前四十回中有两个重要的地点:一是东京,一是梁山。这两点是环状结构相扣联的关键点。智取生辰纲及以前可以划分为三环或三个圆圈。第一环是以王进离京始,至鲁智深入东京讫。其轨迹是王进遇史进,史进遇鲁智深,鲁智深遇林冲,引出了高俅、王进、朱武、杨春、鲁智深、李忠和林冲等一系列人物;表现了乱由上作,影响波及到边远之地。第二环是起以林冲遭迫害被刺配沧州、再遭算计奋起反抗走上梁山,为取"投名状"而遇杨志,以杨志进东京为终。这一圆圈引出了林冲、柴进、王伦、杨志等,进一步表现乱由上作、逼人造反。将东京、梁山扣联是颇具深意的,表明压迫与造反紧紧相联。不过,此时并未将此全面展开,故杨志还想至京城谋官。第三环是以杨志入东京谋官起,至再入京送生辰纲不果而终,引出晁盖、吴用、公孙胜、刘唐、三阮等;表现乱由上作、祸必从下起。智取生辰纲后,以宋江为中心,以梁山为起点、终点也可以分为三环或三个圆圈。第一环是起自宋江私放晁盖等上梁山,终以宋江带花荣等上梁山,引出花荣、秦明、黄信、王英等人,表现了宋江帮助劫生辰纲的好汉,并给梁山添增新的力量。第二环起自宋江接父归家,终以众好汉劫法场上梁山。宋江网罗了大批的江湖好汉再上梁山,表现了好汉真正组织起来聚集梁山公开对抗官府。这其中还要包括始于第二十二回宋江遇武松而开启的武松故事,终于第三十二回再遇武松这一环。武松虽然神勇,但他始终在宋江的影响下,更为重要的是武松去二郎山,与杨志、鲁智深这些本来未从与宋江发生过联系的人物建立了联系,使前面之环与后面之环紧紧相扣。

这种环状结构更有种波状效应的晕圈。王进出逃可概括为乱由上作的第一波,林冲的被逼造反是为第二波,杨志的求复职无门、上爬无路是为第三波。晁盖等劫生辰纲为民心思乱的第一波,宋江网罗好汉并在法场上与官府公开对抗为第二波,一波强似一波。环状扣联东京与梁山,这是将压迫与反抗死死粘牢,构成了整部小说的环状结构下的波澜壮阔的场面。

有人说《水浒传》这种相对独立的个人传记的联缀式结构中个人的传记可前可后,不影响小说的整体结构。这一点在谈环状结构时就表明环状结构不容许这种情况出现,足以证明这种联缀式结构概括的不足。为使人们更清楚地了解《水浒传》的结构,我们不妨更细致地考察《水浒传》前四十回的结构网络。

众所周知,《水浒传》前四十回大多是上一个人物接触下一个人物,接力赛式地叙说人物的故事。这一点似乎人人都看得明白。首先出场是高俅,然后是王进、史进、鲁智深、林冲、杨志。但到智取生辰纲时,显然就不是这样,杨志在大名府比武得官、押解生辰纲与晁盖等谋取生辰纲应是同时发生、并行描写,至黄泥岗而交叉,但随即又分散。宋江从第十七回出场,并不是由与哪一人物相"撞"而来,而是生辰纲事件的余波推动。在发生了一系列的事后才于第二十二回柴进处遇武松,再叙武松的故事,至第三十二回在孔明处再遇武松,尔后转笔叙宋江的事,显然这个地方是插叙武松之事。这里我们可以注意以下几点:首先,虽然是以人物联系为情节线索,但并不是写一个丢一个只构成一条纤弱的单线,而是有回应式的再联系,编成了一个网络。如写鲁智深时就再次写到史进,写了他剪径以及最后去了少华山等事。写杨志时又写了鲁智深,直至二人占二龙山。写武松去二龙山时又一次照应前面鲁智深、杨志部分。因此有人说的《水浒传》在写此一人物时就全然不知也不管另一人物在做什么,显然是片面的。其次,《水浒传》的叙事时序与事件发生的实际时序基本一致。人在前,事件也发生在前;人出现在后,事件也发生在后。并行发生的事,如杨志的押解生辰纲与晁盖的谋劫生辰纲,显然是不能简单地排前后的。另外,还有一些穿插,如宋江通知晁盖逃走后并未收笔写宋江,而是在写晁盖在梁山坐稳头把交椅并派刘唐下山后才接叙宋江的事,而宋江的事并未完全叙完又插进武松的事。不过这种穿插并未破坏原来的时序。这样,《水浒传》以人物相互联系的时序为经,以人物的行动方向——上梁山为纬,编织了一幅结构网络图。

以上对前四十回结构细致的分析,证明了《水浒传》创作者对结构是认真加以考虑,决不是简单地加以联缀的。第四十一回梁山起义基地的创建并成规模,是第七十一回梁山大聚义的预演,所以小说也称之为"小聚义",在结构上是一个重要之处,做了一个非常必要的收拢,形成了一个重要的节点。紧接着又加以放散。公孙胜探母,李逵也去探母。叙了李逵的事,也叙石秀、杨雄以及卢俊义的事。但是,我们必须清楚,这些人物的行动是以梁山为中心或在梁山的影响下展开的,直至一百单八个好汉的大聚义,全部加以收拢。这以后就是全伙受招安、征辽、征方腊直被毒死成神。这是《水浒传》情节发展的大的脉络。关于《水浒传》这种长篇结构,研究者大多未做明确的概括,只笼统地说既有相对独立性又有严整划一感。章培恒先生称之为"板块串连"。是不是除了以人物传为小板块进行"串连"外,还将招安、征辽、征方腊当作大的板块串连呢?章著的原意是否如此,就不能妄加猜测了。

《水浒传》的宏观结构,我认为也是一种环形结构。《水浒传》的第一回就提出了"感悟得天道循环"之说。所谓"天道循环",就是一治一乱的相互流转。对此,第一回回顾了五代乱离的历史,更引了邵雍、陈抟二人的议论,肯定了宋朝新立乃是由乱而治的变化。陈抟还说:"正乃上合天心,下合地理,中合人和。"[①]金圣叹也把《水浒传》的

---

① 《水浒传会评本》上,北京:北京大学出版社1987年版,第40页。

结构当成是环形的。他说:"一部大书诗起诗结,天下太平起天下太平结。"①在第七十回仍评云:"以诗起,以诗结,极大章法。"②当然,这与他"腰斩"《水浒传》以己意来重编有着很大的关系,从这个意义上来讲,这个结构是他建立的。实际上,他还有另外的说法,他还将石碣起、石碣终当作环形结构的一个重要表征。他说:"一部大书以石碣始,以石碣终,章法奇绝。"③就金圣叹所编定的七十回《水浒传》而言,这种环形结构,诚如他所言,是确实存在的。

《水浒传》,不管是七十回本,还是百回本、百二十回本,都应该是环形结构。我们之所以这样说,不是盲目信服金圣叹对《水浒传》"腰斩"的高明,而是通过分析民间信仰对《水浒传》结构的影响而得出来的。读过《三国志平话》的人,大概知道司马仲相断案传说。这个传说解释了三国怎么会出现以及为何会出现晋朝,其核心是佛教的因果报应的思想。它虽然出现在平话中,但平话中的情节并未由此而组织。《三国演义》的创作者就完全抛弃了这个传说,其结构也不是由此而组织。《水浒传》成书前的故事流传阶段中的一个比较重要的环节,是《大宋宣和遗事》的编辑成书。在史籍的记载中是没有天罡地煞之说的。《王望如先生评论出像水浒传总论》云:"史称淮南盗宋江,遍掠河北十郡,海州知州张叔夜击之,令其讨方腊以赎罪耳,不闻有天罡地煞之说也。"④天罡之情节,据现存的材料来看,最早见于《大宋宣和遗事》,而它的基本情节框架完全被《水浒传》的创作者所继承。其中九天玄女传天书及天罡院三十六将的传说都被《水浒传》继承下来,并发展为魔星出世、玄女授书、石碣天文等重要情节,在《水浒传》中发挥相当的作用。"九天玄女""天书"都是来自民间信仰的东西,有人对此已做比较详细的探讨,在此勿庸多论。

---

① 《水浒传会评本》上,北京:北京大学出版社1987年版,第39页。
② 《水浒传会评本》下,北京:北京大学出版社1987年版,第1273页。
③ 《水浒传会评本》下,北京:北京大学出版社1987年版,第1264页。
④ 《水浒传会评本》上,北京:北京大学出版社1987年版,第37页。

本人认为"天罡""地煞"之说法,在《水浒传》中经常出现,与《水浒传》的结构关系也比较密切,故有必要再此对其进行一番考察。天罡,是星名,即北斗七星的斗柄。《参同契》下:"二月榆落,魁临于卯,八月麦生,天纲据西西。"①星命家又指月内凶神。《协纪辨方书》引《历例》:"建阳之月,前三辰为天罡,后三辰为河魁,阴建之月反是。"②《抱朴子内篇·杂应》云:"又思作七星北斗,以魁覆其头,以罡指前。"③道教又称北斗丛星中三十六星之神。地煞,星相家所称主凶杀之星。天罡、地煞均为星名,它们与人类又有什么关系呢?《说文解字》云:"万物之精上为列星。"④《御览》引《抱朴子》曰:"人初受气皆应列宿之精,值圣宿则圣,值贤宿则贤也。"⑤这都说明人和星有一种感应甚至相互变化的关系。如此说法还比较含糊,讲得更浅白一点就是,天上星星可以下降为人。如《列仙传》中说东方朔为岁星下凡,⑥而今之民间仍有"天上有一颗星地上就有一个人""有星落就必有人死"的说法。这信仰来源早、流传广。《水浒传》第一回中赤脚大仙下生为仁宗皇帝,文曲星、武曲星下凡辅佐。这就很清楚表明《水浒传》中的人和星之间是有一种内在的关系。但是,天罡、地煞何以与梁山好汉紧密相联,其意是褒是贬,仍有许多问题有待探究。朱一玄、刘毓忱所编的《水浒传资料汇编》摘录《钱氏私志》云:"徐神翁自海陵到京师,蔡谓徐云:'且喜天下太平。是时河北盗贼方定。'徐云:'太平。天上方遣许多魔君,下生人间,作坏世界。'蔡云:'如何得识其人?'徐笑云:'太师亦是。'"⑦中西书局1933年在其出版的《古本水浒传》的《绪言》中说,徐神翁与蔡京的对话出自《香祖笔记》,并

---

① 《周易参同契》,北京:中华书局2014年版,第312页。
② 《钦定协议辨方书》上册,北京:世纪知识出版社2010年版,第149页。
③ 〔晋〕葛洪:《抱朴子》,《诸子集成》第八册,北京:中华书局2006年版,第70页。
④ 〔宋〕李昉等:《太平御览》一,上海:上海古籍出版社2008年版,第204页。
⑤ 〔宋〕李昉等:《太平御览》一,上海:上海古籍出版社2008年版,第215页。
⑥ 〔宋〕李昉等:《太平广记》第一册,北京:中华书局1961年版,第41页。
⑦ 朱一玄、刘毓忱:《水浒传资料汇编》,天津:南开大学出版社2002年版,第5页。

断定:"《水浒传·楔子》误走妖魔事,亦即本此。"这种断言未必准确。这里说蔡京是"魔君",而《水浒传》中说的是一百单八个好汉。而天罡的说法直接来源于《大宋宣和遗事》,其文中有"付天罡院三十六将"之语。在道教中天罡并不等于魔君,甚至与魔君没有关系。三十六为易家术数。这一数字的神秘化,可能与一年有三百六十天约数有关。中国古代以算筹计数,逢零空位,故三十六与三百六十看起来并无差别。① 汉制也常用此数,一如重视九、六。《史记·留侯世家》之《索隐》按云:"《汉官仪》天子属车三十六乘。"②汉皇帝死后有刍灵三十六匹。③ 这些术数观念为道教所继承,道教尤重三十六,例如:宣称天上有三十六宫,北斗丛星有三十六天罡星,地上有三十六洞天;道书三十六周遍,道士炼养时叩齿三十六下。④ 由此可知北斗丛星三十六天罡星并无凶神恶煞的意味。可《水浒传》却明明叙说这三十六天罡星、七十二地煞星为魔君,被龙虎山历代祖师书符镇压。言之凿凿,似乎这也是典型的道教说法。这种说法的来源最早可以追溯到唐代。清人程穆衡在《水浒传注略》中谓其源自唐《集异记》所载,云:

> 《集异记》:唐苏州吴县民汪凤,宅在通津,往往怪起,损其价而标货焉。邑胥张励者,为邑中蠹横,每经其门,遥见二青气彻天,谓宝玉之藏,因以百缗得之。寻得其所,大具畚锸发之,掘地不六、七寸,遇盘石,去其石,则有大柜,仍以铁索周匝束缚,用铁汁固逢,重以石灰密封之,每面各有朱记七颗,文若隶篆,而又屈曲钩连。加钳锤极力开折,石柜既启,有铜釜,可容一斛,釜口铜盘覆焉,用铅锡固护,仍以

---

① 杜石然等:《中国科学技术史稿》上册,北京:科学出版社1982年版,第132页。
② 〔汉〕司马迁:《史记》,《二十四史》第一册,北京:中华书局1997年版,第2034页。
③ 《长安县三里村东汉墓葬发掘简报》,《文物参考资料》1958年第7期。
④ 卿希泰:《中国道教史》,成都:四川人民出版社1988年版,第215页。

紫印九颗回旋印之，印文不类前体，而全如古篆。拆去铜盘，釜口以绯缯三重幂之。励才揭起，忽有大猴跳而出，釜中有石铭云："祯明元年七月十五日茅山道士鲍知远囚猴神于此。其有发者，后十二年胡兵大扰，六合烟尘，发者俄亦族灭。"励以天宝二年十月发，至十四年冬禄山乱起，周年励家灭族。①

由此进而论断"是书用此事为发端，方振起北宋之末之乱，于梁山泊又其浅小者也"。《集异记》在某些方面给《水浒传》作者以启发是有可能的。不过，它还有其他一些来源。前面引用过的有关天罡、地煞的各种说法中，有星相家对天罡、地煞的说法，他们认为天罡、地煞是表凶恶之星，有凶兆的意思。又《隋书·天文志》引京房《风角书·集星章》所载妖星三十六，与三十六天罡星名互异，②其地煞无考。由此可明白，《水浒传》的创作者是杂合道教、星相家以及传统的星宿信仰、九天玄女信仰，组合成魔星应世的套子，而成为全书重要的结构因素。

魔星应世、魔星下凡为全书重要的内容，但由此并不能直接证明《水浒传》③为环形结构，更不能完全代表环形结构的具体内容。前面我们分析过，以"天下太平"或以"石碣"，或今人所说的"上梁山"为结构因素，其内在驱动力只能到第七十一回天降石碣天文、英雄排座次止，往后的招安、征辽、征方腊，显然不能归结为前面的结构之中。对此，相当一部分人采取的办法是"削足适履"。金圣叹是这种做法的代表。而今也还有人做这样的事。招安、征方腊是《大宋宣和遗事》中已有的情节。基本依照《大宋宣和遗事》的故事情节框架进行

---

① 朱一玄、刘毓忱：《水浒传资料汇编》，天津：南开大学出版社2002年版，第379—380页。
② 〔唐〕魏徵：《隋书》，《二十四史》第七册，北京：中华书局1997年版，第572页。
③ 此处研究所依靠的《水浒传》版本是北京大学出版社1987年出版的《水浒传会评本》和中华书局1997年出版的《诸名家先生批评忠义水浒传》。

创作的《水浒传》的作者,没有理由割弃招安、征方腊这样的重要情节。而征辽情节虽然不见于《大宋宣和遗事》,但对于经历了宋与金、宋与元这种民族冲突之后的亡国遗民来讲,在小说中增加征辽的情节以快其心,是完全有可能的。这一点恰如李贽所论。他说:"《水浒传》者,发愤之所作也。盖自宋室不竞,冠履倒施,大贤处下,不肖处上,驯致夷狄处上,中原处下。一时君相,犹然处堂燕雀,纳币称臣,甘心屈膝于犬羊已矣。施、罗二公身在元,心在宋;虽生元日,实愤宋事也。"①有人说梁山好汉身上有岳飞的影子,这是很有见地的。岳飞是民族英雄,在获得大捷的抗金战场上被召回,最后以"莫须有"的罪名惨死在风波亭。这样的结局,每一个有血性的人,特别是创作许多英雄形象的《水浒传》的创作者们不能不为之扼腕,不能不"愤宋事",《水浒传》就很有可能有岳飞的投影。岳飞有大功而不得其死,在当时就许多有关岳飞的神化的传说流传。《夷坚志》甲志卷十五《猪精》条载岳飞门僧惠清言曰:"岳微时居相台,为市游徼,有舒翁者善相人,见岳必烹茶设馔,尝密谓之曰:'君乃猪精也。'"②也有说他是大鹏投胎,最后成神,成为人们崇拜的对象,享受人世众多香火的祭奠。宋江等一百单八个好汉的下场最终也如此。他们被徽宗封为神,大显灵应,千千万万的百姓祭祀他们。这种情况在古代民间信仰中是十分常见的。不得其寿,特别是被冤死的人,其死必能成神,且民间认为其神甚灵。如被吴王杀死的伍子胥、自刎于乌江的项羽在汉以后被各地祭祀。又如汉末小县尉蒋子文讨贼被贼杀死,其灵响遍布江南,东吴孙氏一再封爵。宋江等梁山好汉不得其死而被民间祭祀很可能也是历史上曾经发生过的事情。《夷坚志》乙志卷六《蔡侍郎》条就载有梁山泺五百冤魂索命之事。③ 宋元笔记中关于宋江

---

① 〔明〕李卓吾:《读〈忠义水浒全传〉序》,《水浒传会评本》,北京:北京大学出版社1987年版,第28页。

② 〔宋〕洪迈:《夷坚志》第一册,北京:中华书局1981年版,第132页。

③ 〔宋〕洪迈:《夷坚志》第一册,北京:中华书局1981年版,第232页。

等人的记载不少,而在民间流传,不见于文人记载的应该更多。我认为《水浒传》的创作者们就很可能以民间已有的宋江死后成神的传说为基础写成了今日我们见到的结局。

宋江等一百零八个好汉死后成神的结局与《水浒传》的环形结构有何关联呢?细加分析,其关联是十分明显的:魔星放出而一百零八个英雄好汉出世,他们先是各自反抗,然后走上梁山聚义,受招安,征辽平寇,最后被朝廷毒死成神。容与堂百回本第一百回叙结局时云:"天罡尽已归天界,地煞还应入地中。"①这不是一个循环又是什么呢?那么整部小说也就以此为间架而构成环形结构。或许有人会说凭魔星出世与死后成神这两点不足以证明整部小说为环形结构,要想证明就必须还有更多的证据材料。事实上,在整部小说的情节发展中这些材料是非常丰富的,并且正好将整个情节串联起来。第一回洪太尉上龙虎山请天师禳灾时放魔出世。第二回就说:"也是天罡星合当聚会,自是生出机会来。"②第四回中智真长老说:"只顾剃度他。此人上应天星,心地刚直。虽然时下凶顽,命中驳杂,久后却得清静,正果非凡。"③第十六回吴用道:"保正梦见北斗七星坠在屋脊上,今日我等七人聚义举事,岂不应天垂象!"④第三十四回在说明宋江何以说降秦明时亦有"一则上界星辰契合"之语。⑤ 第三十九回蔡知府道:"家尊写来书上吩咐道:近日太史院司天监奏道,夜观天象,罡星照临吴、楚……"⑥第四十二回叙九天玄女娘娘法旨道:"玉帝因为星主魔心未断,道行未完,暂罚下方,不久生登紫府,切不可分毫懈怠!"⑦第五十三回叙罗真人之言道:"贫道已知这人是上界天杀星之

---

① 《水浒传》下,北京:中华书局1997年版,第1342页。
② 《水浒传》上,北京:中华书局1997年版,第29页。
③ 《水浒传》上,北京:中华书局1997年版,第50页。
④ 《水浒传》上,北京:中华书局1997年版,第187页。
⑤ 《水浒传》中,北京:中华书局1997年版,第443页。
⑥ 《水浒传》中,北京:中华书局1997年版,第507页。
⑦ 《水浒传》中,北京:中华书局1997年版,第555页。

数,为是下土众生作业太重,故罚他下来杀戮。吾亦安肯逆天,坏了此人?"①第五十四回叙罗真人对其徒公孙胜说:"弟子,……汝本上应天闲星数,以此暂容汝去一遭。"②第五十七回叙韩滔投降梁山时云:"韩滔也是七十二煞之数,自然意气相投,就梁山泊做了头领。"③第七十一回石碣天文出现,三十六天罡星、七十二地煞星姓名确定,座次排定时,小说叙云:"宋江与众头领道:'鄙猥小吏原来上应星魁,众多弟兄也原来都是一会之人。'"④第八十二回叙徽宗天子之言曰:"寡人久闻梁山泊宋江等,有一百八人,上应天星……"⑤第八十四回辽国右丞相褚坚出班奏道:"臣闻……道他有一百八人,应上天星宿。"⑥第八十五回叙宋江动问行藏,罗真人乃曰:"将军上应星魁天象,威镇中原,外合列曜,一同替天行道,今则归顺宋朝,此清名千秋不朽矣。徒弟公孙胜,本从贫道山中出家,以绝尘俗,正当其理。奈缘是一会下星辰,不由他不来。"宋江又问他的结局,罗真人道:"将军一点忠义之心,与天地均同,神明必相护佑。他日生当封侯,死当庙食,决无疑虑。只是将军一生命薄,不得全美。"⑦第九十一回叙方腊面前引进使冯喜,悄悄对吕师囊道:"近日司天太监浦文英奏道:'夜观天象,有无数罡星入吴地分野,中间杂有一半无光,就里为祸不小。'"⑧百回本第一百回道:"再说上皇具宿太尉所奏,亲书圣旨,敕封宋江为忠烈义济灵应侯,仍敕赐钱,于梁山泊起盖庙宇,大建祠堂,妆塑宋江等殁于王事诸多将佐神像。"⑨

---

① 《水浒传》中,北京:中华书局1997年版,第716页。
② 《水浒传》中,北京:中华书局1997年版,第719页。
③ 《水浒传》中,北京:中华书局1997年版,第760页。
④ 《水浒传》中,北京:中华书局1997年版,第943页。
⑤ 《水浒传》下,北京:中华书局1997年版,第1090页。
⑥ 《水浒传》下,北京:中华书局1997年版,第1121页。
⑦ 《水浒传》下,北京:中华书局1997年版,第1127页。
⑧ 《水浒传》下,北京:中华书局1997年版,第1206页。
⑨ 《水浒传》下,北京:中华书局1997年版,第1342页。

由上所引,我们可以清楚地看到魔星—好汉—将军—神道这一环形结构的清晰轨迹。这样的轨迹在小说中也有明显的说明。第二回回前诗曰:

> 千古幽扃一旦开,天罡地煞出泉台。
> 自古无事多生事,本为禳灾却惹灾。①

第十二回回前诗曰:

> 天罡地煞下凡尘,托化生身各有因。
> 落草固缘屠国士,卖刀岂可杀平人。②

第十六回回前词《鹧鸪天》曰:

> 罡星起义在山东,杀曜纵横水浒中。可是七星成聚会,却于四海显英雄。③

第二十回回前诗曰:

> 豪杰英雄聚义间,罡星煞曜降凡尘。④

第五十一回回前诗曰:

> 龙虎山中走煞罡,英雄豪杰起多方。
> 魁罡飞入山东界,挺挺黄金架海梁。
> 幼读经书明礼义,长为吏道志轩昂。
> 名扬四海称时雨,岁岁朝阳集凤凰。
> 运蹇时乖遭迭配,如权失水困泥冈。
> 曾将玄女天书受,漫向梁山水浒藏。

---

① 《水浒传》上,北京:中华书局1997年版,第11页。
② 《水浒传》上,北京:中华书局1997年版,第144页。
③ 《水浒传》上,北京:中华书局1997年版,第186页。
④ 《水浒传》上,北京:中华书局1997年版,第239页。

报冤率众临曾市,挟恨兴兵破祝庄。
谈笑西垂屯甲胄,等闲东府列刀枪。
两赢童贯排天阵,三败高俅在水乡。
施功紫塞辽兵退,报国清溪方腊亡。
行道合天呼保义,高名留得万年扬。①

第七十一回回前诗曰:

光耀飞离土窟间,天罡地煞降尘寰。
说时豪气侵肌冷,讲处英风透胆寒。
仗义疏财归水泊,报仇雪恨下梁山。
堂堂一卷天文字,付与诸公仔细看。②

第七十四回回前有一首古风云:

罡星飞出东南角,四散奔流绕寥廓。
徽宗朝内长英雄,弟兄聚会梁山泊。③

第八十一回回前诗曰:

混沌初分气磅礴,人生禀性有愚拙。
……
历代相传至宋朝,罡星煞曜离天角。
宣和年上乱纵横,梁山泊内如期约。
百单八位尽英雄,乘时播乱居山东。
替天行道存忠义,三度招安受帝封。
二十四阵破辽国,大小诸将皆成功。
清溪洞里擒方腊,雁行零落悲秋风。

---

① 《水浒传》中,北京:中华书局1997年版,第675页。
② 《水浒传》下,北京:中华书局1997年版,第938页。
③ 《水浒传》下,北京:中华书局1997年版,第980页。

事事集成忠义传，用资谈柄江湖中。①

如此看来，魔星出世、罡煞相会、成神上天就是一个环形结构，不是一种与情节发展无关的虚套。具体说来，"魔星出世"表现了乱由上作的情节，"罡煞相会"表现的是英雄造反聚义的情节，"成神上天"表现的是梁山英雄接受招安为朝廷出力的情节。这样以魔星出世、罡煞相会、成神上天为表，以梁山英雄聚义及其接受招安为里，编织了小说完整的结构，很好地表达了小说的思想内容。

对于《水浒传》这个大的结构，也不是没有人发现过，但发现者称之为"大情节"，评价是相当低的，云："我们将发现，那个'造反—聚义—招安'的'大情节'，只不过是一种极为粗糙的故事梗概而已。"② 甚至说"大情节"是艺术的缺陷，云："总之，不论说'大情节'也好，说'主要情节'也好，那样一种大局，不是《水浒》作者所熟悉和擅长的。但是，他们又不得不利用这个大局，不得不按照传说的大框子走下去。于是，便出现了种种难以驾驭的复杂书面，手不应心，捉襟见肘，胡乱拼凑之处，比比皆是。《水浒》的后半部（其中几乎没有多少'小情节'了）作者显然是在身不由已的情况下写出来的。"③这种评论对于《水浒传》后半部的艺术性的评价来说有一定的参考价值，但也表明此位评论者对《水浒传》的结构缺乏正确的认识。他虽然承认造反—聚义—招安是传说的大框子，是大情节，但他没有发现这一框子受民间信仰影响而成为环形结构，更没有认识到这一环形结构对于表现小说主题的重要性。《水浒传》的研究者对《水浒传》的主题虽然有不同的说法，但也有一些相同的地方，如认为小说揭露了封建统治阶级的种种罪恶，揭示出"乱由上作""官逼民反"这样一个农民起义的社会原因，讴歌了反抗压迫、反抗不平的英雄人物，等等。《水浒

---

① 《水浒传》下，北京：中华书局1997年版，第1068页。
② 欧阳健、萧相恺：《水浒新议》，重庆：重庆出版社1983年版，第211页。
③ 欧阳健、萧相恺：《水浒新议》，重庆：重庆出版社1983年版，第210页。

传》的环形结构就表现这样一个主题。它将梁山好汉套上神圣的光圈,他们是天上的罡煞下凡,生为人杰,死为鬼雄,再返天上。这种环形结构强烈地突出了梁山英雄事业的正义性和他们精神的不朽性,人们不仅将梁山好汉当作英雄,而且当作天神崇拜、讴歌。由此看来,环形结构组织下的大情节不仅不是《水浒传》作者"在身不由己的情况下写出来的",而是深思熟虑的结果,是一种表现小说主题的恰当形式。

四、《水浒传》中的女性形象与明清小说家的评点

研究《水浒传》的学者和成果都是比较多的,但长期以来学界对《水浒传》的女性研究不够。这一趋向近几年有所改变,不少人撰写了关于《水浒传》中的女性或是《水浒传》的妇女观等方面的文章,对这一问题提出了不少令人感兴趣的见解。无庸讳言,这其中亦有标新立异的观点,耸人视听却未必正确的。如有的说《水浒传》是反女性的文本,有的指责《水浒传》是陷入了英雄气与儿女情的悖论,有的揭示《水浒传》反映了情与理的矛盾,等等,不一而足。究其原因,我认为是没有认真读原著和明清评点家的评点,更没有历史地研究《水浒传》,而是以现代时髦的思潮随意解读《水浒传》。为此,本文还是认为应该实实在在地从小说原文与明清评点读起,然后加以分析归纳,得出关于《水浒传》女性形象的意见。

《水浒传》描写了这样几类女性:一是良母贤妻;二是被损害受侮辱的女性;三是女英雄;四是淫妇;五是社会上不良女性,如虔婆、媒婆等;六是不贤妇。在《水浒传》中有这样几个良母贤妻的形象,一是王进之娘,二是雷横之母,三是林冲之妻。其中描写比较少的是王进之母,只写了她提出"走为上着"并与王进一同逃奔,路上染病,其余

未作表现。雷横之母在小说中表现略多一些。第五十回《插翅虎枷打白秀英　美髯公误失小衙内》云：

……那婆婆一面自去解索，一头口里骂道："这个贱人直恁的倚势！我且解了这索子，看他如今怎的！"白秀英却在茶房里听得，走将过来，便道："你那老婢子，却才道甚么？"那婆婆那里有好气，便指着骂道："你这千人骑、万人压、乱人入的贱母狗，做甚么倒骂我！"白秀英听得，柳眉倒竖，星眼圆睁，大骂道："老咬虫，乞贫婆，贱人怎敢骂我！"婆婆道："我骂你待怎的？你须不是郓城县知县！"①

此处，写了雷横之母爱子情深，敢做敢骂。这一类母亲形象在小说中是比较多的，如公孙胜之母、李逵之母等。

林冲之妻是小说中着笔比以上两位更多的一个女性形象。第六回《花和尚倒拔垂杨柳　豹子头误入白虎堂》中林冲娘子一出场，就发生了被人欺侮之事，虽然不曾正面着笔描写其容貌和品性，但无疑都有所表现。正因为她容貌出众才被高衙内看中，甚至为之迷倒。高衙内"自见了林冲娘子，又被他冲散了，心中好生着迷，怏怏不乐"，还说："自见了多少好女娘，不知怎的只爱他，心中着迷，郁郁不乐。"②高衙内在第二次见林冲娘子后，对她想得更厉害，他说："实不瞒你们说：我为林家那人，两次不能够得他，又吃他那一惊，这病越添得重了。眼见得半年三个月性命难保！"③这从侧面刻画了林冲之妻的容貌气质及其魅力。林冲之妻第一次拒绝，随后一次又一次反抗高衙内的威逼利诱，最后宁肯选择死，也不屈服于淫威之下。这充分表现了她品性贞一而倔强的性格。因此，林冲之妻是小说中一个既

---

① 《水浒传会评本》下，北京：北京大学出版社1987年版，第937—938页。
② 《水浒传会评本》上，北京：北京大学出版社1987年版，第165页。
③ 《水浒传会评本》上，北京：北京大学出版社1987年版，第169页。

有着美丽容颜又有着贞一品德的贤妻形象。当然,在这一形象的描写中也强调了"贞节"的观念,如在其妻被骗至陆虞候家遭高衙内调戏时,林冲赶去,第一句话问娘子的就是"不曾被这厮点污了?"①而在林冲被判配沧州上路之前写了一张休书,林冲之妻知道后说:"丈夫!我不曾有半些儿点污,如何把我休了?"②

《水浒传》中第二类女性是被损害受侮辱的女性。这一类女性以出现在第二回中的金翠莲为代表。第二回《史大郎夜走华阴县　鲁提辖拳打镇关西》叙鲁达与两个客人来酒店饮酒,正吃着只听有人啼哭,鲁达焦躁,小说叙道:

……那妇人便道:"官人不知,容奴告禀:奴家是东京人氏,因同父母来这渭州投奔亲眷,不想搬移南京去了。母亲在客店里染病身故。子父二人流落在此生受。此间有个财主,叫做'镇关西'郑大官人,因见奴家,便使强媒硬保,要奴作妾。谁想写了三千贯文书,虚钱实契,要了奴家身体,未及三个月,他家大娘子好生利害,将奴赶打出来,不容完聚,着落店主人家追要原典身钱三千贯。……这两日,酒客稀少,违了他钱限,怕他来讨时,受他羞耻。子父们想起这苦楚来,无处告诉,因此啼哭。不想误触犯了官人,望乞恕罪,高抬贵手!"③

金翠莲有些容貌,因啼哭得罪了客人,十分小心地给客人赔不是,写出了她的胆小与无助。从她的语言还透露了更多的痛苦。她一家流落此间,身子被郑屠强占,还要还虚钱实契的三千贯钱,每天只好在酒店卖唱,赚的钱大部分要给郑屠,而没有客人又怕违限,心

---

① 《水浒传会评本》上,北京:北京大学出版社1987年版,第168页。
② 《水浒传会评本》上,北京:北京大学出版社1987年版,第179页。
③ 《水浒传会评本》上,北京:北京大学出版社1987年版,第88页。

中哀苦万分却投诉无门,除了啼哭想不出办法来改变这种局面。金翠莲虽然遭损害受侮辱,但她心地善良,知恩图报,后来尽一切力量帮助救过她的鲁智深。这样的女性在《水浒传》还有不少,如桃花村里的刘氏女子等。特别值得注意的是《水浒传》中的好汉将妓女也归于这一类。第二十六回《母药叉孟州道卖人肉 武都头十字坡遇张青》中张青曾吩咐浑家三等人不可坏他,其中"第二是江湖上行院妓女之人:他们冲州撞府,逢场作戏,陪了多少小心得来的钱物,若还结果了他,那厮们你我相传,去戏台上说得我等江湖上好汉不英雄。"①这充分说明好汉们将妓女也归于遭损害受侮辱的人之列。

第三是女英雄。在梁山一百单八个好汉中有三个女性英雄,她们是孙二娘、顾大嫂、扈三娘。在三个女英雄中孙二娘是比较早出场的一个,在第十六回中鲁智深就称赞张青"其妻母药叉孙二娘,甚是好义气"。在第二十六回《母药叉孟州道卖人肉 武都头十字坡遇张青》对孙二娘有所描写,先是写她的外貌:"门前窗槛边坐着一个妇人,露出绿纱衫儿来。头上黄烘烘的插着一头钗镮,鬓边插着些野花。"②然后写她本领比那男伙计还强。顾大嫂是在第四十八回《解珍解宝双越狱 孙立孙新大劫牢》中出现。人还未出场,解珍就做了介绍,道:"我有个姐姐,……他是我姑娘的女儿,叫做母大虫顾大嫂,开张酒店,家里又杀牛开赌。我那姐姐有三二十人近他不得,姐夫孙新这等本事,也输与他。"③这里还只是说顾大嫂的本事大。随后听说兄弟将要被害,先是叫苦,然后提出连夜去救。大家商量劫牢救人以后要上梁山,顾大嫂道:"最好!有一个不去的,我便乱枪戳死他!"④在与伯伯孙立商量劫牢的事时,孙立道:"我却是登州的军官,怎地敢做这等事?"顾大嫂道:"既是伯伯不肯,我今日便和伯伯并个

---

① 《水浒传会评本》上,北京:北京大学出版社1987年版,第521页。
② 《水浒传会评本》上,北京:北京大学出版社1987年版,第515页。
③ 《水浒传会评本》下,北京:北京大学出版社1987年版,第904—905页。
④ 《水浒传会评本》下,北京:北京大学出版社1987年版,第908页。

你死我活!"顾大嫂身边便掣出两把刀来。① 为救人,为义气,敢说敢干,完全是女豪杰的气派。扈三娘的情况要复杂一些,她本是梁山好汉对立阵营的,被林冲生擒后归顺了梁山,由宋江作主嫁给了王英。她的主要特点是武艺了得。

第四类是淫妇形象,在《水浒传》主要是潘金莲、潘巧云、贾氏。潘金莲是《水浒传》中着笔最多的一个女性,用了第二十三回《王婆贪贿说风情　郓哥不忿闹茶肆》和第二十四回《王婆计啜西门庆　淫妇药鸩武大郎》整整两回进行刻画。小说先交待了潘金莲的出身,她是清河县一个大户人家的使女,那大户缠她不到,就将她白白地嫁给了武大郎。清河县浮浪子弟时常来吵扰,并口叫道:"好一块羊肉,倒落在狗口里!"②西门庆第一次见到潘金莲的反应是:"这妇人正手里拿叉竿不牢,失手滑将倒去,不端不正,却好打在那人头巾上。那人立住了脚,意思要发作,回过脸来看时,却是一个妖娆的妇人,先自酥了半边,那怒气直钻过爪洼国去了,变作笑吟吟的脸儿。"③这些是对潘金莲容貌的侧面描写。她的能力,也略有些交待,如会料理家务,一手好女工。其泼辣的性格也有所刻画,如武松在出差前嘱咐要把得家定时,潘金莲就指着武大骂道:"你这个腌臜混沌!有甚么言语,在外人处说来,欺负老娘!我是一个不戴头巾男子汉,叮叮当当响的婆娘!拳头上立得人,胳膊上走得马,人面上行得人,不是那等搠不出的鳖老婆。自从嫁了武大,真个蝼蚁也不敢入屋里来,有甚么篱笆不牢,犬儿钻得人来!你胡言乱语,一句句都要下落;丢了砖头瓦儿,一个个要着地。"④当然小说还交待了潘金莲作为"淫妇"的特点——"他倒无般不好,为头爱偷汉子"。写得最多的还是潘金莲与西门庆的通奸以及如何害死武大。在这样一个过程中,小说的成功之处在

---

① 《水浒传会评本》下,北京:北京大学出版社1987年版,第909—910页。
② 《水浒传会评本》上,北京:北京大学出版社1987年版,第433页。
③ 《水浒传会评本》上,北京:北京大学出版社1987年版,第448—449页。
④ 《水浒传会评本》上,北京:北京大学出版社1987年版,第446页。

于对潘金莲的心理进行了比较深入的刻画。潘金莲对嫁与武大是不满意的,小说在她一见武松时就写了她的心理活动:"武松与他是嫡亲一母兄弟,他又生的这般长大。我嫁得这等一个,也不枉了为人一世!"①有了这种心理,她就采取了直接勾引武松的行动。有了这样的心理,在遭到武松拒绝后,也就抵不住王婆与西门庆的算计和攻势了。她与西门庆通奸后,一开始并没有想害死武大郎,先还是心虚,怕武大郎,事情败露后,更怕武松,最后在王婆和西门庆的指使与帮助下才毒死武大郎,招来杀身之祸。潘巧云的情况与潘金莲有所不同。潘巧云与杨雄是二婚,与和尚裴如海是青梅竹马的朋友,与裴如海通奸后,双双被杀。相对来说,小说对潘巧云的心理刻画比较少。贾氏,作为一个淫妇形象,对她为何通奸,也交待了一定的原因,当然也写了她与李固如何陷害卢俊义。阎婆惜、白秀英也可以归在这一类,但她们罪不至死,小说也特地写了她们被杀的偶然性。

第五类是社会上的不良女性,即所谓三姑六婆之类。在小说中有阎婆、王婆等。王婆的描写比较多一些。王婆平日开一茶馆,这茶馆却是一个幌子,她自己说:"老身不瞒大官人说:我家卖茶,叫做鬼打更……专一靠些杂趁养口。"什么叫杂趁?王婆道:"老身为头是做媒,又会做牙婆,也会抱腰,会收小的,也会说风情,也会做马泊六。"②这样就自己交待了素日就是靠坑蒙拐骗为生。其坑害的手段也十分高明,她猜出西门庆的意图,"那厮会讨县里人便宜,且教他来老娘手里纳些败缺"。西门庆也不由地赞道:"虽然上不得凌烟阁,端的好计!"③最后在王婆的设计和一手操持下,西门庆与潘金莲成奸并毒杀武大。这里充分表现出了王婆为了钱财不择手段甚至连杀人之事也视为平常。是她定计杀死武大,是她支持并帮助潘金莲杀死

---

① 《水浒传会评本》上,北京:北京大学出版社1987年版,第434页。
② 《水浒传会评本》上,北京:北京大学出版社1987年版,第454页。
③ 《水浒传会评本》上,北京:北京大学出版社1987年版,第458页。

武大并料理后事,是她坚持在潘金莲招供后才招供。阎婆这一形象在小说中并没有王婆那么坏,主要表现了她如何笼络住自己的衣食主顾。小说中对虔婆的评价更差。第六十九回《东平府误陷九纹龙 宋公明义释双枪将》中吴用道:"……从来娼妓之家,迎新送旧,陷了多少好人。更兼水性无定,总有恩情,也难出虔婆之手。"①小说也是这样描写的,史进到相好的妓女李瑞兰家后,虔婆要首告,其夫不肯,虔婆却说道:"老畜生!你这般说,却似放屁!我这行院人家,坑陷了千千万万的人,岂争他一个!"②将一个只要钱只要利的虔婆形象活画出来。

第六类是不贤妇。这类女性在《水浒传》非常少,以刘高妻为代表。刘高妻被绿林好汉抓住后,宋江说情,将她放回,她却唆使丈夫抓宋江。她的坏事还不只这一件,花荣说:"……打紧这婆娘极不贤,只是调拨他丈夫行不仁的事,残害良民,贪图贿赂……"③

《水浒传》评点本主要有:(1)《第五才子书施耐庵水浒传》,七十回,金圣叹评,明崇祯贯华堂刻本,简称"金本"。(2)《李卓吾先生批评忠义水浒传》,一百回,明万历容与堂刻本,简称"容本"。(3)《出像评点忠义水浒全传》,一百二十回,题李卓吾评,明万历袁无涯刻本,简称"袁本"。(4)《忠义水浒传》,一百回,亦题李卓吾评,明、清间芥子园刻本,简称"芥本"。(5)《评论出像水浒传》,七十回,除金圣叹评语外,另有王望如的回末总评,清醉耕堂刻本,简称"王本"。(6)《京本增补校正全像忠义水浒传志传评林》,余象斗评,明万历双峰堂刻本,简称"余本"。该本属《水浒传》简本系统。

"金本"是所有评点本中评点文字最多,也评得比较细致的一种。我们先看"金本"是如何评点以上女性的。金圣叹对慈母这一类女性

---

① 《水浒传会评本》下,北京:北京大学出版社1987年版,第1245页。
② 《水浒传会评本》下,北京:北京大学出版社1987年版,第1244页。
③ 《水浒传会评本》上,北京:北京大学出版社1987年版,第610页。

形象没有进行单独的评价,是在对与之有关的英雄人物的评点中带出的。如对王进之母,在回前称王进善养其母,在叙述文字中,特别拈出"子母"二字标出,共有十九处,点出子母相依为命,强调王进之孝,夹批中更直接云:"一段为错过宿头作地耳,却宛然一幅孝子慈母行乐图也。"①金评对慈母的肯定是无疑的。不仅如此,他更深刻地揭示子孝母慈之间的关系。他在第五十回前评中说:

> 雷横母曰:"老身年纪六旬之上,眼睁睁地只看着这个孩儿。"此一语,字字自说母之爱儿,却字字说出儿之事母。何也? 夫人老至六十之际,大都百无一能,惟知仰食其子。……雷横之母亦曰:"若是这个孩儿有些好歹,老身性命也便休了。"悲哉! 仁孝之声,读之如闻夜猿矣。②

他联系到社会现实指出慈母之慈中深深透出一种无奈,亦即对孝的强烈依赖。

对贤妇,金圣叹也是肯定的。他在夹批中说:"只一劝字,写娘子贞良如见,若是淫浪妇人,必然要哭要死,要丈夫为报仇也。"③"好林冲,又好娘子,真是壮夫良妇。"④

"金本"对遭损害受侮辱的女性并未做直接的评价,但从对鲁智深的赞扬来看,可以肯定金圣叹是同情这类女性的。"金本"专门评价女英雄的文字不多,但也足以显示其态度。第二十六回《母药叉孟州道卖人肉 武都头十字坡遇张青》中金圣叹主要是对情节展开的评点,只有在小说描写孙二娘外貌时评道:"常言美人之美,乃在或远或近之间。今写此妇人,既远近皆详矣,乃觉眼前心上,如逢鬼母,何

---

① 《水浒传会评本》上,北京:北京大学出版社1987年版,第63页。
② 《水浒传会评本》下,北京:北京大学出版社1987年版,第930—931页。
③ 《水浒传会评本》上,北京:北京大学出版社1987年版,第168页。
④ 《水浒传会评本》上,北京:北京大学出版社1987年版,第169页。

也?"①这说明金圣叹对其外貌肯定是不敢恭维的,但在救下武松让武松装扮成行者时,夹批赞孙二娘道:"独表孙二娘能。"②在第四十八回中金圣叹评道:"一篇写顾大嫂,全用不着窈窕淑女四字。"③由此处看,对顾大嫂的评价与对孙二娘的差不多,但接着有几处夹批皆称顾大嫂为母旋风,云"意思实与李逵无二"。黑旋风李逵是金圣叹极称赞的人物,这说明金圣叹对这类女英雄也是肯定的。

"金本"中对淫妇这类女性形象的评点是最多的。主要包括两个方面的内容。一方面主要是从对人物的刻画和情节的安排方面来评价的。如第二十回《虔婆醉打唐牛儿 宋江怒杀阎婆惜》回前评道:

> 此篇借题描写妇人黑心,无幽不烛,无丑不备,暮年荡子读之咋舌,少年荡子读之收心,真是一篇绝妙针劄荡子文字。
>
> 写淫妇便写尽淫妇,写虔婆便写尽虔婆,妙绝。④

第二十四回《王婆计啜西门庆 淫妇药鸩武大郎》

> 此回是结煞上文西门潘氏奸淫一篇,生发下文武二杀人报仇一篇,亦是过接文字……
>
> 写淫妇心毒,几欲掩卷不读,宜疾取第二十五卷快诵一过,以为羯鼓洗秽也。⑤

又如第四十五回《病关索大闹翠屏山 拼命三火烧祝家店》回前评道:

> 前有武松杀奸夫、淫妇一篇,此又有石秀杀奸夫、淫妇

---

① 《水浒传会评本》上,北京:北京大学出版社1987年版,第515页。
② 《水浒传会评本》上,北京:北京大学出版社1987年版,第581页。
③ 《水浒传会评本》下,北京:北京大学出版1987年版,第906页。
④ 《水浒传会评本》上,北京:北京大学出版社1987年版,第380页。
⑤ 《水浒传会评本》上,北京:北京大学出版社1987年版,第472页。

一篇,若是者班乎?曰:不同也。夫金莲之淫,乃敢至于杀武大,此其恶贯盈矣,不破胸取心,实不足以蔽厥辜也。若巧云淫,诚有之,未必至于杀杨雄也。坐巧云以他日必杀杨雄之罪,此自石秀之言,而未必遂服巧云之心也。且武松之于金莲也,武大已死,则武松不得不问,此实武松万不得已而出于此。若武大固在,武松不得而杀金莲者,法也。今石秀之于巧云,既去则亦已矣,以姓石之人而杀姓杨之人之妻,此何法也?总之,武松之杀二人,全是为兄报仇,而己曾不与焉;若石秀之杀四人,不过为己明冤而已,并与杨雄无与也。观巧云所以污石秀者,亦即前日金莲所以污武松者。乃武松以亲嫂之嫌疑,而落落然受之,曾不置辩,而天下后世亦无不共明其如冰如玉也者。若石秀则务必辩之:背后辩之,又必当面辩之;迎儿辩之,又必巧云辩之,务令杨雄深有以信其如冰如玉而后已。呜呼,岂真天下之大,另又有此一种巉刻狠毒之恶物欤?吾独怪耐庵以一手搦一笔,而既写一武松,又写一石秀。呜呼,又何奇也!①

以上金圣叹的评语,主要是对阎婆惜、潘金莲、潘巧云相关情节的描写水平及情节设计的评价,亦有许多文字是对淫妇的评价。金圣叹对这类淫妇形象的评价概括起来有这样几点。(1)"淫妇好色",(2)"淫妇心毒",(3)淫妇"刁时便刁杀人,淫时便淫杀人,狠时便狠杀人",(4)淫妇可杀。不过,金圣叹也看到潘巧云与潘金莲有所不同,并揭示了淫妇的通奸的某些社会原因,如在第四十四回前评中,他将良家妇女的变淫与佛门败类联系起来,文云:

……至如近世佛教滥觞,更有一切庆佛诞生,开佛光明,烧船化库,求乞法名,如是种种怪异之事,竟共兴作,惑

---

① 《水浒传会评本》下,北京:北京大学出版社1987年版,第853页。

乱世间。妖比丘尼,穿门入室,邀诸淫女、寡女、处女,连袂接屦,招摇梵刹,广起无量不净诸行,尤为非法,恼乱如来。①

难能可贵的是金圣叹并未将英雄与儿女情对立起来,而认为英雄有儿女情是正常的。金圣叹夹批道:"人每言英雄无儿女子情,除是英雄到夜便睡着耳。若使坐至月上时节,任是楚重瞳,亦须倚栏长叹。"②

金圣叹对虔婆之类的社会不良女性是否定的,他称"虔婆爱钞",视杀人如儿戏。对于行院妓女,他说:"行院妓女则可饶恕,败坏风俗如潘氏,胡可得恕也?"③对刘高之妻之类的不贤妇,金圣叹也是痛恨的,将其与害民的贪官划为一类,他说:"贪图贿赂,未有不残害良民者;残害良民以图贿赂,未有不奉其婆娘者;婆娘既识贿赂滋味,未有不调拨丈夫多行不仁者。借花荣口中,写得如秦镜相似。"④

"容本",刻于万历年间,比"金本"早得多,题李卓吾评,学术界有人认为其评点为他人伪托。⑤ "容本"评语称王进之母为"贤母"。对雷横之母虽无直接的评语,但对因其母吃打愤而打杀白秀英的雷横称为"真孝子,真仁人,真菩萨",⑥亦可证是肯定的。对贤妇如林冲之妻,容本没有评语进行评点。对金翠莲这样的遭损害受侮辱的女性,未做正面评价,但对她们的遭遇是同情的。如金翠莲在叙述自己的遭遇时,"容本"夹批道,"世上都如此",而鲁达愤慨地要管此事,夹批赞道:"佛。""真忠义。"⑦"容本"评女英雄的评语比较少,如云:"孙

---

① 《水浒传会评本》下,北京:北京大学出版社1987年版,第831页。
② 《水浒传会评本》上,北京:北京大学出版社1987年版,第380页。
③ 《水浒传会评本》上,北京:北京大学出版社1987年版,第521页。
④ 《水浒传会评本》上,北京:北京大学出版社1987年版,第610页。
⑤ 叶朗:《叶昼评点〈水浒传〉考证》,《中国古代小说美学》,北京:北京大学出版社1982年版,第282—283页。
⑥ 《水浒传会评本》下,北京:北京大学出版社1987年版,第938页。
⑦ 《水浒传会评本》上,北京:北京大学出版社1987年版,第89页。

二娘、武二郎却好是一对敌手"①"顾大嫂一妇人耳,能缓急人如此;如今竟有戴纱帽的,国家若有小小利害,便想抽身远害,不知可为大嫂作婢否也?"②其肯定之意是非常明显的。

"容本"对淫妇之类女性形象的评点是比较多的。容评首先肯定《水浒传》对此类淫妇的刻画,如云:"卓吾曰:此回文字逼真,化工肖物。摩写宋江、阎婆惜并阎婆处,不惟能画眼前,且画心上;不惟能画心上,且并画意外。"③其次,肯定了武松杀奸夫淫妇的从容次第,评道:"李和尚曰:武二郎杀此奸夫淫妇,妙在从容次第,有条有理。若是一竟杀二人,有何难事?若武二郎者,正所谓动容周旋中礼者也,圣人圣人。"④这种血腥之事而得到如此评价,在容评者看来,其中有某种快意。再次,称武松杀奸夫淫妇是义气之事,得到大家的支持。容评云:"李贽曰:义气事不可不做。你看武松杀了奸夫淫妇,知府知县并一切上上下下的人,那一个不为他?缘何衣冠之中反有坐视其家之丑,甚至对人喜谈乐道也?尝欲借武松之手以刃之,未及也。"⑤对虔婆之类基本上没有评语。对刘高之妻这样的不良妇却有明显的评价。"容本"评道:"李和尚曰:国有贼臣、家有贼妇,都贻祸不浅。只如青州府失了秦明、黄信、花荣三个良将,皆刘高一人误事,而刘高又妻子误之也。真有意为天下者,先从妻子处整顿一番,何如?"⑥

"袁本"对贤妻良母之类如王进之母、林冲之妻没有什么评语。对遭损害受侮辱的女性却有所评价。如对金翠莲之事,就评道:"陈眉公有云:'天上无雷霆,则人间无侠客。'郑屠以虚钱实契而强占金翠莲为妾,此是势豪长技,若无提辖老拳,几咎天网之疏。"⑦这就指

---

① 《水浒传会评本》上,北京:北京大学出版社1987年版,第522页。
② 《水浒传会评本》下,北京:北京大学出版社1987年版,第914页。
③ 《水浒传会评本》上,北京:北京大学出版社1987年版,第398页。
④ 《水浒传会评本》上,北京:北京大学出版社1987年版,第508页。
⑤ 《水浒传会评本》上,北京:北京大学出版社1987年版,第522页。
⑥ 《水浒传会评本》上,北京:北京大学出版社1987年版,第637页。
⑦ 《水浒传会评本》上,北京:北京大学出版社1987年版,第97页。

出强占为不平之事,侠客必定要管,当然是同情此类女性的。对行院妓女,也是同情的,如云:"传中往往见此辈人,特为怜济,豪杰所见略同。"①"袁本"有点将"英雄气"与"儿女情"相对而谈,如在第七回回末评道:"儿女情深,英雄气短,只冲临岐,犹见本色,作者便非凡笔。"②

"袁本"对女性的评点主要是在淫妇这类人物方面。首先,这类评点文字多是以眉批、夹批的形式出现的,内容多是对人物描写的评价。如第二十回眉批道:"此一回不惟能画眼前,且画心上;不惟能画心上,且并画意外。"③又如第二十三回夹批道:"将一个烈汉,一个呆子,一个淫妇人,描写得十分肖象,真神手。"④其次,认为淫妇可杀。第二十三回回末评云:"风情中智囊,断以王婆为第一。然淫秽之事,可为世俗垂戒者,幸有武都头之利刃在。"⑤再次,提出"情更毒"的说法。在第二十回评道:"翻手为云覆手雨,比刀头上血,情更毒……"⑥最后,指出石秀杀淫妇是为了兄弟。在第四十五回回末评道:"石秀为自己辩冤事轻,怕杨雄受害念重,是真骨肉,是真圣贤。""翠屏山上杨雄犹无主意,终赖石秀做得一个烈丈夫。"⑦"袁本"对虔婆之类人物是没有好感的,说:"婆子智,婆子毒。"⑧

"芥本"关于《水浒传》中的几类女性的评点文字不多。对淫妇,认为可杀,杀得好,故云:"武松杀淫妇、奸夫,一团雄武,石秀杀和尚、婆娘,一味松秀,各成一个极痛快局面。"⑨而且认为梁山好汉是以杀

---

① 《水浒传会评本》上,北京:北京大学出版社1987年版,第521页。
② 《水浒传会评本》上,北京:北京大学出版社1987年版,第185页。
③ 《水浒传会评本》上,北京:北京大学出版社1987年版,第380页。
④ 《水浒传会评本》上,北京:北京大学出版社1987年版,第443页。
⑤ 《水浒传会评本》上,北京:北京大学出版社1987年版,第470页。
⑥ 《水浒传会评本》上,北京:北京大学出版社1987年版,第398页。
⑦ 《水浒传会评本》下,北京:北京大学出版社1987年版,第867页。
⑧ 《水浒传会评本》上,北京:北京大学出版社1987年版,第396页。
⑨ 《水浒传会评本》下,北京:北京大学出版社1987年版,第860页。

治淫,云:"天生水浒诸人,专以杀盗治奸淫,以彼存心忠直,立行刚清,凡见秽浊暧昧之流,切齿痛恨,必欲杀而后已,是人致其杀,致其为盗,彼未尝杀盗也,此回是于刀头上说戒经,血泊里正家训,莫轻看过。"①"芥本"对不贤妇是痛恨的,评道:"贪污官、不贤妇,原是一类,骂得痛快。"②

"王本"称林冲之妻为"真节妇"。对宋江杀阎婆惜进行了分析,评道:

> 婆惜眼中多宋江,宋江胸中无婆惜;固知婆惜撒娇是假撒娇,宋江使气是真使气。但情钟我辈,鲜有不移船就岸者,公明以如水对之,去之惟恐不速。迫去而复来,索招文不可得,朝廷不及察其通贼之罪,而婆惜必欲发其覆焉。积嫌生怨,积怨生怒。烈哉公明!大为天下男子汉吐气矣。
>
> 客曰:"婆惜,亡赖一妇人耳!彼之所恋恋者,乃押司所携之张文远也。交通水泊,他人不知,文远宁不知之?果肯以妾赠友,一纸如携。计不出此,杀婆惜几自陷于杀,愚甚!"宋公明非无机谋者,气之所至,理不能遏,略肯转念,何难昏(两)全,负血性男子不可及处,正在径情直遂,把身家利害都不顾。客胡卢而退。③

在此不但分析了宋江杀婆惜的原因,而且还指出宋江可以不杀婆惜也能保全自己。这说明评者至少认为阎婆惜这样的女性罪不至死。难能可贵的是,"王本"对武大郎之死并没有一味地指责潘金莲,而能分析其原因,评道:"金莲为富家婢,主人不能通,怒赠武大郎;大郎不自揣,娶为妇,又移寓阳谷县前,与王干娘比邻。呜呼,大郎所以

---

① 《水浒传会评本》下,北京:北京大学出版社 1987 年版,第 831 页。
② 《水浒传会评本》上,北京:北京大学出版社 1987 年版,第 610 页。
③ 《水浒传会评本》上,北京:北京大学出版社 1987 年版,第 398—399 页。

死也!"①还指出石秀杀潘巧云,是杀于忿,而非杀于义。其评曰:"贼秃如海阇黎,杨雄不能杀,而石秀杀之;秀杀于忿,不杀于义也。石秀之于杨雄,不等武松之于武大,况杨雄尚在,死巧云无法,死阇黎亦无名也。巧云因醉骂之疑,生调戏之潛,石秀负冤而必欲白,故先杀胡道,次杀如海,又取刀置胡道手中而各剥其衣服,以为山头对理之验。且令官司无处指摘,而并不累于他人。人急计生,以为白冤则得矣,若曰义,将何以处雄也?"②当然,"王本"评点认为奸夫淫妇是可杀,杀之是名正言顺的,所以说:"自古杀人之名正言顺,理直气壮,无如杀奸夫淫妇。杨雄既不能杜渐防微于前矣,泄良友之言,听淫妇之潛,始而石秀代杀奸夫于深巷,继而石秀计杀淫妇于翠屏。以名正言顺者而偷营劫寨,以理直气壮者而销阻闭藏,卒至法网难逃,窜投水泊,窃为杨雄不取也。"③

"余本"评点对遭损害受侮辱的女性是同情的,在金翠莲说出自己的苦楚时,就评道:"智深见女人诉出冤情,便欲代他报仇,可见智深大丈夫也。"④这里既是赞鲁智深,也表示对金翠莲的同情。"余本"对淫妇是痛恨的,指责阎婆惜"毒"。评道:"观此段婆惜不肯拿文袋还公明,反欲害公明,谚云:'青毒蛇儿口,黄蜂尾上针,两般还未毒,最毒妇人心'。此言是也。"⑤也分析了宋江杀婆惜的原因。评道:"宋江到此,须是命运乖蹇,亦天使入泊之机耳。况宋江乃义勇之人,岂肯受一贱妇之气,而所以杀婆惜,大丈夫当如此。"⑥

由上可知,各种明清《水浒传》评点本有如下一些共同之处。一是各评点本之间,尤其是"容本""袁本""金本"之间评点有明显的承

---

① 《水浒传会评本》上,北京:北京大学出版社1987年版,第484页。
② 《水浒传会评本》下,北京:北京大学出版社1987年版,第850页。
③ 《水浒传会评本》上,北京:北京大学出版社1987年版,第867页。
④ 《水浒传会评本》上,北京:北京大学出版社1987年版,第88页。
⑤ 《水浒传会评本》上,北京:北京大学出版社1987年版,第394页。
⑥ 《水浒传会评本》上,北京:北京大学出版社1987年版,第396页。

袭演变的关系。二是各本都注重对女性人物描写和与之有关的情节设计进行评点。三是各本都联系现实从伦理、社会诸方面评价。四是对女性人物的评价意见大致相同。如对良母贤妻、遭损害受侮辱的妇女以及女英雄是肯定的,对淫妇、害人的虔婆、不良妇之类是痛恨的。

小说原文对女性的描写与明清评点家的评点,人们进行比较就知道,对小说中的女性人物的评价是大体一致的。这一方面已很清楚,就不再重复论述了。但它们之间无疑也存在着不一致的地方。这不一致的地方,在"金本"中尤为明显。首先,金圣叹对《水浒传》的文字是做过比较大的删改的。在此,我们不讨论金氏对《水浒传》的"腰斩",而是考察与女性人物刻画有关的文字的删改,通过删改,文字更精练,女性形象更突出,主旨更集中。例如《水浒传》原本在描写金翠莲和潘金莲时都有歌咏她们外貌的诗歌。这些诗歌相对于人物刻画来讲没有个性特色,只是一种套语,对人物表现并未有多大作用,金圣叹删改后反而使人觉得文字洗练。又如《水浒传》原文中有对潘金莲与西门庆通奸入巷的韵语歌咏,金圣叹也删了。这种欣赏式的歌咏,游离于小说思想倾向的主调之外,变成了对通奸似乎有品赏,也就冲淡了小说的思想倾向。其次,金圣叹的评点有明显的个性色彩。如在第二十回开头正文"话说宋江别了刘唐,乘着月色满街"后,金氏夹批道:"……盖良夜如此,美人奈何,便不须遇着阎婆,宋江亦转入西巷矣。"[1]又云:"人每言英雄无儿女子情,除是英雄到夜便睡着耳。若使坐至月上时节,任是楚重瞳,亦须倚栏长叹。"[2]由此可见,金圣叹并未将英雄与儿女情对立起来,而认为英雄有儿女情是正常的。在同一回阎婆说宋江两人不是泥塑的后面,金圣叹夹批中引用了赵松雪赠管夫人词云:"我侬两个,忒煞情多,好一似捻一块泥,

---

[1] 《水浒传会评本》上,北京:北京大学出版社 1987 年版,第 380 页。
[2] 《水浒传会评本》上,北京:北京大学出版社 1987 年版,第 380 页。

捏一个你,塑一个我。"①他虽说是"附作一笑",也说明金氏是多情的,但值得注意的,金氏的重情,至少在小说的评点上并未表现所谓情与理的矛盾。

总之,《水浒传》塑造的女性人物有好有坏,明清评点家对她们的评价亦有褒有贬,与当时所处的社会现实是相吻合的,既不是特意反女性,也不存在情与理的矛盾,因此,我们今天的研究也必须实事求是,不能过分拔高,也不能随意贬低。

五、今本《西游记》的"密谛":佛耶道耶儒耶

《西游记》是中国的一部名著,它以浓郁的浪漫情调和丰富的想象力为我国古典小说增添了新光彩,但它的主旨是什么,自《西游记》问世以来就众说纷纭,莫衷一是。我认为要准确地解读《西游记》,就必须了解它所受的社会思潮的影响,就必须弄清它对社会现实的反映,更为重要的是要对《西游记》的叙事结构进行纵面剖析。

(一)《西游记》与心学思潮

《西游记》中的人物多次"三教"并提,有时甚至是三教完全相融,如第一回中写孙悟空想到人生无常,难逃一死时倍感忧伤,而有一通臂猿猴说如今五虫之内唯有三等名色不服阎王所管,这三等"乃是佛与仙与神圣三者,躲过轮回,不生不变,与天地山川齐寿"。②又如第二回中孙悟空历经千辛万苦来到西牛贺洲拜菩提祖师为师,小说在写菩提祖师开讲大道时云:"妙演三乘教,精微万法全。说一会道,讲一会禅,三家配合本如然。开明一字皈诚理,指引无生了性玄。"③这完全是三家并为一家亦即三教并为一教。第四十七回明确提出了

---

① 《水浒传会评本》上,北京:北京大学出版社 1987 年版,第 386 页。
② 《西游记》,北京:中华书局 2005 年版,第 3 页。
③ 《西游记》,北京:中华书局 2005 年版,第 7 页。

"三教归一"的主张,孙悟空对车迟国的君臣说:"……望你把三道归一:也敬僧,也敬道,也养育人才,保你江山永固。"① 整部小说中确是佛、道、儒的内容融杂在一起。关于这一点,有些论者认为这是作者的思想局限所在。是否是局限,本身是无关宏旨的,但"三教合一"本身是值得分析研究的。我认为"三教合一"有几种不同的情况。第一种是在民间信仰中,民众将神、佛、天尊、圣人等都当作一种超现实的东西,具有神通即超现实的力量,只要谁有灵应,就给谁供奉祭品,就顶礼膜拜谁,因而佛寺中有民间的五通神,如袁枚《子不语》卷八载:"江宁陈瑶芬之子某,素不良。游普济寺,见寺供五通神,坐关帝之上,怒其无礼,呼僧责之,命移五通于关帝之下。"② 土地庙中还有佛教神灵,等等。这样虽未申言"三教合一",但庶民百姓根据自己的现实需要广祀佛、道以及民间神,实际上将各神其教、相争不已的儒、佛、道三教合而为一。第二种是以儒士大夫为主的"三教合一"。三教,尤其是其中的佛、道,长时间的争高论低,互相诋毁不已,甚至借重政权来摧毁对方,如佛教的所谓"三武法难"的毁佛事件,每一次道士都在其中起了作用。佛、道相互排毁,当然不敢将矛头指向儒,但因佛、道二教尤其是佛影响日大,不能不影响儒的传统地位,因而儒者起来排佛的代有其人。从表面看三教排斥、争斗是非常剧烈的,有时甚至是水火不相容,但往深层次看,它们在斗争中又不断吸取、融合对方的教义或方法等长处以利自身的发展。如佛教对目连救母的孝的歌颂,就是明显受到儒家影响的例证。三教融合方面,儒士大夫做的工作更多。一方面,有一部分士人,直接提出"三教合一"的主张,各取其长,来共同为封建政治服务。另一方面,还有一部分士人,从儒家自身的衰微中寻找振兴的办法,这就是吸收佛、道中的许多理论方法并加以改造,创立出更加精密的、更能符合时代需要的儒学体

---

① 《西游记》,北京:中华书局 2005 年版,第 242 页。
② 〔清〕袁枚:《子不语》,上海:上海古籍出版社 2012 年版,第 248 页。

系。理学的兴起就很能说明这个问题。理学流行数百年后其弊也愈来愈显,因而就有人出来纠其弊,这就是明代王阳明远绍南宋陆九渊的心学的兴起。心学正是以儒为本的吸收佛、道之长的有着明显"三教合一"色彩的儒家思想流派。他以开放的胸怀,融会佛教特别是禅宗而突出其宗旨。他说:"夫禅之学与圣人之学,皆求其心也。"[1]并提出了"心外无物""心外无理"主张。王阳明与道教,主要是与张伯端一系的南宗内丹派有关系。炼内丹实际上是身内的功夫,亦即向内求之于心的功夫,他由炼丹而体悟"离世"与人世的冲突,却又能加以融合。"盖吾儒亦自有神仙之道。颜子三十二而卒,至今未亡也,足下能信之乎?"[2]儒、道都有一种寻求永恒之道的精神,如颜回不死精神与道教长生精神,它们有明显的区别甚至冲突之处,但王阳明加以和合为"良知"精神。"大道即人心,万古未尝改。长生在求仁,金丹非外待。"[3]我认为《西游记》中"三教合一"的倾向正是明代这种思想流派影响的结果,换句话说它正是心学思潮的反映。

我们说《西游记》的"三教合一"的思想正是心学思潮的反映,是有充分的证据的。首先,虽然《西游记》本来述说的是一个佛教故事,小说也似乎充满了佛教尤其是禅宗的说教,但读禅之中总是夹杂着道教和其他方面的内容,弄得有点非佛非道又似佛似道。《西游记》有些回目如"三藏不忘本时四圣试禅心"之类本身就宣示着禅宗方面的内容,而小说的具体内容中谈及佛教的几乎开卷即有。要注意的是,在其大阐佛理的时候,其中也渗透了许多道教和其他方面的东西,尤其是在作者的诗赞评论中更是如此。一方面说"佛即心兮心即

---

[1] 〔明〕王守仁:《悟真集重修山阴县学记》,《王阳明全集》,北京:红旗出版社1996年版,第888页。

[2] 〔明〕王守仁:《静心录四答人问神仙》,《王阳明全集》,北京:红旗出版社1996年版,第478页。

[3] 〔明〕王守仁:《静心录七赠伯阳》,《王阳明全集》,北京:红旗出版社1996年版,第591页。

佛,心佛从来皆要物。若知无物又无心,便是真心法身佛",另一方面又说"神归心舍禅方定,六识祛降丹自成","禅定"与"炼内丹"并用,"元神"与"真如"并举;使用更多的还有五行理论。另外,有不少的地方,肯定、宣扬了儒家的孝的思想。如第一回述石猴寻学道时碰到的一个行孝的樵夫。这个樵夫虽是神仙的近邻,但他为了供养母亲,天天砍柴糊口,不去修行学仙。石猴称道:"据你说起来,乃是一个行孝的君子,向后必有好处。"①第十三回救唐僧的"这伯钦虽是一个杀虎卤夫,却有些孝顺之心"。② 第三十一回孙悟空说:"故孝者,百行之原,万善之本。"③而唐僧师徒之间有如父子兄弟之间的关系,悟空师兄弟对唐僧的尊敬与照顾,也完全如子对父般的孝顺。最突出的是孙悟空几次被逐,他并未念念不忘成正果之类,反而是考虑师徒情份。其次,有许多内容可以明显看出是心学方面的东西。王阳明的"心学"的一个重要观念就是"心外无理、心外无事",并指出:"人者,天地万物之心也。心者,天地万物之主也,心即天,言心则天地万物则举之矣。而又亲切简易,故不若言'人之为学求尽乎心而已'。"④一切均要往心中追求。无独有偶,《西游记》的主人公石猴求师学道之地名为灵台方寸山,灵台方寸正是心的别称,而菩提祖师将儒、释、道以及参禅打坐、休粮守谷、请仙拣鸾、采阴补阳等均统称为"道"字门中的三百六十傍门,显然崇尚的还是心性,故而第一回目中有"心性修持大道生"的说法。正因为石猴修持心性而成大道,故而他遂有另一个称呼——"心猿"。第七回中有诗赞道:"猿猴道体配人心,心即猿猴意思深。"⑤与"心猿"对称的还有"意马"。故前所引诗中还有"马狼合作心和意,紧缚牢拴莫外寻"之语。所谓"心猿意马"之语应

---

① 《西游记》,北京:中华书局2005年版,第4页。
② 《西游记》,北京:中华书局2005年版,第72页。
③ 《西游记》,北京:中华书局2005年版,第161页。
④ 〔明〕王守仁:《王文成公全书》一,北京:中华书局2015年版,第259页。
⑤ 《西游记》,北京:中华书局2005年版,第35页。

该还是指修心养性中出现的问题,因而在诗中强调的向内求的"心"与"意"的一致,要"紧缚牢拴"。第二十三回中也有相同的诗句,如"乖猿牢锁绳休解,劣马勤鞭路莫斜"①表示同样的意思。这样的意思,甚至相同的表述,都可以从王阳明那里找到。《王阳明全集》之《传习录》云:"教人之为学,不可执一偏,初学时心猿意马,拴缚不定,其所思欲是从人欲也,故且教之静坐,息思虑。"②再次,孙悟空这个人物所体现的正是心学的某种理想与行事特点。心学的理想也正是儒者的理想,那就是内圣外王,这一点,孙悟空不但完全做到了,而且还是有过之而无不及,是真正在幻想中得到实现的儒者的理想。勇于涉险而成猴类之王,立心求学而成齐天大圣,不断进取努力除妖而成佛;王者的事业,圣人的修养,佛陀的正果,全集于他一身,不正是古代知识分子的理想的实现又是什么呢?将此与王阳明早期的思想进行比较就更会发现他们之间的相似或相同之处。王阳明早年个性强,不崇尚权威。他说:"夫学贵得之于心,求之于心而非也,虽其言之出于孔子,不敢以为是也。"③孙悟空在大闹天宫时,什么玉帝呀如来呀神仙呀均未放在眼里,即使是皈依佛教以后,仍然是见了如来作揖,见了玉帝唱个喏,口里常说的是"神仙是我的晚辈""雷公是我孙子"。他的清高与狂傲,竟使他在第三十四回中为了救唐僧而不得不拜妖精时忍不住痛哭流涕。④ 王阳明有强烈的自我扩张欲望。他的《游记九华赋》:"鞭风霆而骑日月,被九霞之翠袍;抟鹏翼于北溟,钓三山之巨鳌;道昆仑而息驾,听王母之云璈;呼浮丘于子晋,招句曲之三茅;长遨游于碧落,共太虚而逍遥。"⑤道出了他想做超越宇宙、

---

① 《西游记》,北京:中华书局 2005 年版,第 119 页。
② 〔明〕王守仁:《知行录一 传习录上》,《王阳明全集》,北京:红旗出版社 1996 年版,第 17—18 页。
③ 〔明〕王守仁:《王文成公全书》一,北京:中华书局 2015 年版,第 93—94 页。
④ 《西游记》,北京:中华书局 2005 年版,第 176 页。
⑤ 〔明〕王守仁:《静心录七 游九华赋》,《王阳明全集》,北京:红旗出版社 1996 年版,第 578 页。

凌驾于宇宙之上独往独来的超人。这方面,孙悟空有七十二变,一个筋斗十万八千里等,与王阳明等明代士人的思想更有其相通之处。

说《西游记》宣传心学观点并不是首创,历史上已有许多论者提出过这样的意见。如冯阳贵在《〈西游原旨〉跋》中说:"《西游记》开精一心学之宗,阐三教一家之理,渡学者出洪波而登道岸者也。"①今人刘道远说:"《西游记》是艺术化的'心学',是'破心中贼'的政治小说。"②如上所引,从正面和反面都认为《西游记》主要是对心学的阐释,这显然是片面的。但完全否认心学的影响也是不正确的。

(二)《西游记》与明代社会

将《西游记》当作政治小说,认为其是反映农民起义、阶级斗争,是误解了小说的现实内容;将《西游记》当作游戏之作,只注意它的幽默与娱乐,是忽视了小说的现实内容。实际上《西游记》的现实内容是非常丰富的,甚至可以说是今本《西游记》的创作基础。大家都知道,离开了明代的现实就根本不可能产生今天我们看到的《西游记》。哪怕就是那种被称为游戏文字体现作者的幽默风格的,也还是"使神魔皆有人情,精魅亦通世故",③这种"人情""世故"都是明代现实。正因为小说中的现实内容非常重要,所以我们要对《西游记》中的现实内容进行多方面的考察。首先是写了几个人间国度,比较直接地反映了明代社会现实。在《西游记》中写了唐僧师徒在西行路上经过的几个人间国度,而这些国家都有这样或那样的一些问题。第三十七回至三十九回写到乌鸡国后发生的一些事情,写了乌鸡国国王因信任全真道士而身失国亡。第四十四回写车迟国国王迷信妖道,崇道毁佛。第六十二回写祭赛国,其国的僧人道:"爷爷,文也不贤,武

---

① 朱一玄、刘毓忱:《西游记资料汇编》,天津:南开大学出版社2002年版,第357页。
② 刘远达:《试论西游记的思想倾向》,《思想战线》1982年第1期。
③ 鲁迅:《中国小说史略》,《鲁迅全集》第九卷,北京:人民文学出版社1973年版,第309页。

也不良,国君也不是有道。"① 万国景仰、四夷来朝,是因为该国金光寺里的宝塔上有祥云瑞霭,夜放霞光,昼喷彩气。第六十八回、六十九回写朱紫国国王病弱久不上朝、不理国事,还通过八戒之口数落道:"这皇帝失了体统!怎么为老婆就不要江山,跪着和尚?"②第七十八回写比丘国国王迷信妖道要用1110个小儿的心肝作药引求长生。这些都比较明显地反映了明代的社会现实。如明代嘉靖皇帝迷信道士,整日在宫中打醮求仙,还重用道士以及进丹药或缮写青词的佞臣。其次,通过小说中的叙述人和人物之口批判现实。小说第一回写石猴渡洋来到南赡部洲,想在此访问佛仙神圣之道,觅个长生不老之方。但"见世人都是为名为利之徒,更无一个为身命者"。③ 第八回《我佛造经传极乐 观音奉旨上长安》叙如来讲罢,对众言曰:"我观四大部洲,众生善恶,各方不一:东胜神洲者,敬天礼地,心爽气平;北俱卢洲者,虽好杀生,只因糊口,性拙情疏,无多作践;我西牛贺洲者,不贪不杀,养气潜灵,虽无上真,人人固寿;但那南赡部洲者,贪淫乐祸,多杀多争,正所谓口舌凶场,是非恶海。"④故而要将佛经经三藏传去东土。第九十八回在取经已近完成之时如来方开怜悯之口,大发慈悲之心,对三藏言曰:"你那东土乃南赡部洲,只因天高地厚,物广人稠,多贪多杀,多淫多诳,多欺多诈,不遵佛教,不向善缘,不敬三光,不重五谷,不忠不孝,不义不仁,瞒心昧己,大斗小称,害命杀生,造下无边之孽,罪盈恶满,致有地狱之灾。所以永堕幽冥,……虽有孔氏在彼,立下仁义礼智之教,帝王相继,治有徒流绞斩之刑,其如愚昧不明放纵无忌之辈何耶!"⑤这些完全要算是对明代现实比较直接的反映和批判,也表明作者对现实的态度。最后,通过妖怪作恶以

---

① 《西游记》,北京:中华书局2005年版,第326页。
② 《西游记》,北京:中华书局2005年版,第367页。
③ 《西游记》,北京:中华书局2005年版,第4页。
④ 《西游记》,北京:中华书局2005年版,第40页。
⑤ 《西游记》,北京:中华书局2005年版,第531页。

及神佛世界的虚伪间接地表现现实。这一点许多论者都看得比较清楚。《西游记》用大笔勾勒出一个井然有序的天上世界,一片庄严神圣的西天佛土和一批各具体态的神魔形象。像玉帝、太白金星、太上老君等,明显地反映出现实社会统治者的某些特点:色厉内荏、暴虐诡谲、千方百计地镇压、欺骗反抗自己的人。对西天诸佛,在卷末特意安排下阿傩、迦叶"要人事"的场面,把神圣不可侵犯的佛祖写成一个创业守成、传子传孙的老财主。至于妖魔鬼怪虽只有几笔漫画,依然轮廓鲜明:青狮怪的愚蠢凶狠、大鹏怪的阴险狡猾、九头虫的残忍粗暴都各具特色。这些形形色色的"大王""将军",或潜伏水府,或盘踞山洞,或幻化人形,大都称霸一方,残害生灵。红孩儿把一批穷神剥削得"无裆,裤无口",手下的小妖还要"常例钱"。通天河的金鱼怪要吃一个童男一个童女,又须猪羊供醴,否则就给村民降祸生灾。它们固然给取经事业增添了许多障碍,同时也使人联想到封建社会中土豪恶霸的种种罪恶。

(三)《西游记》结构的纵面剖析

对小说主题的认识不同,对其结构的分析当然也会有所区别。有的认为《西游记》的主题有两个,相应的,其结构也分成矛盾的两截。如张天翼认为神是封建统治者,魔就是农民,因为魔"要从那压在头上的统治势力下挣扎出来",双方就引起"恶斗",所以,大闹天宫为一截,是写孙悟空造反;"造反"失败,"投降了神",保唐僧去西天取经,一路上镇压过去的同类以至同伴,是为另一截。有的人认为虽主题是两个、结构为两截,但并不存在矛盾,而是一种"转化"或"统一"的关系。当然也还有人认为主题是一个而结构可分为三截的。如胡适先生说:

> 这部书的结构在中国旧小说之中,要算最精密的了。
> 他的结构共分作三个部分:
> 第一部分:齐天大圣的传(第一回至第七回)

第二部分：取经的因缘与取经的人（第八回到第十二回）

第三部分：八十一难的经历（第十三回至第一百回）。①

这些对于《西游记》结构的分析，且不管其是非优劣，就其共同性来说，都只在表面层次做横的断与连的考察。能不能从纵的方面进行深入的剥皮抽筋式的解剖呢？我认为是可以的。在这里，我以《西游记》中最中心的故事结构——取经故事结构做纵面剖析。取经故事结构有三个层次，这三个层次是不同时代的产物，有着不同的思想意义。

取经故事的第一层仍可以称为取经故事，主角是唐僧。他的地位是如来佛祖、观音和唐王确定的。第八回《我佛造经传极乐 观音奉旨上长安》中，在敷衍大法之后谈及四大部洲的众生善恶时，说南赡部洲是"口舌凶场，是非恶海"，"今有三藏真经，可以劝人为善"，②并要一个有法力的菩萨去东土寻一个善僧，教他苦历千山，远经万水，到如来处求取真经，永传东土，劝化众生。观音菩萨闻言领命。观音一路上预先替取经人收取了沙僧、猪八戒、孙悟空三个徒弟和坐骑小白龙，然后观音亲自上长安选取如来第二个弟子金蝉子的后身玄奘为取经人。唐太宗选中玄奘为取经人并情愿与他拜为兄弟。唐僧的几个徒弟都是为了取经而被观音找来的，并为保护唐僧而忙碌，取经路上妖精要吃的是他的肉，要代他去取经，要取他的元阳。正因为他这个主角地位，他出世的故事，唐王入冥的故事都成了必要，是取经前的必要准备。

取经故事的第二层可以称之为降魔除妖、终成正果的故事。这个故事的主角是孙悟空。孙悟空为全书的主角，这是《西游记》研究

---

① 胡适：《西游记考证》，《中国章回小说考证》，上海：上海书店 1980 年版，第 354 页。

② 《西游记》，北京：中华书局 2005 年版，第 40 页。

者的共同意见。

取经故事的第三层可以称作古代士人尤其是明代士人的理想的寄托。古代的儒者喜言内圣外王,实际上这正是他们理想的具体内容。在这一方面孙悟空就成了一个理想的代表。联系前面与心学思想的关系,孙悟空只能是士人特别是受心学影响的士人精神理想的代表,即有点陈词滥调的"内圣外王"的代表。孙悟空先做了美猴王,后做了大圣;他学道而修成长生不老之身,皈佛而成斗战胜佛,上天入地,整顿乾坤。有能力,有本领,有如天马行空,有使命,有责任,又有所束缚,无所畏惧,敢与任何人平起平坐。他除妖精,整顿了天界、神界的秩序;救灾祸,他赐予人们福佑,他洞达人情,关注现实,救人疾苦,是黑暗中的闪电、亢旱中的甘霖。

取经故事的这三层结构既有时间上的差别,也有思想意义上的不同。第一层是原始形态,是最古老的形式。这种结构形式最早来源于唐代玄奘取经的史实。取经的主角为唐僧是确定无疑的,其时也无别的随从,但在演变中已有几点远离史实。一是历史上玄奘自请西去取经,有诏不许,而小说中却说唐太宗征求取经者,玄奘愿往。二是取经的原由也有了变动。历史上玄奘是因经义难明,异说难定,故发愤西行求得原文经典;小说是教主如来要传佛法于东土,而东土本身多有变故急需真经救难。这种结构至《大唐三藏取经诗话》就已基本确定唐三藏为主角,孙行者为次要人物。在主题上主要是宣扬佛法无边和佛教徒的虔诚。小说中如来佛法无边的种种描写,取经的意义强调等都可以归结于这一个层面。第二层是民间演变发展的形态,除了满足民众了解奇闻异事的心理外,还满足了民众解决现实问题的需要。中国古代民众对于宗教信仰方面的需要是有其特征的,那就是民众所崇拜的神总是直接面对现实解决现实问题。因而在这一层中重点不在于对取经成佛的这一终极目标的追求,而在于对取经路上各种现实问题的解决,这就是小说中那些受苦受难的人所祈盼的齐天大圣,唐僧完全成了陪衬,他人妖混淆,是非不分,在妖精面前讨饶乞命,在徒弟面前念咒施威,很好地反衬了孙悟空除妖的战斗精神。第三层是明代的士人的理想,这是作者思想意义的赋予,也就是人们通常所说的作品的思想寄寓所在,有明代士人的特色。这一层的主角仍然是孙悟空,他好比是明代士人的精灵或化身。他身具通天彻地之能,毫无自私自利之心,超凡绝俗;他又时时身处现实之中,深知世俗社会的情弊,除人间的妖氛,不是补天的补天,是封建社会进步知识分子所能想象的理想的代表。在这一层中,唐僧身上糅进了封建儒士的迂腐与宗教信徒的虔诚。遇到大小神佛一概顶礼膜拜,不问真假;朝见各国君王,他统统山呼万岁,无论贤否。泥守经典,循规蹈距,尊长架子会摆,套套道理会讲,但身无一能,离开徒弟,连一餐饭都无法化到。唐僧是孙悟空士人理想形象的最好的陪衬。

正因为小说的结构可以从纵的方面剖分出三个层次,因而在内容上肯定会出现一些冲突。关于这一点,已有人加以注意,并说:"西游故事不像三国故事和水浒故事那样,一开始就在民间流行,一开始就是民间的东西,而是在流传过程中,把本来属于统治阶级宣扬宗教、提倡正统主义的东西,改造成属于人民、能够反映群众情绪和愿望的东西。因而不能不在主题思想、形象体系、结构框架等方面留下不少矛盾。……吴承恩改造了故事的不少内容和大批人物形象,但并未改变故事的传统格局,因其在几百年来早已定型。这就构成了《西游记》宣扬正统主义的基本结构与反正统的具体内容的突出矛盾。"①看到矛盾是对的,但未必如论者所言宣扬宗教、正统主义只能属于统治阶级。列宁曾有过这样的观点,统治阶级的意识是统治意识,也就是说在阶级社会里统治阶级的思想意识常常会统治被统治

---

① 马积高、黄钧:《中国古代文学史》(下),长沙:湖南文艺出版社1992年版,第269页。

阶级的思想。事实上也是如此,古代民众是相信佛法无边的,是相信善恶有报的。因而宣扬正统主义、宗教理论未必与突出孙悟空的形象构成不可解决的冲突,何况孙悟空本身也是神佛的身份。在小说中既不可能也没有完全否定宗教的思想内容。尽管如此,小说中确还有矛盾存在。如在主角问题上就存在矛盾。取经故事,首先,主角无论从历史上还是从小说中教主的意旨来说都只能是唐僧,一路上出尽风头的又是孙行者。可是说孙行者是唯一的主角吧,他又常常受唐僧的牵制。其次,论理取经故事中最有意义的是取经成正果,这在一路上都做过渲染,可实际效果却是降魔除妖更突出,等等。显然这是不同时代产生的故事层次和故事意义之间的冲突之处,却未必归之于正统与反正统的矛盾。虽然三个层次之间有一些冲突,但它们毕竟构成了一个浑融的整体,各层次之间相互渗透、彼此粘连。没有唐僧取经的行动,就不会有孙悟空的降魔除怪;没有孙悟空的降魔除怪,也就没有取经路上的顺利;而没有取经和降魔除妖,作者的"暗传密谛"又何从进行呢?正因为这样构成一个丰富而复杂的整体,可以满足不同程度、不同身份的读者的需要,因而也就出现了许许多多的诠释,正如鲁迅先生所说"使三教之徒,皆得随宜附会而已"。① 我们考察结构的目的就是要考察其中作者的思想,即作者在创作这部小说的时候的一个通盘的考虑:小说的情节结构都必须服从这个主要的思想亦即主题的统领。说《西游记》是证圣成佛的宗教主题、是反映阶级斗争的政治主题固然不妥,然而说《西游记》是"游戏之作""至多不过有一点爱骂人的玩世主义"或"甚至也无法归结出一个能贯串全书的一般性主题",也未必正确。从前面的考察我们可知,《西游记》的作者不满于他所处的社会,对现实有太多的不平,使他不吐不快;又在所处时代的思想主潮的影响下,有自己的同时也是广大士

---

① 鲁迅:《中国小说史略》,《鲁迅全集》第九卷,北京:人民文学出版社1973年版,第310页。

人的理想追求:内圣外王,改造天地人间。这就是作品的主要思想。它在深层地隐伏却真实地起着决定性的作用,它决定着对久经演变逐渐定型的题材内容的因袭与改造,并借用传统的取经故事结构和民众喜闻乐见而又是作者本人的个性显现的形式与情调加以表现出来,形成了今本《西游记》特有的思想内涵与艺术形式、艺术特色。

六、司法描写与《西游记》的风格及其写定者

将《西游记》当作政治小说,说它反映农民起义、阶级斗争,是误解了小说的现实内容;将《西游记》当作游戏之作,只欣赏它的幽默与娱乐,是忽视了小说的现实内容。《西游记》的现实内容是非常丰富的,哪怕就是那种被称为游戏文字体现作者的幽默风格的,也还是"讽刺揶揄则取当时世态"[①]"使神魔皆有人情,精魅亦通世故"。[②] 这种"世态""人情"都是明代现实。对《西游记》的现实内容,有许多学者进行了研究,但笔者认为这种研究缺乏对小说中的司法描写的研究。有人肯定会提出疑问:《西游记》是一部神魔小说,不是一部公案小说,怎能将它与明代的司法相联系起来讨论呢?事实上,世德堂本《西游记》几乎回回都牵涉司法方面的事情,因此,对这方面进行研究可以更好地探讨《西游记》的艺术表现及其风格。

《西游记》中的故事,能作公案看的并不多。一是泾河龙王被斩一案,见于小说第十回、第十一回。第十回《老龙王拙计犯天条 魏丞相遗书托冥吏》叙泾河龙王化变为秀士与袁守诚打赌,若袁守诚能算准几时下雨、雨有多少,他送课金五十两,结果袁守诚所算甚准而龙王有意违玉帝旨意,行雨差了时辰、少些点数,龙王欲砸袁守诚的卦

[①] 鲁迅:《中国小说史略》,《鲁迅全集》第九卷,北京:人民出版社1973版,第305页。

[②] 鲁迅:《中国小说史略》,《鲁迅全集》第九卷,北京:人民出版社1973版,第309页。

铺,袁守诚告知他犯天条难逃死罪,龙王求救,袁守诚要他去求唐太宗皇帝;太宗皇帝答应了泾河龙王的请求,他宣魏徵进宫陪他下棋以此来绊住魏徵,使之不能行刑,结果魏徵在下棋时打了盹,还是将泾河龙王斩了;由此,那泾河龙王鬼魂闹个不休,被观音阻住而至阴司地狱告状。第十一回叙因泾河龙王在阴司告状,太宗皇帝之魂入阴司三曹对案,在阴司掌生死文簿的酆都判官崔珏的帮助下又返回阳间。二是孙悟空上天堂在玉帝前告御状,告李天王纵放亲女下凡为害之罪。事见第八十三回。小说叙到唐僧师徒来至镇海禅林寺,唐僧被妖怪掠去,行者查问,原是陷空山无底洞妖怪所为,几番争斗,唐僧被救出而又随即失去,在查访过程中,行者找到妖怪供养的大金字牌上写"尊父李天王之位""尊兄哪吒太子位";行者以牌位、香炉为证,并撰写状纸:"告状人孙悟空,年甲在牒,系东土唐朝西天取经僧唐三藏徒弟。告为假妖摄陷人口事。……有此上告。"①玉帝将原状批作圣旨宣太白金星领旨到云楼宫宣托塔李天王见驾,行者也一同前往;最后李天王父子捉拿妖精,玉帝不予究罪。三是唐僧师徒在铜台府被人诬陷劫财杀人一案,见于小说第九十七回《金酬外护遭魔蛰 圣显幽魂救本原》。

《西游记》中反映司法情况比较多的还是通过人物的对话,这里面既有唐僧师徒之间的对话,也有唐僧师徒尤其是孙行者与其他人物的对话。在第二十七回孙悟空除尸魔之时,八戒道:"师兄打杀他的女儿,又打杀他的婆子,这个正是他的老儿寻将来了。我们若撞在他的怀里呵,师父,你便偿命,该个死罪;把老猪为从,问个充军;沙僧喝令,问个摆站;那师兄使个遁法走了,却不苦了我们三个顶缸?"第五十回八戒要取人家的衣服时,三藏道:"不可,不可。律云:'公取窃取皆为盗。'倘或有人知觉。断然是一个窃盗之罪。"②孙悟空与太上

---

① 《西游记》,北京:中华书局2005年版,第446页。
② 《西游记》,北京:中华书局2005年版,第260页。

老君、如来及天王之间的对话中也不乏这样的内容。第三十五回太上老君的看金、银二炉的二个童子下人间为妖被擒后,太上老君下来要宝贝,大圣道:"你这老官儿,纵放家奴为邪,该问个铃束不严的罪名。"①第五十八回孙悟空打死六耳猕猴后,对如来说:"如来不该慈悯他。他打伤我师父,抢夺我包袱,依律问他个得财伤人,白昼抢夺,也该个斩罪哩!"②

　　从《西游记》所叙述的情况来看,它反映了明代司法这样一些程序。首先是原告递状纸告状而后官府立案,如第八十三回孙悟空告李天王父子纵放亲人成精害人,孙悟空先递状纸给玉帝而后立案追拿疑犯;又如第九十七回寇梁兄弟至铜台府告唐僧师徒劫财杀人,知府派人缉拿。其次是犯人收押。再次是审讯,审讯时会严刑逼供。如第九十七回叙铜台府知府审案时动不动就用刑具,"叫手下拿脑箍来,把这秃贼的光头箍他一箍,然后再打"③。最后是结案,一般是审完判决,也有原告递解状予以撤消的,如第九十回寇梁兄弟递解状结案;还有第八十三回孙悟空告李天王父子时太白金星所说的"我只说原告脱逃,被告免提"④式的结案。《西游记》中反映最多最明显的是明代律法,有许多直接引用了明代的法律。在第十九回猪八戒厉声骂道:"你这弼马温,与你有甚相干,你把我大门打破?你且去看看律条,打进大门而入,该个杂犯死罪哩!"行者笑道:"你这个呆子!我虽就打了大门,不像你强占人家闺女,该问个真犯斩罪哩!"⑤《大明律·刑律》卷二十六有《杂犯》罪一款。又《大明律·户律》卷六《婚姻》载"强占良家妻女""绞"。⑥在第二十五回镇元子之徒弟清

---

① 《西游记》,北京:中华书局2005年版,第183页。
② 《西游记》,北京:中华书局2005年版,第305页。
③ 《西游记》,北京:中华书局2005年版,第523页。
④ 《西游记》,北京:中华书局2005年版,第448页。
⑤ 《西游记》,北京:中华书局2005年版,第101页。
⑥ 〔明〕姚思仁:《大明律附例注解》,北京:北京大学出版社1993年版,第366页。

凤骂道:"我把你这个害馋劳偷嘴的秃贼!你偷吃了我的仙果,已该一个擅食田园瓜果之罪。"①《大明律·户律》卷五《田宅》中有"擅食田园瓜果条"。② 第三十三回云:"律上有云:'不知者不坐罪。'"第五十回云:"律云:'公取窃取皆为盗。'"③《大明律·刑律》卷十八《贼盗》中有"公取盗取皆为盗"条。第八十三回云:"律云:'诬告加三等。'"④《大明律·刑律》卷二十二《诉讼》有《诬告》条云:"凡诬告人笞罪者,加所诬罪二等,徒杖罪,加所诬罪三等。"⑤间接引用的就更多。从这些直接和间接引用的律条中我们知道有这样一些罪名:打进大门而入的杂犯死罪;强占人家女子之罚;擅食田园瓜果之罪;钤束不严之罪;欺邦灭国的大逆之罪;结连妖邪、抢夺人口之罪;冒名顶替之罪;窃盗之罪;白昼伤人、抢夺之罪;拐带人口之罪;枉拿平人作贼之罪;揩财作弊之罪等,多达几十款。

《西游记》中司法方面问题的叙述,一方面突出地暴露了明代社会问题之多,另一方面又表明明代社会司法管制之严,官吏横行无忌,平民动不动就要吃官司;更重要的还是深刻地反映了明代司法吏治的黑暗。一是官司久拖不决,误事害人,第八十三回孙悟空告李天王假妖摄陷人口罪,太白金星劝他私了,不然是"一日官事十日打",误了救他师父唐僧。⑥ 二是诬陷好人为贼,官吏枉拿平人为贼,禁子毒打平人索要钱财,如第九十七回在铜台府地灵县唐僧四众要西行,寇员外摆出大排场送行。一伙强盗见财起意,带着短刀、闷棍等物前来抢劫,并将寇员外打死。寇员外之妻不报案拿真凶却诬陷唐僧四众。铜台府刺史闻言,"即叫点起马步快手并民壮,共有百五十人,各

---

① 《西游记》,北京:中华书局 2005 年版,第 131 页。
② 〔明〕姚思仁:《大明律附例注解》,北京:北京大学出版社 1993 年版,第 349 页。
③ 〔明〕姚思仁:《大明律附例注解》,北京:北京大学出版社 1993 年版,第 691 页。
④ 《西游记》,北京:中华书局 2005 年版,第 447 页。
⑤ 〔明〕姚思仁:《大明律附例注解》,北京:北京大学出版社 1993 年版,第 790 页。
⑥ 《西游记》,北京:中华书局 2005 年版,第 448 页。

执锋利器械,出西门一直来赶唐僧四众"。① 不由分说就将好意拿贼后送还被盗之物的唐僧师徒当作贼人拿获。刺史审案也不听申辩,动不动就用刑。收监后,一个个都推入辖床,扣拽了滚肚、敲脑、攀胸,禁子一顿乱打,唐僧被打得直叫唤,行者道:"他打的是要钱哩。常言道:'好处安身,苦处用钱。'如今与他些钱便罢了。"②三是官司的输赢在于有无后台、有无过硬的社会关系。第三十七回叙朱紫国国王被妖精害死,江山被妖精占了,死去的国王因为"他的神通广大,官吏情熟,都城隍常与他会酒,海龙王尽与他有亲,东岳天齐是他的好朋友,十代阎罗是他的异兄弟,因此我无门投告"③。四是反映了上层人物知法犯法,如太上老君纵放童子为怪为害人间,李天王动不动就说自己有先斩后奏之权要用砍妖刀砍掉前来告状的孙悟空。甚至上层人物还庇护罪犯,如每次马上要死在孙悟空手上的妖精只要是与天上神、佛有关系,他们就一定赶来救,将其带回去不加任何惩处。

《西游记》确实是神魔小说,写的多是非人间的事情,大闹天宫,西去取经的所谓九九八十一难多与神魔有关,而神佛以及妖魔鬼怪的变化多端和手段高强,都不是凡人所能有的。为什么它又有这么多反映现实的东西呢?诚然,就文艺与现实生活的关系来讲,文艺不可能不反映现实,也不可能完全脱离当时的社会写出完全脱离现实的东西,由此而言,《西游记》反映明代的社会现实是无须多论的。但还有一个问题值得考虑,即以超现实的东西为主要叙述对象的小说涉及了如此多现实的司法方面的情况,不会给小说的艺术整体带来难以弥合的裂痕吗?一般都认为《西游记》由三个大的部分组成,一是孙悟空的出身及其大闹天宫,二是唐僧的出身故事,三是取经故

---

① 《西游记》,北京:中华书局2005年版,第521页。
② 《西游记》,北京:中华书局2005年版,第523页。
③ 《西游记》,北京:中华书局2005年版,第187—188页。

事。孙悟空出身及其大闹天宫,现实中的司法是难以在其中得到反映的。唐僧的出身故事不同,他的出身本身就是一个大的公案,父亲被杀,母亲被贼人强占,自己也在江流上被寺庙里的和尚收养,可是这个故事一方面是晚出的,另一方面篇幅不长,所以现实内容尤其是司法方面的情况很难在这个故事里得到比较多的反映。反映司法方面情况最多的是取经故事。为什么呢? 这是因为取经四众中的行者、八戒、沙和尚虽然是超现实的人物,可取经的关键人物唐僧是凡人,他没有一点神通,而如来对取经之人又有要求,"交他苦历千山,远经万水的,到我处求取真经"。[①] 这样,小说中的中心人物唐僧就不能像取经四众中其他三众一样有通天彻地之能,只能在凡间一步一步地前行,因而取经的行程始终没有与人间国度脱离关系。既然唐僧是凡人,他的取经西行就是凡人的长途跋涉,离不开沿途的各个人间国度,那么整个故事也就与现实社会紧紧相连,这些人物又要在一定程度上服从人间社会的秩序。人间秩序的维护,靠的就是司法制度,这样一来小说中有许多明代司法的情况就不值得奇怪了。

虽然《西游记》小说中有司法方面的情况不值得奇怪,但是这种司法情况的叙述与小说创作的关系,也就是说文中司法方面的情况与小说的思想内容、人物塑造、艺术风格之间的关系仍是值得探讨的问题。首先,我们来看小说中司法情况的描写与小说的主题思想的关系。关于《西游记》的主题,从它问世以来就有许多不同的意见,有的认为是阐扬佛教,有的认为是宣扬道教,还有的认为是阐述性理,甚至还有认为是反映农民与地主阶级的斗争的,等等。现在比较多的研究者认为《西游记》歌颂了孙悟空的降魔除怪的顽强斗争精神,反映了古代劳动人民的愿望。从这个方面来讲,小说中司法方面的描写对表现主题也起了一定的作用。如第八十三回写孙悟空发现陷空山无底洞的妖怪与李天王父子有关系后,果断地要告御状;李天王

[①] 《西游记》,北京:中华书局2005年版,第40页。

不肯合作,以有先斩后奏之权相威胁,孙悟空毫不畏惧,与其力争,使李天王软下来合作;最后,将妖擒住,太白金星提出要以"原告脱逃,被告免提"之名目糊涂了结此案,孙悟空也不干,一定要予以清楚明白地结案。又如第五十八回孙悟空打死六耳猕猴后,对如来说:"如来不该慈悯他。他打伤我师父,抢夺我包袱,依律问他个得财伤人,白昼抢夺。也该个斩罪哩!"①这是借司法来指责如来有徇私的嫌疑。又如第九十八回阿傩、伽叶索要人事,不成就与唐僧无字经书,孙悟空对唐僧道:"师父,不消说了。这就是阿傩、伽叶那厮,问我要人事,没有,故将此白纸本了与我们来了。快回去告如来之前,问他揖财作弊之罪。"②又用司法方面的语言痛斥佛门的无理之举。这些都与小说所歌颂的斗争精神相联系。其次,司法描写与小说的情节结构有一定的联系,但这种联系不是很密切。譬如唐僧出世应是一个大的公案,但这个故事明代世德堂本中却没有,但也没有影响小说情节的发展。再如简本如《四游记》中杨致和的《西游记》中就没有这种司法描写。再次,对小说人物的塑造有比较大的作用。这在分析表现小说的主题思想时已有所触及,因为小说要歌颂主人公的斗争精神,当然也就主要是对他进行塑造。小说中孙悟空见妖必除,除妖务尽,从司法的角度来讲,他就是一个最铁面无私的执法者。他破获乌鸡国的篡国大案,平反祭赛国金光寺和尚之案等。小说中除了他喜欢在司法方面弄嘴摇舌外,给人印象最为深刻的就是说:"伸过孤拐来,打二十棒!"如猪八戒的挑拨离间的特点,也有通过司法语言表现。第二十七回,孙悟空认出尸魔所化变的人物,并予以打杀,唐僧人妖不分,本来就对孙悟空杀生不满,八戒还挑拨道:"师兄打杀他的女儿,又打杀他的婆子,这个正是他的老儿寻将来了。我们若撞在他的怀里呵,师父,你便偿命,该个死罪;把老猪为从,问个充军;沙僧喝

---

① 《西游记》,北京:中华书局 2005 年版,第 305 页。
② 《西游记》,北京:中华书局 2005 年版,第 534 页。

令,问个摆站;那师兄使个遁法走了,却不苦了我们三个顶缸?"第三十七回乌鸡国国王的鬼魂来找唐僧,要他帮忙,三藏胆小怕事的特点,也通过他将此事与司法相联系而表现出来。三藏道:"那怪既变得与你相同,满朝文武、三宫妃嫔一个个意合情投。我徒弟纵有手段,决不敢轻动干戈。倘被多官拿住,说我们欺邦灭国,困陷城中,却不是画虎刻鹄也。"①最后,对形成小说幽默风趣的风格起了非常重要的作用。一是内部调侃、活跃气氛。唐僧师徒本是去西天取经,是一件非常神圣的使命,而唐僧又是虔诚、迂腐的信徒,如果任由唐僧主宰一路上的活动,除了打坐外,那就剩下讲经论佛,哪里会有活泼的气氛呢? 西行的这一路上,唐僧的迂腐和八戒的自作聪明本身能使人忍俊不禁,但孙悟空的调侃也是形成活泼风趣的重要方面。孙悟空或者说唐僧师徒间的调侃中有许多是与司法有关的。第三十八回叙述唐僧与孙悟空讨论如何救乌鸡国王。悟空道:"你老人家只知念经打坐,那曾见那萧何的律法? 常言道:'拿贼拿赃。'那怪物做了三年皇帝,他与三宫妃后同眠,两班文武共乐。我老孙拿住他,也不好定外罪名?"②他们具有如此大的神通,哪个人王能奈何他们,因此这是给小说增添活泼气氛。第八十回叙述,唐僧善心又发了,救了一个妖精化变的女人,孙悟空打趣道:"我笑你'时来逢好友,运去遇佳人'"。③ 本来是想劝唐僧不要多事,可唐僧不听,他只好笑道:"师父,你自幼为僧,只会看经念佛,不曾见王法条律。这女子生得年少标致,我和你乃出家人,同他一路行走,倘或遇着歹人,把我们拿到官司,不论甚么取经拜佛,且都打做奸情;纵无此事,也要问个拐带人口,大家不得干净,师父追了度牒,打个小死;八戒该问充军;沙僧该问摆站;我老孙口能,怎么折辩也要问个不应。"④一场严肃分清是非

---

① 《西游记》,北京:中华书局 2005 年版,第 188 页。
② 《西游记》,北京:中华书局 2005 年版,第 193 页。
③ 《西游记》,北京:中华书局 2005 年版,第 430 页。
④ 《西游记》,北京:中华书局 2005 年版,第 430 页。

人妖的内部争论,以这种充满司法名词的调侃而表现出来,当然使其气氛轻松,富有趣味。二是孙悟空与对手的调侃。这种情况主要出现在与妖怪紧张战斗中。如第十九回孙悟空在高老庄除怪时,紧追猪八戒,猪八戒厉声骂道:"你这个弼马温,着实意懒!与你有甚相干,你把我大门打破?你且去看看律条,打进大门而入,该个杂犯死罪哩!"孙悟空笑道:"你这个呆子!我就打了大门,还有个辩处。象你强占人家女子,又没个三媒六证,又无些茶红酒礼,该问个真犯斩罪哩!"①将紧张的战斗变得轻松而带有滑稽感,妖怪迷上人家的女儿还要论什么法律条文,岂不怪哉?无独有偶,在第五十回唐僧师徒进了一座大宅,见到有三件纳锦的背心,就引起一场讨论;猪八戒认为无人见到可拿,而三藏道:"不可!不可!律云:'公取窃取皆为盗。'倘或有人知觉。断然是一个窃盗之罪。"②又与司法相联系起来了。而妖魔也以此为依据替自己的行为辩护,妖魔道:"……你师父偷盗我的衣服,实是我拿住了如今待要蒸吃。"③人妖之间的斗争与人间法律本不相干,可作者硬是将其相连,除了增加风趣、幽默感外别无他用。

  总而言之,《西游记》有比较多的司法描写,这样不但对明代的司法情况、司法程序、法律条文等有所反映,而且还由此反映明代的社会问题;这还只是与小说的思想内容以及表现小说的主题方面相联系,而这种描写的真正意义在于它对塑造人物尤其是小说幽默、风趣的风格有着很重要的作用。

  《西游记》中的司法描写还是考证小说作者或称之为世德堂本《西游记》小说的写定者和确定写定时间的重要材料。自胡适、鲁迅推定《西游记》的作者是吴承恩后,学界一般都将其作为定论加以接

----

① 《西游记》,北京:中华书局 2005 年版,第 101 页。
② 《西游记》,北京:中华书局 2005 年版,第 260 页。
③ 《西游记》,北京:中华书局 2005 年版,第 262 页。

受,但也有人提出不同的意见,如章培恒先生认为:"天启《淮安府志》既没有说明吴承恩的《西游记》是多少卷或多少回,又没有说明这是一种什么性质的著作,那又怎能断定吴承恩的《西游记》就是作为小说的百回本《西游记》而不是与之同名的另一种著作呢?……总之,如果没有有力的旁证来证明《淮安府志》著录的吴承恩《西游记》乃是百回本小说,也就无法确切地断定百回本《西游记》为吴承恩所作。"①徐朔方先生认为:世德堂本不是吴承恩的创作,是世代累积型的集体创作,并说:"吴承恩作为《西游记》的写定者之一至少有待进一步司法描写与《西游记》的风格及其写定者论证才能成立。"②苏兴先生肯定《西游记》的作者是吴承恩,③并从小说中所写的旱灾较多推定吴承恩写作《西游记》的大致时间为吴承恩三四十岁壮年、家乡多旱灾时。④ 前辈的研究毫无疑问是有意义的,也是后辈学者研究的起点。

　　从现有的材料来看,对吴承恩是否为《西游记》写定者提出疑问是容易的,但要完全推翻过去的结论也缺乏过硬的证据,至于论定别的什么人写定《西游记》更是困难的事情。既然别的材料没有新的发现,我们何不将眼光还是放在小说本身呢?笔者从《西游记》的司法描写来考证,《西游记》的写定者很可能是吴承恩。为什么这样说呢?从前面我们所引用的《西游记》小说中的材料来看,今本,准确地说是世德堂本《西游记》写定者是熟知司法的,从事过比较长时间的与司法审案有关的工作,不然在人物调侃时,甚至人物的一些本能性的反应中不会有如此自然的司法语言或表现。天启《淮安府志》卷十六

---

① 章培恒:《百回本〈西游记〉是否吴承恩所作》,《社会科学战线》1983年第4期。
② 徐朔方:《论〈西游记〉的成书》,《徐朔方集》第一卷,杭州:浙江古籍出版社1993年版,第870—871页。
③ 苏兴:《也谈百回本〈西游记〉是否吴承恩所作》,《西游记及明清小说研究》,上海:上海古籍出版社1989年版,第26—41页。
④ 苏兴:《关于〈西游记〉的写作时间及吴承恩经历中若干问题》,《西游记及明清小说研究》,上海:上海古籍出版社1989年版,第2—3页。

《人物志》二云:"吴承恩性敏而多慧……复善谐剧,所著杂记几种,名震一时。数奇,竟以明经授县丞,未久,耻折腰,遂拂袖而归,放浪诗酒,卒。"①赵景深《〈西游记〉作者吴承恩年谱》推断吴承恩于明嘉靖三十九年(1560)时六十一岁,始任长兴县丞;嘉靖四十五年(1566),时六十七岁,辞长兴县丞职,在任七年。②县丞的主要工作是协助知县管理政务,其中一项工作就是审理案件,因此,这一内证能进一步确定吴承恩为世德堂本《西游记》的写定者。另外,将世德堂本《西游记》与朱鼎臣本和杨致和本相对照,还可发现除了两者文字有繁简的不同,他们所缺乏的就是这种幽默风趣的司法描写。这应该是非常重要的区别。如果我们由此推断世德堂本《西游记》的写定者为吴承恩是正确的话,那么根据吴承恩的生平,我们又可知道吴承恩是在他的晚年也就是说辞去长兴县丞之职后将《西游记》写定的,其理由非常简单,那就是他在有了这一段司法阅历后才能写出我们现在看到的《西游记》。

七、民间信仰的影响与《西游记》故事的定型

《西游记》素材的最初来源是唐代玄奘西域取经之事。历史上的玄奘取经之事,本是私自行动。《旧唐书·方伎传》载:"僧玄奘,姓陈氏,洛州偃师人。大业末出家,博涉经论。尝谓翻译者多有讹谬,故就西域,广求异本以参验之。贞观初,随商人往游西域。"③《大唐大慈恩寺三藏法师传》卷一云:"于是结侣陈表。有诏不许。诸人咸退,

---

① 朱一玄、刘毓忱:《西游记资料汇编》,天津:南开大学出版社2002年版,第164页。

② 赵景深:《〈西游记〉作者吴承恩年谱》,《中国小说丛考》,济南:齐鲁书社1980年版,第12页。

③ 朱一玄、刘毓忱:《西游记资料汇编》,天津:南开大学出版社2002年版,第33页。

唯法师不屈。"① 玄奘于唐太宗贞观元年不避艰险只身赴天竺取经，途经西域十六国，四年以后，到达北天竺摩揭陀国。途中历尽千辛万苦，九死一生，前后经十九年之久，终于带回佛教经文六百五十七部，用白马二十匹驮回长安。在外有成，唐帝太宗当然会予以重视并给予很高的礼遇。此事本身突出地反映了三藏法师毅力和意志以及宗教上的虔诚，完成了平常人所难以完成的壮举，因而唐代的著述特别是玄奘和门徒的著述多在这一方面进行宣传，并称"皆存实录，匪敢雕华"。不过也有一些神化描写，如慧立所作的《慈恩三藏法师传》中载，三藏法师常诵《般若心经》，"至沙河间，逢诸恶鬼，奇状异类，绕人前后，虽念观音不得全去，即诵此《经》，发音皆散，在危获济，实所凭焉"。② 此时说《心经》传自蜀中法师所遇的一病人。但到了《独异志》记载就变成是在取经路上，"至夕开门，见一老僧，头面疮痍，身体脓血。床上独坐，莫知来由。奘乃礼拜勤求，僧口授《多心经》一卷，令奘诵之，遂得山川平易，道路开辟，虎豹藏形，魔鬼藏迹。遂至佛国，取经六百馀部而归"③。就更加神化了。神化本是这种宗教故事中必然演变的结果。既是艰难困苦难以言状，那要取得成功，在当时人看来不靠佛力，又能靠什么呢。本身就是宣扬佛法的好材料。

　　取经故事至中唐就应该已进入俗讲了，而在俗讲中当然是重在佛法的宣传上，但久而久之必定会受到广大听众即庶民百姓的影响。庶民百姓虽然也信仰佛、菩萨，但他们是从佛、菩萨的法力也就是解决现实问题的能力上来信仰的，而释门的宣传也随之在这方面下功夫。如诵经有什么好处，造像有什么好处，杀生有什么害处，会得什么报应，等等。有所谓铸佛像事佛的受刑不死的说法。《太平广记》卷一百一十四《张逸》条云：

---

① 朱一玄、刘毓忱：《西游记资料汇编》，天津：南开大学出版社2002年版，第20页。
② 《大慈恩寺三藏法师传》，北京：中华书局2000年版，第16页。
③ 朱一玄、刘毓忱：《西游记资料汇编》，天津：南开大学出版社2002年版，第32页。

张逸为事至死,预造金像,朝夕祈命。临刑,刀折而项不伤。官问故。答曰:"唯以礼像为业。"①

诵经可以出狱。《太平广记》卷一百二《卢景裕》条云:

后魏卢景裕字仲儒,节闵初,为国子博士,信释氏,注《周易》、《论语》。从兄神礼,据乡人反叛,逼其同力以应西魏。系晋阳狱。至心念《金刚经》,枷锁自脱。齐神武作相,特见原宥。②

诵经能使该死的人还可还阳多活几年。同书同卷《赵文若》条云:

隋赵文若,开皇初病亡。经七日,家人初欲敛,忽缩一脚,遂停。既苏云:"被一人来追,即随行。入一宫城,见王曰:'卿在生有何功德?'答云:'唯持《金刚经》。'王曰:'此最第一,卿算虽尽,以持经之故,更为申延。'"③

诵经可以疗疾治病。《太平广记》卷一百七《强伯达》云强伯达诵《金刚经》疗好自身的风癞之病。④ 诵经还可以防狐狸精。同书同卷《于李回》条载于李回遇狐狸经阴念《金刚经》,狐狸精都被驱逐走了。⑤ 另外,民众喜言鬼神怪异,这由南北朝的志怪盛行以及唐传奇中神异作品甚多,就可以看出。志怪也好,传奇也好,从表面上看起来都是文人之作,实际上它们当中有许多的素材采自民间,这些素材中的神怪故事本已在民间流行,因而它们在一定程度上反映了民间信仰的状况。受其影响或为了适应这种情况,佛教一些辅教的宣传

---

① 〔宋〕李昉等:《太平广记》第三册,北京:中华书局1961年版,第793页。
② 〔宋〕李昉等:《太平广记》第三册,北京:中华书局1961年版,第684页。
③ 〔宋〕李昉等:《太平广记》第三册,北京:中华书局1961年版,第684页。
④ 〔宋〕李昉等:《太平广记》第三册,北京:中华书局1961年版,第725页。
⑤ 〔宋〕李昉等:《太平广记》第三册,北京:中华书局1961年版,第724页。

品早就涉及中国传统信仰中的成精变怪，用佛教的理论，特别是用因果报应、孽力之类信仰观念渗入精怪信仰中，形成新精怪信仰。反过来又影响着佛教自身，特别是影响俗讲。

佛教在民间传教通常喜欢通俗地宣讲容易为下层群众所接受的佛教思想，例如"因果报应"思想就被通俗地解说为上世为人不善，或杀生，或偷盗，或欠人钱等，死后就要受到惩罚，或入饿鬼道，或下地狱，更多的却被罚做畜生。《太平广记》卷四百三十六《张高》条云："……驴又曰：'……吾今告汝，人道兽道之倚伏，若车轮然，未始有定；吾前生负汝父力，故为驴酬之。'"① 又同书同卷《王甲》条载某母避其子送米于女被罚作驴。② 这种东西先是佛教徒主动的单方面的宣传，后来深入百姓中，就成了百姓的一种信仰。不过，中国民众对天国的绝对幸福并不十分重视，他们不满足于来生的变化，总是直接面对现实解决目前的现实问题，因此，他们将因果报应原是来生的变化改成当世也能出现，即所谓"现世报"。《太平广记》卷四百三十一《蔺庭雍》条云："……涪州裨将蔺庭雍妹因过寺中，盗取常住物，遂即迷路，数日之内，身变为虎。其前足之上，银缠金钏，宛然犹存。每见乡人，隔树与语云：我盗寺中之物，变身如此。"③《太平广记》卷四百四十二《黄秀》条载黄秀活变为熊。人由孽力而成兽身，按照佛理，如想再变回人身就必须在洗涤罪孽后再投生。《太平广记》卷四百三十六《卢从事》条云："……平等王谓通儿曰：尔须见世偿他钱，若复作人身，待长大则不及矣，当须暂作畜生身，十数年间，方可偿也。"④ 但在民间却完全认为现世就可以变化。民间的这种信仰也得到佛教的认可并加以大力宣传。佛教著作《高僧传》上载有《僧虎》这样的故事，说袁州山中有一村僧得一虎皮，披于身上劫人财物，后果变为虎，心

---

① 〔宋〕李昉等：《太平广记》第九册，北京：中华书局1961年版，第3548页。
② 〔宋〕李昉等：《太平广记》第九册，北京：中华书局1961年版，第3550页。
③ 〔宋〕李昉等：《太平广记》第九册，北京：中华书局1961年版，第3498—3499页。
④ 〔宋〕李昉等：《太平广记》第九册，北京：中华书局1961年版，第3541页。

却是还人,后食一衲僧,"心自惟曰:'我本人也,幸而为僧,不能守禁戒,求出轮回。自为不善,活变为虎。业力之大,无有是者。今又杀僧以充肠,地狱安容我哉?我宁馁死,弗重其罪也。'……自视其身,一裸僧也。"并从理论上概括:"生死罪福,皆由念作。刹那之间,即分天堂地狱,岂在前生后世耶。"①说动物变人、人变为动物是孽力所致的例子还有很多。《太平广记》卷四百二十六《吴道宗》云:"……母语之曰:宿罪见遭,当有变化事。"②又同书卷四百二十九《王用》条云:"(王用)曰:我往年杀黑鱼,冥谪为虎。"③这种人变为动物,动物变为人,似乎不属于传统的"物老成精"之列,是佛教教义影响下形成的一种俗信,但在普通民众心中已把它们看成是一回事。一方面,人化为动物后又可以还原为人,其形不全,仍被当作精怪打杀。如上所引《王用》条中的王用,还原为人后但头犹是虎,于是被人打死,就是这样的例子。另一方面,人变为动物,动物变人,虽可自由地化变,但变为动物后却以伤害人为其主要目的,这与传统精怪所为是完全没有区别的。因此,这种东西必定影响到通俗的佛教宣传,也影响到普通民众的欣赏趣味。

玄奘的《西域记》记载了西域各国的山川地理、风物传说,当然也有宣扬佛教的内容,但主要以记实为主。源于俗讲的《大唐三藏取经诗话》就完全有所不同了。这部取经诗话形成于南宋,三卷十七章,共一万六千字。其主调虽然仍是宣扬佛法,但主要的兴趣转移到取经路上的各种怪异叙说上,如历经的树人国、鬼子母国、女人国、沉香国、波罗国、优钵罗国、竺国、盘律国等国度,另外还有受劫难的地方如香山寺、狮子林、长坑大蛇林、九龙池、王母池、香林寺等。《入香山寺第四》中猴行者说:"我师莫讶西路寂寥。此中别是一天。前去路

---

① 〔宋〕李昉等:《太平广记》第九册,北京:中华书局1961年版,第3513页。
② 〔宋〕李昉等:《太平广记》第九册,北京:中华书局1961年版,第3467页。
③ 〔宋〕李昉等:《太平广记》第九册,北京:中华书局1961年版,第3490页。

途尽是虎狼蛇兔之处,逢人不语,万种悒惶,此去人烟都是邪法。"①如写蛇子国:"大蛇小蛇,交杂无数,拢乱纷纷。大蛇头高丈六,小蛇头高八尺,怒眼如灯,张牙如剑,气吐火光。"②诗话中出现了一重要人物——化为"白衣秀士"的"猴行者"前来帮忙,他自称是"花果山紫云洞八万四千铜头铁额猕猴王",③神通广大,最善捉妖。还有"身长三丈"的"深沙神",④后化身金桥渡唐僧等西行。因而,《大唐三藏法师诗话》受民间信仰的影响,已有了明显的志怪倾向。

西游记故事在金元之际被搬上舞台。金院本有《唐三藏》一目,已佚。元有吴昌龄杂剧《西游记》,仅存残曲。元末有杨景贤《西游记》六本二十四折。一本写唐僧出世,二本写唐僧启行,三本写悟空出世,四本写八戒出世,五六本写西行诸险及取经回国。杂剧中取经故事有了更大的发展,更为丰富、完整。第一,唐僧有了他出世的故事以及八戒的出现;第二,孙悟空有了他反天宫的经历;第三,突出了观音的作用;第四,也是极为重要的一点,增加了许多道教的内容。《大唐三藏法师取经诗话》中所谓天,还是指佛教的梵天,但杂剧中却完全为道教的天庭所替代。出现在剧中有太上老君、李天王、大力鬼王、清源妙道真君。在《大唐三藏法师取经诗话》中还只能看得出一点点道教的影子,如猴行者偷天上的仙酒、王母的蟠桃,至此已完全佛道相融,佛教系统的神与道教系统的神俱登场。《二郎神锁齐天大圣》中元始天尊上场,佛道已有点缠夹不清。《西游记》杂剧第九出《神佛降孙》中李天王自称"四海尽知名与姓,毗沙门下李天王",应是神佛诸天中的天王,"金塔高擎镇北方",与《大唐三藏法师取经诗话》中同,但他又"奉玉帝敕令",显然又是道教中的天神。

元明之际,还出现了一部古本《西游记平话》。原书已佚,有残文

---

① 朱一玄、刘毓忱:《西游记资料汇编》,天津:南开大学出版社2002年版,第48页。
② 朱一玄、刘毓忱:《西游记资料汇编》,天津:南开大学出版社2002年版,第48页。
③ 朱一玄、刘毓忱:《西游记资料汇编》,天津:南开大学出版社2002年版,第46页。
④ 朱一玄、刘毓忱:《西游记资料汇编》,天津:南开大学出版社2002年版,第52页。

"梦斩泾河龙"一段,约一千二百字,保存在《永乐大典》一三一三九卷"送"韵"梦"字条,相当今本《西游记》第九回。另外,朝鲜古代的汉语教科书《朴通事谚解》中载有另一片段"车迟国斗圣"和八条注,①相当于今本《西游记》第四十六回。由此看来,今本《西游记》的一些主要情节,大体上都具备了。

  从以上对取经故事演变的考察中,我们可以看出这样几个特点。一是有关玄奘取经的原始著述重在述沿途见闻,也就是偏重地理游记方面,而在僧人俗讲和民间传诵中向志怪方面迈开一大步。这是一种很自然的发展。自《山海经》始,就不断有地理与志怪相结合的著作出现,而民间兴趣也重在奇闻异事之上。唐传奇中出现了以白猿精为主人公的传奇《补江总白猿传》。《补江总白猿传》的故事原型可能是汉代焦延寿《易林》(坤之剥)所云"南山大玃,盗我媚妾"。这是最紧缩的叙事,也许不是真正来源于口头的叙事原貌,但其主干却仍被保留。其中心是大玃,其形状很可能是动物原形,而且也还有某种神秘力量,不然它也就不可能盗人媚妾了。稍后晋张华《博物志》也有这样的故事,文云:"蜀山南高山上,有物如猕猴,长七尺,能人行健走,名曰猴玃,一名化,或曰猳玃。同行道妇人有好者,辄盗之以去,人不得知。……其年少者终身不得还。十年之后,形皆类之,意亦迷惑,不复思归。有子者辄俱送其家,产子皆如人。有不食养者,其母辄死,故无不敢养也。及长与人无异。"②这比起前者来讲,也有一些发展。对故事的主角玃有了更多的交待,"如猕猴,长七尺,能人行健走",并进一步交待妇人被盗后的情形怎样,但精怪人化程度不高。《补江总白猿传》继承了前两则的故事主干,主角是白猿,但对白猿有了更多的描写。小说一开始,就交待欧阳纥得知"地有人,善窃

---

① 朱一玄、刘毓忱:《西游记资料汇编》,天津:南开大学出版社2002年版,第109—113页。

② 〔晋〕张华:《博物志》,《影印文渊阁四库全书》第1047册,台北:台湾商务印书馆1986年版,第585页。

少女"后,"夜勒兵环其庐,匿妇密室中,谨闭甚固,而以女奴十余伺守之",至五更,"即已失妻矣",突出了白猿的非凡的能力。又通过被掳来的妇女的口进一步写其能,"此神物所居,力能杀人,虽百夫操兵,不能制也""晴昼或舞双剑,环身电飞,光圆若月""半昼往返千里""所须无不力得"。又通过欧阳纥亲眼所见,"日晡,有物如匹练,自他山下,透至若飞……少选,有美髯丈夫长六尺余,白衣曳杖"。① 值得注意的是白猿外形已化为美丈夫,其行为与感情也人化。他读书,他舞剑,更重要的是有人之情。他在临死之时,不为自己请求免死,而求"勿杀其子"。此篇对猴精的描写是一个重要进步。在唐代就出现了以游历为线、以除怪为珠这样结构的唐传奇《古镜记》。《古镜记》先写王度游历除怪,后又写其弟携镜游历除怪。这样以取经游历为线,以述怪除怪为珠的叙事结构就宣告形成。鲁迅先生说:"……《西游记》中受唐人小说的影响的地方很不少。"②《古镜记》与《西游记》有基本相同的内容,一个是拿着宝镜到处除怪,一个是拿着金箍棒四处擒妖。《西游记》很可能受其影响。二是三教混同尤其是佛、道两教混杂的倾向比较明显。一个纯佛教取经故事却又拉进了许多道教神仙以及一些民间传说的东西,这不能不对原有的佛教色彩有所冲淡。三是故事主角的变化。由玄奘取经的史实到《大唐三藏法师取经诗话》、元杂剧、平话,取经故事的主角逐渐由唐僧变成孙悟空,故事的重心也由取经转移到降魔除妖之上。四是故事的主要内容的确定。《朴通事谚解》中的八条注解中有云:"《西游记》云:西域有花果山,山下有水帘洞,洞前有铁板桥,桥下有万丈涧,涧边有万个小洞,洞里多猴,有老猴精,号齐天大圣,神通广大,入天宫仙桃园偷蟠桃,又偷老君灵丹药,又去王母宫偷王母绣仙衣一套来,来设庆仙衣会。老君、

---

① 〔宋〕李昉等:《太平广记》第九册,北京:中华书局1961年版,第3629—3631页。
② 鲁迅:《中国小说的历史的变迁》,《鲁迅全集》第九卷,人民文学出版社1981年版,第317页。

王母具奏玉帝,传宣李天王引领天兵十万及诸神将,至花果山与大圣相战失利,巡天大力鬼上告天王,举灌州灌江口神曰小圣二郎,可使拿获。天王遣太子木叉与大力鬼往请二郎神,领神兵围花果山,众猴出战,皆败,大圣被执当死,观音上请于玉帝,免死,令巨灵神押大圣前往下方去,乃于花果山石缝内纳身,下截画如来押字封着,使山神土地镇守,饥食铁丸,渴饮铜汁,待我往东土寻取经之人……其后唐太宗敕玄奘法师往西天取经,路经此山,见此猴精压在石缝,去其佛押出之,以为徒弟,赐法名悟空,改号为孙行者,与沙和尚及黑猪精朱八戒偕往。在路降妖去怪,救师脱难,皆是孙行者神通之力也。"①取经故事也比较接近今本《西游记》。另一条注云:"今按法师往西天时,初到师陀国界,遇猛虎毒蛇之害,次遇黑熊精、黄风精、地涌夫人、蜘蛛精、狮子怪、多目怪、红孩儿怪,几死仅免,又过棘钧洞、火炎山、薄屎洞、女人国及诸恶山险水,怪害患苦,不知其几……详见《西游记》。"②

一部比较权威的中国文学史教材将今本《西游记》与以前一切取经故事相比,认定作者吴承恩再创造的功绩主要表现在四个方面:

(一)在主题思想上,冲淡了取经故事固有的浓厚的宗教色彩,大大丰富了作品的现实内容;把一个以宣扬佛教精神、歌颂虔诚教徒为主的故事,改造为具有鲜明的民主倾向和时代特征的神话小说。

(二)在人物处理上,原来备受赞扬的圣僧玄奘受到某些严格的批判,退居次要地位;而体现人民理想的孙悟空却成为全书最突出的中心人物。

---

① 朱一玄、刘毓忱:《西游记资料汇编》,天津:南开大学出版社2002年版,第110—111页。
② 朱一玄、刘毓忱:《西游记资料汇编》,天津:南开大学出版社2002年版,第110页。

(三)将孙悟空"大闹天宫"的故事提到卷首来开宗明义。又把许多人所熟知的神话人物、神话故事有机地组织到取经题材之中,赋予它们以新的意义和新的生命。这些人物、故事,不仅有佛教的,也有道教的;不仅有一般民间传说,也有作者本人在现实生活启示下的新创。因此故事内容也越加丰富多彩。

(四)以讽刺、幽默的笔调,渲染有关取经故事的神话传说,赋予作品以独特的艺术风格。①

这些评价是需要细加分析的,其中有一些未必妥当。首先关于主题思想方面,冲淡原有的宗教色彩,这在取经故事的演变中已逐渐加以解决了,非今本《西游记》作者的功绩。至于主题思想所表现出民主倾向与时代特征这一评价似乎有点道理,但其具体分析中仍是差之毫厘失之千里。其次,人物的处理方面,主角由唐僧变为孙悟空的转变,很明显在今本《西游记》写成之前就已完成了。《大唐三藏法师取诗话》中也讲到猴王的出身。杂剧中关于他的身世已相当详细,接近《西游记》中的情节,并有专门的杂剧。再次,将孙悟空"大闹天宫"故事提到卷首,从现存材料看首先采用的是今本《西游记》。这样做肯定是基于小说作者的创作思想,服从于小说的主题。而佛、道教中的人物、故事以及民间传说的采用确是在取经故事演变中逐渐完成的,其主要的功劳不能归之于今本《西游记》的作者。总之,研究今本《西游记》要理清作为素材的取经故事与今本《西游记》的关系,进而弄清《西游记》故事的定型。

---

① 游国恩等:《中国文学史》(四),北京:人民文学出版社 1987 年版,第 107—108 页。

八、贾宝玉的女性化心理及其性格

贾宝玉是《红楼梦》中的主人公,是中国古代小说塑造极为成功的艺术形象之一。对于这样一个成功的艺术形象,探讨、研究的论著不少,但从他独特的心理来进行分析的不多,我就从这一独特角度进行探讨。

《红楼梦》主要是写情,从《红楼梦》一问世就有人如此主张。脂评本第一回"绛珠神瑛"一段"甲戌眉批"有云:"以顽石草木为偶,实历尽风月波澜,尝遍情缘滋味,至无可如何,始结此木石因果,以泄胸中悒郁。"[①]在清代,人们多用"情""痴"等字眼概括贾宝玉的独特心理。这样的看法也为现代的研究者所继承,当然也有发展。舒芜说:"何其芳同志指出,贾宝玉这个典型的一个突出的特点,就是'多情',这是说得对的。"[②]宝玉形象的情感性或称为直感性是他的重要特征。可是,人们不禁要问这一特征的表现形式是什么呢?显然许多人并未做进一步的研究。不是红学家的舒芜说:"但最主要的一点是,宝玉完全是从旧的阶级出来的。他的'新',就'新'在他第一个以女性化的心灵,强烈憎恶男子(主要是本阶级的'禄蠹'们)的污浊粗暴,从而对他们完全绝望;还'新'在他第一个以女性化敏感,对一向受压制的女性寄以尊敬和同情,一身担负了她们全体的悲剧的重量。"[③]他第一个将宝玉的女性化心理与其性格联系,是很了不起的发现,可惜他并未深入分析研究。

贾宝玉是非常女性化的,读《红楼梦》的人似乎都有这样一个感觉。这个感觉并不是来自主观的幻觉,而是作品世界的给予。有些

---

① 朱一玄:《红楼梦资料汇编》,天津:南开大学出版社 2001 年版,第 89 页。
② 舒芜:《说梦录》,上海:上海古籍出版社 1982 年版,第 23 页。
③ 舒芜:《说梦录》,上海:上海古籍出版社 1982 年版,第 59 页。

地方是讲得非常明白的。第十五回凤姐对贾宝玉说:"好兄弟,你是尊贵人,女孩儿一样的人品……"①第六十六回贾琏身边的小厮兴儿说宝玉:"……每日又不习文,又不学武,又怕见人,只爱在丫环群儿里闹。再者,也没个刚气。"②尤三姐说得更直接:"……咱们也不是见过一面两面的,行事言谈吃喝,原有些女儿气,自然是天天只在里头惯了的。"③余英时说:"宝玉明明是个男的。但书中却时要把他写成女的,如'诸艳之冠',总领众花,情榜之首,以及龄官误认他是个丫头(第三十回)等都是显证。"④行事言谈吃喝等各个方面女儿气很重,当然其女性化特点就比较突出。这一特点产生的原因是什么呢?有人从生理发展角度来分析,以青春期心理予以解释。我们以为这种解释非常一般化。根据小说的刻画塑造,人物的这种特点应该是来源于人物早期的特殊的心理经历。这种心理特征可以称之为性别角色的认同方面的问题,也就是说贾宝玉有强烈女性认同心理。这在小说中有比较多的材料予以证明。一方面,他强烈地推崇女性,说"女儿是水做的骨肉""我见了女儿便清爽";⑤喜欢与女孩子交往,或者说专在女孩子里混,乐意为女孩子做事。只要能为女孩子做点事,他就感到无比喜悦与满足。另一方面,他又强烈地厌恶男性,称"男人是泥做的骨肉,……见了男子便觉浊臭逼人!"⑥不愿与他们来往,以至于厌恶自己,称自己为浊物。在第十九回中贾宝玉称袭人的两个表妹好,她们"正配生在这深宅大院里,没的我们这宗浊物倒生在这里!"⑦第二十回讲得更加明白,说贾宝玉"更有个呆意思存在心

---

① 〔清〕曹雪芹、高鹗:《红楼梦》一,北京:人民文学出版社 1964 年版,第 166 页。
② 〔清〕曹雪芹、高鹗:《红楼梦》三,北京:人民文学出版社 1964 年版,第 856 页。
③ 〔清〕曹雪芹、高鹗:《红楼梦》三,北京:人民文学出版社 1964 年版,第 857 页。
④ 余英时:《眼前无路想回头——再论〈红楼梦〉的两个世界兼答赵冈兄》,胡文彬、周雷:《海外红学论集》,上海:上海古籍出版社 1982 年版,第 106 页。
⑤ 〔清〕曹雪芹、高鹗:《红楼梦》一,北京:人民文学出版社 1964 年版,第 19 页。
⑥ 〔清〕曹雪芹、高鹗:《红楼梦》一,北京:人民文学出版社 1964 年版,第 19 页。
⑦ 〔清〕曹雪芹、高鹗:《红楼梦》一,北京:人民文学出版社 1964 年版,第 220 页。

里,你道是何呆意?因他自幼姐妹丛中长大,亲姊妹有元春探春,叔伯的有迎春惜春,亲戚中又有湘云、黛玉、宝钗等人,他便料定天地间灵淑之气,只钟于女子,男儿们不过是些渣滓浊沫而已。因此把一切男子都看成浊物,可有可无。"①也许有人会说他也与男人交往,如与薛蟠、柳湘莲、冯紫英等聚宴欢会。但我们知道他在男子当中来往密切只有两个人。一个是秦钟。第七回比较详细地介绍了秦钟的情况,说秦钟"比宝玉略瘦一些,眉清目秀,粉面朱唇,身材俊俏,举止风流,似更在宝玉之上;只是怯怯羞羞有些女儿之态……"②也正因为这一点,宝玉乃自思道:"天下竟有这等的人物!如今看了,我竟成了泥猪癞狗。"③另一个是蒋玉菡,艺名琪官,作为戏子的琪官当然是妩媚风流,而秦钟像个姑娘,由此我们认为贾宝玉与他们的交往都被人指责为同性恋。与秦钟的同性恋指责见于第九回学中的同窗,而与蒋玉菡的这种关系,有的评论者根据回目中的"蒋玉菡情赠茜纱罗"中的"情"字加以证实,其实小说中薛蟠也有这样的怀疑。不管贾宝玉与秦钟、蒋玉菡的关系是否到了同性恋的地步,贾宝玉的性别角色认同方面存在问题是无疑的。

人们不禁要问擅长教育的贾府怎么会出现这样的人物呢?这种情况从小说以外的清代社会看,并不是一种十分罕见的现象。当时有些地方同性恋比较盛行,《子不语》卷十九《兔儿神》载:"逾月,胡托梦于里人曰:'……今阴官封我为兔儿神,专司男悦男之事。可为我立庙招香火。'闽俗原有聘男子为契弟之说,闻里人述梦中语。争醵钱立庙,果灵验如响。"④而上流社会好龙阳也是一种普遍现象。小说中贾府里这种行为比较多。贾琏有过这样的行为,薛蟠也这样做过。这可以说是当时的一种风气。但贾宝玉的情况有所不同,不能

---

① 〔清〕曹雪芹、高鹗:《红楼梦》一,北京:人民文学出版社1964年版,第235页。
② 〔清〕曹雪芹、高鹗:《红楼梦》一,北京:人民文学出版社1964年版,第88页。
③ 〔清〕曹雪芹、高鹗:《红楼梦》一,北京:人民文学出版社1964年版,第89页。
④ 〔清〕袁枚:《子不语》,上海:上海古籍出版社2012年版,第248页。

归之于这样的原因。这样我们就不得不探讨贾宝玉的心理成长过程。

一般来说,人的心理是人脑对客观现实的反映。因此,尽管影响心理发展的因素是多方面的,但其基本因素仍然离不开与"人脑"和"客观现实"有关的遗传、环境和教育。同样男女心理表现之所以具有性别差异,也是由不同的遗传因素、环境因素和教育因素错综复杂的交互作用造成的。从小说人物分析来看,小说中的人物是一定社会的人,影响心理发展的主要因素是社会环境而不是自然环境。正是在社会条件和各种社会关系的影响下,人才能使其心理得到发展,形成各种思想观点和行为习惯,获得一定的生活知识和生活经验。离开了社会环境的影响和作用,再好的遗传素质也无济于事。儿童出生后,随着生理的发展,男孩就会在父亲式活动方式的影响下,不知不觉模仿和参与男性的各种活动,女孩就会在母亲式活动方式的影响下,不知不觉模仿和参与女性的各种活动。而且男女两性的活动在其父母特定的活动方式影响下,出现相应的性别倾向后,父母还会继续通过各种方式予以强化,他们会对孩子作出的合乎他们认知的性别行为(如女孩玩布娃娃、顺从听话、喜欢与人亲昵,男孩玩刀枪、自主好强、喜欢跑跳攀越等)报之以微笑、赞许和鼓励,而对他们不合乎性别的行为则会加以阻拦、制止和指责。于是,男女两性的活动倾向,在父母的"干预"下越加明显,他们各自的合乎性别的活动方式也就逐渐固定下来。这样男性的"男性度"越来越强,活动就逐渐定向于物,喜欢探究,勤于思索;女性的"女性度"越来越强,活动逐渐定向于人,善于交际,富于感情。[1] 这只是就一般的情况而言,实际上人们的成长过程由于其环境有别会出现很大的差异。

贾宝玉的成长环境与当时一般的男孩成长环境不同。第三回王夫人说:"……他和别人不同,自幼因老太太疼爱,原系和姐妹们一处

---

[1] 傅安球:《青年性别差异心理学》,上海:人民出版社1988年版,第21页。

娇养惯了的。"①所谓"娇养",当然也就不会去接受男孩子的骑射训练,而是与女孩子一样养在深闺。第二十三回贾元春在考虑让几个能诗会赋的姊妹进大观园去住,同时也想到宝玉,"却又想宝玉自幼在姊妹丛中长大,不比别的兄弟……"②这里都强调贾宝玉幼时的生活环境与别的兄弟不同,他是生活在女儿堆里。我们知道,幼儿的生活环境对其心理成长有着非常重要的作用。他眼中所见的都是女孩子,他所模仿的对象也是女孩子,自然他的内心深处也就有相当程度的女性化。尤为重要的是,他的启蒙老师是他的姐姐贾元春。第十八回交待,贾宝玉"三四岁时,已得元妃口授了几本书,识了数千字在腹中"。③他与他最喜爱的林妹妹自小就不一样。贾宝玉对林黛玉说:"……你先来,咱们两个一桌吃,一床睡,从小儿一处长大的。"④人们只看到,宝玉、黛玉二人是青梅竹马、情感甚深,就没有想到这种关系对贾宝玉的心理成长也有巨大的影响。这种影响主要体现在对性别角色的体认上。一方面,受女性的强烈影响,沉入意识深处就是刻意对女性的模仿。这从出现在他身上的小毛病可以看出。那些小毛病是一些弄花儿,弄粉儿,偷着吃人嘴上擦的胭脂和爱红诸如此类的行为。这些行为如果在女孩子身上是很正常的,但它却发生在一个男孩身上,所以称之为毛病。贾宝玉身上太多的多愁善感,也是女性化的表现。另一方面,形成了他女性至上的观点。这种观点当代红学研究者都把它当作贾宝玉思想进步的重要表现。实际上它正是贾宝玉心理成长中女性化的一种必然结果。他小时候说:"女儿是水做的骨肉。"稍大一点,更认为天地灵秀独钟于女子。由对女性的肯定、推崇进而否定了男人的价值。

  对于贾宝玉幼儿时期性别角色体认错误,小说中也有一种自觉

---

① 〔清〕曹雪芹、高鹗:《红楼梦》一,北京:人民文学出版社1964年版,第34页。
② 〔清〕曹雪芹、高鹗:《红楼梦》一,北京:人民文学出版社1964年版,第265页。
③ 〔清〕曹雪芹、高鹗:《红楼梦》一,北京:人民文学出版社1964年版,第205页。
④ 〔清〕曹雪芹、高鹗:《红楼梦》一,北京:人民文学出版社1964年版,第237页。

意识,或者说小说的作者主观上也有一定的认识。小说第五回警幻仙子对贾宝玉说,你是古今第一淫人。①贾宝玉说他年纪尚幼不知道"淫"。警幻说有情即是"淫"。这种说法与现代西方弗洛伊德的心理学理论有共同的地方。弗氏称支配人们行为的是"利必多",亦即性欲。警幻所说的"淫",也是性之淫,是无处不在的。那么一个不知"淫"为何物的少年被称为古今第一淫人,当然也是就其意识来说的,故称之为"意淫"。这种"意淫"有相当一部分是指他性别角色体认方面的错误。一个人无时无刻想亲近女人、模仿女性、推崇女性,在古代社会不指责为"淫",又能指责为什么呢?所以,警幻自己也说宝玉为闺阁中良友,世人却认为乖僻。

如果我们说小说中贾宝玉完全处于一种性别角色体认错误当中,没有任何变化,那也是不正确的。正因为他是处于一个心理成长期,其心理发展是有阶段性的。在小说中可以分为三个阶段。一是幼儿时期的性别角色体认错误的阶段。二是少年矫正时期。三是个性心理完成阶段。第一个阶段已做了比较详细的考察。第三个阶段,由于后四十回是高鹗、程伟元所续的,许多情节未必符合原作者的思路,客观上影响对这一阶段的探讨。第二个阶段是唯一可以重点考察的对象。贾宝玉的心理矫正是始于第五回警幻示训。这一回中他已学会了云雨之事,随后他与袭人进行初试。这应该是宝玉男性心理的初步觉醒。但这种还只能说是初步的,是因为他并没有对性别角色体认的错误进行彻底的纠正,而是通过一个比较长的过程逐渐加以矫正的。首先,在这个矫正过程中起最大作用的是他身边人的规劝,其中袭人的规劝比较有成效。《脂砚斋评石头记》第二十一回《贤袭人娇嗔箴宝玉　俏平儿软语救贾琏》称"宝玉也不大出房"是袭卿第一功劳,"也不知姊妹丫头等厮闹"是袭卿第二功劳,宝玉能看看书是她的第三大功劳。袭人的三大功与宝玉有三大病,都与贾

---

① 〔清〕曹雪芹、高鹗:《红楼梦》一,北京:人民文学出版社 1964 年版,第 65 页。

宝玉的女性化特点有关。概括说来,袭人对宝玉心理矫正做了这样几个方面的工作。一是初试云雨之事,使宝玉知道自己的男性特点,并以此为条件进行更多的劝服工作。当然从袭人这一方来说她主要是让宝玉走上正途。正途实际上就是正常化。这在今天心理学家的心理正常的定义就可以看出。二是她以离开宝玉为威胁要求他改掉一些毛病,其中就有针对他女性化的坏毛病的。袭人的工作也可以说是三步走。一是要宝玉改掉一些小毛病。二是注意与女性保持距离,哪怕是亲戚。三是让他读书走上仕途。① 林黛玉、薛宝钗、史湘云、紫鹃等也进行过规劝。第十九回:"黛玉一回眼,看见宝玉左边腮上有钮扣大小的一块血迹,……宝玉倒身,一面躲,一面笑道:'不是划的,只怕是才刚替他们淘澄胭脂膏子溅上了一点儿。……'黛玉便用自己的绢子替他擦了,咂着嘴儿说道:'你又干这些事了。——干也罢了,必定还要带出幌子来。就是舅舅看不见,别人看见了,又当奇怪事新鲜话儿去学舌讨好儿,吹到舅舅耳朵里,大家又该不得心净了。'"②

其次,宝玉自己的阅读与学习也起了矫正作用。他上学很不情愿,但一些主流的观念和思想也自然而然地进入他的头脑,如"孝""忠""义勇"(林四娘)。同时他杂学旁收,阅读面很广,《庄子》、佛学书以及传奇、话本等,无所不读,特别是其中的传奇、话本对他进行爱情幸福的追求影响很大,当然也就加强了他对自身男性角色的体认。第二十九回道:"……原来那宝玉自幼生成有一种下流痴病,况从幼时和黛玉耳鬓厮磨,心情相对,如今稍知些事,又看了那些邪书僻传,凡远亲近友之家所见的那些闺英闺秀,皆未有稍及黛玉者,所以早存一段心事,只不好说出来。"③第五十一回李纨又道:"……凡说书唱

---

① 〔清〕曹雪芹、高鹗:《红楼梦》一,北京:人民文学出版社1964年版,第223—224页。
② 〔清〕曹雪芹、高鹗:《红楼梦》一,北京:人民文学出版社1964年版,第225页。
③ 〔清〕曹雪芹、高鹗:《红楼梦》一,北京:人民文学出版社1964年版,第225页。

戏甚至于求的签上都有。老小男女,俗语口头,人人皆知说的。况且又并不是看了《西厢记》《牡丹亭》的词曲,怕看了邪书了。这竟无妨,只管留着。"①这是从反面指出《西厢记》《牡丹亭》这些书有不好的影响。

再次,他与林黛玉的爱情发展对他的自身性别角色的确认起关键性作用。不过,这个作用比较复杂。一方面爱情的发展有助于他对男性角色的确认,但另一方面,惺惺相惜仍使他身上保留了许多女人气。于是第三阶段,贾宝玉个性心理的完成,由于爱情的失落而否定现世人生而遁世。

贾宝玉女性化心理既是他的一种独特的生理、心理成长的结果,也是中国历史文化的承载。《红楼梦》第二回贾雨村说:"天地生人,除大仁大恶两种,余者皆无大异……"②贾雨村说的这一番话是将天下的人分为四种:大仁之人、大恶之人、无大异之人以及秉灵秀之气而又感残忍乖僻之邪气而生之人,重点又放在第四种人身上。因此,这第四种人又可细分为三类:生于公侯宝贵之家则为情痴情种,生于诗书清贫之族则为逸士高人,生于薄祚寒门断不能为走卒健仆,甘遭庸人驱制驾驭,必为奇优名娼,并罗列一大批古人的名字。由此,我们可以看出两点:一方面它表明《红楼梦》中的新思想特别是体现在贾宝玉身上的叛逆思想是古已有之的。另一方面,我们由此看到小说家所采用的展示贾宝玉的女性化的手法,也是来自古代文人的传统。中国文人的女性自拟手法有其悠久的传统,《离骚》已开其端,"众女嫉余之蛾眉兮,谣诼谓余以善淫",以美人自比遭人嫉妒,还以美人迟暮不遇来代表自己政治上的不被重用。这种手法被后代文人所广泛采用。格调不高的宫体诗、花间派文人喜用固然不是怪事,亡国之君的诗词作品中女性自拟也极为常见。他们多了一分哀苦,就

---

① 〔清〕曹雪芹、高鹗:《红楼梦》二,北京:人民文学出版社1964年版,第635页。
② 〔清〕曹雪芹、高鹗:《红楼梦》一,北京:人民文学出版社1964年版,第20页。

多了几分女性的似水浓愁。可是,就是豪气干云的南宋辛弃疾也在《摸鱼儿》"更能消几分风雨"中以女性自比。看来,文人喜用这种手法抒怀言志,并不是其品格所然,而是由其境遇使然。正因为这种手法常常被文人采用,故而多愁善感也成了文人的一个显著特点。这一特点在宝玉身上表现也比较明显。第三十五回叙道:

> 两个婆子见没人了,一行走,一行谈论;这一个笑道:"怪道有人说他家的宝玉是相貌好,里头糊涂,中看不中吃的,果然有些呆气。他自己烫了手,倒问别人疼不疼,这不可是呆了吗!"那个又笑道:"我前一回来,还听见他家里许多人说,千真万真有些呆气:大雨淋的水鸡儿似的,他反告诉别人:'下雨了,快避雨去罢。'你说可笑不可笑?时常没人在跟前,就自哭自笑的;看见燕子就和燕子说话,河里看见了鱼就和鱼说话,见了星星月亮,不是长吁短叹就是咕咕哝哝的。"①

当然《红楼梦》的作者不只是简单的继承,而是有所发展。他在人物独特的生理、心理成长过程中突出其女性化的特点,而这种独特的心理中又融进了社会内容,进而塑造他的思想性格。在他的心理成长的三个阶段中,第一阶段由于性别认同方面存在问题,他认为凡女的都是好的,属于一种比较单纯的个性心理,其性格虽为怪异,但不失为孩子气。在第二阶段有所变化,虽然他还是尊女鄙男,但已认识女儿是好的,沾上男人气的女人是坏的。男人是"须眉浊物""国贼禄鬼"。男人的事业"仕途经济",他不爱;男人的荣誉"文死谏""武死战",他痛骂。这是他"叛逆"的主要表现。女性正是情感的代表,肯定女性就是肯定情感,这又与他被一些论者所认定的"多情"的性格

---

① 〔清〕曹雪芹、高鹗:《红楼梦》二,北京:人民文学出版社 1964 年版,第 426－427 页。

特征紧紧相连。第三阶段,贾宝玉个性心理的完成,由于爱情的失落而否定现世人生而遁世。这样女性代表着理想世界,群花的零落是理想的破灭,也就意味着他与这个世界的彻底脱离。这样人物性格的塑造与人物的独特心理发展过程紧紧相连。既使人物有了丰富的细节,又有深刻的内涵。这是贾宝玉这一艺术形象取得巨大成功的重要原因。

第五章 比较研究

一、《封神演义》与《伊利亚特》

《封神演义》是我国明代许仲琳创作的长篇小说,是典型的东方文学作品;《伊利亚特》①是古希腊的长篇史诗,是西方文学的重要源头。

《封神演义》与《伊利亚特》两部作品的迥异之处是人所共见的。《封神演义》成书于明代中叶,共一百回,与元人编刊的《武王伐纣平话》有相承关系。它是一部将商周之争神话化的小说,虽然称为"演义",但与基本忠于史传、稍加艺术渲染的讲史型演义小说有明显不同,其大部分情节都是神仙斗法故事,所以鲁迅把它归为神魔小说。《伊利亚特》,一般认为产生于公元前八世纪前后,共分二十四卷,一万五千六百九十余行。它描述了古代传说中的特洛伊战争的最后一年,也就是第十年的事情。两部作品不仅相距的地域与相隔的时间都十分遥远,而且社会发展阶段完全不同,这样,作品反映的社会内

---

① [希]荷马:《伊利亚特》,陈中梅译,广州:花城出版社1994年版。

容及其创作主题有很大的不同,作品的体裁也有区别,《封神演义》采用的是中国古代特有的章回演义小说体裁形式,而《伊利亚特》是史诗体裁等。

两部作品的迥异之处是显而易见的,但并不意味着它们之间不存在任何的共同点、不存在比较研究赖以进行的基础。它们之间的共同点有如下方面。首先,这两部作品都是属于叙事文学这个大的文学门类。小说是叙事文学,史诗也属于叙事文学,这是两者能进行比较研究的相同的文体因素。其次,两部作品所反映的历史事件有相同的地方。《伊利亚特》反映的是氏族社会末期奴隶社会初期时的历史事件,《封神演义》的成书虽然是在封建社会,但它反映的却是几千年前的奴隶社会中发生的历史事件,因而具有某些类似。

《伊利亚特》写的是希腊人与特洛伊人的战争,却有俄林波斯诸神的介入;《封神演义》写的是周人与商人的战争,也有阐教、截教的两派的神仙的帮忙。如果说前面的类似之处还不足以说明两者之间具有可比性的话,那么,这种写人类的战争都有神的参与并且在很大程度上由神来决定的类同性,应该是两部作品能进行比较研究的重要的基础。下面我们进行具体考察。

《伊利亚特》与《封神演义》描写的都是耗时甚长的战争,特洛伊之战打了有十年之久;而商周之战时间也不短,在周人正式进关攻伐商纣之前,商人的三十六路伐周的战役中,其中有一役就打了三年之久。虽然在具体打法的描写上是很不相同的,但战争的起因、具体战役的胜败、将领的生死乃至整个战争的结局,始终都与天上的神们的争斗相关联并由神来决定。

首先我们来考察两部作品所描写的战争的起因。从表面上看起来,《封神演义》中商、周战争的爆发原因是商纣王暴虐无道引起了周人的起兵反抗,而《伊利亚特》中希腊人与特洛伊人的战争是由特洛伊人帕里斯诱走了斯巴达国王的王后海伦而引发的。两部作品中的战争起因是根本不同的。但深入分析就会发现这两部作品所写的战争的起因在很大的程度上是相似的,即都可以概括为凡人得罪了神,招致战争的降临。《封神演义》第一回就写商纣王到女娲宫进香时见圣像容貌端丽,不禁"神魂飘荡,陡起淫心",于是题诗曰:"……但得妖娆能举动,取回长乐侍君王。"①女娲娘娘回宫后见到纣王题写的诗怒道:"……若不与他个报应,不见我的灵感。"②随后遣三妖惑乱纣王之心,使纣王暴虐无道、倒行逆施,终于引发了周人的进攻。《伊利亚特》对战争的真正起因也有所交代。第二十四卷说:"此举可以愉悦各位神明,但却不能博得赫拉、波塞冬和那位灰眼睛姑娘的欢心;他们仍然心怀怨恨,一如当初,对神圣的伊利昂,对普里阿摩斯和他的兵民。此事的源头乃帕里斯的恶行;他得罪了两位女神,在他的庭院里,却垂青另一位女仙,后者用引来灾祸色欲,换取他的恭维。"③这里非常明白地指出是特洛伊帕里斯得罪了两位女神,给特洛伊带来了战争。当然我们根据另一首古希腊史诗《库普里亚》所记可以了解更详细一些,那就是珀琉斯和忒提斯结婚的时候欢宴群神,偏偏忘记了专门爱挑毛病的不和女神厄里斯。厄里斯一怒之下,在酒席筵上扔下了一枚制造矛盾的"给最美丽者"的金苹果。谁是最美丽的?天后赫拉、智慧女神雅典娜、恋爱女神阿芙罗底忒互不相让,都认为自己最美,都想得到金苹果。"众神之神"宙斯无可奈何,便命令传信使伊里丝带领她们到伊达山去找那个正过着放牧生活的特洛伊王子帕里斯,让他判定谁最美,谁该得到这枚金苹果。女神们对帕里斯展开了攻心战,赫拉许他当国王,雅典娜答应使他成为世界上最勇敢的人,阿芙罗底忒却想替他找一个世间最美丽的女人做妻子。帕里斯把金苹果给了恋爱女神。阿芙罗底忒帮助帕里斯抢走了斯巴

---

① 〔明〕许仲琳:《封神演义》(上),北京:中国文史出版社2003年版,第4—5页。
② 〔明〕许仲琳:《封神演义》(上),北京:中国文史出版社2003年版,第5页。
③ 〔希〕荷马:《伊利亚特》,陈中梅译,广州:花城出版社1994年版,第568页。

达王墨奈劳斯的妻子——"绝世美人"海伦,终于招致希腊人的征伐。

其次,我们来看看战局与神明的关系。战争是人类政治斗争的最高形式,决定着双方的生死存亡,其主体是人类自身,战局的发展也完全应该由人类的行为决定,但在两部小说中,战局完全是由天上的神明所决定。《伊利亚特》中战争如何发展完全由俄林波斯山上的主神宙斯决定。他说:

> 我要让伊里丝前往身披铜甲的阿开亚人的
> 群队,给王者波塞冬捎去口信,
> 让他离开战场,回到自己的家居。此外
> 我要福伊波斯·阿波罗催励赫克托耳重返战斗,
> 再次给他吹入力量,使他忘却耗靡
> 心神的痛苦。要他把阿开亚人赶得晕头转向,惊慌失措,再次回逃,
> 跌跌撞撞地跑上裴琉斯之子阿基琉斯的
> 条板众多的海船。阿基琉斯将差遣他伴友
> 帕特罗克勒斯出战,而光荣的赫克托耳会出手把他
> 击倒,
> 在伊利昂城前,在他杀死许多年轻的兵勇,
> 包括我自己的儿子、英武的萨耳裴冬之后。出于
> 对帕特罗克洛斯之死的暴怒,卓越的阿基琉斯将杀死
> 赫克托耳。
> 从那以后,我将从船边扭转战争的潮头,
> 不再变更,不再退阻,直到阿开亚人,
> 按雅典娜的意愿,攻下峻峭的伊利昂。①

这里我们可以看到宙斯决定着战局的发展:特洛伊人先胜后败

---

① [希]荷马:《伊利亚特》,陈中梅译,广州:花城出版社1994年版,第344页。

最终灭亡,阿开亚(希腊)人先败后胜取得最后胜利。《封神演义》中商、周之战的结局也是由神明预先定好了。《封神演义》第十五回《昆仑山子牙下山》说:"话说昆仑山玉虚宫掌阐教道法元始天尊因门下十二弟子犯了红尘之厄,杀罚临身,故此闭宫止讲……此时,成汤合灭,周室当兴;又逢神仙犯戒,元始封神,姜子牙享将相之福,恰逢其数,非是偶然。"①姜子牙下山时元始天尊又对他说:"子今下山,我有八句钤偈,后日有验。偈曰:二十年来窘迫联,耐心守分且安然。磻溪石上垂竿钓,自有高明访子贤。辅佐圣君为相父,九三拜将握兵权。诸侯会合逢戊甲,九八封神又四年。"②整个商、周之战的结局已完全预先定好了,只等人物一一出场了。

虽然大的战局已由天上的主神决定,但天上的众多神明却各有偏好,分成两派,各帮一方,都希望自己支持的一方取得胜利。《伊利亚特》中俄林波斯山上的神明分成两帮,一方是赫拉、雅典娜、波塞冬等神,他们一心一意全力帮助阿开亚人;另一方是阿波罗、阿芙罗底忒等神,他们始终眷顾着特洛伊人。这些分成两派的神明并不是坐在高高的俄林波斯山上偶尔施给人们一点同情,而是密切关注凡间之事,不时下到人间,深入到凡人当中。当他们所钟爱的凡人泄气或转变观念时,他们使凡人坚定决心,鼓励他们坚持战斗。如赫拉得知阿开亚人打算放弃战争、返回家园时,她使用神力加以干预。又如特洛伊人精疲力竭、灰心丧气时,阿波罗出来加以鼓励。当神所钟爱的凡人遇到危险时,神又出面加以救援。如帕里斯与墨奈劳斯决斗时,帕里斯眼看就要被墨奈劳斯结果性命,是阿芙罗底忒出面救了他的性命。为了对付不喜欢的凡人,神也不惜用阴谋诡计。如阿开亚人与特洛伊人已订立了盟约,通过帕里斯与墨奈劳斯的单打独斗解决持续很久的争端,但赫拉不愿看到这个局面,她让宙斯同意由雅典娜

---

① 〔明〕许仲琳:《封神演义》(上),北京:中国文史出版社2003年版,第124页。
② 〔明〕许仲琳:《封神演义》(上),北京:中国文史出版社2003年版,第125页。

出面诱使特洛伊人先放暗箭毁约。又如雅典娜为了使赫克托耳主动迎上去让阿基琉斯杀死,她假扮赫克托耳的兄弟骗他前去决斗。天上的神明里暗里帮一方,主要还是以间接参战的方式为主,特别是以鼓舞所爱的凡人的斗志的方式进行。当然也有因对方凡人得罪自己而怒不可遏地直接射杀敌对凡人的事情发生。如阿波罗在阿开亚人侮辱自己神庙的祭司后不断地射杀阿开亚人。不可避免的是,为了凡人而起的冲突,神明之间也陡起纷争。如在第五卷中雅典娜要狄俄墨得斯避开别的神,但见阿芙罗底忒参战可以给她捅出一个窟窿,而狄俄墨得斯真的杀向爱神。诗中叙述道:

> 图丢斯之子紧道不舍,穿过大队的人群,赶上了她,
> 猛扑上去,心胸豪壮的勇士,
> 投出犀利的枪矛,直指女神柔软的臂腕。
> 枪尖穿过雅典娜精心织制的、永不败坏的裙袍,毁裂了皮肤,
> 位于掌腕之间,放出涓涓滴淌的神血,
> 一种灵液,环流在幸福的神祇身上,他们的脉管里。①

更有甚者,还有天神们直接开战,彼此拼命斗争不已:

> 就这样,神们对阵开战,撞顶出
> 轰然的声响。福伊波斯·阿波罗手持羽箭,
> 稳稳站立,攻战王者波塞冬,而
> 灰眼睛女神雅典娜则敌对厄努阿利俄斯。
> 对抗赫拉的是啸走山林的猎手,带用金箭的捕者,
> 泼箭如雨的阿耳忒弥丝,远射手阿波罗的姐妹。②

---

① [希]荷马:《伊利亚特》,陈中梅译,广州:花城出版社1994年版,第110页。
② [希]荷马:《伊利亚特》,陈中梅译,广州:花城出版社1994年版,第473页。

《封神演义》中神仙们也是分成两派,各帮一方。阐教神仙助西岐周人,截教帮成汤商纣。他们也不是高居于与世隔绝的洞府偶尔撒给人间一点恩惠,而是对他们各自支持的一方极尽帮助之能事,派遣弟子下山直接帮助所支持的凡人。第十五回元始天尊安排弟子姜子牙下山帮助西岐。第三十六回太乙真人对哪吒说:"此处不是你久居之所。你速往西岐,去佐你师叔姜子牙,可立你功名事业。"①尔后杨戬、黄天化、雷震子等阐教弟子陆续下山来助西岐。其次他们自己也下到凡间,深入到他们所支持的凡人当中。如阐教教主元始天尊、老子尤其是手下十二大弟子多次下到人间支持西岐的事业,而截教教主手下的弟子更是争先恐后地来到凡间支持成汤。在他们所支持的凡人遇到危险的时候,神仙们忙不迭地加以解救。如姜子牙有七死三灾,每一次都离不开阐教神仙的救护。第三十八回王魔用开天珠将姜子牙打死正要取首级之时文殊广法天尊来了。② 当西岐遇到灭顶之灾时,又是阐教神仙加以救援。第六十二回截教蓬莱岛羽翼仙帮成汤之将张山,要将西岐化为渤海,昆仑山玉虚宫元始天尊早知详细,用琉璃瓶中三光神水,洒向北海水面上,又命四偈谛神:"把西岐城护定,不可晃动。"③为了打垮对方,神仙们所采用的手段也无所不用其极。有的用欺骗挑拨的手段,如申公豹挑拨殷郊兄弟攻打西岐军。第四十四回相助闻太师的姚天君采用非常邪毒的手法对付姜尚,在"落魂阵"中扎一草人上书"姜尚"名字,草人头上点三盏催魂灯,足下点七盏促魂灯,一日拜三次,连二十一天,欲把姜尚拜死。④赤精子来救才免于难。第四十八回陆压道人献计用姚天君曾经用过

---

① 〔明〕许仲琳:《封神演义》(上),北京:中国文史出版社 2003 年版,第 293 页。
② 〔明〕许仲琳:《封神演义》(上),北京:中国文史出版社 2003 年版,第 311-312 页。
③ 〔明〕许仲琳:《封神演义》(下),北京:中国文史出版社 2003 年版,第 527 页。
④ 〔明〕许仲琳:《封神演义》(上),北京:中国文史出版社 2003 年版,第 362-364 页。

的办法整治赵公明,赵公明果然由此而死。① 当凡人有心退缩时神仙又出面加以拦阻。成汤方面有许多领军人物打到一定的程度有退缩之心时,总有截教神仙出来拦阻。西岐方面因有阐教弟子姜尚直接主持,武王的多次班师的想法都被压制了。但在第七十回在金鸡岭与孔宣对峙,孔宣捉了姜子牙许多门人,武王坚持要班师,子牙也把持不定,下令与先行官:"今夜减灶班师。"陆压道人前来制止:"切不可退兵!若退兵之时,使众门人俱遭横死。天数已定,决不差错。"②阐截两教的神仙为了己方的凡人,还多次直接交手。阐教、截教第二代弟子们结伙对阵交手,计有第四十五回至第四十九回的十绝阵、第五十回的黄河阵等,阐、截二教主以及帮助阐教的西方教主结阵交战的有诛仙阵、万仙阵等。

两部作品相类似的地方还在于两书所宣扬的"命运""劫数"等观念有着比较接近的内涵。《伊利亚特》中的"命运"指大的事件的既定结局,如特洛伊战争的结局。诗中有几次提到天神担心凡人冲破命运的制约。如诗的第二卷在叙述阿开亚人厌倦战争产生了强烈的思乡返归念头时说,"其时,阿尔吉维人很可能冲破命运的制约,实现回家的企愿",是赫拉开口发话,要雅典娜前往阻止。③ 在诗第二十卷写阿基琉斯勇猛无敌、所向披靡,宙斯也很担心阿基琉斯会冲破命运的制约于此时攻下特洛伊城,因而立即允许天神都参加战斗。④ 命运又指史诗中英雄个人的结局。它的力量在于限定人生的长度或限度,凡人在出生的那一刻即已带上死亡的阴影。凡人一般不能通过祈祷解脱命运的束缚,甚至连主神宙斯也必须遵守。如在战斗中主神宙斯的儿子萨耳裴冬注定要被帕克洛克斯杀死,他想将自己的儿子救出战场,但遇到赫拉等神的坚决反对,只有眼睁睁地看着他死

---

① 〔明〕许仲琳:《封神演义》(上),北京:中国文史出版社 2003 年版,第 404 页。
② 〔明〕许仲琳:《封神演义》(下),北京:中国文史出版社 2003 年版,第 597 页。
③ [希]荷马:《伊利亚特》,陈中梅译,广州:花城出版社 1994 年版,第 30—31 页。
④ [希]荷马:《伊利亚特》,陈中梅译,广州:花城出版社 1994 年版,第 472 页。

去。《封神演义》中的"劫数"与《伊利亚特》中的"命运"一样,是非人格化的,甚至连神仙也无法超越。第八十二回元始天尊曰:"尘世劫运,便是物外神仙都不能免,况我等门人又是身犯之者,我等不过来了此一番劫数耳。"① 这种"劫数"既指事件的发展趋势,如"成汤气数已尽,周室天命当兴"等;也指在这种大趋势中英雄的个人结局。破十绝阵时每次阐教都有一位门人丧命阵中,燃灯总是说:"数定在先,怎逃此厄!"小说中还多次提到"封神榜"上有名的神和凡人"合该此处尽绝"。

由上可知,《伊利亚特》与《封神演义》两部作品在写凡人的战争有神的参与并由其决定这一方面有许多类似的地方,而推其相类似的缘由,最大可能是由于两部作品宗教信仰方面有着某些类同性,那就是两者都属于多神信仰系统。在古希腊俄林波斯神系里,虽然主神宙斯有着无上的威权,其他的神都无法与之相抗衡,但他并不是唯一的神,而只是主神而已,其他还有掌管海洋的波塞冬,掌管冥界的哈得斯等,神的众多也必然说明职能的众多,再加上人间的氏族的纷争,神界也就必然分成派系了。中国古代号称儒、释、道三教并立,儒者尊奉圣人,佛门信奉佛、菩萨,道教信仰天尊、神仙,普通老百姓更是不论神仙与菩萨、圣人与凶神,一律祈祷崇拜,因而神的众多与繁杂是可想见的。众多的宗教信仰杂糅,五花八门的神仙鬼怪,不可能不出现纷争,而历史上确多次出现佛、道相争和排佛事件,这在小说中还可以找到一些痕迹。如截教弟子一再要其教主出来参加争斗,其理由就是阐教欺负截教。第七十三回叙道:

> 多宝道人曰:"老师在上:弟子原不敢说,只今老师不知详细,事已至此,不得不以直告。他骂吾教是左道傍门:'不分披毛带角之人,湿生卵化之辈,皆可同群共处。'他视我为

---

① 〔明〕许仲琳:《封神演义》(下),北京:中国文史出版社 2003 年版,第 708 页。

无物,独称他玉虚道法为'无上至尊',所以弟子不服也。"……教主曰:"多宝道人过来,听我分付:他既是笑我教不如,你可将此四口剑去界牌关摆一诛仙阵,看阐教门下那一个门人敢进吾阵!如有事时,我自来与他讲。"①

再加上人间各种社会斗争的折射,天上的神仙们也就必然会各树门庭。因而我们可知,其一,这种多神信仰系统都相信人类社会的一切由上天神明来决定,这样就出现了人类的战争有神的参与并由神来决定其发展趋势。其二,正因为是多神信仰,两部作品中参与人类纷争的天神都非常多。其三,都折射了人类社会斗争的历史影像,不过《伊利亚特》反映的是氏族部落之争,如史诗中提到某位神的时候经常是连她们的祭坛所在地一起称呼,称赫拉为"阿耳戈斯的赫拉",称雅典娜为"波伊俄提亚人的雅典娜"。还有第四卷中宙斯对坚持要毁掉特洛伊的赫拉说:

> 我还有一事奉告,你要牢记心中。
> 将来,无论何时,倘若我想捣毁某个城市,
> 只要我愿意,里面住着你所钟爱的兵民,
> 你可不要出面遮挡,冲着我的盛怒,而应让我放手去做,
> 因为我已给你这次允诺,尽管违背我的心意。②

这些说明天神对敬奉她们的氏族是偏爱有加的。在阿开亚人墨奈劳斯与特洛伊人帕里斯争斗时,赫拉、雅典娜帮助墨奈劳斯,阿芙罗底忒保护她的宠儿帕里斯。《封神演义》反映的是仁政与暴政的善恶之争。如纣王设立酒池肉林,断胫剖腹,挖心醢尸,无恶不作,令人发指,而其对立面西伯侯姬昌、武王姬发、姜子牙仁慈爱民,深得人

---

① 〔明〕许仲琳:《封神演义》(下),北京:中国文史出版社2003年版,第619页。
② 〔希〕荷马:《伊利亚特》,陈中梅译,广州:花城出版社1994年版,第78页。

心,因而他们是以有道伐无道,为万民诛独夫。

如果我们仅仅看到《伊利亚特》和《封神演义》在描写人类战争方面有类同的地方,而不加以深入地研究,那么,我们的比较研究还是肤浅的,因此我们还必须分析两部作品类同之中的差异,也就是说在描写人类战争中,在神的参与并由神所决定这一相同点中仍有相异之处。首先,两部作品所写的战争中人、神和所反映出来的伦理色彩有比较大的差异。《伊利亚特》反映的是氏族社会末期与奴隶社会初期的历史,其中人与人的关系虽然已有一定地位的区分,但毕竟还是平等的;虽然也介绍英雄的家世,炫耀其光荣的祖先,誓死捍卫其名誉,英雄们英雄了得,但并非十全十美,也会犯许多错误;尽管战争是"可怕的""屠人者",英雄们却嗜战、善战,特别是他们绝不被既定的"命运"吓倒,用有限的生命抗拒无限的困苦和磨难,在短促的一生中使生命最大限度地获取和展现自身的价值,使它在抗争的最炽烈的热点上闪烁出勇力、智慧和进取的光华。天神虽然共属一个家族,宙斯是一个大族长或是一个大家长,他却不是道德的模范,他残忍、好色,靠不断地炫耀其力量来压服其他天神。帮凡人不是为了解决凡人面临的问题,而是为了让凡人的厮杀持续得更久,让他看得更愉悦些。如他在第二十卷中说:"我关心这些凡人,虽然他们正在死去。尽管如此,我仍将呆在俄林波斯的山脊,静坐观赏,愉悦我的心怀。"①《封神演义》则不同。它反映的是中国封建社会时期的历史,本来是不同氏族政权之间的争斗,但小说完全改成了君臣关系。虽然在君无道时下可以伐上这一点上它有所突破,但是总的说来,它仍是充满着伦理说教,仍是以正人伦关系为其依归。在揭露纣王的许多人所不为的罪恶时其重点仍然是在人伦方面。第八十五回姜子牙与邓昆、芮吉对阵时说:"……今纣王残虐不道,荒淫酗暴,杀戮大臣,诛妻弃子,郊社不修,宗庙不享,臣下化之,朋家作仇,戕害百姓,无辜

---

① [希]荷马:《伊利亚特》,陈中梅译,广州:花城出版社1994年版,第471页。

吁天,秽德彰闻,罪盈恶贯。"①小说中的英雄们、神仙们,虽然也表现出他们的勇敢与视死如归,但更多的是"劫数"之线牵动下的傀儡,每个参加商周之争的人都不过是来"完天地之劫数,成气运之迁移",阵亡之后都是"一道灵魂进封神台去了"。其次,两部作品战斗中人和神所表现出来的力量也有很大的不同。陈中梅在《伊利亚特》之《前言》中说:"英雄们膀阔腰圆,力大如牛。埃阿斯的战盾大得像一面围墙,而阿基琉斯'仅凭一己之力,即可把它捅入栓孔'的插杠,需要三个阿开亚人方能栓拢和拉开。硕大的石岩,当今之人,即便站出两个,也莫它奈何,而图丢斯之子狄俄墨得斯却仅凭一己之力,轻松地把它高举过头。"②神界的权威甚至比人间更明显地取决于单纯的、不加掩饰的力或体力。凭借无与伦比的神力,宙斯推翻了父亲克罗诺斯的统治,夺得神界的王位。俄林波斯众神中谁也不敢和他抗衡,梦想和他争霸,因为宙斯的勇力远非其他诸神所能企及。它对武器虽有所描写,却是处于相当次要的地位。《封神演义》也表现英雄的力量,但表现更多的是英雄、神仙手中的法术、法宝以及阵式。如法宝,西岐、阐教一方,姜子牙有打神鞭,哪吒有乾坤圈,杨戬有哮天犬,萧升有落宝金钱,广成子有番天印、落魂钟,等等;而成汤、截教一方,闻太师有蛟龙双鞭,魔家四将有青云剑、混元伞、琵琶、花狐貂,赵公明有缚龙索、定海珠,三仙岛云霄姐妹有金铰剪、混元金斗,等等。这些法宝在一定程度上是中国封建社会生产力高度发展时出现的众多手工艺制造品的反映。如第七十六回介绍了韩荣之子韩升的"万刃车",这车子看上去是纸做的风车儿:当中有一转盘,一只手执定中间一竿,周围推转如飞;转盘上有四首幡,幡上有符有印,又有"地、水、火、风"四字,作法使用起来,"云雾陡生,阴风飒飒,火焰冲天,半空中

---

① 〔明〕许仲琳:《封神演义》(下),北京:中国文史出版社 2003 年版,第 742 页。
② 〔希〕荷马:《伊利亚特·前言》,陈中梅译,广州:花城出版社 1994 年版,第 12 页。

有百万刀刃飞来"①。这里虽有想象的成分,但其中必定反映了中国古代高超的工艺生产水平。小说中还描写了神奇的法术,如土行孙的地行术、杨戬的变化、雷震子的展翅飞行以及移山倒海,充分反映了中国古代发达的科幻想象能力。另外还有变幻莫测的阵式,如小说第四十三回介绍了十绝阵之名。② 第四十四回描述了天绝、地烈、金光等阵的厉害。十绝阵中的天绝阵说是演先天之数,得先天清气,内藏混沌之机,中有二首幡,按天、地、人三才共合为一气。若入此阵内,有雷鸣之处,化作灰尘;仙道若逢此处,肢体震为粉碎;③地烈阵说是按地道之数,中藏凝厚之体,外现隐跃之妙,变化多端,内隐一首红幡,招动处上有雷鸣,下有火起。凡人、仙进此阵,再无复生之理;④金光阵说是内夺日月之精,藏天地之气,中有二十一面宝镜,用二十一根高杆,每一面悬在高杆顶上,一镜上有一套。若人、仙入阵,将此套拽起,雷声震动镜子,只一二转,金光射出照住其身,立刻化为脓血。⑤ 这种阵式除了反映古人丰富的想象力之外,还反映了科技水平,如金光阵就是光的反射原理的运用。这些都充分显示了发达的中国封建社会与古希腊奴隶社会之间的差距,反映了东方文化体系与西方文化体系之间的不同。

  总而言之,《封神演义》与《伊利亚特》这两部迥异的作品中也存在着类同性,描写人类战争时有神的参与并由神来决定其胜负,这种类同又主要来源于两者有近似的宗教信仰背景即多神信仰系统,但这种类同仍然有一些明显的差异,这种差异不仅反映了社会阶段的不同,主要还反映了东西方文化的不同,如古代中国重德、重天命,古希腊重力、重人为等方面的区别。

---

① 〔明〕许仲琳:《封神演义》(下),北京:中国文史出版社 2003 年版,第 650 页。
② 〔明〕许仲琳:《封神演义》(上),北京:中国文史出版社 2003 年版,第 358 页。
③ 〔明〕许仲琳:《封神演义》(上),北京:中国文史出版社 2003 年版,第 359 页。
④ 〔明〕许仲琳:《封神演义》(上),北京:中国文史出版社 2003 年版,第 359 页。
⑤ 〔明〕许仲琳:《封神演义》(上),北京:中国文史出版社 2003 年版,第 360 页。

二、20世纪中国古代文学研究中"母题"概念的引进与应用

俄国汉学家李福清1993年在一篇论文中说:"中国古典文学(包括古典小说)中用了些什么民间文学母题、是怎么用的?这个问题,据笔者所知,至今好像没有人研究过。"①2001年他在南开大学演讲时又说:"我很高兴现在中国也有人从事母题问题研究,比如辽宁师范大学的王立教授。"②但他在《三国故事与民间叙事诗》中还指出进行母题研究的有德国汉学家W.Banck先生和德国蒙古学者W.Heissig教授,而中国大陆和台湾地区只有中国文化大学金华荣教授和华中师范大学的刘守华教授。李福清先生的说法是不妥的,中国的母题研究在此之前已早有人进行,它有自己的历史。

(一)20世纪二三十年代"母题"概念的引进及应用

20世纪"母题"理论的引进是由民间歌谣研究为开端的。"母题"本是一个外来概念,英文为motif,胡适在1924年3月研究民间歌谣时引进并译作"母题"③。胡适提出民间歌谣的研究重点是研究歌谣在各地的变化,通过"比较"可以知道它们同出于一个母题以及作者对母题的见解的高低、某地的风俗和作者的技巧。胡适《白话文学史》写成于1927年,1928年由新月书店出版,其中第八章又提到了"母题"。

有一种说法称周作人是最早使用母题概念的,他的未刊稿《老虎外婆及其他》约作于1914年,最早在故事研究中将中国的《蛇郎》和

---

① [俄]李福清:《三国故事与民间叙事诗》,《古典小说与传说(李福清汉学论集)》,北京:中华书局2003年版,第5页。
② 李福清在南开大学的演讲见《中华读书报》2001年6月20日。
③ 胡适:《歌谣的比较研究法的一个例》,载北京大学歌谣研究会主办的《歌谣》1924年刊(第46期)。

欧洲的《美人与兽》、中国的《老虎外婆》和日本的《山姥》比较。但他正式发表使用母题概念的文章却是在1926年,他在《关于"狐外婆"》中说:"这些民间故事我觉得很有趣味,是我所喜欢的。倘若能够搜集中国各地的传说故事,选录代表的百十篇订为一集,一定可以成功一部很愉快的书。或者进一步,广录一切大同小异的材料,加以比较,可以看出同一的母题(motif)如何运用联合而成为各样不同的故事,或一种母题如何因时地及文化的关系而变化,都是颇有兴趣的事。"①周作人的民间故事研究设想为通过广泛的搜集然后加以比较来探讨母题如何演变成各种故事,以及如何因时、地和文化的变化而变化。

在民间故事研究方面顾颉刚取得的成绩是引人注目的。他发表了《孟姜女故事的转变》②《孟姜女故事研究》③等文章,还编辑出版三册《孟姜女故事研究集》。他的孟姜女故事研究在广泛收集材料的基础上注意将故事演变的线索与时代发展脉络相联系,并通过对情节、倾向的不同处理来了解作家的心态、意向等。对顾颉刚先生的这种研究,钟敬文评价说:

> 孟姜女故事研究的优点,不仅在于这种学术的指导思想在当时具有相当的生命力,还在于著者具有渊博的国学知识和严谨的考证精神和方法。④

顾颉刚的孟姜女故事研究一方面是受到了西方母题理论的影响,⑤另一方面还是受传统的考证或者说史学研究传统的影响,最后

---

① 周作人:《关于"狐外婆"》,载《语丝》1926年1月刊(第61期)。
② 顾颉刚:《孟姜女故事的转变》,载北京大学《歌谣》1924年刊(第69号)。
③ 顾颉刚:《孟姜女故事研究》,载《现代评论》1927年刊(第二周年增刊)。
④ 顾颉刚、钟敬文:《孟姜女故事论文集》,北京:中国民间文艺出版社1983年版,第4页。
⑤ 胡适此时对顾颉刚的学术研究的影响极大,"母题"由胡适引进而首先在《歌谣》上发表,顾颉刚自己也从事歌谣研究,不可能不受其影响。

是由他自己的怀疑和批判精神所致。①

　　中国古典小说研究领域中也出现了母题研究。这种研究的学术背景更应归到传统的考证研究。这种研究的典型代表是胡适的古典小说考证。他首先是对《水浒传》进行考证,他在1920年亚东图书馆出版的新式标点版《水浒传》之《序》也就是后来名之为《水浒传考证》的文章中说:"简单一句话,我想替《水浒传》做一点历史的考据。"1921年胡适作《〈西游记〉序》后又加以整理,成一篇考证,先在《读书杂志》第6期发表,其后又将《序》与西游记考证并为一篇。1924年作《红楼梦考证》。1925年作《三侠五义考证》。胡适对许多古典小说做过考证研究,他的这种研究集中在本事的考证和故事来源及流变的考辨。

　　在20世纪30年代用母题理论研究古典小说的还有陈寅恪、李满桂、霍世休等。1930年,陈寅恪《西游记玄奘弟子故事之演变》从汉译佛经中考证出孙悟空大闹天宫、流沙河沙僧故事来源,指出:"然故事文学之演变,其意义往往由严正而趋于滑稽,由教训而变为讥刺,故观其与前此原文之相异,即知其为后来作者之改良,此《西游记》猪八戒高家庄招亲故事之起原也。"并由此推测出演变的公例。②李满桂《〈沙贡特拉〉和"赵贞女型"的戏剧》③将宋代的《赵贞女蔡二郎戏文》《王魁负桂英》《王魁三乡题》《王焕戏文》和元代的《张协状元》《临江驿潇湘秋夜雨》《逞风流王焕百花亭》《琵琶记》《崔君瑞江天暮雪》《林招得三负心》《王俊民休书记》《三负心陈叔文》以及明代的《梵香记》《金玉奴棒打薄情郎》等称之为"赵贞女型"的戏剧。霍世休在《唐代传奇文与印度故事》一文中认为唐传奇中幻梦、魂游、离魂、

---

① 顾颉刚:《自序》,《古史辨》第一册,上海古籍出版社1982年版。
② 陈寅恪:《西游记玄奘弟子故事之演变》,载《历史语言研究所集刊》1930年第贰本第贰分。
③ 李满桂:《〈沙贡特拉〉和"赵贞女型"的戏剧》,载《文学》1934刊(第二卷第六号)。

龙女、幽婚及"杜子春"故事都受到印度文化的影响。①

(二)20世纪80年代以来的"母题"研究

母题概念在中华人民共和国成立后的大陆学术研究中几乎销声匿迹,直到20世纪80年代以后才重新热了起来。

综观各种刊物,古代文学学术研究论文中使用"母题"概念的频率非常高。我们略引一些论文篇名,可略见一斑。如《论〈史记〉武侠散文中的一个审美母题》(《山西大学学报(哲学社会科学版)》1993年第2期)、《〈诗经〉几组忧患母题试探》(《赣南师范学院学报》1994年第1期)、《侠义故事中"冯燕母题"的深层结构——兼与秦弓同志商榷》(《十堰职业技术学院学报》1995年第4期)、《论古代通俗小说中的"睡显真形"母题》(《齐鲁学刊》1996年第1期)、《古代通俗文学"义不容情"母题初论》(《济宁师专学报》1996年第4期)、《中国古代文学中的海岛巨人母题——兼与西方、中亚传说比较》(《学术交流》1997年第2期)、《古典小说中"进士与妓女"母题研究》(《明清小说研究》1998年第4期)、《上古传说中的"混沌母题"与〈庄子〉寓言》(《社会科学战线》1998年第1期)、《论明清通俗小说中的"赌技服人"母题——古代侠文化与武功崇拜略论》(《明清小说研究》1999年第4期)、《古代通俗小说"比武斗智"母题的跨文化溯源》(《山西大学师范学院学报》1999年第1期)、《明清小说中金银变化母题与货币制度》(《浙江大学学报(人文社会科学版)》2000年第4期)、《"逐兔见宝"与古代戏曲小说的幸运英雄母题》(《中国典籍与文化》2000年第2期)、《道教幻术母题与唐代小说》(《山西大学师范学院学报》2000年第3期)等。一些古代文学研究专著也使用母题理论进行研究。如王立《中国文学主题学——母题与心态史丛论》②《宗教民俗

---

① 霍世休:《唐代传奇文与印度故事》,载《文学》1934刊(第二卷第六号)。
② 王立:《中国文学主题学——母题与心态史丛论》,郑州:中州古籍出版社1995年版。

文献与小说母题》①和吴光正《中国古代小说的原型与母题》②。

"母题"研究真正引人注意的不仅仅是因为它的"热",而是它确实取得了一些成绩。一方面,"母题"概念的使用使古代文学研究视野更加开阔。首先使研究者的视野不再局限于古代文学本身,而是注意到古代文学作品中的民俗学、宗教信仰等方面的内容。吴光正《中国古代小说的原型与母题》一书通过对十一个宗教故事原型及其演变的考察揭示原始宗教、儒教、道教、佛教都为中国叙事文学做出的贡献。王立《宗教民俗文献与小说母题》分专题联系宗教民俗文献探索了小说母题的文化内蕴。其次,比较方法的使用促使古代文学研究者注意他国文学乃至文化的影响。如王立《中古汉译佛经与小说"发迹变泰"母题——海外意外获宝故事的外来文化触媒》③探讨了汉译佛经对小说"发迹变泰"母题的影响。另一方面,研究者也注意对"母题"概念本身的研究,有志于母题理论的自身建设。吴光正《中国古代小说的原型与母题》一书在《绪论》中首先对母题及其相关概念进行了讨论。王立《中国文学中的主题与母题》一文中引用了许多有关母题解释的文献,并在此基础上概括母题与主题的区别和侧重点:其一,母题较有具象性,而主题往往是抽象概念。其二,母题较多地呈现客观性、中性,而主题正由于母题(意象,或不止一个)的出现及其特定的组合,显示出某种意义,主题就这样融注并揭示了作家的主观性倾向性。其三,主题数目极多而母题数目有限。其四,由于上述几点,在进行跨民族、跨文化比较时,母题的着眼点偏重在同,而主题的着眼点偏重在异。④

20世纪80年代以来古代文学研究中的母题研究既有理论探讨

---

① 王立:《宗教民俗文献与小说母题》,长春:吉林人民出版社2001年版。
② 吴光正:《中国古代小说的原型与母题》,北京:社会科学文献出版社2002年版。
③ 王立:《中古汉译佛经与小说"发迹变泰"母题——海外意外获宝故事的外来文化触媒》,《辽宁师范大学学报(社会科学版)》2000年第3期。
④ 王立:《中国文学中的主题与母题》,《浙江学刊》2000年第4期。

又有具体的文本分析,应该说为新时期古代文学研究的多样化做出了一定的贡献。但是,我们也应看到这种母题研究中还是有许多值得改进的地方。首先,"母题"这一概念的使用还不规范,每个研究者都可以按照自己的理解随意使用。有的用"母题"来指某类人物,如《中国古代文学中的海岛巨人母题——兼与西方、中亚传说比较》《〈山海经〉中女神的母题及其在后世的演变》《古典小说中"进士与妓女"母题研究》等文章的题目中将"海岛巨人""女神""进士与妓女"指称为一种母题。有的使用"母题"指人的某种行为,如《古代通俗小说"比武斗智"母题的跨文化溯源》题中"母题"指"比武斗智"等人类行为。有的将人类的某些基本概念或精神现象称为"母题",如《〈诗经〉几组忧患母题试探》等。还有的将某些题材称之为"母题",如《中国古典小说"人仙妖鬼婚恋"母题初探》中的"人仙妖鬼婚恋"。有的被称为"母题"而实际上更像是主题,如《〈华严经〉与中印启悟文学母题》中的"启悟"。还有的更是在"母题"一词前加上一些限制词随意构成新概念,如"审美母题""历史母题""创作母题""故事母题"等,不胜枚举。

当下古代文学研究中出现这种现象也反映了理论建设方面的欠缺。"母题"概念传入我国虽然已有七八十年历史了,但母题理论建设并没有完成,尤其是我国自己的母题理论建设远未完成。如目前引用较多的"母题"定义,"而母题则是一种基本的人类概念、精神现象或动作本身,如乡土、都市、生命、死亡、战争、复仇、漂泊、童年、成长、家族、性爱等"是来自比较文学学界,而比较文学学界又是从西方借来这一概念。学界虽然对"母题"进行了比较多的讨论,可是,学者们在"母题"是什么这一问题上没有取得一致意见。有的称"母题"是永恒的主题,有的说,"母题即常见的题材,如战争、婚姻、离别、嫉妒、月亮、夜莺、梅花等",还有的说"母题是原型""母题是象征""母题是意象"等。在母题概念上存在着如此大的分歧,且都用自己所知的西方理论作为立论的基础,人人都认为自己是正确的,可谁也说服不了谁。

综上所述,20世纪中国古代文学研究中母题理论的引进和应用有以下几点是值得注意的。

一是母题概念于20世纪20年代被引进并应用于民间歌谣和民间故事的研究中。

二是民间文学和民俗学的研究中的"母题"研究,是直接接受民俗学理论,尤其是历史地理学派的影响,同时还受到中国传统的治学方法"考据"的影响。由上引可知,胡适民间歌谣的研究重点是研究歌谣在各地的变化,通过"比较"可以知道它们同出于一个母题以及作者对母题的见解的高低、某地的风俗和作者的技巧。周作人的民间故事的研究设想为,通过广泛的搜集然后加以比较来探讨母题如何演变成各种故事,以及如何因时、地和文化的变化而变化。顾颉刚的孟姜女的研究方法也差不多。他们的研究方法与西方民俗学历史地理学派所采用的方法差不多,而钟敬文等人还直接翻译并应用历史地理学派的理论。无可否认的是这些研究更多的还是受中国传统治学方法"考据"的影响。顾颉刚先生的《孟姜女故事的转变》一发表,刘复就说"你用的第一等史学家的眼光与手段来研究这故事"[①]。顾颉刚也明说是受胡适《水浒传》考证的影响,甚至参与当年研究的钟敬文在五十多年后的总结中仍说是与考证方法有关。也因为这一点,中国此时的民俗故事研究有了领先西方的地方。五十年后的台湾学者陈鹏翔称赞道:

> 我要特别强调的是,顾颉刚不仅能直指杞梁妻从无名氏过渡到孟姜女以至孟仲姿的演变过程,更重要的是,他能把作品与时代对看,甚至据以窥测有名无名诗人的用意,而

[①] 刘复:《敦煌写本中之孟姜女小唱》,《歌谣》周刊八十三号。

避免了西方早期主题学只考证故事源流而不及其他的缺失。①

三是在许多学者的古典小说研究中连"母题"之名都没有出现,但我认为其影响还是不可否认的。这一方面是因为他们当中有一些学者既参与了民俗学中的"母题"研究,又从事小说考证研究,如胡适,他在小说研究中采用的方法与在歌谣研究中采用的方法是比较类似的。另一方面,此时期的古典小说研究中,离不开对民间故事的研究,有的主要就是对流行在民间的故事的演变的研究,与民间故事研究的内容基本相同,自然也就会采取与研究民间故事相同的方法。《水浒传》《三国演义》《西游记》等都是如此。

四是母题研究与比较文学研究有了联系,甚至被后来的中国比较文学学界划到比较文学之内。当然在民国时从事比较文学研究的学者不少。北京大学比较文学研究所编的《中国比较文学研究资料1919—1949》中收有论文38篇,分为三部分。第一部分共14篇,前9篇涉及比较文学的理论方法及总体研究,后5篇大体上属于影响研究;第二部分共收16篇论文,其中诗论5篇,剧论6篇,小说论5篇;第三部分涉及文学与宗教、哲学,民间文学与神话的比较研究,共收文章8篇。

五是20世纪二三十年代"母题"研究并未形成系统的理论,其术语在30年代以后都很少见,在中华人民共和国成立后一段时期也完全绝迹,但到80年代后出现一些理论探讨,只是并未形成系统的理论。

六是在20世纪二三十年代"母题"研究重小说的本事考证,是外来概念与传统方法的结合,成绩卓著。80年代后的母题研究受比较

---

① 陈鹏翔:《"主题学"是比较文学的一个范畴》,刘介民:《现代中西比较文学研究》,成都:四川人民出版社1988年版,第625页。

文学的影响更重主题的探讨,殊乏实绩。王立《中国文学主题学——母题与心态史丛论》虽然书名包括两个方面:"主题学"与"母题与心态史",实际上重点在主题学方面,而且是在中国古代文学的主题研究方面,如"原型与流变:中国古代文学十大主题概观""略论中国古代复仇文学主题""中国古代文学'乐极生悲'主题初探"等。他自己也说:"本书收集了作者1986年至今的27篇习作,均为刊物上发表过。……这些文章并非10年来习作的全部,集拢成书有这几点考虑:一是这些习作均与主题学或心态史有关,或多或少地应用了主题学研究方法,部分地展示了拙作者近10年来主题学研究的艰辛历程,不论是主题两相对比、分阶段探讨某主题,还是就某一时代特定文学现象、母题、某一作家或作品主题的探讨,都可以约略体察从主题学角度观照中国古典文学的尝试轨迹。"①

---

① 王立:《中国文学主题学——母题与心态史丛论·前言》,郑州:中州古籍出版社1995年版。

后 记

我于20世纪70年代末上本科、读研究生,毕业后至西北某省社会科学院从事历史研究,其间写了几篇民间信仰方面的研究论文,去高校从事教学工作后仍致力于民间信仰以及叙事文学的研究。

本书收集了我20多年的研究论文,其中大部分已发表,并有较好的反响。虽说是单篇,但缀连在一起,俨然是一部中国古典小说研究的专著。其特点有二:一是全面探讨了我国古代小说的演变,从志怪、传奇到明清章回小说;二是紧扣民间信仰与叙事文学尤其是与古代小说的关系,揭示了民间信仰对古代小说的影响。

朱迪光于雁城城南自得斋
2020年岁末